中國新詩
百年志

作品卷·上

中国作家协会 诗刊社 编

Zhongguo Xinshi Bainianzhi
Zuopinjuan

中国工人出版社

图书在版编目（CIP）数据

中国新诗百年志. 作品卷 / 中国作家协会　诗刊社编. —北京：中国工人出版社，2016.12
ISBN 978-7-5008-6593-3

Ⅰ. ①中…　Ⅱ. ①中…　②诗…　Ⅲ. ①新诗—诗集—中国—现代　Ⅳ. ①I226.1

中国版本图书馆CIP数据核字（2016）第308100号

中国新诗百年志・作品卷

出 版 人	芮宗金
责任编辑	葛忠雨　刘冠华
责任校对	董春娜
责任印制	黄　丽
出版发行	中国工人出版社
地　　址	北京市东城区鼓楼外大街45号　邮编：100120
网　　址	http://www.wp-china.com
电　　话	（010）62005043（总编室）　（010）62005039（出版物流部） （010）62379038（社科文艺分社）
发行热线	（010）62005049　（010）62005042（传真）
经　　销	各地书店
印　　刷	三河市东方印刷有限公司
开　　本	710毫米×1000毫米　1/16
印　　张	73.75
字　　数	625千字
版　　次	2017年4月第1版　2017年4月第1次印刷
定　　价	168.00元（上、下）

《中国新诗百年志》编辑委员会名单

《中国新诗百年志》总序

吉狄马加

从1916年胡适创作《蝴蝶》一诗算起，中国新诗迄今走过了一百年历程。在过去的一百年中，新诗从引进、培育到大面积繁殖和生长，取得了骄人的成绩，发展速度和长足的进步，有目共睹。熟悉中国诗歌发展史的人都知道，中国新诗差不多与中国现代社会的转型同步进行，但每个阶段都有自己的代表性诗人和重要诗作出现。时至今日，新诗已经成了我们文化生活中不可或缺的部分。

中国新诗从诞生之日起，尤其是经过新文化运动的洗礼，持续焕发出强大的生命力和勃勃生机。特别能说明问题的是，即使在二十世纪三十年代到来的民族抗日救亡运动中，新诗正常发展的轨迹有所改变，但无论在解放区还是在国统区，诗人们都不约而同地以新诗为武器，勇敢地站在声讨日本帝国主义暴行，捍卫民族尊严的最前沿，让诗歌发出了人民的心声，时代的强音。此后，中国经历了各个时期的动荡、重整和艰难前行，但新诗发挥的作用从未中断。新中国诞生之后，虽然海峡那边的诗人生活在另一种社会制度下，可是他们也从未停止过对民族精神的咏叹，对故土的思念。从中我们可以看到，过去一百年的中国诗人，是有着崇高使命和担当的一群人；中国新诗，既承载了民族图强和振兴的命运，也保存了历史的记忆和温度。中国新诗走过的历史，是始终与国家和民族的命运相联系的历史，今天对它进行全方位的回顾和梳理，我们没有理由不对它所取得的成就感到骄傲，我们更没有理由为新诗百年所取得的成就缺乏足够的自信，只有这样我们所秉持的历史态度才是正确的和客观的。

从这个意义上说，在中国新诗百年到来的时候，编纂一部中国百年新诗选，对于总结中国新诗创作的成就和经验，发扬新诗创作的优良传统，加强民族优秀文化的积累，进一步繁荣诗歌创作，是一件功德无量的事情。由中国作家协会委托诗刊社编纂的《中国新诗百年志》，承担的就是这样一项任务。

为体现《中国新诗百年志》的权威性，该书组织者郑重聘请当下诗坛令人尊敬的17位教授、专家和依然活跃在创作一线的诗人组成编委会，广泛听取各方意见，吸收各方面研究成果。初选篇目产生后，先后召开三次编委会，对所选篇目和诗人进行反复筛选和考量。达成共识的是，新诗发展到今天，凝结着一代代诗人的聪明才智和心血，所取得的成就是各历史时期、各种流派和各民族诗人共同努力的结晶。因此，必须从历史的角度，发展的眼光，真正立足于诗歌美学和诗歌历史学的综合标准，做到兼收并蓄，海纳百川，不唯流派、主义、风格、社团和群落，尽最大可能地呈现和还原百年新诗筚路蓝缕的发展历程，目的是把各历史时期最好的诗人和最经典作品遴选出来。对20世纪90年代后出生的诗人和诗作，则感到有待时间的检验和淘洗，应当从严考虑，坚持优中选优。最后，由编选小组列出名单，以票决的方式决定取舍。大家认为，以中国作家协会的名义编选《中国新诗百年志》，必须做到严谨、公正、公开，具有最大公信力和社会影响力。

新诗百年之际，以及几年前，陆续有纪念新诗百年的诗歌选本和诗歌大系出版，应该说，这些选本和大系各有特色，各有所长，都为总结中国新诗的发展做出了自己的贡献。《中国新诗百年志》独辟蹊径，以史志的方式编选，这种尊重历史，还原历史，为中国新诗百年发展史清晰地划出一条轨迹的编选方式，既体现了中国作家协会作为组织方的博大胸怀，又别出心裁，为如何看待中国新诗百年史，提供了一条全新的路径。我们相信，它与其他选本和大系放在一起，可谓相得益彰。

尤其值得强调的是，《中国新诗百年志》还专辟了诗歌理论与批评卷，从而将新诗发展过程中新诗理论与批评的建设及其重要性凸显出来。新诗创作和新诗理论是车之双轮、鸟之两翼，缺一不可，及时地总结和梳理一百年新诗和新诗学的得失成败，对于今后中国新诗的实践和诗学发展都将留下重要的参照和启示。这也正是中国作家协会启动、编纂和出版《中国新诗百年志》的出发点。

回顾百年新诗的发展历程，有成功，也走过一些弯路，自然亦有不足和值得重新反思的缺憾。新诗的起步是从五四新文化运动所倡导的白话文写作开始的，这其中既有现代知识分子在追寻诗歌的现代性或先锋性的一面，同时也有对中国传统诗歌和诗学文化的重新认识和定位，因而其历史局限性也是比较明显的。从新诗发轫期，更多的诗人是通过译介取法于西方现代诗歌，不同流派和风格的中国现代诗人几乎都能够在西方诗歌中找到某种精神上的对应和诗学渊源。吸收西方诗歌的营养，这在新诗的发展过程中是不可避免的，也是情理之中的，诗歌要在吸收和借鉴中多元发展、不断创造。这种情况不仅在中国是这样，在世界诗歌发展史上，许多国家的诗歌也都经历了同样的发展过程。事实上，在接受西方诗学的过程中汉语新诗取得了一定的发展，在不同阶段也涌现出了重要的诗人、诗作。到了当代，因为特殊的政治文化原因，中国新诗与外来诗歌的联系若即若离，横向的学习更多地来自于前社会主义阵营国家和二十世纪进步左翼诗人的作品，在一个时期曾试图在民歌加古典的道路上进行探索，其初衷是好的，但是一拥而上的诗歌大生产方式也曾导致诗歌发展出现了一些偏差和需要纠正的问题，对此也要以史为鉴。到了新时期，随着思想的进一步解放，中国诗歌再一次出现了极大的繁荣，几代诗人创作热情焕发，一大批优秀的作品得以涌现。继承、发展和弘扬中国诗歌传统成为诗人的自觉选择，特别是国家改革开放不断深入，向外来优秀诗歌的学习也呈现出更为开放的态势，在经过归来者诗群、朦胧诗、第三代诗、20世纪90年代诗歌以及21世纪以来的诗歌多元化的迅速发展，新诗才在本土化的道路上走出了更为坚实的步伐。

需要说明的是，中国新诗的创作从未与中国数千年的诗歌传统有过断裂的时候，它有的只是一种在内容和形式上新的发展，无论是在诗歌美学精神的承接上，还是在诗歌语言内在的传承中，毫无疑问，近一百年的中国新诗都是对这一伟大传统的继承和发展。尤其令人可喜的是，晚近时期，中国诗人开始重新向古代诗学传统致敬并转换为具有本土精神的诗歌写作，新诗的发展前景将更为广阔与辉煌。

在全球化的今天，诗歌的交流和互动日益频繁，新诗无论是在对外传播、译介、创作还是理论建设，在近些年都取得了较大的进展。百年中国新诗正是从尝试和试验起步，一步步走向了它的成熟期。在当下文学大好的环境下，伴随着诗歌创作、译介和评论的繁荣，中国新诗在下一个一百年的发展将诞生一个又一个醒目的奇迹。

任何选本，即使具有清晰的思路，占有最充足的资料，也难免挂一漏万，存在这样或那样的不足。《中国新诗百年志》亦然。在它即将出版时，我们诚恳地希望听到各种不同意见和建议。因为，我们真正想为中国新诗的发展做点事情。

2016年6月

目录

胡　适（1891—1962）

原名嗣糜，安徽绩溪人。

朋　友

两个黄蝴蝶，双双飞上天。
不知为什么，一个忽飞还。
剩下那一个，孤单怪可怜。
也无心上天，天上太孤单。

（选自 1917 年 2 月 1 日《新青年》第 2 卷第 6 号）

鸽　子

云淡天高，好一片晚秋天气！
有一群鸽子，在空中游戏。
看他们，三三两两，
回环来往，
夷犹如意，——
忽地里，翻身映日，白羽衬青天，鲜明无比！

（选自 1918 年 1 月 15 日《新青年》第 4 卷第 1 号）

沈尹默（1883—1971）

原名君默，浙江吴兴人，生于陕西汉阴。

月 夜

霜风呼呼的吹着，
月光明明的照着。
我和一株顶高的树并排立着，
却没有靠着。

（选自 1918 年 1 月 15 日《新青年》第 4 卷第 1 号）

周作人（1885—1967）

原名櫆寿，浙江绍兴人。

小　河

有人问我这诗是什么体，连自己也回答不出。法国波特来尔（Baudelaire）提倡起来的散文诗，略略相像，不过他是用散文格式，现在却一行一行的分写了。内容大致仿那欧洲的俗歌；俗歌本来最要叶韵，现在却无韵。或者算不得诗，也未可知；但这是没有什么关系。

一条小河，稳稳的向前流动。
经过的地方，两面全是乌黑的土，
生满了红的花，碧绿的叶，黄的实。

一个农夫背了锄来，在小河中间筑起一道堰，
下流干了；上流的水，被堰拦着，下来不得：
不得前进，又不能退回 ，水只在堰前乱转。
水要保他的生命，总须流动，便只在堰前乱转。
堰下的土，逐渐淘去，成了深潭。
水也不怨这堰——便只是想流动，
想同从前一般，稳稳的向前流动，

一日农夫又来，土堰外筑起一道石堰。
土堰坍了；水冲着坚固的石堰，还只是乱转。

堰外田里的稻，听着水声，皱眉说道，——
“我是一株稻，是一株可怜的小草，
我喜欢水来润泽我，
却怕他在我身上流过。
小河的水是我的好朋友，
他曾经稳稳的流过我面前，
我对他点头，他向我微笑，
我愿他能够放出了石堰，
仍然稳稳的流着，
向我们微笑；
曲曲折折的尽量向前流着，
经过的两面地方，都变成一片锦绣。
他本是我的好朋友，——
只怕他如今不认识我了；
他在地底里呻吟，
听去虽然微细，却又如何可怕！
这不像我朋友平日的声音，
——被轻风搀着走上沙滩来时，
快活的声音。
我只怕他这回出来的时候，
不认识从前的朋友了，
便在我身上大踏步过去：
我所以正在这里忧虑。”
田边的桑树，也摇头说，——
“我生的高，能望见那小河，——
他是我的好朋友，
他送清水给我喝，

使我能生肥绿的叶，紫红的桑葚。——
他从前清澈的颜色，
现在变了青黑；
又是终年挣扎，脸上添出许多痉挛的皱纹。
他只向下钻，早没工夫对了我的点头微笑，
堰下的潭，深过了我的根了。
我生在小河旁边，
夏天晒不枯我的枝条，
冬天冻不坏我的根，
如今只怕我的好朋友，
将我带倒在沙滩上，
拌着他卷来的水草。
我可怜我的好朋友，
但实在也为我自己着急。”

田里的草和虾蟆，听了两个的话，
也都叹气，各有他们自己的心事，

水只在堰前乱转；
坚固的石堰，还是一毫不摇动。
筑堰的人，不知到那里去了？

民国 8 年 1 月 24 日

（选自 1919 年 2 月 15 日《新青年》第 6 卷第 2 号）

郭沫若（1892—1978）

原名郭开贞，四川乐山人。

夜步十里松原

海已安眠了。
远望去，只见得白茫茫一片幽光，
听不出丝毫的涛声波语。
哦，太空！怎么那样地高超，自由，雄浑，清寥！
无数的明星正圆睁着他们的眼儿，
在眺望这美丽的夜景。
十里松原中无数的古松，
尽高擎着他们的手儿沈默着在赞美天宇。
他们一枝枝的手儿在空中战栗，
我的一枝枝的神经纤维在身中战栗。

（原载1919年12月20日《时事新报·学灯》，
选自《女神》，泰东图书馆1921年8月出版）

凤凰涅槃

——一名“菲尼克司的科美体”

天方国古有神鸟名“菲尼克司”(Phoenix),满五百岁后,集香木自焚,再从死灰中更生,鲜美异常,不再死。

按此鸟即吾国所谓凤凰也:雄为凤,雌为凰。孔演图云:“凤凰火精,生丹穴。”广雅云:“雄鸣曰即即。雌鸣曰足足。”

序　曲

除夕将近的空中,
飞来飞去的一对凤凰,
唱着哀哀的歌声飞去,
衔着枝枝的香木飞来,
飞来在丹穴山上。
山右有枯槁了的梧桐,
山左有消歇了的醴泉,
山前有浩茫茫的大海,
山后有阴莽莽的平原,
山上是寒风凛冽的冰天。

天色昏黄了,
香木集高了,
凤已飞倦了,
凰已飞倦了,

他们的死期将近了。

凤啄香木，
一星星的火点迸飞。
凰扇火星，
一缕缕的香烟上腾。
凤又啄，
凰又扇，
山上的香烟弥散，
山上的火光弥满。

夜色已深了，
香木已燃了，
凤已啄倦了，
凰已扇倦了，
他们的死期已近了。

啊啊！
哀哀的凤凰！
凤起舞，低昂！
凰唱歌，悲壮！
凤又舞，
凰又唱，
一群的凡鸟，
自天外飞来观葬。

凤　歌

即！即！即！

即！即！即！
茫茫的宇宙，冷酷如铁！
茫茫的宇宙，黑暗如漆！
茫茫的宇宙，腥秽如血！

宇宙呀！宇宙！
你为什么存在？
你自从那儿来？
你坐在那儿在？
你还是个有限大的空球？
你还是个无限大的整块？
你若是个有限大的空球，
那拥抱着你的空间
他从那儿来？
你的外边还有些什么存在？
你若是个无限大的整块？
这被你拥抱着的空间
他从那儿来？
你的当中为什么又有生命存在？
你到底还是个有生命的交流？
你到底还是个无生命的机械？

昂头我问天，
天徒矜高，莫有点儿知识。
低头我问地，
地已死了，莫有点儿呼吸。
伸头我问海，

海正扬声而鸣唈。

啊啊!
生在这样个阴秽的世界当中,
便是把金刚石的宝刀也会生锈!
宇宙呀!宇宙!
我要努力地把你诅咒!
你脓血污秽着的屠场呀!
你悲哀充塞着的囚牢呀!
你群鬼叫号着的坟墓呀!
你群魔跳梁着的地狱呀!
你到底为什么存在?
我们飞向西方,
西方同是一座屠场!
我们飞向东方,
东方同是一座囚牢!
我们飞向南方,
南方同是一座坟墓。
我们飞向北方,
北方同是一座地狱!
我们生在这样个世界当中,
只好学着海洋哀哭!

凰　歌

足!足!足!
足!足!足!
五百年来的眼泪倾泻如瀑!

五百年来的眼泪淋漓如烛!
流不尽的眼泪!
洗不净的污浊!
浇不熄的情炎!
荡不去的羞辱!
我们这飘渺的浮生
到底要向那儿安宿?

啊啊!
我们这飘渺的浮生
好像那大海里的孤舟!
左也是漶漫,
右也是漶漫,
前不见灯台,
后不见海岸,
帆已破,
樯已断,
楫已飘流,
柁已腐烂,
倦了的舟子只是在舟中呻唤,
怒了的海涛还是在海中汜滥。

啊啊!
我们这飘渺的浮生!
好像这黑夜里的酣梦!
前也是睡眠,
后也是睡眠,

来得如飘风，
去得如轻烟，
来如风，
去如烟，
眠在后，
睡在前，
我们只是这睡眠当中的
一刹那的风烟！

啊啊！
有什么意思？
有什么意思？
痴！痴！痴！
只剩些悲哀，烦恼，寂寥，哀败，
环绕着我们活动着的死尸，
贯串着我们活动着的死尸。

啊啊！
我们年青时候的新鲜那儿去了？
我们年青时候的甘美那儿去了？
我们年青时候的光华那儿去了？
我们年青时候的欢爱那儿去了？
去了！去了！去了！
一切都已去了！
一切都要去了！
我们也要去了！
你们也要去了！

悲哀呀！烦恼呀！寂寥呀！衰败呀！

啊啊！
火光熊熊了！
香气蓬蓬了！
时期已到了！
死期已到了！
身外的一切！
身内的一切！
一切的一切！
请了！请了！

群鸟歌

岩鹰：
哈哈！
凤凰！凤凰！
你们枉为这禽中的灵长！
你们死了么？
你们死了么？
我才欢喜！
我才欢喜！
从今后该我为空界的霸王！

孔雀：
哈哈！
凤凰！凤凰！
你们枉为这禽中的灵长？

你们死了么？

你们死了么？

我才欢喜！

我才欢喜！

从今后请看我花翎上的威光！

鸱枭：

哈哈！

凤凰！凤凰！

你们枉为这禽中的灵长！

你们死了么？

你们死了么？

我才欢喜！

我才欢喜！

哦！是那儿来的鼠肉馨香？

家鸽：

哈哈！

凤凰！凤凰！

你们枉为这禽中的灵长！

你们死了么？

你们死了么？

我才欢喜！

我才欢喜！

从今后请看我们驯良百姓的安康！

鹦鹉：

哈哈！
凤凰！凤凰！
你们枉为这禽中的灵长！
你们死了么？
你们死了么？
我才欢喜！
我才欢喜！
从今后请听我们雄辩家的主张！

白鹤：
哈哈！
凤凰！凤凰！
你们枉为这禽中的灵长！
你们死了么？
你们死了么？
我才欢喜！
我才欢喜！
从今后请看我们高蹈派的徜徉！

凤凰更生歌

鸡鸣
听潮涨了！
听潮涨了！
死了的光明更生了！

春潮涨了！
春潮涨了！

死了的宇宙更生了！

生潮涨了！
生潮涨了！
死了的凤凰更生了！

凤凰和鸣
我们更生了！
我们更生了！
一切的一，更生了！
一的一切，更生了！
我们便是“他”，他们便是我！
我中也有你，你中也有我！
我便是你！
你便是我！
火便是凰！
凤便是火！
翱翔！翱翔！
欢唱！欢唱！

我们光明呀！
我们光明呀！
一切的一，光明呀！
一的一切，光明呀！
光明便是你，光明便是我！
光明便是“他”，光明便是火！
火便是你！

火便是我！
火便是“他”！
火便是火！
翱翔！翱翔！
欢唱！欢唱！

我们新鲜呀！
我们新鲜呀！
一切的一，新鲜呀！
一的一切，新鲜呀！
新鲜便是你，新鲜便是我！
新鲜便是“他”，新鲜便是火！
火便是你！
火便是我！
火便是“他”！
火便是火！
翱翔！翱翔！
欢唱！欢唱！

我们华美呀！
我们华美呀！
一切的一，华美呀！
一的一切，华美呀！
华美便是你，华美便是我！
华美便是“他”，华美便是火！
火便是你！
火便是我！

火便是“他”！
火便是火！
翱翔！翱翔！
欢唱！欢唱！

我们芬芳呀！
我们芬芳呀！
一切的一，芬芳呀！
一的一切，芬芳呀！
芬芳便是你，芬芳便是我！
芬芳便是“他”，芬芳便是火！
火便是你！
火便是我！
火便是“他”！
火便是火！
翱翔！翱翔！
欢唱！欢唱！

我们和谐呀！
我们和谐呀！
一切的一，和谐呀！
一的一切，和谐呀！
和谐便是你，和谐便是我！
和谐便是“他”，和谐便是火！
火便是你！
火便是我！
火便是“他”！

火便是火！
翱翔！翱翔！
欢唱！欢唱！

我们欢乐呀！
我们欢乐呀！
一切的一，欢乐呀！
一的一切，欢乐呀！
欢乐便是你，欢乐便是我！
欢乐便是“他”，欢乐便是火！
火便是你！
火便是我！
火便是“他”！
火便是火！
翱翔！翱翔！
欢唱！欢唱！

我们热诚呀！
我们热诚呀！
一切的一，热诚呀！
一的一切，热诚呀！
热诚便是你，热诚便是我！
热诚便是“他”，热诚便是火！
火便是你！
火便是我！
火便是“他”！
火便是火！

翱翔！翱翔！
欢唱！欢唱！

我们雄浑呀！
我们雄浑呀！
一切的一，雄浑呀！
一的一切，雄浑呀！
雄浑便是你，雄浑便是我！
雄浑便是“他”，雄浑便是火！
火便是你！
火便是我！
火便是“他”！
火便是火！
翱翔！翱翔！
欢唱！欢唱！

我们生动呀！
我们生动呀！
一切的一，生动呀！
一的一切，生动呀！
生动便是你，生动便是我！
生动便是“他”，生动便是火！
火便是你！
火便是我！
火便是“他”！
火便是火！
翱翔！翱翔！

欢唱！欢唱！

我们自由呀！
我们自由呀！
一切的一，自由呀！
一的一切，自由呀！
自由便是你，自由便是我！
自由便是“他”，自由便是火！
火便是你！
火便是我！
火便是“他”！
火便是火！
翱翔！翱翔！
欢唱！欢唱！

我们恍惚呀！
我们恍惚呀！
一切的一，恍惚呀！
一的一切，恍惚呀！
恍惚便是你，恍惚便是我！
恍惚便是“他”，恍惚便是火！
火便是你！
火便是我！
火便是“他”！
火便是火！
翱翔！翱翔！
欢唱！欢唱！

我们神秘呀！
我们神秘呀！
一切的一，神秘呀！
一的一切，神秘呀！
神秘便是你，神秘便是我！
神秘便是“他”，神秘便是火！
火便是你！
火便是我！
火便是“他”！
火便是火！
翱翔！翱翔！
欢唱！欢唱！

我们悠久呀！
我们悠久呀！
一切的一，悠久呀！
一的一切，悠久呀！
悠久便是你，悠久便是我！
悠久便是“他”，悠久便是火！
火便是你！
火便是我！
火便是“他”！
火便是火！
翱翔！翱翔！
欢唱！欢唱！

我们欢唱！

我们欢唱！

一切的一，常在欢唱！

一的一切，常在欢唱！

是你在欢唱？是我在欢唱？

是“他”在欢唱？是火在欢唱？

欢唱在欢唱！

只有欢唱！

只有欢唱！

只有欢唱！

欢唱！

欢唱！

欢唱！

1920年1月

（原载1920年1月30日—31日《时事新报·学灯》，
选自《女神》，泰东图书局1921年8月出版）

天　狗

（一）

我是一条天狗呀！

我把月来吞了，

我把日来吞了，

我把一切的星球来吞了，

我把全宇宙来吞了。

我便是我了!

（二）

我是月底光,

我是日底光,

我是一切星球底光,

我是 X 光线底光,

我是全宇宙底 Energy 底总量!

（三）

我飞奔,

我狂叫,

我燃烧。

我如烈火一样地燃烧!

我如大海一样地狂叫!

我如电气一样地飞跑!

我飞跑,

我飞跑,

我飞跑,

我剥我的皮,

我食我的肉,

我嚼我的血,

我啮我的心肝,

我在我神经上飞跑,

我在我脊髓上飞跑,

我在我脑经上飞跑。

（四）

我便是我呀！
我的我要爆了！

（原载1920年2月7日《时事新报·学灯》，
选自《女神》，泰东图书局1921年8月出版）

郊原的青草

郊原的青草呵，你理想的典型！
你是生命，你是和平，你是坚忍。
任人们怎样烧毁你，剪伐你，
你总是生生不息，青了又青。

你不怕艰险，不怕寒冷，
不怕风暴，不怕自我牺牲。
你能飞翔到南极的冻苔原，
你能攀登上世界的屋顶。

你喜欢牛羊们在你身上蹂躏，
你喜欢儿童们在你身上打滚，
你喜欢工人和农民并坐着谈心，
你喜欢年轻的侣伴们歌唱爱情。

你是生命，你也哺育着生命，
你能变化无穷，变成生命的结晶。
你是和平，你也哺育着和平，
你使大地绿化，柔和生命的歌声。

郊原的青草呵，你理想的典型！
你是诗，你是音乐，你是优美的作品，
大地的流泉将永远为你歌颂，
太阳的光辉将永远为您温存。

1956 年 5 月 31 日

（原载 1956 年 7 月《草地》创刊号，选自《中国新文学大系 1949—1976》（诗卷），上海文艺出版社 1997 年 11 月出版）

康白情（1896—1959）

四川安岳人。

江　南

一

只是雪不大了，
颜色还染得鲜艳。
赭白的山，
油碧的水，
佛头青的胡豆土。
橘儿担着；
驴儿赶着；
蓝袄儿穿着；
板桥儿给他们过着。

二

赤的是枫叶，
黄的是茨叶，
白成一片的是落叶。
坡下一个绿衣绿帽的邮差
撑着一把绿伞——走着。
坡上踞着一个老婆子，
围着一块蓝围腰，

呤呤地吹得柴响。

三

柳椿上拴着两条大水牛。
茅屋都铺得不现草色了。
一个很轻巧的老姑娘
端着一个撮箕，
蒙着一张花帕子。
背后十来只小鹅
都张着些红嘴，
跟着她，叫着。
颜色还染得鲜艳，
只是雪不大了。

2月4日，津浦铁路车上

（原载1920年2月8日《时事新报·学灯》，
选自《草儿》，亚东图书馆1922年3月出版）

汪静之（1902—1996）

安徽绩溪人。

蕙的风

是那里吹来
这蕙花的风——
温馨的蕙花的风？

蕙花深锁在园里，
伊满怀着幽怨。
伊的幽香潜出园外，
去招伊所爱的蝶儿。

雅洁的蝶儿，
薰在蕙风里：
他陶醉了；
想去寻着伊呢。

他怎寻得到被禁锢的伊呢？
他只迷在伊的风里，
隐忍着悲惨而甜蜜的伤心，

醺醺地翩翩地飞着。

1921 年 9 月 3 日于杭州第一师校

（选自 1922 年 1 月 15 日《诗》第 1 卷第 1 号）

俞平伯（1900—1990）

原名俞铭衡，浙江德清人，生于苏州。

凄　然

今年九月十四日我同长环到苏州，买舟去游寒山寺，虽时值秋半，而因江南阴雨兼旬，故秋意已颇深矣。且是日雨意未消，游者阒然；瞻眺之余，顿感寥廓！人在废殿颓垣间，得闻清钟，尤动凄怆怀恋之思，低徊不能自已。夫寒山一荒寺耳，而摇荡性灵至于如此，岂非情缘境生，而境随情感耶？此诗之成，殆由文人积习使之然。

那里有寒山！
那里有拾得！
那里去追寻诗人们底魂魄！
只凭着七七八八，廓廓落落，
将倒未倒的破屋，
粘住失意的游踪，
三两番的低徊踯躅。

明艳的凤仙花，
喜欢开到荒凉的野寺；
那带路的姑娘，
又想染红她底指甲，
向花丛去掐了一握。

他俩只随随便便的，
似乎就此可以过去了；
但这如何能，在不可聊赖的情怀？

有剥落披离的粉墙，
欹斜宛转的游廊，
蹭蹬的陂陀路，
有风尘色的游人一双。
萧萧条条的树梢头，
迎那西风碎响。
他们可也有悲摇落的心肠？

镗然起了，
嗡然远了，
渐殷然散了；
枫桥镇上底人，
寒山寺里底僧，
九月秋风下痴着的我们，
都跟了沉凝的声音依依荡颤。
是寒山寺底钟么？
是旧时寒山寺底钟声么？

1921 年 9 月 30 日，杭州

（原载 1921 年 10 月 7 日《晨报》，选自《冬夜》，

亚东图书馆 1922 年 3 月出版）

冰　心（1900—1999）

原名谢婉莹，福建长乐人，生于福州。

繁　星

一

繁星闪烁着——
深蓝的天空，
何曾听得见他们对语？
沉默中，
微光里，
他们深深的互相颂赞了。

二八

故乡的海波呵！
你那飞溅的浪花，
从前怎样一滴一滴的敲我的磐石，
现在也怎样一滴一滴的敲我的心弦。

一三一

大海呵！
那一颗星没有光？

那一朵花没有香？
那一次我的思潮里
没有你波涛的清响？

一五九

母亲呵！
天上的风雨来了，
鸟儿躲到他的巢里；
心中的风雨来了，
我躲到你的怀里。

（选自1922年1月1日—26日《晨报副刊》）

纸　船

寄母亲

我从不肯妄弃了一张纸，
总是留着——留着，
叠成一只一只很小的船儿，
从舟上抛下在海里。

有的被天风吹卷到舟中的窗里，
有的被海浪打湿，沾在船头上。
我仍是不灰心的每天的叠着，
总希望有一只能流到我要他到的地方去。

母亲，倘若你梦中看见一只很小的白船儿，不要惊讶
　他无端入梦。
这是你至爱的女儿含着泪叠的，
　万水千山，求他载着她的爱和悲哀归去。

1923 年 8 月 27 日

（选自 1923 年 11 月 10 日《小说月报》
第 14 卷第 11 号，署名冰心女士）

刘延陵（1894—1988）

安徽旌德人。

水　手

一

月在天上，
船在海上，
他两只手捧住面孔，
躲在摆舵的黑暗地方。

二

他怕见月儿眨眼，
海儿微笑
引他看水天接处的故乡。
但他却终归想到
石榴花开得鲜明的井旁，
那人儿正架竹子，
晒他的青布衣裳。

（选自 1922 年 1 月 15 日《诗》第 1 卷第 1 号）

宗白华（1897—1986）

安徽安庆人。

流　云

我们

我们并立天河下。
人间已落沉睡里。
天上的双星
映在我们的两心里。
我们握着手，看着天，不语。
一个神秘的微颤
经过我们两心深处。

解脱

心中一段最后的幽凉
几时才能解脱呢？
银河的月，照我楼上。
琴声远远吹来——
月的幽凉
心的幽凉
同化入宇宙的幽凉了！

晨兴

太阳的光
洗着我早起的灵魂。
天边的月
犹似我昨夜的残梦。

（选自《流云》，亚东图书馆 1923 年 12 月出版；
前两首原无题，据 1928 年 9 月再版本增补）

刘大白（1880—1932）

原名金庆棪，浙江绍兴人。

邮　吻

我不是不能用指头儿撕，
我不是不能用剪刀儿剖，
只是缓缓地
轻轻地
很仔细地挑开了紫色的信唇；
我知道这信唇里面，
藏着她秘密的一吻。

从她底很郑重的折叠里，
我把那粉红色的信笺，
很郑重地展开了。
我把她很郑重地写的，
一字字一行行，
一行行一字字地
很郑重地读了。

我不是爱那一角模糊的邮印，
我不是爱那满幅精致的花纹，
只是缓缓地
轻轻地

很子细地揭起那绿色的邮花；
我知道这邮花背后，
藏着她秘密的一吻。

1923 年 5 月 2 日，在绍兴

（原载 1923 年 5 月 27 日《民国日报·觉悟》，
选自《邮吻》，开明书店 1926 年 12 月出版）

刘半农（1891—1934）

原名刘复，江苏江阴人。

教我如何不想她

天上飘着些微云，
地上吹着些微风。
啊！
微风吹动了我的头发，
教我如何不想她？

月光恋爱着海洋，
海洋恋爱着月光。
啊！
这般蜜也似的银夜。
教我如何不想她？

水面落花慢慢流，
水底鱼儿慢慢游。
啊！
燕子你说些什么话？
教我如何不想她？

枯树在冷风里摇，
野火在暮色中烧。

啊！
西天还有些儿残霞，
教我如何不想她？

1920年9月4日，伦敦

（原载1923年9月16日《晨报副刊》，题为《情歌》，署名刘复；编入《扬鞭集》改为此题。选自《扬鞭集》，北新书局1926年6月出版）

鲁　迅（1881—1936）

原名樟寿，后改名周树人。浙江绍兴人。

影的告别

人睡到不知道时候的时候，就会有影来告别，说出那些话

有我所不乐意的在天堂里，我不愿去：有我所不乐意的在地狱里，我不愿去；有我所不乐意的在你们将来的黄金世界里，我不愿去。

然而你就是我所不乐意的，朋友，我不想跟随你了，我不愿住。

我不愿意！

呜呼呜呼，我不愿意，我不如彷徨于无地。

我不过一个影，要别你而沉没在黑暗里了。然而黑暗又会吞并我，然而光明又会使我消失。

然而我不愿意彷徨于明暗之间，我不如在黑暗里沉没。

然而我终于彷徨于明暗之间，我不知道是黄昏还是黎明。我姑且举灰黑的手装作喝干一卮酒，我将在不知时候的时候独自远行。

呜呼呜呼，倘若黄昏，黑夜自然会来沉没我，否则我要被白天消失，如果现是黎明。

朋友，时候近了。

我将向黑暗里彷徨于无地。

你还想我的赠品。我能献你甚么呢？无已，则仍是黑暗和虚空

而已。但是，我愿意只是黑暗，或者会消失于你的白天：我愿意只是虚空，决不占你的心地。

我愿意这样，朋友——

我独自远行，不但没有你，并且再没有别的影在黑暗里。只有我被黑暗沉没，那世界全属于我自己。

（选自1924年12月8日《语丝》第4期）

希　望

——野草之七——

我的心分外的寂寞。

然而我的心很平安：没有悲欢，没有爱恶，也没有颜色和声音。

我大概老了。我的头发已经苍白，不是很明白的事么？我的手颤抖着，不是很明白的事么？那么，我的魂灵的手一定也颤抖着，头发也一定苍白了。然而这是许多年以前的事了。

这以前，我的心也曾充满过血腥的歌声：血和铁，火焰和毒，恢复和报仇。而忽而这些都空虚了，但有时故意地填以没奈何的自欺的希望。希望，希望，用这希望的盾，抗拒那空虚中的暗夜的袭来，虽然盾后面也依然是空虚中的暗夜。然而就是如此，陆续地耗尽了我的青春。

我早先岂不知我的青春已经逝去了，但以为身外的青春固在：星，月光，僵坠的胡蝶，暗中的花，猫头鹰的不祥之言，杜鹃的啼血，笑的渺茫，爱的翔舞。虽然是悲凉飘渺的青春罢，然而究竟是青春。

而现在何以如此寂寞？难道连身外的青春都已逝去，世上的青年也多衰老了么？

我只得由我来肉薄这空虚中的暗夜了。我放下希望之盾，我听到 Petofi Sándor（1823—1849）的希望歌：

希望是什么？是娼妓：

她对谁都蛊惑，将一切都献给；

待你牺牲了极多的宝贝——

你的青春——她就弃掉你。

这伟大的抒情诗人，匈牙利的爱国者，为了祖国而死在可萨克兵的矛尖上，已经七十五年了。悲哉死也，然而更可悲的是他的诗至今没有死。

但是可惨的人生！桀骜英勇如 Petofi，也终于对了暗夜止步，回顾着茫茫的东方了。他说：

绝望之为虚妄，正与希望相同。

倘使我还得偷生在不明不暗的这"虚妄"中，我就还要寻求那逝去的悲凉飘渺的青春，但不妨在我的身外，因为身外青春倘一消灭，我身中迟暮已即凋零了。

然而现在没有星月光，没有僵坠的胡蝶以至爱的翔舞。然而青年们很平安。

我只得由我来肉薄这空虚中的暗夜了，纵使寻不到身外的青春，也总得自己来一掷我身中的迟暮。但暗夜又在那里呢？现在没有星，没有月光以至爱的翔舞，青年们都很平安，而我的面前又竟至于并且没有真的暗夜。

绝根之为虚妄，正与希望相同。

（选自 1925 年 1 月 19 日《语丝》第 10 期）

雪

——野草之八

暖国的雨向来没有变过冰冷的坚硬灿烂的雪花，博识的人们觉得他单调，他自己也以为不幸否耶？江南的雪，可是滋润美艳之至了，那是还在隐约着的青春的消息，是极壮健的处子的皮肤。雪野中有血红的宝珠山茶，白中隐青的单瓣梅花，深黄的磬口的蜡梅花；雪下面还有冷绿的杂草。胡蝶确乎没有，蜜蜂是否来采山茶花和梅花的蜜，我可记不真切了，但我的眼前仿佛看见冬花开在雪野中，有许多蜜蜂们忙碌地飞着；也听他们嗡嗡地闹着。

孩子们呵着冻得通红，像紫芽姜一般的小手，七八个一齐来塑雪罗汉。因为不成功，谁的父亲也来帮忙了。罗汉就塑得比孩子们高得多，虽然不过是上小下大的一堆，终于分不清是壶卢还是罗汉，然而很洁白，很明艳，以自身的滋润相粘结，整个地闪闪地生光。孩子们用龙眼核给他做眼珠，又从谁的母亲的脂粉奁中偷得胭脂来涂在嘴唇上，这回确是一个大阿罗汉了。他也就目光灼灼地嘴唇通红地坐在雪地里。

第二天还有几个孩子来访问他，对了他拍手，点头，嘻笑。但他终于独自坐着了；晴天又来消释他的皮肤，寒夜又使他结一层冰，化作不透明的水晶模样，连续的晴天又使他成为不知道算什么，而嘴上的胭脂也褪尽了。

但是，朔方的雪花在纷飞之后，却永远如粉，如沙，他们决不粘连，撒在屋上，地上，枯草上，就是这样。屋上的雪是早已就有消化了的，因为屋里居人的火的温热。别的，在晴天之下，旋风忽来，便蓬勃地乱飞，在日光中灿灿地生光，如包藏火焰的大雾，旋转而且升腾，弥漫太空，使太空旋转而且升腾地闪灿。

在无际的旷野上，在凛冽的天宇下，闪闪地旋转升腾着的是雨的精魂……

是的，那是孤独的雪，是死掉的雨，是雨的精魂。

（选自 1925 年 1 月 26 日《语丝》第 11 期）

蒋光慈（1901—1931）

原名蒋宣恒，安徽六安人。

莫斯科吟

莫斯科的雪花白，
莫斯科的旗帜红；
旗帜如鲜艳浓醉的朝霞，
雪花把莫斯科装成为水晶宫。
我卧在朝霞中，
我漫游在水晶宫里，
我要歌就高歌，
我要梦就长梦：

回忆过去所遗留的一点一点地迹痕，——
哭泣呢？
怨恨呢？
欢笑呢？
还是留恋呢？
不，朋友们！
那是过去的，
那是不可挽回的，
只合永远埋在被忘记的深窟里！

无涯的历史的河——

流啊！
流啊！
不断地流啊！
人类的希望旋转在你涌进的浪头上；
倘若你不流了，——
停止了，
不前进了，
人类的希望就沉没了，
将永沉没于黑暗之乡！

朋友们！
莫相信人类的历史永远是污秽的，
它总有会变成雪花般漂亮而洁白的一日。
我昨夜梦入水晶宫里，
得到一个确实的消息：
人类已探得了光明的路口，
现在正向那无灰尘的国土进行呢。

朋友们！
莫回顾那生活之过去的灰色黑影，
那灰色黑影真教我羞辱万分！
我今晨立在朝霞云端，
放眼一看：
好了！好了！
人类正初穿着鲜艳的红色衣襟。

十月革命，
如大炮一般，
轰轰一声，
吓倒了野狼恶虎，
惊慌了牛鬼蛇神。
十月革命，
又如通天火柱一般，
后面燃烧着过去的残物，
前面照耀着将来的新途径。
哎！十月革命，
我将我的心灵贡献给你罢，
人类因你出世而重生。

（原载1924年11月8日《民国日报·觉悟》，题为《莫斯科》，署名光赤；编入《新梦》改为此题。选自《新梦》，上海书店1925年1月出版）

李金发（1900—1976）

原名李淑良，广东梅县人。

弃　妇

长发披遍我两眼之前，
遂隔断了一切羞恶之疾视，
与鲜血之急流，枯骨之沉睡。
黑夜与蚊虫联步徐来，
越此短墙之角，
狂呼在我清白之耳后，
如荒野狂风怒号：
战栗了无数游牧。

靠一根草儿，与上帝之灵往返在空谷里。
我的哀戚惟游蜂之脑能深印着；
或与山泉长泻在悬崖，
然后随红叶而俱去。
弃妇之隐忧堆积在动作上，
夕阳之火不能把时间之烦闷
化成灰烬，从烟突里飞去，
长染在游鸦之羽，
将同栖止于海啸之石上，
静听舟子之歌。

衰老的裙裾发生哀吟，
徜徉在邱墓之侧，
永无热泪，
点滴在草地
为世界之装饰。

（选自1925年2月16日《语丝》第14期，署名李淑良）

里昂车中

细弱的灯光凄清地照遍一切，
使其粉红的小臂，变成灰白。
软帽的影儿，遮住她们的脸孔，
如同月在云里消失！

朦胧的世界之影，
在不可勾留的片刻中，
远离了我们，
毫不思索。

山谷的疲乏惟有月的余光，
和长条之摇曳，
使其深睡。
草地的浅绿，照耀在杜鹃的羽上；
车轮的闹声，撕碎一切沈寂；
远市的灯光闪耀在小窗之口，

惟无力显露倦睡人的小颊，
和深沈在心之底的烦闷。

呵，无情之夜气，
蹯伏了我的羽翼。
细流之鸣声，
与行云之飘泊，
长使我的金发褪色么？

在不认识的远处，
月儿似钩心斗角的遍照，
万人欢笑，
万人悲哭，
同躲在一具儿，一模糊的黑影
辨不出是鲜血，
是流萤！

（选自《微雨》，北新书局 1925 年 11 月出版）

梁宗岱（1903—1983）

广东新会人，生于广西百色。

晚祷（二）

——呈敏慧

我独自地站在篱边。
主呵，在这暮霭底茫昧中，
温软的影儿恬静地来去，
牧羊儿正开始他野蔷薇底幽梦。
我独自地站在这里，
悔恨而沉思着我狂热的从前，
痴妄地采撷世界底花朵。
我只含泪地期待着——
祈望有幽微的片红
给春暮阑珊的东风
不经意地吹到我底面前：
虔诚地，轻谧地
在黄昏星忏悔底温光中
完成我感恩底晚祷。

1924年6月1日

（选自《晚祷》，商务印书馆1925年3月出版）

闻一多（1899—1946）

原名闻家骅，湖北浠水人。

死　水

这是一沟绝望的死水，
清风吹不起半点漪沦；
不如多扔些破铜烂铁，
爽性泼你的剩菜残羹。

也许铜的要绿成翡翠，
铁罐上锈出几瓣桃花；
再让油腻织一层罗绮，
霉菌给他蒸出些云霞。

让死水酵成一沟绿酒，
飘满了珍珠似的白沫；
小珠笑一声变成大珠，
又被偷酒的花蚊咬破。

那么一沟绝望的死水，
也就夸得上几分鲜明。
如果青蛙耐不住寂寞，
又算死水叫出了歌声。

这是一沟绝望的死水，
这里断不是美的所在，
不如让给丑恶来开垦，
看他造出个什么世界。

（选自1926年4月15日《晨报副刊·诗镌》第3号）

忘掉她

忘掉她，像一朵忘掉的花！
那朝霞在花瓣上，
那花心里一缕香！
忘掉她，像一朵忘掉的花！

忘掉她，像一朵忘掉的花！
像春风里一出梦，
像梦里的一声钟，
忘掉她，像一朵忘掉的花！

忘掉她，像一朵忘掉的花！
听蟋蟀唱得多好，
看墓草长得多高；
忘掉她，像一朵忘掉的花！

忘掉她，像一朵忘掉的花！
她已经忘记了你，

她什么都记不起；
忘掉她，像一朵忘掉的花！

忘掉她，像一朵忘掉的花！
年华那朋友真好，
他明天就叫你老，
忘掉她，像一朵忘掉的花！

忘掉她，像一朵忘掉的花！
如果是有人要问，
就说没有那个人，
忘掉她，像一朵忘掉的花！

忘掉她，像一朵忘掉的花！
像春风里一出梦，
像梦里的一声钟，
忘掉她，像一朵忘掉的花！

（选自 1927 年 11 月 26 日《现代评论》第 6 卷第 155 期）

朱　湘（1904—1933）

安徽太湖人，生于湖南沅陵。

采莲曲

小船啊轻飘，
杨柳呀风里颠摇；
荷叶呀绿伞，
荷花呀人样娇娆。
日落，
微波，
金丝闪动过小河。
左行，
右撑，
莲舟上扬起歌声。

菡萏呀半开，
蜂蝶呀不许轻来；
绿水呀相伴，
纯洁呀不染尘埃。
溪间，
采莲，
摇动了叶上珠圆。
拍紧，
拍轻，

桨声应答着歌声。

藕心呀丝长，
羞涩呀水底深藏：
不见呀蚕茧，
丝多呀蛹裹中央？
溪头，
采藕，
女郎要采又夷犹。
波沉，
波升，
波上抑扬着歌声。

莲蓬呀子多，
两岸呀榴树婆娑；
灵鹊呀欢噪，
榴花呀落上新罗。
溪中，
采蓬，
耳鬓边晕着微红。
风定，
风生，
风飏荡漾着歌声。

升了呀月钩，
明了呀织女牵牛；

薄雾呀拂水，
凉风呀飘去莲舟。
花芳，
衣香，
消溶入一片苍茫。
时静，
时闻，
虚空里袅着歌音。

（选自 1926 年 4 月 15 日《晨报副刊·诗镌》第 3 号）

王独清（1898—1940）

陕西蒲城人。

我从 Café 中出来……

我从 Café 中出来，
身上添了
中酒的
疲乏，
我不知道
向那一处走去，才是我底
暂时的住家
啊，冷静的街衢
黄昏，细雨！

我从 Café 中出来，
在带着醉
无言地
独走，
我底心内
感着一种，要失了故国的
浪人底哀愁
啊，冷静的街衢
黄昏，细雨！

（选自《圣母像前》，光华书局 1926 年 12 月出版）

冯乃超（1901—1983）

广东南海人，生于日本横滨。

红纱灯

森严的黑暗的深奥的深奥的殿堂之中央
红纱的古灯微明地玲珑地点在午夜之心

苦恼的沉默呻吟在夜影的睡眠之中
我听得鬼魅魑魉的跫声舞蹈在半空

乌云从簇地从簇地盖着蛋白石的月亮
白练的河流若伏在野边的裸体的尸僵

红纱的古灯缓慢地渐渐地放大了光晕
森严的黑暗的殿堂撒了满地庄重的黄金

愁寂地静悄地黑衣的尼姑渡过了长廊
一步一声怎的悠久又怎的消灭无踪

我看见在森严的黑暗的殿堂的神龛
明灭地惝晃地一盏红纱的灯光颤动

（选自 1927 年 2 月 1 日《创造月刊》第 1 卷第 6 期）

穆木天（1900—1971）

原名穆敬熙，吉林伊通人。

苍白的钟声

苍白的　钟声　衰腐的　朦胧
疏散　玲珑　荒凉的　濛濛的　谷中
——衰草　千重　万重——
听 永远的 荒唐的　古钟
听 千声 万声

古钟 飘散 在水波之皎皎
古钟 飘散 在灰绿的 白杨之梢
古钟 飘散 在风声之萧萧
——月影 逍遥 逍遥——
古钟 飘散 在白云之飘飘

一缕 一缕 的 腥香
水滨 枯草 荒径的 近旁
——先年的悲哀 永久的 憧憬 新觞——
听 一声 一声的 荒凉
从古钟 飘荡 飘荡 不知哪里 朦胧之乡

古钟 消散 入 丝动的 游烟

古钟 寂蛰 入 睡水的 微波 潺潺
古钟 寂蛰 入 淡淡的 远远的 云山
古钟 飘流 入 茫茫 四海 之 间
——暝暝的 先年 永远的欢乐 辛酸

软软的 古钟 飞荡随 月光之波
软软的 古钟 绪绪的 入 带带之银河
——呀 远远的 古钟 反响 古乡之歌——
远远的 古钟 入 苍茫之乡 无何

听 残朽的 古钟 在灰黄的 谷中
入 无限之 茫茫 散淡 玲珑
枯叶 衰草 随 呆呆之 北风
听 千声 万声——朦胧 朦胧——
荒唐 茫茫 败废的 永远的 故乡 之 钟声 听 黄昏之深
谷中

1926年1月2日，东海道上

（选自《旅心》，创造社出版部1927年4月出版）

冯　至（1905—1993）

原名冯承植，河北涿州人。

蛇

我的寂寞是一条长蛇，
冰冷地没有言语——
姑娘，你万一梦到它时，
千万啊，莫要悚惧！

它是我忠诚的侣伴，
心里害着热烈的乡思：
它在想着那茂密的草原，——
你头上的，浓郁的乌丝。

它月影一般轻轻地，
从你那儿潜潜走过；
为我把你的梦境衔了来，
像一只绯红的花朵！

（选自《昨日之歌》，北新书局1927年4月出版）

十四行

（二十七首选六）

一

我们准备着深深地领受
那些意想不到的奇迹，
在漫长的岁月里忽然有
彗星的出现，狂风乍起：

我们的生命在这一瞬间，
仿佛在第一次的拥抱里
过去的悲欢忽然在眼前
凝结成屹然不动的形体。

我们赞颂那些小昆虫：
它们经过了一次交媾
或是抵御了一次危险，

便结束它们美妙的一生。
我们整个的生命在承受
狂风乍起，彗星的出现。

二

什么能从我们身上脱落，

我们都让它化作尘埃：
我们安排我们在这时代，
像秋日的树木一棵棵

把树叶和些过迟的花朵
都交给秋风，好舒开树身
伸入严冬；我们安排我们
在自然里，像蜕化的蝉蛾

把残壳都丢在泥里土里；
我们把我们安排给那个
未来的死亡，像一段歌曲，

歌声从音乐的身上脱落，
归终剩下了音乐的身躯
化作一脉的青山默默。

一六

我们并立在高高的山巅
化身为一望无边的远景，
化成面前的广漠的平原，
化成平原上交错的蹊径。

哪条路，哪道水，没有关联，
哪阵风，哪片云，没有呼应：
我们走过的城市，山川

都化成了我们的生命。

我们的生长，我们的忧愁
是某某山坡的一棵松树，
是某某城上的一片浓雾；

我们随着风吹，随着水流，
化成平原上交错的蹊径，
化成蹊径上行人的生命。

二一

我们听着狂风里的暴雨
我们在灯光下这样孤单，
我们在这小小的茅屋里
就是和我们用具的中间

也生了千里万里的距离：
铜炉在向往深山的矿苗
瓷壶在向往江边的陶泥，
它们都像风雨中的飞鸟

各自东西。我们紧紧抱住，
好像自身也都不能自主。
狂风把一切都吹入高空

暴雨把一切又淋入泥土，

只剩下这点微弱的灯红
在证实我们生命的暂住。

二三

接连落了半月的雨，
你们自从降生以来
就只知道潮湿阴郁，
一天雨云忽然散开

太阳光照满了墙壁，
我看见你们的母亲
把你们衔到阳光里，
让你们用你们全身

第一次领受光和暖，
等到太阳落后，它又
衔你们回去。你们没有

记忆，但这一幕经验
会融入将来的吠声，
你们在深夜吠出光明。

二七

从一片泛滥无形的水里
取水人取来椭圆的一瓶，
这点水就得到一个定形；

看，在秋风里飘扬的风旗

它把住些把不住的事体，
让远方的光，远方的黑夜
和些远方的草木的荣谢，
还有个奔向无穷的心意，

都保留一些在这面旗上。
我们空空听过一夜风声，
空看了一天的草黄叶红，

向何处安排我们的思，想？
但愿这些诗像一面风旗
把住一些把不住的事体。

（选自《十四行集》，明日社 1942 年 5 月出版）

徐志摩（1897—1931）

原名章垿，浙江海宁人。

沙扬娜拉一首

赠日本女郎

最是那一低头的温柔，
像一朵水莲花不胜凉风的娇羞，
道一声珍重，道一声珍重，
那一声珍重里有蜜甜的忧愁！
沙扬娜拉！

（选自《志摩的诗》，新月书店 1928 年 8 月出版）

再别康桥

轻轻的我走了，
正如我轻轻的来；
我轻轻的招手，
作别西天的云彩。

那河畔的金柳，
是夕阳中的新娘；
波光里的艳影，

在我的心头荡漾。

软泥生的青荇，
油油的在水底招摇：
在康河的柔波里，
我甘心做一条水草！

那榆荫下的一潭，
不是清泉，是天上虹
揉碎在浮藻间，
沈淀着彩虹似的梦。

寻梦？撑一支长篙，
向青草更青处漫溯；
满载一船星辉，
在星辉斑斓里放歌。

但我不能放歌，
悄悄是别离的笙箫；
夏虫也为我沈默，
沈默是今晚的康桥！

悄悄的我走了，
正如我悄悄的来；
我挥一挥衣袖，

不带走一片云彩。

11 月 6 日中国海上

（选自 1928 年 12 月 10 日《新月》月刊第 1 卷第 10 号）

偶　然

我是天空里的一片云，
偶尔投影在你的波心——
　　你不必讶异，
　　更无须欢喜——
在转瞬间消灭了踪影。

你我相逢在黑夜的海上，
你有你的，我有我的，方向；
　　你记得也好，
　　最好你忘掉，
在这交会时互放的光亮！

（选自 1926 年 5 月 27 日《晨报副刊·诗镌》第 9 期，署名志摩）

戴望舒（1905—1950）

浙江杭县（今杭州余杭区）人。

雨　巷

撑着油纸伞，独自
彷徨在悠长，悠长
又寂寥的雨巷，
我希望逢着
一个丁香一样地
结着愁怨的姑娘。

她是有
丁香一样的颜色，
丁香一样的芬芳，
丁香一样的忧愁，
在雨中哀怨，
哀怨又彷徨；

她彷徨在这寂寥的雨巷，
撑着油纸伞
像我一样，
像我一样地
默默彳亍着，
冷漠，凄清，又惆怅。

她静默地走近
走近，又投出
太息一般的眼光，
她飘过
像梦一般地
像梦一般地凄婉迷茫，

像梦中飘过
一枝丁香地，
我身旁飘过这女郎；
她静默地远了，远了，
到了颓圮的篱墙，
走尽这雨巷。

在雨的哀曲里，
消了她的颜色，
散了她的芬芳，
消散了，甚至她的
太息般的眼光，
她丁香般的惆怅。

撑着油纸伞，独自
彷徨在悠长，悠长
又寂寥的雨巷，
我希望飘过

一个丁香一样地
结着愁怨的姑娘。

（选自1928年8月10日《小说月报》第19卷第8号）

我底记忆

我底记忆是忠实于我的，
忠实得甚于我最好的友人。

它存在在燃着的烟卷上，
它存在在绘着百合花的笔杆上。
它存在在破旧的粉盒上，
它存在在颓垣的木莓上，
它存在在喝了一半的酒瓶上，
在撕碎的往日的诗稿上，在压干的花片上，
在凄暗的灯上，在平静的水上，
在一切有灵魂没有灵魂的东西上，
它在到处生存着，像我在这世界一样。

它是胆小的，它怕着人们底喧嚣，
但在寂寥时，它便对我来作密切的拜访。
它底声音是低微的，
但是它底话是很长，很长，
很多，很琐碎，而且永远不肯休：
它底话是古旧的，老是讲着同样的故事，

它底音调是和谐的，老是唱着同样的曲子，
有时它还模仿着爱娇的少女底声音，
它底声音是没有气力的，
而且还夹着眼泪，夹着太息。

它底拜访是没有一定的，
在任何时间，在任何地点，
甚至当我已上床，朦胧地想睡了；
人们会说它没有礼貌，
但是我们是老朋友。

它是琐琐地永远不肯休止的，
除非我凄凄地哭了，或是沈沈地睡了：
但是我是永远不讨厌它，
因为它是忠实于我的。

（选自《我底记忆》，水沫书店 1929 年 4 月出版）

我用残损的手掌

我用残损的手掌
摸索这广大的土地：
这一角已变成灰烬，
那一角只是血和泥；
这一片湖该是我的家乡，
（春天，堤上繁花如锦障，

嫩柳枝折断有奇异的芬芳）
我触到荇藻和水的微凉；
这长白山的雪峰冷到彻骨，
这黄河的水夹泥沙在指间滑出；
江南的水田，你当年新生的禾草
是那么细，那么软……现在只有蓬蒿；
岭南的荔枝花寂寞地憔悴，
尽那边，我蘸着南海没有渔船的苦水……
无形的手掌掠过无限的江山，
手指沾了血和灰，手掌黏了阴暗，
只有那辽远的一角依然完整，
温暖，明朗，坚固而蓬勃生春。
在那上面，我用残损的手掌轻抚，
像恋人的柔发，婴孩手中乳。
我把全部的力量运在手掌
贴在上面，寄与爱和一切希望，
因为只有那里是太阳，是春，
将驱逐阴暗，带来苏生，
因为只有那里我们不像牲口一样活，
蝼蚁一样死……那里，永恒的中国！

1942 年 7 月 3 日

（原载 1946 年 12 月 15 日《文艺春秋》第 3 卷第 6 期，
选自《灾难的岁月》，星群出版社 1948 年 2 月出版）

饶孟侃（1902—1967）

江西南昌人。

呼　唤

有一次我在白杨林中，
听到亲切的一声呼唤；
那时月光正望着翁仲，
翁仲正望着我看。
再听不到呼唤的声音，
我吃了一惊，四面寻找；——
翁仲只是对月光出神，
月光只对我冷笑。

7月27日

（选自1928年8月10日《新月》月刊第1卷第6号）

沈从文（1902—1988）

原名沈岳焕，湖南凤凰人。

颂

说是总有那么一天，
你的身体成了我极熟的地方，
那转弯抹角，那小阜平冈；
一草一木我全都知道清清楚楚，
虽在黑暗里我也不至于迷途。
如今这一天居然来了。

我嗅惯着了你身上的香味，
如同吃惯了樱桃的竹雀；
辨得出樱桃香味。
樱桃与桑葚以及地莓味道的不同，
虽然这竹雀并不曾吃过
桑葚与地莓也明白的。

你是一株柳；
有风时是动，无风时是动：
但在大风摇你撼你一阵过后，
你再也不能动了。

我思量永远是风，是你的风。

于北京之窄而霉斋中

(选自1928年11月10日《新月》第1卷第9号，署名甲辰)

殷　夫（1910—1931）

原名徐白，浙江象山人。

血　字

血液写成的大字，
斜斜地躺在南京路，
这个难忘的日子——
润饰着一年一度……

血液写成的大字，
刻划着千万声的高呼，
这个难忘的日子——
几万个心灵暴怒……

血液写成的大字，
记录着冲突的经过，
这个难忘的日子——
狞笑着几多叛徒……

五卅哟！
立起来，在南京路走！
把你血的光芒射到天的尽头，
把你刚强的姿态投映到黄浦江口，
把你的洪钟般的预言震动宇宙！

今日他们的天堂，
他日他们的地狱，
今日我们的血液写成字，
异日他们的泪水可入浴。

我是一个叛乱的开始，
我也是历史的长子，
我是海燕，
我是时代的尖刺。

“五”要成为报复的枷子，
“卅”要成为囚禁仇敌的铁栅，
“五”要分成镰刀和铁鎚，
“三”要成为断铐和炮弹！……

四年的血液润饰够了，
两个血字不该再放光辉，
千万的心昔够坚决了，
这个日子应该即刻消毁！

（选自1930年5月《拓荒者》第4—5期）

陈梦家（1911—1966）

浙江上虞人，生于南京。

雁　子

我爱秋天的雁子
终夜不知疲倦，
（像是嘱咐，像是答应，）
一边叫，一边飞远。

从来不问她的歌
留在那个云上？
只管唱过，只管飞扬，
黑的天，轻的翅膀。

我情愿是只雁子，
一切都使忘记——
当我提起，当我想到：
不是恨，不是欢喜。

11 月 14 夜南京

（选自 1931 年 1 月《诗刊》创刊号）

都市的颂歌

你有那不死的精力在地壳上爬，
日长夜长不会换一口气，你走
走厌了一个年头，又是一个年头，
一切的事情你都爱做，你不怕
要这海填成了陆，陆地往海里沉，
尽管是十八层石屋要你承担，
你全不会有一点犹豫，什么为难？
大步的踏，不分昼夜，不分阴晴
那圆的圆的转动，一声吼，一股烟
终日粗暴的咆哮着那些人手
太慢，为什么还要有思想在心头？
不许你憩下气，找取一点安闲，
这真是荒唐不经的妄想；这儿有
赛过雷雨风暴奇伟的大乐响，
指挥的不叫它有一刻寂寞；海洋
也有风浪平的时候。这儿永久
永久是一个疯子不会碰到瞌睡：
赤火火的眼睛，燃着，一双凶爪
只是飞走，找各样好玩的把戏耍；
不用问那一刻他才觉到要累——
要累？除非是走没了光，天掉下来，
什么都没有；只胜下一个糊途，
一个昏暗，一个渺茫，永远的迷雾。

但毕竟这日子还远着，你睁开
眼睛，看见纵不见青天，也是烟灰
积成厚羢，铺开一张博大的幕，
不要透进一丝一毫真纯的光波，
关住了这一座大都市的魔鬼。
你还能见到落下地的一天繁星：
不论是飞雪，是刮风。还是落雨，
正好是太阳给赶走了；（一群黑鱼
游上了一缸清水上面）在尖顶
在鱼鳞中间，长蛇的脊背上发亮。
这里少一个月亮，这里并不要，
这里有着时针指着时候，报昏晓，
一根水银告诉人季候的炎凉。
可是那秋春的凉爽永年吹不到
一大排昏暗的地窖里，没有风
没有阳光，也没有一个幸福的梦，
扰乱他们的节奏，不变的急燥。
上帝造下这一群耐苦善良的人，
是生来为这灿烂的世界效劳，
受着安排好的“权威”大力的开导，
完成一个幸福的花园的工程。
尽管你是受着苦难，你没有一刻
好叹一口气，只赶你烧着汽锅
开唱那部插入云霄进行的高歌，
带走那流水一般“创造”的皮革。
尽管是另外一些人，他们只做声

叫你做下这工程的一段，别怨
不公平，是不同的种，原也是上天
安排好只用心计，创始的功臣。
但天是无偏：你们同在一个世界。
不分人我，看着日子一步一步
走近你们，又让日子一层层弥补
这人类的历史不紧要的存在。
这都是从极远的西方渡过大海，
带来了这事业，让自己去经营
一座天堂长年长月的放出光明
却不是一盏灯点亮人的脑袋；
有的是机器油灌满了一盘心磨
流利的，不会有一天走到迟钝，
都在一杯酒一场笑里静静的等
计划中的天堂那落成的开幕。
这儿才是新的世界，建筑的天堂，
不停的嘈杂，一切圆轴的飞转
一回一回旋进了那文明的大圈，
你听啊，那高声颂扬着的歌唱！

八月之末，上海桃源邨

（选自《新月》第3卷第3期）

孙大雨（1905—1997）

原名孙铭传，浙江诸暨人。

诀　绝

天地竟然老朽得这么不堪！
我怕世界就要吐出他最后
一口气息。无怪老天要破旧，
唉，白云收尽了向来的灿烂，
太阳暗得像死尸的白眼一般，
肥圆的山岭变幻得像一列焦瘤，
没有了林木和林中啼绿的猿猴，
也不再有山泉对着好鸟清谈。
大风抱着几根石骨在摩娑，
海潮披散了满头满背的白发，
悄悄退到沙滩下独自叹息
去了：就此结束了她千古的喧哗，
就此也开始天地和万有的永劫。
为的都是她向我道了一声诀绝！

（选自 1931 年 1 月《诗刊》创刊号）

邵洵美（1906—1968）

浙江余姚人。

蛇

在宫殿的阶下，在庙宇的瓦上，
你垂下你最柔嫩的一段——
好像是女人半松的裤带
在等待着男性的颤抖的勇敢。

我不懂你血红的叉分的舌尖
要刺痛我那一边的嘴唇？
他们都准备著了，准备著
这同一个时辰里双倍的欢欣！

我忘不了你那捉不住的油滑
磨光了多少重叠的竹节：
我知道了舒服里有伤痛，
我更知道了冰冷里还有火炽。

啊，但愿你再把你剩下的一段
来箍紧我箍不紧的身体，
当钟声偷进云房的纱帐，

温暖爬满了冷宫稀薄的绣被！

（选自《新月诗选》，陈梦家编，新月书店 1931 年 9 月出版）

臧克家（1905—2004）

山东诸城人。

老　马

总得叫大车装个够，
他横竖不说一句话，
背上的压力往肉里扣，
他把头沉重的垂下！

这刻不知道下刻的命，
他有泪只往心里咽，
眼前飘来一道鞭影，
他抬起头望望前面。

1932年4月

（选自《烙印》，1933年7月自印）

歇午工

放下了工作，
什么都放下了，
他们要睡——
睡着了，

铺一面大地，
盖一身太阳，
枕一条
疏淡的树荫，
这个的手
搭上那个的胸膛。
一根汗毛
挑一颗晶溶的汗珠，
汗珠里
亮着坦荡的舒服。
阳光下，铁色的皮上
开一大片白花，
粗暴的鼾声扣着
呼吸的匀和。
什么也惊不醒他们；
什么都不许惊醒这一群，
等静静的
睡过这困人的正晌，
他们爬起来，抖一下，
涌一身新的力量。

（选自1933年8月1日《文艺月刊》第4卷第2期）

有的人

——纪念鲁迅有感

有的人活着
他已经死了；
有的人死了
他还活着。

有的人
骑在人民头上：“呵，我多伟大！”
有的人
俯下身子给人民当牛马。

有的人
把名字刻入石头想“不朽”；
有的人
情愿作野草，等着地下的火烧。

有的人
他活着别人就不能活；
有的人
他活着为了多数人更好地活。

骑在人民头上的，
人民把他摔垮；

给人民作牛马的，
人民永远记住他！

把名字刻入石头的，
名字比尸首烂得更早；
只要春风吹到的地方
到处是青青的野草。

他活着别人就不能活的人，
他的下场可以看到；
他活着为了多数人更好地活着的人，
群众把他抬举得很高，很高。

1949 年 10 月下旬于北京

（原载 1949 年 11 月 1 日《新民报·萌芽》第 16 号，
选自《臧克家诗选》，人民文学出版社 2005 年 1 月出版）

林　庚（1910—2006）

福建闽侯人，生于北京。

五　月

如其春天只有一次的相遇
那该是怎样的不舍得失去
为什么我们有时说不定
要捉住一只正飞的蝴蝶呢
它只有这一次的生命

苇叶的笛声吹动了满山满村
象征着那五月来了
不美吗？这时的黄昏
把青春卖与希望的人
因青春而失望了

快乐是这样的时候
当我醒来天如水一般的清
那像你的眼睛！爱
她说我消瘦了，我的心
轻轻的落出天外

听惯了来福枪声
会想到命长是一件可笑的事情吧
不是吗？爱

五月里的杜鹃，野有鹿鸣。

（选自《夜》，1933 年夏出版）

新秋之歌

我多么爱那蓝色的天
那是浸透着阳光的海
年青的一代需要飞翔
把一切时光变成现在
我仿佛听见原野的风
吹起了一支新的乐章
红色的果实已经发亮
是的，风将要变成翅膀
让一根芦苇也有力量
啊 世界变了多少模样
金色的网织成太阳
银色的网织成月亮
谁织成那蓝色的天
落在我那幼年心上
谁织成那蓝色的网
从摇篮就与人作伴
让生活的大海洋上
一滴露水也来歌唱

1961 年 9 月

（选自《人民文学》1961 年 11 月号）

李广田（1906—1968）

山东邹平人。

窗

偶尔投在了我的窗前的，
是九年前的你的面影吗？
我的绿纱窗总是褪成了苍白的，
九年前的却还是九年前。

和着微飔，和着落叶的窸窣而前来的，
还是九年前的你那秋天的哀怨吗？
这埋在了土里的旧哀怨，
乃种下了今日的烦忧草，青青的。

你是正在旅行中的一只候鸟，
偶尔地，过访了我这秋的园林，
（如今，我成了一座秋的园林，）
毫无顾惜地，你又自遥远了。

遥远了，远到不可知的天边，
你去寻，寻另一座春的园林吗？
我则独对了苍白的纱窗，而沈默，

怅望向窗外：一点白云和一片青天。

1933 年 9 月 8 日

（选自 1934 年 1 月 1 日《文学季刊》第 1 期，署名曦晨）

蒲　风（1911—1942）

原名黄日华，广东梅州人。

生　活

两条轨
无穷的展开在前面，
当作轰轰的列车我前进吧。

让西北风吹打，
穿过幽黯的隧道，跑上崎岖的山，
颓丧，悲哀的只是道旁的树木呵！

什么，黑夜张开了她的翅膀？
什么，大地蒙上薄薄的白纱？
——不要慌，加强马力前进吧？

让列车永远永远禽住两条轨，
莫怕前面的无穷，难捉摸，
没煤燃烧时才是最后的终点哩！

——啊！这就是生活！

1934 年 3 月

（1934 年 3 月 26 日《申报·自由谈》，

选自《生活》，诗人俱乐部 1936 年 9 月出版）

林徽因（1904—1955）

福建闽县（今福州）人，生于杭州。

你是人间的四月天

——一句爱的赞颂

我说你是人间的四月天；
笑响点亮了四面风；轻灵
在春的光艳中交舞着变。

你是四月早天里的云烟，
黄昏吹着风的软，星子在
无意中闪，细雨点洒在花前。

那轻，那娉婷你是，鲜妍
百花的冠冕你戴着，你是
天真，庄严，你是夜夜的月圆。

雪化后那片鹅黄，你像；新鲜
初放芽的绿，你是；柔嫩喜悦
水光浮动着你梦期待中白莲。

你是一树一树的花开，是燕
在梁间呢喃，——你是爱，是暖，

是希望，你是人间的四月天！

（选自1934年5月1日《学文月刊》第1卷第1期，署名徽音）

徐　迟 (1914—1996)

原名商寿，浙江吴兴（今湖州）人。

都会的满月

写着罗马字的
Ⅰ Ⅱ Ⅲ Ⅳ Ⅴ Ⅵ Ⅶ Ⅷ Ⅸ Ⅹ Ⅺ Ⅻ代表的十二个星；
绕着一圈齿轮。

夜夜的满月，立体的平面的机件。
贴在摩天楼的塔上的满月。
另一座摩天楼低俯下的都会的满月。

短针一样的人，
长针一样的影子，
偶或望一望都会的满月的表面。

知道了都会的满月的浮载的哲理，
知道了时刻之分，
明月与灯与钟的兼有了。

（选自1934年5月1日《现代》第5卷第1期）

小 镇

一

一阵香味的飘浮，
只要闭上眼睛一嗅，
便知是我的小镇；
那样熟悉的香味，
童年起就习惯它，
忘不了它，离不了它，
象记忆诉说无穷尽，
那是我的小镇的香。
那是午炊的香味
饭釜上的香粳米，
夹进炖梅干菜的浓香，
烧稻草的灶里的烟熏味。
那是河水的香味，
带着一股草腥气。
那是网船上的鱼蚌河泥，
桐油味的货船装的山货味。
那是雨后温暖的水蒸气，
充溢着肥沃的土壤味，
酱园里的酒糟气，
糖食店里的蜜饯香。
那是古屋中的潮湿的霉味，

院子里月季花的沁香。
油菜花、秧苗，田野的香，
还有那园林，芳气袭人，
我急于吸入它们，
使充满我的胸膛，
又吝惜于吐出它们，
什么还更醉人？

二

啊，小镇，环镇五六里，
有灶烟几千家
和几千家沉入水中的倒影。
它们抖动了又抖动，
摇晃了又摇晃，
它们散开了又聚合，
聚合了又散开，散开。
啊，到处是小河的小镇，
小河象剪刀一样
曲折剪开小镇，剪碎了它。
啊，到处是小桥的小镇，
小桥象针线一样，
又把小镇缝合在一起。
好象不流的小河在流，
好象闪动的小镇不动。
明亮的阳光照小河，
小河披上一身金鳞。

波光映到白帆上，
映到桥板和桥洞中，
映到屋檐下，照徹两岸，
笼罩小镇全部。
于是小镇又抖动了，
摇晃了，如散开，如聚合。

三

小镇里响起一片市音，
它有条嘈杂的街。
此刻店门大开，摊头摆满，
挑担来的沿街排列，
街头人群，拥挤不堪。
他们都在赶早市：
一片鼎沸的人语声。
卖主和顾客在论争。
面馆里敲响铁锅声。
叫卖的人有嘹亮的歌喉，
他们歌颂他们的货品，
也只有歌声能超过语声之上：
一种歌声赞美鲲鱼，鲭鱼，鳜鱼，
它们在椭圆木桶中怡然游泳。
另一种赞美蜷毛的湖羊，
另一种，萬苣笋，芥兰菜，莼菜。
荠菜的叫卖声最尖细，
那旋律的优美使人听得出神。

篮中的鸡蛋虽沉默不言，
它们的价格也被谱上音符。
淡黄色的鸭群在街角，
发出了噪聒的大合唱。
毛猪行里嘶叫得应天响，
最使这条街显得繁荣，
市河里传来了小火轮的汽笛，
声声欸乃的橹声。
吃早茶的农民坐满茶楼，
茶楼一早晨卖百把壶茶。
他们围着八仙桌谈天，
还象隔开两道阡陌呼唤。
忽然一个姑娘拉扯你衣袖，
用那清脆的乡音，
问你要不要鲜鲜竹笋？

（选自《诗刊》1957年6月号）

艾　青（1910—1996）

原名蒋海澄，浙江金华人。

大堰河——我的保姆

一

大堰河，是我的保姆。
她的名字就是生她的村庄的名字，
她是童养媳，
大堰河，是我的保姆。

我是地主的儿子；
也是吃了大堰河的奶而长大了的，
大堰河的儿子。
大堰河以养育我而养育她的家，
而我，是吃了你的奶而被养育了的。
大堰河啊，我的保姆。

二

大堰河，今天我看到雪使我想起了你：
你的被雪压着的草盖的坟墓，
你的关闭了的故居檐头的枯死的瓦扉，
你的被典押了的一丈平方的园地，
你的门前的长了青苔的石椅，

大堰河，今天我看到雪使我想起了你。

三

你用你厚大的手掌把我抱在怀里，抚摸我；
在你搭好了灶火之后，
在你拍去了围裙上的炭灰之后，
在你尝到饭已煮熟了之后，
在你把乌黑的酱碗放到乌黑的桌上之后，
在你补好了儿子们的，为山腰的荆棘扯破的衣服之后，
在你把小儿被柴刀砍伤了的手包好之后，
在你把夫儿们的衬衣上的虱子一颗颗的掐死之后，
在你拿起了今天的第一颗鸡蛋之后，
你用你厚大的手掌把我抱在怀里，抚摸我。

四

我是地主的儿子，
在我吃光了你大堰河的奶之后，
我被生我的父母领回到自己的家里。
啊，大堰河，你为什么要哭？

五

我做了生我的父母家里的新客了！
我摸着红漆雕花的家具，
我摸着父母的睡床上金色的花纹，
我呆呆的看檐头的写着我不认得的“天伦叙乐”的匾，
我摸着新换上的衣服的丝的和贝壳的纽扣，

我看着母亲怀里的不熟识的妹妹，
我坐着油漆过的安了火钵的炕凳，
我吃着研了三番的白米的饭，
但，我是这般忸怩不安！因为我
我做了生我的父母家里的新客了。

六

大堰河，为了生活，
在她流尽了她的乳液之后，
她就开始用抱过我的两臂劳动了；
她含着笑，洗着我们的衣服，
她含着笑，提着菜篮到村边的结冰的池塘去，
她含着笑，切着冰屑悉索的萝葡，
她含着笑，用手掏着猪吃的麦糟，
她含着笑，扇着炖肉的炉子的火，
她含着笑，背了团箕到广场上去，
晒好那些大豆和小麦，
大堰河，为了生活，
在她流尽了她的乳液之后，
她就用抱过我的两臂，劳动了。

七

大堰河，深爱着她的乳儿；
在年节里，为了他，忙着切那冬米的糖，
为了他，常悄悄的走到村边的她的家里去，
为了他，走到她的身边叫一声“妈”

大堰河，把他画的大红大绿的关云长
贴在那灶边的墙上，
大堰河，会对她的邻居夸口赞美她的乳儿，
大堰河曾做了一个不能对人说的梦：
在梦里，她吃着她的乳儿的婚酒，坐在
辉煌的结采的堂上，
而她的娇美的媳妇，亲切的叫她“婆婆”
……
大堰河，深爱她的乳儿！

八

大堰河，在她的梦没有做醒的时候已死了。
她死时，乳儿不在她的旁侧，
她死时，平时打骂她的丈夫也为她流泪，
五个儿子，个个哭得很悲，
她死时，轻轻的呼着她的乳儿的名字，
大堰河，已死了，
她死时，乳儿不在她的旁侧。

九

大堰河，含泪的去了！
同着四十几年的人世生活的凌侮，
同着数不尽的奴隶的凄苦，
同着四块钱的棺材和几束稻草，
同着几尺长方的埋棺材的土地，
同着一手把的纸钱的灰，

大堰河，她含泪的去了。

十

这是大堰河所不知道的：
她的醉酒的丈夫已死去，
大儿做了土匪，
第二个死在炮火的烟里，
第三，第四，第五
在师傅和地主的叱骂声里过着日子，
而我，我是在写着给予这不公道的世界的咒语。
当我经了长长的漂泊回到故土时，
在山腰里，田野上，
兄弟们碰见时，是比六七年前更要亲密！
这，这是为你，静静的睡着的大堰河
所不知道的啊！

十一

大堰河，今天，你的乳儿是在狱里，
写着一首呈给你的赞美诗，
呈给你黄土下紫色的灵魂，
呈给你拥抱过我的直伸着的手，
呈给你吻过我的唇，
呈给你泥黑的温柔的脸颜，
呈给你养育了我的乳房，
呈给你的儿子们，我的兄弟们：
呈给大地上一切的

我的大堰河般的保姆和她们的儿子，
呈给爱我如爱她自己的儿子般的大堰河。

大堰河，
我是吃了你的奶而长大了的
你的儿子，
我敬你
爱你！

（选自 1934 年 5 月 1 日《春光》月刊第 1 卷第 3 号）

雪落在中国的土地上

雪落在中国的土地上，
寒冷在封锁着中国呀……

风，
像一个太悲哀了的老妇。
紧紧地跟随着
伸出寒冷的指爪
拉扯着行人的衣襟，
用着像土地一样古老的
一刻也不停地絮聒着……

那从林间出现的，
赶着马车的

你中国的农夫，
戴着皮帽
冒着大雪
你要到那儿去呢？

告诉你，
我也是农人的后裔——
由于你们的
刻满了痛苦的皱纹的脸，
我能如此深深地
知道了
生活在草原上的人们的
岁月的艰辛。

而我
也并不比你们快乐啊
——躺在时间的河流上
苦难的浪涛
曾经几次把我吞没而又卷起——
流浪与监禁
已失去了我的青春的最可贵的日子，
我的生命
也像你们的生命
一样的憔悴呀。

雪落在中国的土地上，
寒冷在封锁着中国呀……

沿着雪夜的河流，
一盏小油灯在徐缓地移行，
那破烂的乌篷船里
映着灯光，垂着头
坐着的是谁呀？

——啊，你，
蓬发垢面的小妇，
是不是
你的家
——那幸福与温暖的巢穴——
已被暴戾的敌人
烧毁了么？

是不是
也像这样的夜间，
失去了男人的保护，
在死亡的恐怖里
你已经受尽敌人刺刀的戏弄？

咳，就在如此寒冷的今夜，
无数的
我们的年老的母亲，
都蜷伏在不是自己的家里，
就像异邦人
不知明天的车轮

要滚上怎样的路程？
——而且
中国的路
是如此的崎岖，
是如此的泥泞呀。

雪落在中国的土地上，
寒冷在封锁着中国呀……

透过雪夜的草原
那些被烽火所啮啃着的地域，
无数的，土地的垦植者
失去了他们所饲养的家畜
失去了他们肥沃的田地，
拥挤在
生活的绝望的污巷里；
饥馑的大地
朝向阴暗的天
伸出乞援的
颤抖着的两臂。

中国的苦痛与灾难
像这雪夜一样广阔而又漫长呀！

雪落在中国的土地上，
寒冷在封锁着中国呀……

中国，
我的在没有灯光的晚上，
所写的无力的诗句
能给你些许的温暖么？

1937 年 12 月 28 日，夜间

（选自 1938 年 1 月 16 日《七月》第 7 期）

我爱这土地

假如我是一只鸟，
我也应该用嘶哑的喉咙歌唱：
这被暴风雨所打击着的土地，
这永远汹涌着我们的悲愤的河流，
这无止息地吹刮着的激怒的风，
和那来自林间的无比温柔的黎明……
——然后我死了
连羽毛也腐烂在土地里面。

为什么我的眼里常含泪水？
因为我对这土地爱得深沉……

1938 年 11 月 17 日

（选自《北方》，文化生活出版社 1942 年 1 月出版）

在智利的海岬上

——给巴勃罗·聂鲁达

让航海女神
守护你的家

她面临大海
仰望苍天
抚手胸前
祈求航行平安

一

你爱海，我也爱海
我们永远航行在海上

一天，一只船沉了
你捡回了救命圈
好像捡回了希望

风浪把你送到海边
你好像海防战士
驻守着这些礁石

你抛下了锚
解下了缆索

回忆你所走过的路
每天了望海洋

二

巴勃罗的家
在一个海岬上
窗户的外面
是浩淼的太平洋

一所出奇的房子
全部用岩石砌成
像小小的碉堡
要把武士囚禁

我们走进了
航海者之家
地上铺满了海螺
也许昨晚有海潮

已经残缺了的
　　木雕的女神
站在客厅的门边
像女仆似的虔诚

阁楼是甲板
栏杆用麻绳穿连

在扶梯的边上
有一个大转盘

这些是你的财产：
古代帆船的模型
褐色的大铁锚
中国的大罗盘
（最早的指南针）
大的地球仪
各式各样的烟斗
和各式各样的钢刀

意大利农民送的手杖
放在进门的地方
它陪伴一个天才
走过了整个世界

米黄色的象牙上
刻着年轻的情人
穿着乡村的服装
带着羞涩的表情
像所有的爱情故事
既古老而又新鲜

手枪已经锈了
战船也不再转动

请斟满葡萄酒
为和平而干杯!

三

房子在地球上
而地球在房子里

壁上挂了一顶白顶的
　　黑漆遮阳的海员帽子
好像这房子的主人
今天早上才回到家里

我问巴勃罗:
“是水手呢?
还是将军?”
他说:“是将军,
你也一样;
不过,我的船
已失踪了,
沉落了……”

四

你是一个船长?
还是一个海员?
你是一个舰队长?
还是一个水兵?

你是胜利归来的人?
还是战败了逃亡的人?
你是平安的停憩?
还是危险的搁浅?
你是迷失了方向?
还是遇见了暗礁?

都不是，都不是，
这房子的主人
是被枪杀了的洛尔伽的朋友
是受难的西班牙的见证人
是一个退休了的外交官
不是将军。

日日夜夜望着海
听海涛像在浩叹
也像是嘲弄
也像是挑衅

巴勃罗·聂鲁达
面对着万顷波涛
用矿山里带来的语言
向整个旧世界宣战

在客厅门口上面
挂了救命圈

现在船是在岸边
你说："要是船沉了
我就戴上了它
跳进了海洋。"

方形的街灯
在第二个门口
这样，每个夜晚
你生活在街上

壁炉里火焰上升
今夜，海上喧哗
围着烧旺了的壁炉
从地球的各个角落来的
　　十几个航行的伙伴
喝着酒，谈着航海的故事

我们来自许多国家
包括许多民族
有着不同的语言
但我们是最好的兄弟

有人站起来
用放大镜
在地图上寻找
没有到过的地方

我们的世界
好像很大
其实很小

在这个世界上
应该生活得好

明天，要是天晴
我想拿铜管的望远镜
向西方了望
太平洋的那边
是我的家乡
我爱这个海岬
也爱我的家乡

这儿夜已经很深
初春的夜晚多么迷人

五

在红心木的桌子上
有船长用的铜哨子

拂晓之前，要是哨子响了
我们大家将很快地爬上船缆
张起船帆，向海洋起程

向另一个世纪的港口航行……

1954 年 7 月 24 日晚初稿

1956 年 12 月 11 日整理

（选自《诗刊》1957 年 1 月号）

鱼化石

动作多么活泼，
精力多么旺盛，
在浪花里跳跃，
在大海里浮沉；

不幸遇到火山爆发，
也可能是地震，
你失去了自由，
被埋进了灰尘；

过了多少亿年，
地质勘察队员，
在岩层里发现你，
依然栩栩如生。

但你是沉默的，
连叹息也没有，
鳞和鳍都完整，

却不能动弹；

你绝对的静止，
对外界毫无反应，
看不见天和水，
听不见浪花的声音。

凝视着一片化石，
傻瓜也得到教训：
离开了运动，
就没有生命。

活着就要斗争，
在斗争中前进，
即使死亡，
能量也要发挥干净。

（原刊 1978 年 8 月 27 日《文汇报》，
选自《归来的歌》，四川人民出版社 1980 年 5 月出版）

南　星（1910—1996）

原名杜文成，河北怀柔人。

石像辞

你来过几次我记不清楚了，
但我知道你足迹的数目，
无论留在草叶上或泥土上的，
因为当这园林欢迎你的时候，
我就要用力地低头了。

你将怎样猜想我的经历呢？
也许你以为我是一个新客，
远不如一株赤枫或一株白杨；
也许你的思想或记忆
不会来到我的身上，永远地。

如果我自己对过去生出疑问了，
我回想一些连绵雨的日子，
一些沉重的雪花封住全地的日子；
我曾觉到秋与冬的转移，
我曾听见风歌唱着像一个牧者。

莫近前来看我吧——
这全身上的斑痕

将为我上面的话作证。
你第一次已是来迟了，
如果这园里没有年青的花草。

但我非分地希冀着
阳光以外的温暖
或一个生人的眼光
或虫儿们所不了解的声音
使我忘记残酷的风雨、年月。

每一次你来的时候，
我忧伤地欺骗着自己，
称你为我的远远的客人，
我的心被感谢充满了，
因为你常给我以异样的气息。

（选自1934年11月10日《水星》第1卷第2期）

卞之琳（1910—2000）

江苏南京人，生于江苏海门。

距离的组织

想独上高楼读一遍“罗马衰亡史”，
忽有罗马灭亡星出现在报上。
报纸落。地图开，因想起远人的嘱咐。
寄来的风景也暮色苍茫了。
（醒来天欲暮，无聊，一访友人吧。）
灰色的天。灰色的海。灰色的路。
哪儿了？我又不会向灯下验一把土。
忽听得一千重门外有自己的名字。
好累呵！我的盆舟没有人戏弄吗？
友人带来了雪意和五点钟。

附注

第二行 民国二十三年十二月二十六日大公报国际新闻伦敦二十五日路透电：两星期前索佛克业余天文学者发现北方大力星座中出现一新星，兹据哈华德观象台纪称，近两日内该星异常光明，估计约距地球一千五百光年，故其爆炸而致突然灿烂，当远在罗马帝国倾覆之时，直至今日，其光始传至地球云。

第七行 民国二十三年十二月二十八日大公报史地周刊王同春开发河套记：夜中驰驱旷野，偶然不辨在什么地方，只消抓一把土向灯一瞧就知道到了那里了。

第九行 聊斋志异白莲教：白莲教某者山西人也，忘其姓名，某一日，将他往，堂上置一盆，又一盆覆之，嘱门人坐守，戒勿启视。去后，门人启之，视盆贮清水，水上编草为舟，帆樯具焉。异而拨以指，随手倾侧。急扶如故，仍覆之。俄而师来，怒责何违吾命。门人力白其无。师曰，适海中舟覆，何得欺我。

1月9日

（选自1935年2月10日《水星》第1卷第5期）

断　章

你站在桥上看风景，
看风景人在楼上看你。

明月装饰了你的窗子，
你装饰了别人的梦。

（选自《鱼目集》，文化生活出版社1935年12月出版）

第一盏灯

鸟吞小石子可以磨食品。
兽畏火。人养火乃有文明。
与太阳同起同睡的有福了，
可是我赞美人间第一盏灯。

（选自1937年5月1日《文学杂志》第1卷第1期）

田　汉（1898—1968）

原名寿昌，湖南长沙人。

义勇军进行曲

起来！不愿做奴隶的人们，
把我们的血肉，筑成我们新的长城！
中华民族到了最危险的时候，
每个人被迫着发出最后的吼声！
起来！起来！起来！
我们万众一心，
冒着敌人的炮火，前进！
冒着敌人的炮火，前进！
前进！前进！进！

（选自1935年5月20日《青青电影》第2卷第2期，署名聂耳作曲）

玲　君（1915—1987）

原名白汝瑗，生于天津。

铃之记忆

悠长地，连绵地，
是那辽远的铃声吧？
如银色之吹管，
冷气透过做琥珀色神秘之林屋，
海上浮来了薄暮的景色。
而又骤然变成苍老气息的，
翻开辉煌的古代旧事，
哓舌在迷茫的夜里。

我听见了闪动在吉普赛人的野火旁
那奇异的车铃的声音；
我听见了，在住昔莫斯科的夕暮
那哥萨克骑队的马铃声音。

你交结了浮动的
青的天，水，树，梦于一色，
又魔法地摇去我的过去，现在，与未来，
做为时时思忆的依据。

可是，你终于断续地消没了，

只零落如过时的蔷薇花瓣，
传出单纯的，
辽远的，幽寂的声音。

（选自 1935 年 10 月 10 日《现代诗风》第 1 册）

何其芳（1912—1977）

重庆万县人。

预　言

这一个心跳的日子终于来临。
你夜的叹息似的渐近的足音
我听得清不是林叶和夜风的私语，
麋鹿驰过苔径的细碎的蹄声。
告诉我，用你银铃的歌声告诉我
你是不是预言中的年轻的神？

你一定来自那温郁的南方，
告诉我那儿的月色，那儿的日光，
告诉我春风是怎样吹开百花，
燕子是怎样痴恋着绿杨。
我将合眼睡在你如梦的歌声里，
那温馨我似乎记得又似乎遗忘。

请停下，停下你长途的奔波，
进来，这儿有虎皮的褥你坐！
让我烧起每一个秋天拾来的落叶，
听我低低唱起我自己的歌。
那歌声像火光样沉郁又高扬，
火光样将落叶的一生诉说。

不要前行，前面是无边的森林，
古老的树现着野兽身上的斑纹，
半生半死的藤蟒蛇样交缠着，
密叶里漏不下一颗星，
你将怯怯地不敢放下第二步，
当你听见了第一步空寥的回声。

一定要走吗，等我和你同行，
我的足知道每条平安的路径，
我将不停地唱着忘倦的歌，
再给你，再给你手的温存，
当夜的浓黑遮断了我们，
你可不转眼地望着我的眼睛。

我激动的歌声你竟不听，
你的足竟不为我的颤抖暂停，
像静穆的微风飘过这黄昏里，
消失了，消失了你骄傲的足音……
呵，你终于如预言所说的无语而来
无语而去了吗，年轻的神？

1931 年秋

（选自《汉园集》，商务印书馆 1936 年 3 月出版）

欢　乐

告诉我，欢乐是什么颜色？
像白鸽的羽翅，燕子的红嘴？
欢乐是什么声音？像一声芦笛，
还是从稷稷的松声到潺潺的流水？

是不是可握住的，如温情的手？
可看见的，如亮着爱怜的眼光？
会不会使心灵微微的颤抖，
或者静静的流泪，如同悲伤？
欢乐是怎样来的，从什么地方？
萤火虫一样飞在朦胧的树阴？
香气一样散自蔷薇的花瓣上？
它来时，脚上响不响着铃声？

对于欢乐，我的心是盲人的目，
但它是不是可爱的，如我的忧郁？

6月27日

（选自《刻意集》，文化生活出版社1938年10月出版）

回　答

一

从什么地方吹来的奇异的风，
吹得我的船帆不停地颤动：
我的心就是这样被鼓动着，
它感到甜蜜，又有一些惊恐。
轻一点吹呵，让我在我的河流里
勇敢地航行，藉着你的帮助，
不要猛烈得把我的桅杆吹断，
吹得我在波涛中迷失了道路。

二

有一个字火一样灼热，
我让它在我的唇边变为沉默。
有一种感情海水一样深，
但它又那样狭窄，那样苛刻。
如果我的杯子里不是满满地
盛着纯粹的酒，我怎么能够
用它的名字来献给你呵，
我怎么能够把一滴说为一斗？

三

不，不要期待着酒一样的沉醉，

我的感情只能是另一种类。
它像天空一样柔和，广阔，
没有忌妒，也没有痛苦的眼泪。
唯有共同的美梦，共同的劳动
才能够把人们亲密地联合在一起，
创造出的幸福不只是属于个人，
而是属于巨大的劳动者全体。

四

一个人劳动的时间并没有多少，
鬓间的白发警告着我四十岁的来到。
我身边落下了树叶一样多的日子，
为什么我结出的果实这样稀少？
难道我是一棵不结果实的树？
难道生长在祖国的肥沃的土地上，
我不也是除了风霜的吹打，
还接受过许多雨露，许多阳光？

五

你愿我永远留在人间，不要让
灰暗的老年和死神降临到我身上。
你说你痴心地倾听着我的歌声，
澈夜失眠，又从它得到力量。
人怎样能够超出自然的限制？
我又用什么来回答你的爱好，
你的鼓励？呵，人是平凡的，

但人又可以升得很高很高！

六

我伟大的祖国，伟大的毛泽东时代，
多少英雄花一样在春天盛开；
应该有不朽的诗篇来讴歌他们，
使他们的名字流传到千年万载。
我们现在的歌声却多么微茫！
哪里有古代传说中那样的歌者，
唱完以后，她的歌声的余音
还在梁间缭绕，三日不绝？

七

呵，在我祖国的北方原野上，
我爱那些藏在树林里的小村庄，
收获季节的手车的轮子的转动声，
农民家里的风箱的低声歌唱！
我也爱和树林一样密的工厂，
红色的钢铁像水一样奔进，
从那震耳欲聋的马达的轰鸣里
我听见了我的祖国的前进！

八

我祖国的疆域是多么广大：
北京飞着雪，广州还开着红花。
我愿意走遍全国，不管我的头

将要枕着哪一块土地睡下。
“那么你为什么这样沉默？
难道为了我们年轻的共和国，
你不应该像鸟一样飞翔，歌唱，
一直到完全唱出你胸脯里的血？”

九

我的翅膀是这样沉重，
像是尘土，又像有什么悲恸，
压得我只能在地上行走，
我也要努力飞腾上天空。
你闪着柔和的光辉的眼睛
望着我，说着无尽的话，
又像殷切地从我期待着什么——
请接受吧，这就是我的回答。

1952 年 1 月写成前五节
1954 年劳动节前夕续完
（选自《人民文学》1954 年 10 月号）

辛　笛（1912—2004）

原名王辛笛，江苏淮安人，生于天津。

航

帆起了
帆向落日的去处
明净与古老
风帆吻着暗色的水
有如黑蝶与白蝶

明月照在当头
青色的蛇
弄着银色的明珠
桅上的人语
风吹过来
水手问起雨和星辰

从日到夜
从夜到日
我们航不出这圆圈
后一个圆
前一个圆
一个永恒
而无涯涘的圆圈

将生命的茫茫
脱卸与茫茫的烟水

（选自 1936 年 6 月 26 日天津《大公报·文艺》第 169 期）

手　掌

形体丰厚如原野
纹路曲折如河流
风致如一方石膏模型的地图
你就是第一个
告诉我什么是沈思的肉
富于情欲而蕴藏有智慧
你更叫我想起
两颊丛髭一脸栗色的水手少年
粗犷勇敢而不失为良善
咸风白雨闯到头
大年夜还是浪子回家

吉卜西女儿惯于数说你的面相
说那一处代表生命与事业
又那一处代表爱情与旅行
她编造出一套套宿命的故事
和二月百啭的流莺比美
无非想赚取你高兴中的一点慷慨

你若往往当真
岂不定要误事

我喜欢你刚毅木讷而并非顺从
在你中心
摆上一个无意义的不倒翁
你立刻就限制他以行动的范围
洒上一匙清水
你立刻就凹成照见自己的湖沼
轻轻放下你时可以压死蚊蚋蜉蝣
高高举起你时可以呼吸全人类的热情

惟一不幸的　你有一个“白手”类的主人
你已如顽皮的小学生
养成了太多的坏习惯
为的怕皮肉生茧
你不会推车摇橹荷斧牵犁
永远吊在半醒的梦里
你从不能懂劳作后甜甜的愉快
这完全是由于娇纵
从今我须当心不许你更坏到中邪
被派作风魔的工具
从今我要天天拼命地打你
打你就是爱你教育你
直到你坚定地怀抱起新理想
不再笃信那十个不诚实的

过于灵巧的
属于你而又完全不像你的
触须似的手指

（选自 1946 年 8 月 1 日《文艺复兴》第 2 卷第 1 期）

我没有去告别

我没有去告别
让别人去念刻板的悼词吧
却独自走到湖边
去探寻似曾相识的
天鹅是否还在
看她鼓动着双翼
在水上漾起一圈圈涟漪
最美妙的歌声 缥缈如烟
也是最后的 飞向长天
戛然而止
又恰似断了的琴弦
是一曲永恒的“广陵散”

（选自《文汇》1986 年第 3 期）

方　敬（1914—1996）

重庆万县人。

阴　天

忧郁的宽帽檐
使我所有的日子都是阴天。

是快下久旱的雨？
是快飘纷纷的雪？
我想学一只倦鸟
驮着低沉的天色
飞到温暖的阳光里。

我要走过一块空地
去访我的朋友。
我要到浓阴下
去访我亲切的记忆。
我是夏天的梦者。

忧郁的宽帽檐
使我所有的日子都是阴天。

（选自1936年8月1日《文季月刊》第1卷第3期）

金克木（1912—2000）

安徽寿县人。

雨　雪

我喜欢下雨下雪，
因为雨雪是你的名字。

我喜欢雨和雨中的小花伞，
我们可以把脸在伞下藏着；
我可以仔细比比雨丝和你的头发，
我可以大胆一点偷看你的眼睛。

我喜欢有一阵微风迎面走来，
于是你笑了笑把伞转向前面；
我喜欢假装数伞上的花纹，
却偷眼看伞的红光映上你的脸；
于是我们把脚步放得更慢，更慢，
慢慢听迎面来的细语的雨点。

我喜欢春天的江南，江南的春天；
我喜欢微雨的黄昏，黄昏的微雨；
我喜欢微雨中小小的红花纸伞；
我喜欢下雨，因为我喜欢你。

但我更喜欢晶莹的白雪，
愿意作雪下的柔软的泥。

（选自 1936 年 10 月 10 日《新诗》第 1 期）

纪　弦（1913—2013）

原名路逾，曾用名路易士，生于河北清苑。

火灾的城

从你的灵魂的窗子望进去
在那最深邃最黑暗的地方
我看见了无消防队的火灾的城
和赤裸着的疯人们的潮；

我听见了
从那无限的澎湃里响澈着的
我的名字
爱者的名字
和仇敌们的名字。

而当我应答着你的那些
受难者们的呼声时
我也成为一个
可怕的火灾的城了！

（选自1937年3月5日《诗志》第1卷第3期，署名路易士）

你的名字

用了世界上最轻最轻的声音，
轻轻地唤你的名字每夜每夜。

写你的名字。
画你的名字。
而梦见的是你的发光的名字：

如日，如星，你的名字。
如灯，如钻石，你的名字。
如缤飞的火花，如闪电，你的名字。
如原始森林的燃烧，你的名字。

刻你的名字！
刻你的名字在树上。
刻你的名字在不凋的生命树上。
当这植物长成了参天的古木时，
啊啊，多好，多好，
你的名字也大起来。

大起来了，你的名字。
亮起来了，你的名字。

于是，轻轻轻轻轻轻地唤你的名字。

1952 年

（选自《槟榔树甲集》，现代诗社 1967 年 6 月出版）

狼之独步

我乃旷野里独来独往的一匹狼。
不是先知，没有半个字的叹息。
而恒以数声凄厉已极之长嗥
摇撼彼空无一物之天地，
使天地战栗如同发了疟疾；
并刮起凉风飒飒的，飒飒飒飒的：
这就是一种过瘾。

1964 年

（选自《槟榔树丁集》，现代诗社 1969 年 4 月出版）

鸟之变奏

我不过才做了个
起飞的姿势，这世界
便为之哗然了！

无数的猎人，

无数的猎枪，
瞄准，
射击：

每一个青空的弹着点，
都亮出来一颗星星。

1983 年

（选自《晚景》，尔雅出版社 1985 年 5 月出版）

聂绀弩（1903—1986）

湖北京山人。

一个高大的背影倒了

走近十月的河边他停息了！——田间

一个高大的背影倒了，
在无花的蔷薇的路上——
那走在前头的，
那高擎着倔强的火把的，
那用最响亮的声音唱着歌的！
那比一切人都高大的背影倒了，
在暗夜，在风雨连天的暗夜！

在暗夜，
风吼着；
拔倒参天的古木，
卷起破碎的屋瓦，
卷起一切可以卷起东西，
打向我们底行列——
这悠长的行列，
这肃穆的行列！
这愤怒的行列！
那引头的背影倒了！

在暗夜，
雨淋着，
在我们底头上，
在我们底身上，
在我们底心上！
泥水拖住我们底腿，
无花的蔷薇刺进我们底脚心，
一切肮脏的东西溅在我们底身上！
我们是一条悠长的行列——
饥饿的行列，
褴褛的行列，
奴隶的行列！
那走在一切人前头的背影倒了！

我们是强健的，
然而受伤了；
我们是勇敢的，
然而受伤了！
在无花的蔷薇的路上，
在风雨连天的暗夜，
没有一点伤痕的，
不在我们底行列里。
那伤的得最厉害的人倒了！

他是我们中间的第一个——

第一个争自由的波浪，
第一个有自己底思想的人民，
第一个冒着风吹雨打和暗夜底一切，
在无花的蔷薇的路上，
高唱着自己底歌的人民。
这第一个人民倒了！

惊天动地的响声，
晴天辟历般的响声，
我们中间的第一个倒了！
那高大的背影没有了，
那倔强的火把没有了！
那响亮的歌声没有了！

千万人底号哭，
千万人底喊叫，
千万人底悲痛，
赎不回这无比的损失！
高大的引路人，
你知道么，
谁在哀悼着你！

前面是平坦的路底边沿，
白天底边沿，
晴明底边沿，
能够忘记么，

你是第一个向它走去的人！

安息吧，亲爱的朋友！
永别了，人民底同志！
我们要从你底尸身上走过，
踏着你底肉和骨和血，
踏着你指引过的路，
用我们底眼泪，
用我们底歌，
用我们底脚印，
造成你底坟墓！
愿你底英灵永远和我们同在！

你的周月祭

（选自1937年1月1日《热风》第1卷第1期，署名绀弩）

苏金伞（1906—1997）

原名苏鹤田，河南睢县人。

雪　夜

未曾打过猎，
不知何故，
忽然起了夜猎银狐的憧憬：

夜雪的靴声是甘美醉人的；
雪片潜入眉心，
衔啄心中新奇的颤震，
像锦鸥投身湖泊擒取游鱼。

林叶的干舌，
默颂着雪的新辞藻，
不提防滑脱两句，
落上弓刀便惊人一跳。

羊角灯抖着薄晕，
仿佛出嫁前少女的寻思，
羞涩——但又不肯辍止。

并不以狐的有无为得失，
重在猎获雪夜的情趣；

就像我未曾打过猎，
却作这首夜猎银狐诗。

（选自 1937 年 3 月 10 日《新诗》第 6 期）

施蛰存（1905—2003）

原名施青萍，浙江杭州人。

乌贼鱼的恋

春天到了，
乌贼鱼也有恋爱。

在海藻的草坪上，
在珊瑚的森林中，
乌贼鱼作猎艳的散步。

乌贼鱼以十只手
——热情的手，
颤抖地摸索着恋爱，
在温暖的海水的空气里。

但这是徒然的，
虽有十只手也无济于事。

美丽的小姑娘，
结队地行过，
她们都轻捷地，
像一缕彩云，
闪避了他的鲁莽的牵曳。

乌贼鱼以自己的墨沈，
在波纹的笺纸上，
写下了他的悲哀
——恋的悲哀。

但在夕暮云生的时候，
海上卷起了风暴，
连他的悲哀的记录，
也漂散得不留一点踪影。

民国25年4月10日

（选自1937年5月10日《新诗》第2卷第2期）

废　名（1901—1967）

原名冯文炳，湖北黄梅人。

十二月十九夜

深夜一枝灯，
若高山流水，
有身外之海。
星之空是鸟林，
是花，是鱼，
是天上的梦，
海是夜的镜子。
思想是一个美人，
是家，
是日，
是月，
是灯，
是炉火，
炉火是墙上的树影，
是冬夜的声音。

（选自 1937 年 6 月 1 日《文学杂志》第 1 卷第 2 期）

宇宙的衣裳

灯光里我看见宇宙的衣裳，
于是我离开一幅面目不去认识它，
我认得是人类的寂寞，
犹之乎慈母手中线
游子身上衣，——
宇宙的衣裳，
你就做一盏灯吧，
做诞生的玩具送给一个小孩子，
且莫说这许多影子。

（选自 1937 年 6 月 1 日《文学杂志》第 1 卷第 2 期）

胡　风（1902—1985）

原名张光人，湖北蕲春人。

为祖国而歌

在黑暗里 在重压下 在侮辱中
苦痛着 呻吟着 挣扎着
是我底祖国
是我底受难的祖国！

在祖国
忍受着面色底痉挛
和呼吸底喘促
以及茫茫的亚细亚的黑夜。
如暴风雨下的树群
我们成长了

为了明天
为了抖去苦痛和侮辱底重载
朝阳似地
绿草似地
生活含笑，
祖国呵
你底儿女们
歌唱在你底大地上面

战斗在你底大地上面
喋血在你底大地上面

在卢沟桥
在南口
在黄浦江上
在敌人底铁蹄所到的一切地方，
迎着枪声 炮声 炸弹声底呼啸——
祖国呵
为了你
为了你底勇敢的儿女们
为了明天
我要尽情地歌唱
用我底感激
我底悲愤
我底热泪
我底也许迸溅在你底土壤上的活血！

人说：无用的笔呵
把它扔掉好啦。
然而，祖国呵
就是当我拿着一把刀
或者一枝枪
在丛山茂林中出没的时候罢
依然要尽情地歌唱
依然要倾听兄弟们底赤诚的歌唱——

迎着铁底风暴
火底风暴
血底风暴
歌唱出郁积在心头上的仇火
歌唱出郁积在心头上的真爱
也歌唱掉盘结在你古老的灵魂里的死渣一切和污秽，
为了抖掉苦痛和侮辱底重载
为了胜利
为了自由而幸福的明天
为了你呵，生我的 养我的 教给我什么是爱
什么是恨的
使我在爱里恨里苦痛的
辗转苦痛里依然能够给我希望给我力量的
我底受难的祖国！

8 月 24 日望见敌机在南市轰炸的时候

（选自 1937 年 9 月 21 日《战时联合旬刊》第 3 期）

时间开始了·欢乐颂

时间开始了——

毛泽东
他站到了主席台正中间
他站在飘着四面红旗的地球面底
中国地形正前面

他
屹立着像一尊塑像……

掌声和呼声静下来了

这会场
静下来了
好像是风浪停息了的海
只有微波在动荡而过
只有微风在吹拂而过
一刹那通到永远——
时间
奔腾在肃穆的呼吸里面

跨过了这肃穆的一刹那
时间！时间！
你一跃地站了起来！
毛泽东，他向世界发出了声音
毛泽东，他向时间发出了命令
“进军！！！”

掌声爆发了起来
乐声奔涌了出来
灯光放射了开来
礼炮像大交响乐的鼓声
“咚！咚！咚！”地轰响了进来

一瞬间
这会场
化成了一片沸腾的海
一片声浪的海
一片光带的海
一片声浪和光带交错着的
欢跃的生命的海

海
沸腾着
它涌着一个最高峰
毛泽东
他屹然地站在那最高峰上
好像他微微俯着身躯
好像他右手握紧拳头放在前面
好像他双脚踩着一个
巨大的无形的舵盘
好像他在凝视着流到了这里的
各种各样的河流

毛泽东
他屹然地站在那最高峰上
好像他在向着自己
也就是向着全世界宣布：
让带着泥沙的流到这里来
让浮着血污的流到这里来

让沾着尸臭的流到这里来
让千千万万的清流含笑地流到这里来
也让千千万万的浊流含羞地流到这里来……
我是海
我要大
大到能够
环抱世界
大到能够
流贯永远
我是海
要容纳应该容纳的一切
能澄清应该澄清的一切
我这晶莹无际的碧蓝
永远地
永远地
要用它纯洁的幸福光波
映照在这个大宇宙中间

海在沸腾
毛泽东
他屹然地站在那最高峰上
那不是挥动巨掌
击落着无数飞箭
而奔驰前进的
火焰似的列宁的姿势
那不是斩掉了一切毒瘤以后

重量和力量的凝合体
泰山石敢当的
钢柱似的斯大林底姿势
毛泽东
列宁、斯大林底这个伟大的学生
他微微俯着身躯
好像正要迈开大步的神话里的巨人
在紧张地估计着前面的方向
握得紧紧的右手的拳头
抓住了无数的中国河流
他劝告它们跟着他前进
他命令它们跟着他前进

诗人但丁
当年在地狱门上
写下了一句金言：
“到这里来的，
一切希望都要放弃！”
今天
中国人民底诗人毛泽东
在中国新生的时间大门上面
写下了
但丁没有幸运写下的
使人感到幸福
而不是感到痛苦的句子：
“一切愿意新生的

到这里来吧
最美好最纯洁的希望
在等待着你!”
祖国
伟大的祖国呵
在你忍受苦难的怀抱里
我所分得的微小的屈辱
和微小的悲痛
也是永世难忘的
但终于到了今天
今天
为了你的新生
我奉上这欢喜的泪
为了你的母爱
我奉上这感激的泪

祖国呵
我的祖国
今天
在你新生的这神圣的时间
全地球都在向你敬礼
全宇宙都在向你祝贺

雷声响起了
轰轰轰地在你头上滚动
雨点打来了

花花花地在你头上飘舞
祖国呵
为了你
全宇宙都在欢唱
这大自然底交响乐
那么雄伟又那么慈和
飘流在这一片生命的海上
我感到了你巨大的心房
轰响着在激烈地鼓动

梦幻的我的眼睛
朝向了右边一瞥
看见了一个老人底侧脸
他的头发像一蓬秋草
他的胡子钢一样翘着
激动得张开着的嘴巴
忘记了动作
我感到了
他的额头上在冒着热汗
我感到了
在我看不到的他的眼睛里面
在燃烧着火焰

我的战友
我的兄弟
我看见了你！

你在臭湿的牢房垂死过
你在荒野的乡村冻饿过
你和穷苦的农民一道喂过虱子
你和勇敢的战友一道喝过血水
你受过了千锤百炼
你征服了痛苦和死亡
这中间
多少年多少年了
但你的希望活到了今天
但你的意志活到了今天
今天
激动着你的此刻
你忘记了过去的一切罢
但过去的一切
使你纯真得像一个婴儿
仿佛躺在温暖的摇篮里面
洁白的心房充溢着新生的恩惠

我的战友
我的兄弟
这摇撼着雷雨的大交响
抚慰着我
也抚慰着你
它抚慰着了一切

那是催生歌

也是催眠曲
我梦幻的心
荡漾着一片醉意
越过你的侧脸
飘忽地回到了七月一日的狂风暴雨下面

好猛烈的狂风暴雨
好甜蜜的狂风暴雨
夹着雷声
飞着电火
倾天覆地而来了
被你吹着淋着
是三万个战斗的生命
是三万粒战斗的原子
我们
用歌声迎接你
用欢笑迎接你
用舞蹈迎接你
因为
只有你这响彻天地的大合奏
只有你这湿透发肤的大洗礼
才能满足这神圣的生日所怀抱的大欢喜

圆形的大会场
像一个浮在太空中间的地球本身
整列在那边缘上的

湿透了的无数红旗
飘舞得更响更欢
好像在歌唱
飘舞得更红更鲜
好像是跳跃着的火焰
被它们照临着的
三万颗战斗的心
被暴雨洗过
被狂风吹着
也歌唱得更响更欢
也跳跃得更红更鲜

突然
那个克服了艰险的历程
走到了胜利的战列前行的钢人
中断了他的发言
用着只有那么镇定
才能表现他所感到的光荣的声音宣布了：
——咱们的毛主席来到！

三万个激动的声音
欢呼了起来
好像从地面飞起的暴雨一片
三万个激动的面孔
转向了一边
好像是被大旋风卷向着一点

三万个激动的心
拥抱着融合着
汇成了掀播着的不能分割的海面
圆形海面的边缘
整列着
湿透了的无数红旗
飘舞得更响更欢
好像在歌唱
飘舞得更红更鲜
好像是跳跃着的火焰
它们歌唱着
朝向一点
它们跳跃着
朝向一点
三万个战斗的生命
每一个都在心里告诉自己：
——毛主席，毛主席，他在这里！
——毛主席，毛主席，他和我们在一起！

他在这里
在他正对着的那一边
矗立着四幅巨像
——马克思、恩格斯、列宁、斯大林
劳动人类底四颗伟大的心脏
人类福音底四面神圣的旗子
四幅巨像

前面放射着明净的灯光
正对着他们天才的学生毛泽东
和三万个战斗的生命
所汇成的欢乐的海面

四幅巨像
背后是无际的天空
黑沉沉的远方
雷声还在隐隐地滚动
电火还在一闪一闪地飞现
四幅巨像
被这大自然底交响乐伴奏着
使我们和大宇宙年青的生命融合在一起
使我们和全地球未完的战斗连结在一起

一刹那通到无际……

一刹那通到无际——
今天
毛泽东
他站在这里
头上
轰轰的雷声在滚动
花花的雨声在歌唱
掀播着这声浪和光带交错着的
又一个生命的海

海
掀播着
涌着一个最高峰
毛泽东
他屹然地站在那里
他背后的地球形上
照临着碧蓝的天空
梦幻的我的眼睛
又看见了
那四幅巨像
矗立着
若隐若现
那碧蓝的亮光中间
好像飞来了雷声底隐隐滚动
好像射来了电火底一闪一闪

毛泽东！毛泽东！
由于你
我们的祖国
我们的人民
感到了大宇宙底永生的呼吸
受到了全地球底战斗的召唤

毛泽东！毛泽东！
你屹然地站在最高峰上

你感到了那个呼吸
你听到了那个召唤
你微微俯着身躯
你坚定地望着前面

前面
是那个唯一的方向
前面
是无数河流汇合之点
你两脚踩着无形的巨大的舵盘
你坚定地望着望着
那上面闪现过了什么呢?

闪现过了一个面影:
赤裸着身子
被绑着送向刑场
在英勇地喊着口号么?
闪现过了一个面影:
被装在麻袋里面
抛到了河里
传来了一声水响么?

闪现过了一个面影:
双脚被捆了起来
由烈马倒拖着
奔驰而过么?

闪现过了一个面影：
在草地里陷了下去
儿童的脑袋沉没了
双手还在抓扑么？

闪现过了一个面影：
在雪山边坐了下来
即刻僵冻住了
定在那里永远不动么？

闪现过了一个面影：
为了不让敌人把同伴们发现
用母亲的战栗的手扣住幼儿底咽喉
望着他僵冷下去了么？

闪现过了一个面影：
抱着炸药包
冲到碉堡底下
让身体和它同时粉碎了么？

闪现过了一个面影：
把飞舞的红旗插上了敌人阵地
身里的热血同时喷了出来
在旗杆旁边倒下了么？

一颗挂在电线柱子上的头颅
闪现过了么?
一具倒毙在暗牢角落的尸体
闪现过了么?
一个埋进土里的小半截身子
闪现过了么?
……
……

他们
你的战友
你的兄弟
你的同志
艰险的时候想到你!
忍苦的时候想到你!
受刑的时候想到你!
献命的时候想到你!……

想到了你
也正是想到了
今天这样的日子
今天
在祖国新生的温暖怀抱里
他们复活了
他们来了
踏着雄壮的步子

来了
现出欢喜的笑容
来了
亮着温爱的目光
来了
举起健康的手臂
来了
蜂群似地来了
浪潮似地来了
来了来了
来向你欢呼
来向你致敬
来向你祝贺

毛泽东！毛泽东！
中国第一个光荣的布尔塞维克
他们的力量
汇集着活在你的身上
你抓住了无数的河流
他们的意志
汇集着活在你的心里
你挑起了这一部历史
毛泽东！毛泽东！
中国大地最无畏的战士
中国人民最亲爱的儿子
你微微俯着巨人的身躯

你坚定地望着前面
随着你抬起的手势
大自然底交响乐涌出了最高音
全人类底大希望发出了最强光
你镇定地迈开了第一步
你沉着的声音像一响惊雷——

“全人类四分之一的中国人从此站立起来了!”
“中国人从此站立起来了!”
“从此站立起来了!”

——1949 年 11 月 11 日夜 10 时半，成
11 月 12 日夜 11 时，改
在北京

（选自《欢乐颂》，天下图书公司 1950 年 3 月出版）

田　间 (1916—1985)

原名童天鉴，安徽无为人。

给战斗者

在没有灯光
没有热气的晚上，
我们底敌人，
来了，
从我们的
手里，
从我们的
怀抱里，
把无罪的伙伴，
关进强暴底栅栏。
他们身上
裸露着
伤疤，
他们永远
呼吸着
仇恨，
他们颤抖，
在大连，在满洲的
野营里，

让喝了酒的

吃了肉的

残忍的总管，

用它的刀，

嬉戏着——

荒芜的

生命，

饥饿的

血……。

一

亲爱的

人民！

人民，

在芦沟桥

……

在丰台

……

在这悲剧的种族生活着的南方与北方的地带里。

被日本帝国主义者底枪杀

斥醒了……

……

二

是开始了伟大战斗的

七月呵！

七月。
我们
起来了。

我们
起来了，
抚摩悲愤的
眼睛呀；

我们
起来了，
揉擦红色的脚跟，
与黑色的
手指呀；

我们
起来了，
在血的农场上，在血的沙漠上，在血的水流上，
守望着
中部，
边疆。

经过冰雪，经过烟雾，

遥远地
遥远地
我们
呼唤着
爱与幸福，
自由和解放……

七月，
我们
起来了，
呼啸的河流呵，叛变的土地呵，爆烈的火焰呵，
和应该激动在这凄惨的殖民地上的
复活的
歌呵！
因为
我们，
是生长在中国。

在中国，
人民的
幼儿，
需要饲养呀，
人民的
牲群，
需要畜牧呀，

人民的
树木，
需要砍伐呀，
人民的
禾麦，
需要收获呀！

在中国，
我们怀爱着——
五月的
麦酒，
九月的
米粉，
十月的
燃料，
十二月的
烟草，
从村落底家里，
从四万万五千万灵魂底幻想的领域里，
漂散着
祖国的
热情，
祖国的
芬芳。

每天，

每天，

我们

要收藏——

在自己的大地上纺织着的

祖国的

白麻，

祖国的

蓝布。

……

……

因为

我们，

要活着，永远地活着，欢喜地活着，

在中国。

三

我们

是伟大的中国底伟大的养子呵！

我们，

曾经

在扬子江和黄河底

热燥的

水流上，

摇起
捕鱼的木船；

我们，
曾经
在乌兰哈达沙土与南部草地的
周围，
负起着
狩猎的器具；

强壮的
少女，
曾经在亚西亚夜间燃烧的篝火底
野性的
烈焰的
左右，
靠近纺车，
辛勤地
纺织着……
……
……

我们，
曾经
用筋骨，用脊背，

开括着——
粗鲁的
中国。

我们，
懒惰吗？
犯罪吗？

我们，
没有生活的权利，
与自由的
法律吗？

为什么——
亲爱的
人民，
不能宽敞地活下去，平安地活下去呢！

四

伟大的
祖国，
悲剧的日子来了，暴风雨来了，敌人来了……

敌人，
突破着

海岸和关卡，
从天津，
从上海。

敌人，
散布着
炸药和瓦斯，
到田园，
到沼池。

敌人来了，
恶笑着
走向
我们。

恶笑着，
扫射，
绞杀。

它要走过我们四万万五千万被害死了的
无声息的尸具上，
播着武士道底
胜利的放荡的呼喊……

今天，

你将告诉我们以斗争或者以死呢？
伟大的
祖国！

五

我们
必需
战争了，
昨天是懦弱的，是惨呼的，是挣扎的
四万万五千万呵！

斗争，
或者死……

我们
必需
拔出敌人的刀刃，
从自己的
血管。

我们
人性的
呼吸，
不能停止；
血肉的

行列，
不能拆散；
复仇的
枪，
不能扭断，
因为
我们
——不能屈辱地活着，也不能屈辱地死去呀……
……
……

太阳被掩覆了，
疆土的
烽火，
在生长着；

堡垒被破坏了
兄弟的
尸骸，
在堆积着；

亲爱的
人民，
让我们战争，
更顽强，

更坚勒。

六

……

……

我们，

往哪里去？

在世界，

没有大地，

没有海河，

没有意志，

匍匐地

活着；

也是死呀！

今天呀，

让我们

死吧，

但必需付出我们

最后的灵魂，

到保护祖国的

神圣的

歌声去……

亲爱的
人民！

亲爱的
人民！
抓出
木厂里，
墙角里，
泥沟里，
我们的
武器，
挺起
我们
被火烤的，被暴风雨淋的，被鞭子抽打的脯，
斗争吧！

在战斗里，
胜利
或者死……

七

在诗篇上，
战士底坟场
会比奴隶底国家
要温暖，

要明亮。

1937 年 12 月 24 日，武昌

（选自 1938 年 1 月 1 日《七月》第 6 期）

假使我们不去打仗

假使我们不去打仗，
敌人用刺刀
杀死了我们，
还要用手指着我们骨头说：
“看，
这是奴隶！”

1938 年作

（选自《抗战诗抄》，新华书店 1950 年 1 月出版）

邹荻帆（1917—1995）

湖北天门人。

走向北方

穿过了滴绿的树林
与淡墨水的远山，
赭石色的大路上，
我们以沉重的脚步
走向北方。

北方是广阔的，
那些线条模糊的地方
我们走近了，
更想望着——
那更远的
蒙在白云下
爬上青苔的古城，
以及插上瓦松的黑色的屋脊。

每天，
我们跋涉在
灼热与尘封的大路上，
砂子与汗水填在耳根，
贴在背上的

是湿答答的汗衣，
砂子钻破了草履呵，
一天天
我们的脚掌磨得更粗砺了，
我们将以粗砺的脚趾
快乐而自由地行走在中国的每一条路上，
吻合着祖先们的足迹。

晚间，
我们投落在
墙壁霉湿的屋子里，
围着跳跃的烛光，
用生水吞着那走了味的麦饼，
草席上我们脱下沾着泥土的鞋，
记忆数着大路上的脚印：
哦，那停住了呼吸的农场上的风车，
那悬在木门上锈绿的铜锁，
它们的主人走了，
只留着黄犬叫着寂寞。……

烛火跳跃着，
灼热的心也随着烛光跳跃着呀！
祖国呵，
我们为着争求您的自由与光明，
灼热的心无时不是在追逐着遥远的风沙，
而不辞万里的行程啦。

烛火以微弱的光
剪破了黑暗，
祖国啊，
我们微弱的力量
将也能如一星燎原的火
而递燃着四万万五千万支灯芯焰吗？
烛火跳跃着，
我们以红色的笔
钩写着明天的计划与行程，
在明天呵，
我们更将坚决勇敢地走向北方的北方。

（选自1938年11月1日《文艺阵地》第2卷第2期）

天　蓝（1911—1984）

本名王名衡，江西南昌人。

队长骑马去了

为纪念W·F·D而作，他在晋西南缔造了一个很好的游击队，可是却给奸人诱过黄河谋害了。

队长骑马去了，
　　骑马去了，
　　一个月还不见回来。
队长！
呵，回来！

我们
　　一千个心在想，
　　一千双眼睛在望。

你呀！
　　你什么时候回来。

二月
　　敌人从东方来，
　　我们逃向西方去：
我们曾经是

散漫的
溃退的
劫掠的一群！
而你说：
停住
中国底军士——
别忘了你足底遗下的
是你自己的国土；
也别奸淫劫掠呀，
别在你自己的
人民底跟前
放肆！
……集合起来
再战斗吧
因为我们
是中国的军士！

呵，队长！
你铜铃般的
正义的
亲爱的言语，
感动我们的心肺——
我们反悔了
重在你的周围
整理着队伍，
建立起

　　严肃的
　　平等的
　　自觉的军纪：
不是吗？
　　你称呼我们
“同志！”
　　（那尊贵的
　　亲爱的
　　永不能忘的名词）
你教育我们，
　　我们开始知道
爱——
　　爱武器
　　爱人民，
　　爱土地，
　　爱我们的队长，你！

队长！
呵，回来！
　　我们纪念着
　　你组织的第一个胜利

三月
　　敌人向西方来，
　　我们打向东方去。

中旬的夜，
　　枪在肩头，
　　月在山头，
　　棉衣裹着马蹄，
　　勇敢
　　坚决
　　愉快
　　充满着我们的心底……

你笑着，
　　忙碌着，
　　指挥着我们
　　进入埋伏线
　　　（敌人的死线）
　　等待黎明的袭击；

黎明，
　　敌人来了
　　炫耀地——
　　庞大的
　　满载着东洋慰劳品的
　　满载着弹药的汽车
　　像修长的毒蛇
　　在公路上奔驰；

守卫在土楼上的

机关枪开始笑了，
　　你叫喊着：
　　“同志们，
　　摔手榴弹呀！
　　手榴弹爆炸，
　　手榴弹开花，
　　困击着那僵缩的毒蛇。

我们拔出刀
　　跟随着你
　　跃出战壕：
骨肉与骨肉底搏击，
主人与强盗底血流在一起；

而敌人，终于垮了，
　　一百个魔鬼
　　残剩九十九个尸体！

东洋底
　　巧格力
　　沙丁鱼
　　勃郎宁
　　呢大衣……

你说：
　　亲爱的老百姓：

　　这儿有你们一份；
　　亲爱的同志们，
　　这儿是你们的战利品。

清晨，
　　歌上喉头，
　　日上山头，
黄昏的时候，
　　你独自个儿去了，
　　骑马过黄河去了。

队长！
呵，回来！
　　今日却有人领导我们打硬仗
　　使我们遭遇失败——
　　二百个弟兄去，
　　二十个弟兄回来。

四月，
　　风雨天，
　　敌人两个联队
　　屯驻在那城镇里，
　　在那大河边。

前四十八小时，
　　四……十……八小时呀，

　　我们奉到
　　过早的
　　袭击底命令；

汉奸，托派，
　　魔鬼似的
　　在黑暗中奔忙着。

敌人底大炮
　　早已瞄准了路口，
敌人的机关枪
　　早已布置在山头；

行进，
　　行进只在半山腰，
　　敌人的火力便开始了；

我们继续行进，
　　往前行进，
　　这是命令——
命令呀，
　　不愿当时的实情。

敌人在幽闲地笑，
我们却往火力上冲：
　　手，交不到敌人的手；

刀，碰不到敌人的脑袋；
手榴弹，摔不到敌人的山头……

而敌人的枪弹，
越发怒吼了！

亲如骨肉的弟兄，
朝前翻，
朝后倒……

今日
我们并不败走，
并不逃跑！
我们是中国的军士呀，
面向着：
纪律与
死！

呵，剩下弟兄二十个
凄惨地归去，
山上风雨，
脚下泞泥，
郁抑着的太息……

队长！
呵，回来！

正当现在我们改编的时候，
知道你永不回来了！

你想单骑渡黄河，
黄河有不测的风波，
你奈黄河何？

1938年5月

（原载1939年1月1日《文艺阵地》第2卷第6期，
选自《预言》，南天出版社1944年5月出版）

陈　辉（1920—1944）

原名吴盛辉，湖南常德人。

一个日本兵

一个日本兵，
死在晋察冀的土地上。

他的眼角，
凝结着紫色的血液，
凝结着泪水，
凝结着悲伤。

他的手，
无力地
按捺着，
被正义的枪弹，
射穿了的
年轻的胸膛。

两个农民，
背着锄头，
走过来，
把他埋在北中国的山岗上。
让异邦的黄土，

慰吻着他那农民的黄色的脸庞。
中国的雪啊，
飘落在他的墓上。

在这寂寞的夜晚，
在他那辽远的故乡，
有一个年老的妇人，
垂着稀疏的白发，
在怀念着她这个
　　远方战野上的儿郎……

1940年2月12日夜写

（选自《十月的歌》，作家出版社1958年6月出版）

姑　娘

三月的风
吹着杏花
杏花
一瓣瓣地
一瓣瓣地
在飘
在飘呀。

姑娘
坐在井边

转动了车轮
用眼睛
向哥哥说话……

——哥哥，
那儿去啦！
笑了一笑？
背着土枪，
跑向响炮的地方去了。

杏花
飘在姑娘的脸上。
姑娘
鼓着小嘴巴
在想
这一声
该是哥哥放的吧？

（选自1942年5月《诗垦地丛刊》第3辑《春的跃动》）

穆　旦 (1918—1977)

原名查良铮，浙江海宁人，生于天津。

赞　美

走不尽的山峦的起伏，河流和草原，
数不尽的密密的村庄鸡鸣和狗吠，
接连在原是荒凉的亚洲的土地上，
在野草的茫茫中呼啸着干燥的风，
在低压的暗云下唱着单调的东流的水，
在忧郁的森林里有无数埋藏的年代
它们静静的和我拥抱：
说不尽的故事是说不尽的灾难，沉默的，
是爱情，是在天空飞翔的鹰群，
是枯干的眼睛期待着泉涌的热泪，
当不移的灰色的行列在遥远的天际爬行；
我有太多的话语，太悠久的感情，
我要以荒凉的沙漠，坎坷的小路，骡子车，
我要以槽子船，蔓山的野花，阴雨的天气，
我要以一切拥抱你，你，
我到处看见的人民呵，
在耻辱里生活的人民，佝偻的人民，
我要以带血的手和你们一一拥抱，
因为一个民族已经起来。

一个农夫，他粗糙的身躯移动在田野中，
他是一个女人的孩子，许多孩子的父亲，
多少朝代在他的身边升起又降落了
而把希望和失望压在他身上，
而他永远无言的跟在犁后旋转，
翻起同样的泥土溶解过他祖先的，
是同样的受难的形象凝固在路旁。
在大路上多少次愉快的歌声流过去了，
多少次跟来的是临到他的忧患，
在大路上人们演说，叫嚣，欢快，
然而他没有，他只放下了古代的锄头，
再一次相信名辞，溶进了大众的爱，
坚定的，他看着自己溶进死亡里，
而这样的路是无限的悠长的
而他是不能够流泪的，
他没有流泪，因为一个民族已经起来。

在群山的包围里，在蔚蓝的天空下，
在春天和秋天经过他家园的时候，
在幽深的谷里隐着最含蓄的悲哀：
一个老妇期待着孩子，许多孩子期待着
饥饿，而又在饥饿里忍耐，
在路旁仍是那聚集着黑暗的茅屋，
一样的是不可知的恐惧，一样的是
大自然中那侵蚀着生活的泥土，
而他走去了从不回头诅咒。

为了他我要拥抱每一个人，
为了他我失去了拥抱的安慰，
因为他，我们是不能给以幸福的，
痛哭吧，让我们在他的身上痛哭吧，
因为一个民族已经起来。

一样的是这悠久的年代的风，
一样的是从这倾圮的屋檐下散开的
无尽的呻吟和寒冷，
它歌唱在一片枯槁的树顶上，
它吹过了荒芜的沼泽，芦苇和虫鸣，
一样的是这飞过的乌鸦的声音
当我走过，站在路上踟蹰，
我踟蹰着为了多年耻辱的历史
仍在这广大的山河中等待，
等待着，我们无言的痛苦是太多了，
然而一个民族已经起来，
然而一个民族已经起来。

1941年12月

（原载1942年2月16日《文聚》第1卷第1期，
选自《旗》，文化生活出版社1948年2月出版）

诗八首

一

你的眼睛看见这一场火灾，
你看不见我，虽然我为你点燃；
唉，那燃烧着的不过是成熟的年代，
你底，我底。我们相隔如重山！

从这自然底蜕变底程序里，
我却爱了一个暂时的你。
即使我哭泣，变灰，变灰又新生，
姑娘，那只是上帝玩弄他自己。

二

水流山石间沉淀下你我，
而我们成长，在死底子宫里。
在无数的可能里一个变形的生命
永远不能完成它自己。

我和你谈话，相信你，爱你，
这时候就听见我底主暗笑，
不断的他添来另外的你我
使我们丰富而且危险。

三

你底年龄里的小小野兽，
它和春草一样地呼息，
它带来你底颜色，芳香，丰满，
它要你疯狂在温暖的黑暗里。

我越过你大理石的理智底殿堂，
而为它埋藏的生命珍惜；
你我底手底接触是一片草场。
那里有它的固执，我底惊喜。

四

静静地，我们拥抱在
用言语所能照明的世界里，
而那未成形的黑暗是可怕的，
那可能和不可能的使我们沉迷，

那窒息着我们的
是甜蜜的未生即死的言语，
它底幽灵笼罩，使我们游离，
游进混乱的爱底自由和美丽。

五

夕阳西下，一阵微风吹拂着田野，
是多么久的原因在这里积累。

那移动了景物的移动我底心
从最古老的开端流向你，安睡。

那形成了树木和屹立的岩石的，
将使我此时的渴望永存，
一切在它底过程中流露的美
教我爱你的方法，教我变更。

六

相同和相同溶为怠倦，
在差别间又凝固着陌生，
是一条多么危险的窄路里，
我制造自己在那上旅行。

他存在，听从我底使唤，
他保护，而把我留在孤独里，
他底痛苦是不断的寻求
你底秩序，求得了又必须背离。

七

风暴，远路，寂寞的夜晚，
丢失，记忆，永续的时间，
所有科学不能祛除的恐惧
让我在你底怀里得到安憩——

呵，在你底不能自主的心上，

你底随有随无的美丽形像，
那里，我看见你孤独的爱情
笔立着，和我底平行着生长！

八

再没有更近的接近，
所有的偶然在我们间定型；
只有阳光透过缤纷的枝叶
分在两片同样的心上，相同。

等季候一到就要各自飘落，
而赐生我们的巨树永青，
它对我们的不仁的嘲弄
（和哭泣）在合一的老根里化为平静。

1942 年 2 月

（原载 1942 年 6 月 10 日《文聚》第 1 卷第 3 期，
选自《旗》，文化生活出版社 1948 年 2 月出版）

森林之魅

——祭胡康河上的白骨

森林:

没有人知道我，我站在世界的一方。
我的容量大如海，随微风而起舞，
张开绿色肥大的叶子，我的牙齿。
没有人看见我笑，我笑而无声，
我又自己倒下来，长久的腐烂，
仍旧是滋养了自己的内心。
从山坡到河谷，从河谷到群山，
仙子早死去，人也不再来，
那幽深的小径埋在榛莽下，
我出自原始，重把秘密的原始展开。
那毒烈的太阳，那深厚的雨，
那飘来飘去的白云在我头顶，
全不过来遮盖，多种掩盖下的我
是一个生命，隐藏而不能移动。

人:

离开文明，是离开了众多的敌人，
在青苔藤蔓间，在百年的枯叶上，
死去了世间的声音。这青青杂草，

这红色小花，和花丛中的嗡营，
这不知名的虫类，爬行或飞走，
和跳跃的猿鸣，鸟叫，和水中的
游鱼，路上的蟒和象和更大的畏惧，
以自然之名，全得到自然的崇奉，
无始无终，窒息在难懂的梦里，
我不合谐的旅程把一切惊动。

森林：

欢迎你来，把血肉脱尽。

人：

是什么声音呼唤？有什么东西
忽然躲避我？在绿叶后面
它露出眼睛，向我注视，我移动
它轻轻跟随。黑夜带来它嫉妒的沉默
贴近我全身。而树和树织成的网
压住我的呼吸，隔去我享有的天空！
是饥饿的空间，低语又飞旋，
像多智的灵魂，使我渐渐明白
它的要求温柔而邪恶，它散布
疾病和绝望，和憩静，要我依从。
在横倒的大树旁，在腐烂的叶上，
绿色的毒，你瘫患了我的血肉和深心！

森林:

这不过是我，没法朝你走近，
我要把你领过黑暗的门径；
美丽的一切，由我无形的掌握，
全在这一边，等你枯萎后来临。
美丽的将是你无目的眼，
一个梦去了，另一个梦来代替，
无言的牙齿，它有更好听的声音。
从此我们一起，在空幻的世界游走，
空幻的是所有你血液里的纷争，
一个长久的生命就要拥有你，
你的花你的叶你的幼虫。

祭歌:

在阴暗的树下，在急流的水边，
逝去的六月和七月，在无人的山间，
你们的身体还挣扎着想要回返，
而无名的野花已在头上开满。

那刻骨的饥饿，那山洪的冲激，
那毒虫的啮咬和痛楚的夜晚，
你们受不了要向人讲述，
如今却是欣欣的林木把一切遗忘。

过去的是你们对死的抗争，
你们死去为了要活的人们的生存，
那白热的纷争还没有停止，
你们却在森林的周期内，不再听闻。

静静的，在那被遗忘的山坡上，
还下着密雨，还吹着细风，
没有人知道历史曾在此走过，
留下了英灵化入树干而滋生。

1945 年 9 月

（选自《旗》，文化生活出版社 1948 年 2 月出版）

葬　歌

一

你可是永别了，我的朋友？
我的阴影，我过去的自己？
天空这样蓝，日光这样温暖，
在鸟的歌声中我想到了你。

我记得，也是同样的一天，
我欣然走出自己，踏青回来，
我正想把印象对你讲说，
你却冷漠地只和我避开。

自从那天，你就病在家里，
你的任性曾使我多么难过，
唉，多少午夜我躺在床上，
辗转不眠，只要对你讲和。

我到新华书店去买些书，
打开书，冒出了熊熊火焰，
这热火反使你感到寒栗，
说是它摧毁了你的骨干。

有多少情谊，关怀和现实，
都由眼睛和耳朵收到心里；
好友来信说："过过新生活！"
你从此失去了新鲜空气。

历史打开了巨大的一页，
多少人在天安门写下誓语，
我在那儿也举起手来；
洪水淹没了孤寂的岛屿。

你还向哪里呻吟，和微笑？
连你的微笑都那么寒伧，
你的千言万语虽然曲折，
但是阴影怎能碰得阳光？

我看过先进生产者会议，
红灯，绿彩，真辉煌无比，
他们都凯歌地走进前厅，
后门冻僵了小资产阶级。

我走过我常走过的街道，
那里的破旧房正在拆落，
呵，多少年的断瓦和残椽，
那里还萦廻着你的魂魄。

你可是永别了，我的朋友？
我的阴影，我过去的自己？
天空这样蓝，日光这样温暖，
安息吧，让我以欢乐为祭！

二

“哦，埋葬，埋葬，埋葬！”
“希望”在对我呼喊：
“你看过去只是骷髅，
还有什么值得留恋？
他的七窍流着毒血，
沾一沾，我就会瘫痪。”

但“回忆”拉住我的手，
她是“希望”底仇敌；
她有数不清的女儿，

其中“骄矜”最为美丽；
“骄矜”本是我的眼睛，
我怎能把她舍弃？

“哦，埋葬，埋葬，埋葬！”
“希望”又对我呼号：
“你看她那冷酷的心，
怎能再被她颠倒？
她会领你进入迷雾，
在雾中把我缩小。”

幸好“爱情”跑来援助，
“爱情”融化了“骄矜”：
一座古老的牢狱，
呵，转瞬间片瓦无存；
但我心上还有“恐惧”，
这是我慎重的母亲。

“哦，埋葬，埋葬，埋葬！”
“希望”又对我规劝：
“别看她的满面皱纹，
她对我最为阴险：
她紧保着你的私心，
又在你头上布满

使你自幸的阴云。”

但这回，我却害怕：
“希望”是不是骗我？
我怎能把一切抛下？
要是把“我”也失掉了，
哪儿去找温暖的家？

“信念”在大海的彼岸，
这时泛来一只小船，
我遥见对面的世界
毫不似我的从前；
为什么我不能渡去？
“因为你还留恋这边！”

“哦，埋葬，埋葬，埋葬！”
我不禁对自己呼喊：
在这死亡底一角，
我过久地漂泊，茫然；
让我以眼泪洗身，
先感到忏悔的喜欢。

三

就这样，像只鸟飞出长长的阴暗甬道，
我飞出会见阳光和你们，亲爱的读者；
这时代不知写出了多少篇英雄史诗，
而我呢，这贫穷的心！只有自己的葬歌。
没有太多值得歌唱的：这总归不过是

一个旧的知识分子，他所经历的曲折；
他的包袱很重，你们都已看到；他决心
和你们并肩前进，这儿表出他的欢乐。
就诗论诗，恐怕有人会嫌它不够热情：
对新事物向往不深，对旧的憎恶不多。
也就因此……我的葬歌只算唱了一半，
那后一半，同志们，请帮助我变为生活。

（选自《诗刊》1957 年 5 月号）

智慧之歌

我已走到了幻想底尽头，
这是一片落叶飘零的树林，
每一片叶子标记着一种欢喜，
现在都枯黄地堆积在内心。

有一种欢喜是青春的爱情，
那是遥远天边的灿烂的流星，
有的不知去向，永远消逝了，
有的落在脚前，冰冷而僵硬。

另一种欢喜是喧腾的友谊，
茂盛的花不知道还有秋季，
社会的格局代替了血的沸腾，
生活的冷风把热情铸为实际。

另一种欢喜是迷人的理想，
它使我在荆棘之途走得够远，
为理想而痛苦并不可怕，
可怕的是看它终于成笑谈。

只有痛苦还在，它是日常生活
每天在惩罚自己过去的傲慢，
那绚烂的天空都受到谴责，
还有什么彩色留在这片荒原？

但唯有一棵智慧之树不凋，
我知道它以我的苦汁为营养，
它的碧绿是对我无情的嘲弄，
我咒诅它每一片叶的滋长。

1976 年 3 月

（选自《穆旦诗选》，人民文学出版社 1986 年 1 月出版）

冬

一

我爱在淡淡的太阳短命的日子，
临窗把喜爱的工作静静做完；
才到下午四点，便又冷又昏黄，

我将用一杯酒灌溉我的心田。
多么快，人生已到严酷的冬天，

我爱在枯草的山坡，死寂的原野，
独自凭吊已埋葬的火热一年，
看着冰冻的小河还在冰下面流，
不知低语着什么，只是听不见。
呵，生命也跳动在严酷的冬天。

我爱在冬晚围着温暖的炉火，
和两三昔日的好友会心闲谈，
听着北风吹得门窗沙沙地响，
而我们回忆着快乐无忧的往年。
人生的乐趣也在严酷的冬天。

我爱在雪花飘飞的不眠之夜，
把已死去或尚存的亲人珍念，
当茫茫白雪铺下遗忘的世界，
我愿意感情的热流溢于心间，
来温暖人生的这严酷的冬天。

二

寒冷，寒冷，尽量束缚了手脚，
潺潺的小河用冰封住口舌，
盛夏的蝉鸣和蛙声都沉寂，
大地一笔勾销它笑闹的蓬勃。

谨慎，谨慎，使生命受到挫折，
花呢？绿色呢？血液闭塞住欲望，
经过多日的阴霾和犹疑不决，
才从枯树枝漏下淡淡的阳光。

奇怪！春天是这样深深隐藏，
哪儿都无消息，都怕峥露头角，
年轻的灵魂裹进老年的硬壳，
仿佛我们穿着厚厚的棉袄。

三

你大概已停止了分赠爱情，
把书信写了一半就住手，
望望窗外，天气是如此肃杀，
因为冬天是感情的刽子手。

你把夏季的礼品拿出来，
无论是蜂蜜，是果品，是酒，
然后坐在炉前慢慢品尝，
因为冬天已经使心灵枯瘦。

你拿一本小说躺在床上，
在另一个幻象世界周游，
它使你感叹，或使你向往，
因为冬天封住了你的门口。

你疲劳了一天才得休息，

听着树木和草石都在嘶吼，
你虽然睡下，却不能成梦，
因为冬天是好梦的刽子手。

四

在马房隔壁的小土屋里，
风吹着窗纸沙沙响动，
几只泥脚带着雪走进来，
让马吃料，车子歇在风中。

高高低低围着火坐下，
有的添木柴，有的在烘干，
有的用他粗而短的指头
把烟丝倒在纸里卷成烟。

一壶水滚沸，白色的水雾
弥漫在烟气缭绕的小屋，
吃着，哼着小曲，还谈着
枯燥的原野上枯燥的事物。

北风在电线上朝他们呼唤，
原野的道路还一望无际，
几条暖和的身子走出屋，
又迎面扑进寒冷的空气。

1976 年 12 月

（选自《穆旦诗选》，人民文学出版社 1986 年 1 月出版）

杜运燮（1915—2002）

福建古田人。

滇缅公路

不要说这只是简单的普通现实，
试想没有血脉的躯体，没有油管的
机器。这是不平凡的路，更不平凡的人：
就是他们，冒着饥寒与疟蚊的袭击，
（营养不足，半裸体，挣扎在死亡的边沿）
每天不让太阳占先，从匆促搭盖的
土穴草窠里出来，挥动起原始的
锹镐，不惜仅有的血汗，一厘一分地
为民族争取平坦，争取自由的呼吸。

放声歌唱吧，接近胜利的人民，
新的路给我们新的希望，而就是他们，
（还带着沉重的枷锁而任人播弄）
给我们明朗的信念，光明闪烁在眼前。
我们都记得无知而勇敢的牺牲，
永在阴谋剥削而支持享受的一群，
与一种新声音在响，一个新世界在到来，
如同不会忘记时代是怎样无情，
一个浪头，一个轮齿都是清楚的教训。
看，那就是，那就是他们不朽的化身：

穿过高寿的森林，经过万千年风霜
与期待的山岭，蛮横如野兽的激流，
神秘如地狱的疟蚊大本营……
就用勇敢而善良的血汗与忍耐
踩过一切阻碍，走出来，走出来，
给战斗疲倦的中国送鲜美的海风，
送热烈的鼓励，送血，送一切，于是
这坚韧的民族更英勇，开始拍手：
“我起来了，我起来了，我就要自由!”

路永远使我们兴奋，想纵情歌唱。
这是重要的时刻，胜利就在前方。
看它，风一样有力，航过绿色的原野，
蛇一样轻灵，从茂密的草木间
盘上高山的背脊，飘行在云流中，
俨然在飞机座舱里，发现新的世界，
而又鹰一般敏捷，画几个优美的圆弧，
降落到箕形的溪谷，倾听村落里
安息前欢愉的匆促，轻烟的朦胧中
洋溢着亲密的呼唤，家庭的温暖，
然后懒散地，沿着水流缓缓走向城市。

就在粗糙的寒夜里，荒冷
而空洞，也一样负着全民族的
食粮：载重卡车的亮眼满山搜索，
搜索着跑向人民的渴望；

沉重的胶皮轮不绝滚动着
人民兴奋的脉搏，每一块石子
一样觉得为胜利尽忠而骄傲：
微笑了，在满意地默默注视的星月下面，
微笑了，在热闹凯旋日子的好梦里。

征服了黑暗就是光明，它晓得：
大家都看见，黎明的红色消息已写在
每一片云彩上，攒动着多少兴奋的面庞，
七色的光在忙碌调整布景的效果，
星子在奔走，鸟儿在转身睁眼，
远处沿着山顶闪着新弹的棉花，
滇缅公路得到万物朝气的鼓励，
狂欢地运载着远方来的物资，
上峰顶看雾，看山坡上的日出，
修路工人在草露上打欠伸："好早啊！"

早啊！好早啊！路上的尘土还没有
大群地起来追逐，辛勤的农民
因为太疲倦，肌肉还需要松弛，
牧羊的小孩正在纯洁的忘却中，
城里人还在重复他们枯燥的旧梦，
而它，就引着成群各种形状的影子，
在荒废多年的森林草丛间飞奔：
一切在飞奔，不准许任何人停留，
远方的星球被转下地平线，

拥挤着房屋的城市已到面前，
可是它，不许停，这是光荣的时代，
整个民族在等待，需要它的负载。

1942 年 1 月于昆明

（原载 1942 年 2 月 16 日《文聚》第 1 卷第 1 期，选自《杜运燮六十年诗选》，人民文学出版社 2000 年 5 月出版）

解　冻

春风伸出慈爱的手，温柔而有力，
推醒了沉睡的，抹掉不必要的犹豫，
使一个个发现新的信心而大欢喜。

吹过草根，吹过了年轮，
吹过思想的疙瘩和包袱，
在冰层上画图案，在脸上加深笑纹。

是花的都在开，有芽的都绽出来，
欢呼这只爱抚的手，拿出最好的，
一切从头创造，过去的已经深埋。

在黑暗中摸索了多少艰苦的日夜，
打破，形成，又打破，最后冲出硬壳，
献出颜色和香味，还有只为衬托的绿叶。

野花没有被忘记，它也不自卑，
迎风歌唱着丰盛的光和热，
一个姑娘摘下一朵：“它陌生，但是也美!”

又唱了，又唱了，那特别兴奋的鸟群，
对过去的迟疑已觉得好笑，
为了找到新歌声，抑不住太高兴。

试一声，大声些，听从着春风
不再满足于枝叶间的碎粒阳光，
投向那云稀太阳高的蓝空。

东边的响应了，还有西边的，南边的，
兴奋的眼光像蝴蝶般闪烁，
多嘴的湖水也抢着发表意见。

暖起来！春天到了！到处在欢呼，
新式步犁把第一块黑土翻开，
人群涌向公园，涌向郊外的林坞。

一幅着色奇妙的图画完成了。
一曲新风格的交响乐奏起来。
一首句句清新的诗，有人在朗诵着。

春风是新生命的源泉，绿和歌声的核心，
它吹过的地方，一切都在唱：

“我有了新活力！我有了新生命！”

雪

忽然的变化带来共同的喜悦。
一切跟着飘，我的心也更轻，
数不清有多少重轻帘，但看得更远，
穿过去，全身越白越透明。

白中色彩缤纷，冷中透热，
空灵中是充实，重复中有变化，
枯硬枝条上多么的柔软，
寂静中回旋着多少喧哗。

白阴下的行人抬头，脚步放慢了，
看透明的气息轻摇满树银花。
新铺的人行道上，红领巾从中一下子
盛开出一簇簇笑声的红花。

什么时候又加上这么些新烟囱？
都是这大块文章的必要的惊叹号：
轻烟越飘越淡的地方引人回想，
新温暖只有住新大厦的人知道。

放眼望去，多少诗句，多少名画，
激情推着联想，联想拉着激情，
触电般的是那“沁园春”，忽然又高又大，

我也有那熟悉的豪迈感情。

心沿着白路，白野，白山，
飞向远方，急寻诉说的同伴，
我要拥抱所有的建设者，
请他们马上都来天安门广场。

（选自《诗刊》1957 年 5 月号）

秋

连鸽哨也发出成熟的音调，
过去了，那阵雨喧闹的夏季。
不再想那严峻的闷热的考验，
危险游泳中的细节回忆。

经历过春天萌芽的破土，
幼芽成长中的扭曲和受伤，
这些枝条在烈日下也狂热过，
差点在雨夜中迷失方向。

现在，平易的天空没有浮云，
山川明净，视野格外宽远；
智慧、感情都成熟的季节呵，
河水也像是来自更深处的源泉。

紊乱的气流经过发酵
在山谷里酿成透明的好酒：
吹来的是第几阵秋意？醉人的香味
已把秋花秋叶深深染透。

街树也用红颜色暗示点什么，
自行车的车轮闪射着朝气：
吊车的长臂在高空指向远方，
秋阳在上面扫描丰收的信息。

（选自 1980 年 1 月 10 日《诗刊》1980 年 1 月号）

高　兰（1909—1987）

原名郭德浩，黑龙江瑷珲人。

哭亡女苏菲

你那里去了呢？我的苏菲！
去年今日
你还在台上唱“打走日本出口气”！
今年今日啊！
你的坟头已是绿草凄迷！

孩子啊！你使我在贫穷的日子里，
快乐了七年，我感谢你。
但你给我的悲痛
是绵绵无绝期呀？
我又该向你说什么呢？

一年了！
春草黄了秋风起
雪花落了燕子又飞去；
我却没有勇气
走向你的墓地！
我怕你听见我悲哀的哭声，
使你的小灵魂得不到安息！

一年了！
任黎明与白昼悄然消逝，
任黄昏去后又来到夜里；
但我竟提不起我的笔，
为你，写下我忧伤的情绪，
那撕裂人心的哀痛啊！
一想到你，
泪，湿透了我的纸！
泪，湿透了我的笔！
泪，湿透了我的记忆！
泪，湿透了我凄苦的日子！
孩子啊！
我曾一度翻着箱箧，
你的遗物还都好好的放起；
蓝色的书包，
深红的裙子，
一叠香烟里的画片，还有……
孩子！你所珍藏的一块小绿玻璃！
我低唤着苏菲！苏菲！
我就伏在箱子上放声大哭了！
醒来夜已三更，月在天西，
寒风里阵阵传来
孤苦的老更人遥远的叹息！

我误了你呀！孩子！
你不过是患的疟疾，

空被医生挖去我最后的一文钱币。
我是个无用的人啊！
当卖了我最值钱的衣物，
不过是为你买一口白色的棺木，
把你深深地埋葬在黄土里！

可咀咒的信仰啊！
使我不曾为你烧化纸钱设过祭，
唉！你七年的人间岁月
一直是穷苦与褴褛，
死后你还是两手空空的。

告诉我！孩子！
在那个世界里，
你是否还是把手指头放在口里，
呆望着别人的孩子吃着花生米？
望着别人的花衣服
你忧郁的低下头去？

我知道你的魂灵漂泊无依，
漫漫的长夜呀！你都在那里？
回来吧！苏菲！我的孩子！
我每夜都在梦中等你，
唉！纵山路崎岖你不堪跋涉，
但我的胸怀终会温暖
你那冰冷的小身躯！

当深山的野鸟一声哀啼，
惊醒了我悲哀的记忆，
夜来的风雨正洒洒凄凄！
我悄然的披衣而起，
提起那惨绿的灯笼，走向风雨，
向暗夜，
向山峰，
向那墨黑的层云下，
呼唤着你的乳名，小鱼！小鱼！
来呀！孩子！这里是你的家呀！
你向这绿色的灯光走吧！
不要怕！
你的亲人正守候在风雨里！

但蜡泪成灰，灯儿灭了！
我的喉咙也再发不出声息。
我听见寒霜落地，
我听见蚯蚓翻泥，
孩子！你却没有回答哟！
唉！飘飘的天风吹过了山峦，
歌乐山颠一颗星儿闪闪，
孩子！那是不是你悲哀的泪眼？

唉！歌乐山的青峰高入云际！
歌乐山的幽谷埋葬着我的亡女！

孩子啊！
你随着我七载流离，
你随着我跨越了千山万水，
我却不曾有一日饱食暖衣！
记得那古城之冬吧！
寒冷的风雪交加之夜，
一床薄被，我们三口之家，
吃完了白薯我们报头痛哭的事吧！

但贫穷我们不怕，
因为你的美丽像一朵花
点缀着我们苦难的家，
可是，如今叶落花飞
我还有什么呀！

因为你爱写也爱画，
在盛殓你的时候，
你痴心的妈妈呀！
在你右手放了一支铅笔，
在你左手放下一卷白纸。
一年了啊！
我没接到你一封信来自天涯，
我没看见你一个字写给妈妈！

我写给你什么呢？

唉！一年来，我像过了十载，
写作的生活呀，
使我快要成为一个乞丐！
我的脊背有些伛偻了，
我的头发已经有几茎斑白，
这个世界里，依旧是
富贵的更为富贵，
贫穷的更为贫穷；
我最后的一点青春与温情，
又为你带进了黄土堆中！

我写给你什么呢？
我一字一流泪！
一句一呜咽！
放下了笔，哭啊！
哭够了！再拿起笔来，

姗姗而来的是别人的春天，
鸟啼花发是别人的今年！
对东风我洒尽了哭女的泪，
向着云天，
我烧化了哭你的诗篇！

小鱼！我的孩子，
你静静地安息吧！
夜更深，

露更寒，
旷野将卷起狂飙！
雷雨闪电将摇撼着千万重山！
我要走向风暴，
我已无所系恋，
孩子！
假如你听见有声音叩着你的墓穴，
那就是我最后的泪滴入了黄泉！

1942年3月的山中

（原载1942年3月29日重庆《大公报·战线》，
选自《高兰朗诵诗》，建中出版社1949年5月出版）

贺敬之（1924—　）

山东峄县人。

生　活

我们的生活：
太阳和汗液。

太阳从我们头上升起，
太阳晒着我们。

像小麦，
我们生长
在五月的田野。

我们是小麦，
我们是太阳的孩子。
我们流汗，
发着太阳味，

工作，
在小麦色的愉快里。

歌唱！
歌唱

在每个早晨和晚上。

生活
甜蜜而饱满的穗子，
我们兄弟般地
结紧在穗子上。

我们——熟透的麦粒呀。

（原载1941年2月25日《中国文艺》第1卷第1期，选自《贺敬之代表作》，河南人民出版社1992年1月出版）

回延安

一

心口呀莫要这么厉害的跳，
灰尘呀莫把我眼睛挡住了……

手抓黄土我不放，
紧紧儿贴在心窝上。

……几回回梦里回延安，
双手搂定宝塔山。

千声万声呼唤你，

——母亲延安就在这里！

杜甫川唱来柳林铺笑，
红旗飘飘把手招。

白羊肚手巾红腰带，
亲人们迎过延河来。

满心话登时说不出来，
一头扑进亲人怀……

二

……二十里铺送过柳林铺迎，
分别十年又回家中。

树梢树枝树根根，
亲山亲水有亲人。

羊羔羔吃奶眼望着妈，
小米饭养活我长大。

东山的糜子西山的谷，
肩膀上的红旗手中的书。

手把手儿教会了我，
母亲打发我们过黄河。

革命的道路千万里，
天南海北想着你……

三

米酒油馍木炭火，
团团围定坑上坐。

满窑里围得不透风，
脑坪上还响着脚步声。

老爷爷进门气喘的紧：
“我梦见羊吃青草——可真见亲人……”

亲人见了亲人面
欢喜的眼泪眶眶里转。

保卫延安你们费了心，
白头发添了几根根。

团支书又领进社主任，
当年的放羊娃如今长成人。

白生生的窗纸红窗花，
娃娃们争抢来把手拉。

一口口的米酒千万句话，
长江大河起浪花。

十年来革命大发展，
说不尽这三千六百天……

四

千万条腿来千万只眼，
也够我走来也够我看！

头顶着蓝天大明镜，
延安城照在我心中：

一条条街道宽又平，
一座座楼房披彩虹；

一盏盏电灯亮又明，
一排排绿树迎春风……

对照过去我认不出了你，
母亲延安换新衣。

五

杨家岭的红旗呵高高的飘，
革命万里起高潮！

宝塔山下留脚印，
毛主席登上了天安门！

枣园的灯光照人心，
延河滚滚喊前进！

赤卫军……青年团……红领巾，
走着咱英雄几辈辈人……

社会主义路上大踏步走，
光荣的延河还要在前头！

身长翅膀吧脚生云，
再回延安看母亲！

1956年3月9日，延安
（选自《延河》1956年6月号）

桂林山水歌

云中的神呵，雾中的仙，
神姿仙态桂林的山！

情一样深呵，梦一样美，
如情似梦漓江的水！

水几重呵，山几重？
水绕山环桂林城……

是山城呵，是水城？
都在青山绿水中……

呵！此山此水入胸怀，
此时此身何处来？

……黄河的浪涛塞外的风，
此来关山千万重。

马鞍上梦见沙盘上画：
“桂林山水甲天下”……

呵！是梦境呵，是仙境？
此时身在独秀峰①！

心是醉呵，还是醒？
水迎山接入画屏！

画中画——漓江照我身千影，
歌中歌——山山应我响回声……

① 独秀峰，在桂林市中心，孤峰一柱，拔地而起。

招手相问老人山①，
云罩江山几万年？

——伏波山下还珠洞②，
宝珠久等叩门声……

鸡笼山一唱屏风开，
绿水白帆红旗来！

大地的愁容春雨洗，
请看穿山③明镜里——

呵！桂林的山来漓江的水——
祖国的笑容这样美！

桂林山水入胸襟，
此景此情战士的心——

江山多娇人多情，
使我白发永不生！

对此江山人自豪，

① 老人山，鸡笼山，屏风山，均在桂林市区，因状得名。
② 还珠洞，有老龙谢情还珠神话，本诗转意借用。
③ 穿山，在桂林市南郊，峰顶有巨大圆形洞口，洞穿露天，状似明镜高悬。

使我青春永不老！

七星岩[①]去赴神仙会，
招呼刘三姐呵打从天上回……

人间天上大路开，
要唱新歌随我来！

三姐的山歌十万八千箩，
战士呵，指点江山唱祖国……

红旗万梭织锦绣，
海北天南一望收！

塞外的风沙呵黄河的浪，
春光万里到故乡。

红旗下：少年英雄遍地生——
望不尽：千姿万态“独秀峰”！

——意满怀呵，情满胸，
恰似漓江春水浓！

① 七星岩，桂林最著名岩洞之一。传说歌仙刘三姐在此洞中赛歌，后化石成仙。

呵！汗雨挥洒采笔画：

桂林山水——满天下！……

1959年7月，旧稿

1961年8月，整理

（原载《人民文学》1961年10月号，

选自《贺敬之代表作》，河南人民出版社1992年1月出版）

彭燕郊（1920—2008）

原名陈德矩，福建莆田人。

殡　仪

在冬的郊外我遇见一队出殡的行列
凄楚，惨哀地，向空漠的荒野移行

四个土夫抬着部灰黑色的棺廓
麻木地，冷淡地，邪许着无所感动的喘声
好像抬的并不是一个刚才消逝的生命
而是一块石头或且一包废料

那妇人哀哀欲绝地啼泣着
独自哭诉死者生前的厄难和身后的萧条
而那个披麻戴孝的孩子，恐怖地，惊慌地
用黄瘦的小手牵住母亲的衣角

在那儿等待他的是冰冷的圹穴
在那儿他将无主见地任别人摆布
那土夫将在他的棺材下安放四个砖头
让他的面向着生前的住厝
而他的亲人们——像一只只悲哀的毛虫似地匍匐着
将每人撒一把沙土在他底黑色的永恒的床上

他将成为此地的生客，和阳世的过来人
残忍地撇下了孱弱的母子俩
而私自休息了
向着不可知的冥土旅行去
他完成了一场大梦
和一阵无结果的挣扎……

今天晚上，他将化为一阵阴风
重归到乍别了的熟悉的故居
像往日由田野耕罢回来一样

他将用紫色的手抚摸那没有编好的篱笆
他将用鱼肚白的眼珠审视
那菜畦里的菜是否被浓霜打枯了菜心？
并且他将用他的寂默的耳朵谛听
畜棚里那条病了的老牛是否睡得安适？
那小鼠是否又在偷食瓮底的余粮？

他将用比雨滴还要冰冷的嘴唇
亲吻那蒙着被头睡的孤儿
和在梦里呼唤着他的小名的
脸上被悲哀新刻了皱纹的寡妻

他将向自己的木主牌打躬
他将向灵前素白的莲花灯膜拜
他将感谢那纸扎得很好看的金童玉女——

代替了我，你们来热闹我底微寒的家居了

——草叶之下的地阴里，我的爱的妻和孩儿呵
万事都不如你们此刻所铺张的这样如意呢

但，因为我是死了
我已经洞悉了许多你们所无法分晓的事情

他将托梦给他的贫穷的家属
用神秘的，黑色的，哑哑的声音述说
在那边，屋后的山坡上
古松树下，许多年之前，一个行商
埋了一瓮金子在那里……

你们必须遵照我的嘱咐行事，
不可有半点差池：八月十五夜，
子时，当月亮稍偏向西的时刻
你从倒地的树影的梢头，掘下三尺深
你就可以得到那瓮金子，此后的生活
就不用愁了

（选自1941年6月25日《现代文艺》第3卷第3期）

家

——给一个在动乱中失掉家的人

小小的蜗牛
带着他小小的家
世界是这样广大
而他没有占有一寸土地

除了这小小的家
他再没有什么了——
这小小的家
他自己血肉的一部分

像他自己那样地小，那样地轻微
那样地容易受到攻击
这小小的家，谁知道
哪一天会遭到毁灭……

果然，残暴者出于一时高兴
一时高兴而异想天开
或许仅仅是为了消遣：下了毒手
小小的蜗牛的家成了碎片

凄凉地，瑟缩着
在天光里，裸露了他软弱的身体

蹒跚着，那上面布满伤痕
这垂危的流浪者，真正一无所有了

一颗砂子可以伤害他
一片草叶对他也太锋利了
一道道堆叠起来的伤痕，也许
多少会给他增添一点自卫力量

人们常说：家是一种负担
现在，他该感到轻松了吧
谁知道呢？可能，习惯于轻快
并不比习惯于沉重容易……

1977 年夏末

（选自《诗刊》1980 年 4 月号）

夜闻雁过

很静的深夜，静得叫人睡不着
静静里听到一阵雁叫
囚室里能看见的只有巴掌大的一块天
此刻又是深夜，只能凭直觉
估摸那是一只孤雁，在孤单而
这样凄切地啼叫失散了的伙伴

因为孤单，啼叫听起来

格外清晰，因为清晰好像看见
飞过暗沉沉夜空的孤单影子
因为它的孤单想到自己的孤单
因为孤单更加痛切地感到
生存的无奈，厚着脸皮，像个

真正的无赖，正是报纸上反复宣传的
被剥掉外衣，赤身露体
什么也没有了，除了尴尬和羞耻
然而却还这样多愁善感

当静静的深度听到暗沉沉夜空传来的
一阵雁声，居然引发许多许多无用的联想

难道是为了让自己尴尬得更加可笑
羞耻得更加难堪

远远飞去的孤雁是不会知道这些的
它只是一只鸟，不是这个年代这块土地上的人

（2008 年《诗探索》第 2 辑）

杜　谷（1920—　）

原名刘锡荣，江苏南京人。

泥土的梦

泥土的梦是黑色的

当春天悄悄爬行在北温带的日子
泥土有最美丽的梦

泥土有绿郁的梦
葱林的梦
繁花的梦
发散着果实的酒香的梦
金色的谷粒的梦

它在梦中听见了
田间的刈草镰
和风车水磨转动的声音
和牲牛低沈的鸣叫
和在温暖的池沼
划着橘色的桨的白鹅的歌曲

它在梦中听见了布谷鸟
和班鸠和红襟雀的歌

和河岸上孩子们奔跑的脚步
我们那从南方回来的漂亮的旅客
太阳，正用它金色的修长的睫毛
搔痒著它
春风又吹著它隆起的乳房
它秀美的长发
它红润的裸足
又吹接着它的宽大的
印花布衫的衣角

而一天夜里
旷野降下了滂沱的大雨了
雨以它密密的柔和的小嘴
不停地吻著泥土
热情地摇拍著泥土
激动地抚摩著泥土

泥土渐渐从梦里醒来
慢慢睁开它的亮而黑的大眼
它眼里充满了喜悦的泪。

看我们的泥土是怀孕了！

（选自1941年9月《七月》第1集第1—2期）

鲁　藜（1914—1999）

原名许图地，福建同安人。

夜　葬

我们的兄弟死了
我们抬着他

记不清甚么村子
也记不清甚么时刻
哦，不要紧
就是那个神圣的土地
那些战斗的日子

我们把他放下去
放下去
挖得太浅吧
掘得深一些
把他深深的埋住

恰好有月亮
我们的队伍走不多远
我们还来得及赶上

好好地动手

不要把石头也掉下
敲得棺盖乱响
不要叫我们的兄弟
睡得不舒服

他，睡得那么甜
一个勇敢的人
勇敢的战死
就是最大的快乐

没有墓碑怎么办
不要紧
这里正好一棵大树
就在树干上刻下他的名字

树呵，不要被狂风吹倒
吹不倒的
有勇敢人在它的旁边

今夜，一点风也没有
月光那么静
照着兄弟的墓上
一切都好了
我们走呀
趁着前面还有步伐的声响
慢一点，站好

给我们的兄弟最后敬礼
于是，我们都举起了手

1941 年 11 月 20 日晨

（选自 1942 年 7 月 26 日《解放日报》）

绿　原 (1922— 2009)

原名刘仁甫，又名刘半九，湖北黄陂人。

小时候

小时候
我不认识字
妈妈就是图书馆

我读著妈妈——

有一天
这世界太平了
人会飞……
小麦从雪地里出来……
钱都没有用……

金子用来做房屋底砖
钞票用来糊纸鹞
银币用来飘水纹……

我要做一个流浪的少年
带着一只镀金的苹果
一只银发的蜡烛
和一只从埃及国飞来的红鹤

旅行童话
去向糖果城的公主求婚……

但是
妈妈说
现在你必须工作

（选自《童话》，南天出版社 1942 年 12 月出版）

重读《圣经》

——“牛棚”

儿时我认识一位基督徒，
他送给我一本小小的“福音"，
劝我用刚认识的生字读它：
读着读着，可以望见天堂的门。

青年时期又认识一位诗人，
他案头摆着一部厚厚的《圣经》，
说是里面没有一点科学道理，
但确不乏文学艺术最好的味精。

我一生不相信任何宗教，
也不擅长有滋味的诗文。
惭愧从没认真读过一遍，
尽管赶时髦，手头也有一本。

不幸“贯索狂文昌”：又一次沉沦，
沉沦，沉沦到了人生的底层。
所有书稿一古脑儿被查抄，
单漏下那本异端的《圣经》。

常常是夜深人静，倍感凄清，
辗转反侧，好梦难成，
于是披衣下床，摊开禁书，
点起了公元初年的一盏油灯。

不是对譬喻和词藻有所偏好，
也不是要把命运的奥秘探寻，
纯粹是为了排遣愁绪：一下子
忘乎所以，仿佛变成了但丁。

里面见不到什么灵光和奇迹，
只见蠕动着一个个的活人。
论世道，和我们的今天几乎相仿，
论人品（唉）！未必不及今天的我们。

我敬重为人民立法的摩西，
我更钦佩推倒神殿的沙逊；
一个引领受难的同胞出了埃及，
一个赤手空拳，与敌人同归于尽。

但不懂为什么丹尼尔竟能
单凭信仰在狮穴中走出走进；
还有那彩衣斑烂的约瑟夫
被兄弟出卖后又交上了好运。

大卫血战到底，仍然充满人性。
《诗篇》的作者不愧是人中之鹰；
所罗门毕竟比常人聪明，
可惜到头来难免老年痴呆症。

但我更爱赤脚的拿撒勒人：
他忧郁，他悲伤，他有颗赤子之心；
他抚慰，他援助一切流泪者，
他宽恕，他拯救一切痛苦的灵魂。

他明明是个可爱的傻角，
幻想移民天国，好让人人平等。
他却从来只以“人之子”自居，
是后人把他捧上了半天云。

可谁记得那个千古的哑谜，
他临刑前一句低沉的呻吟：
“我的主啊，你为什么抛弃了我？
为什么对我的祈祷充耳不闻？”

我还向马丽娅·马格黛莲致敬：

她误落风尘，心比钻石更坚贞，
她用眼泪为耶稣洗过脚，
她恨不能代替恩人去受刑。

我当然佩服罗马总督彼拉多：
尽管他嘲笑“真理几文钱一斤?”
尽管他不得已才处决了耶稣，
他却敢于宣布“他是无罪的人!”

我甚至同情那倒楣的犹大：
须知他向长老退还了三十两血银，
最后还勇于悄悄自缢以谢天下，
只因他愧对十字架的巨大阴影……

读着读着，我再也读不下去，
再读便会进一步堕入迷津……
且看淡月疏星，且听鸡鸣荒村，
我不禁浮想联翩，惘然期待着黎明……

今天，耶稣不止钉一回十字架，
今天，彼拉多决不会为耶稣讲情，
今天，马丽娅·马格黛莲注定永远蒙羞，
今天，犹大决不会想到自尽。

这时“牛棚”万籁俱寂，
四周起伏着难友们的鼾声。

桌上是写不完的检查和交代，
明天是搞不完的批判和斗争。

“到了这里一切希望都要放弃。”
无论如何，人贵有一点精神。
我始终信奉无神论：
对我开恩的上帝——只能是人民。

（选自《芳草》1980 年第 9 期）

郑　敏 (1920—　)

女，福建闽侯人，生于北京。

金黄的稻束

金黄的稻束站在
割过的秋天的田里，
我想起无数个疲倦的母亲
黄昏的路上我看见那皱了的美丽的脸
收获日的满月在
高耸的树巅上
暮色里，远山是
围着我们的心边
没有一个雕像能比这更静默。
肩荷着那伟大的疲倦，你们
在这伸向远远的一片
秋天的田里低首沈思
静默。静默。历史也不过是
脚下一条流去的小河
而你们，站在哪儿
将成了人类的一个思想。

（原载 1943 年 5 月《明日文艺》第 1 期，
题为《无题》，收入《诗集》改为此题。
选自《诗集》，文化生活出版社 1949 年 4 月出版）

诗人与死

一

是谁，是谁
是谁的有力的手指
折断这冬日的水仙
让白色的汁液溢出

翠绿的，葱白的茎条？
是谁，是谁
是谁的有力的拳头
把这典雅的古瓶砸碎

让生命的汁液
喷出他的胸膛
水仙枯萎

新娘幻灭
是那创造生命的手掌
又将没有唱完的歌索回。

二

没有唱出的歌
没有做完的梦
在云端向我俯窥

候鸟样飞向迷茫

这里洪荒正在开始
却没有恐龙的气概
历史在纷忙中走失
春天不会轻易到来

带走吧你没有唱出的音符
带走吧你没有画完的梦境
天的那边，地的那面

已经有长长的队伍
带着早已洗净的真情
把我们的故事续编。

三

严冬在嘲笑我们的悲痛
血腥的风要吞食我们的希望
死者长已矣，生者的脚踵
试探着道路的漫长

伊卡拉斯们①乘风而去
母亲们回忆中的苦笑
是固体的泪水在云层中凝聚
从摇篮的无邪到梦中惊叫

---

① Icarus，希腊神话中人物。用翅膀飞行逃狱，因太阳把蜡熔化导致坠落海中淹死。

没有蜜糖离得开蜂刺
你衰老、孤独、飘摇
正像你那夜半的灯光

你的笔没有写完苦涩的字
伴着你的是沙漠的狂飙
黄沙淹没了早春的门窗。

四

那双疑虑的眼睛
看着云团后面的夕阳
满怀着幻想和天真
不情愿地被死亡蒙上

那双疑虑的眼睛
总不愿承认黑暗
即使曾穿过死亡的黑影
把怀中难友的尸体陪伴

不知为什么总不肯
从云端走下
承认生活的残酷

不知为什么总不肯
承认幻想的虚假
生活的无法宽恕

五

我宁愿那是一阵暴雨和雷鸣
在世人都惊呼哭泣时
将这片叶子卷走、撕裂、飞扬入冥冥
而不是这冷漠的误会和过失

让一片仍装满生意的绿叶
被无意中顺手摘下丢进
路边的乱草水沟而消灭
无踪，甚至连水鸟也没有颤惊

命运的荒诞作弄
选中了这一片热情
写下它残酷的幽默

冬树的黑网在雨雪中
迷惘、冷漠、沉静
对春天信仰、虔诚而盲目。

六

打开你的幻想吧，朋友
那边如浩瀚的大海迷茫
你脱去褪色的衣服，变皱
的皮肤，浸入深蓝色的死亡

这里不值得你依恋，忙碌嘈杂

伸向你的手只想将你推搡
眼睛中的愤怒无法喷发
紧闭的嘴唇，春天也忘记歌唱

狭窄、狭窄的天地
我们在瞎眼的甬道里
踱来踱去，打不开囚窗

黄昏的鸟儿飞回树林去歇栖
等待着的心灵垂下双翼
催眠从天空洒下死亡的月光

七

右手轻抚左手
异样的感觉，叫做寂寞
有一位诗人挣扎地看守
他心灵的花园在春天的卷末。

时间卷去画幅步步逼近
只剩下右手轻抚左手
一切都突然消失、死寂
生命的退潮不听你的挽留

像风一样旋转为了扫些落叶
却被冬天嘲讽讥笑
那追在身后的咒骂

如今仍在尸体上紧贴
据说不是仇恨，没有吼叫
漂亮的回答：只是工作太忙。

八

冬天是欣赏枯树的季节
它们用墨笔将蔚蓝切成块块
再多的几何图也不能肢解
那伟大的蓝色只为了艺术的欢快

美妙的碎裂，无数的枝梢
你毕生在体会生命的震撼
你的身影曾在尸堆中晃摇
歌手的死亡拧断你的哀叹

最终的沉默又一次的断裂
从你的脆了的黑枝梢
那伟大的蓝色将你压倒

它的浪花是生命纷纷的落叶
在你消失的生命身后只有海潮
你在蓝色的拥抱中向虚无奔跑

九

从我们脚下涌起的不是黄土
是万顷潋滟的碧绿
海水般勤地洗净珊瑚

它那雪白的骸骨无忧无虑

你的第六十九个冬天已经过去
你在耐心地等待一场电火
来把你毕生思考着的最终诗句
在你的洁白的骸骨上铭刻

不管天边再出现甚么翻滚的乌云
它们也无能伤害你
你已经带走所有肉体的脆弱

盛开的火焰将用舞蹈把你吸吮
一切美丽的瓷器
因此留下那不谢的奇异花朵

十

我们都是火烈鸟
终生踩着赤色的火焰
穿过地狱，烧断了天桥
没有发出失去身份的呻吟

然而我们羡慕火烈鸟
在草丛中找到甘甜的清水
在草丛上有无边的天空邈邈
它们会突然起飞，鲜红的细脚后垂

狂想的懒熊也曾在梦中

起飞
翻身

却像一个蹩脚的杂技英雄
殒坠
无声

十一

冬天已经过去，幸福真的不远吗
你的死结束了你的第六十九个冬天
疯狂的雪莱曾妄想西风把
残酷的现实赶走，吹远。

在冬天之后仍然是冬天，仍然
是冬天，无穷尽的冬天
今早你这样使我相信，纠缠
不清的索债人，每天在我的门前

我们焚烧了你的残余
然而那还远远不足
几千年的债务

倾家荡产，也许
还要烧去你的诗束
填满贪婪的焚尸炉

十二

没有奥菲亚斯[①]拿着他的弦琴
去那里寻找你
他以为应当是你用你的诗情
来这里找他呢

你的白天是这里的黑夜
你的痛苦在那里消失得
无影无踪，树叶
幸福地轻语，夜莺不需要藏躲

你不再睁开眼睛
却看到从来不曾看到
的神奇光景

情人的口袋不装爱情
法官的小槌被盗
因此无限期延迟开庭。

十三

在这奥菲亚斯走过的地道
你拿到这第十三首诗，你
痛苦而愤怒，憎恨这朕兆
意味着通行的不祥痕迹

---

① Orpheus，希腊神话中的音乐家兼诗歌神。他拿着竖琴向诸天神诉冤，下阴间寻找被害的妻子。

然而这实在是通行证的底片
若将它对准阳光
黑的是你的睑庞
你的头发透明通亮

你茫然考虑是不是这里的一切
和世间颠倒
你的行囊要重新过秤

然而鬼们告诉你不要自欺
现在你正将颠倒的再颠倒
世间从未曾认真给你过秤

十四

你走过那山阴小道
忽然来到一片林地
世界立即成了被黑洞
吸收的一颗沙砾

掌管天秤的女神曾
向你出示新的图表
天文数的计量词
令你惊愕地抛弃狭小

人间原来只是一条鸡肠
绕绕曲曲臭臭烘烘

塞满泥沙和掠来的不消化

只有在你被完全逐出鸡厂
来到洗净污染的遗忘湖
才能走近天体的耀眼光华

十五

那为你哭泣的人们应当
哭泣他们自己，那为你的死
愤怒的人们不能责怪上帝
死亡跟在身后，一个鬼祟的影子

你有许多未了的心愿像蚕丝
如果能织成一片晴空……
但黑云不会放过你的默想
雷爆从天空驰下击中

你的理想只是飘摇的蛛网
几千年没有人织成
几千年的一场美梦

只有走出祭坛的广场
离开雅典和埃及的古城
别忘记带着你的夜行时的马灯。

十六

五月，肌肤告诉我太阳的存在

很温存，还没有开始暴虐
我闭上眼睛，假装不知道谁在主宰
拖延，是所有这儿的大脑的策略

尸骨正在感觉生的潮气
离开火葬场已经两个月
污染的大气甚至不放弃
那从炉中拾回的残缺

也许应当一次又一次地洗涤
用火焰，
用焚烧

这里没有檀木建成的葬堆
也没有洒上玫瑰、月季、兰花的娇艳
只有沉默的送葬者洒上乌云般的困恼。

十七

眼睛是冰冻的荷塘
流水已经枯干，我的第 69 个冬天
站在死亡的边卡送走死亡
天边有驼队向无人熟悉的国度迁移

欢乐的葡萄不会急着追问下场
香醇的红酒也忘记了根由
一个个音符才联成歌唱
也许是愤怒，也许是温柔

整体不过是碎片的组成
碎片改组，又产生新的整体
短视的匠人以为到了终极

瞌上眼睛，任肢体在大地横陈
蚕与蛹，毛虫和蝴蝶的交替
洒在湖山上，像雨的是这个“自己”

十八

他们用时间的极光刀
在我们的身体上切割
白色的脑纹是抹不掉
的录像带，我们的录音盒

被击碎，逃出刺耳的歌
疯狂的诗人捧着淤血的心
去见上帝或者魔鬼
反正他们都是球星

将一颗心踢给中锋
用它来射门
好记上那致命的一分

欢呼像野外的风
穿过血滴飞奔
诗人的心入网，那是坟。

十九

当古老化装成新生
遮盖着头上的天空
依恋着丑恶的老皮层层
畏惧新生的痛苦

今天，抽去空气的汽球
老皮紧紧贴在我的身上
它昔日的生命已经偷偷逃走
水生的它是我的痛苦的死亡

将我尚未闭上的眼睛
投射向远方
那里有北极光的瑰丽

诗人，你的最后沉寂
像无声的极光
比我们更自由地嬉戏。

（选自《早晨，我在雨里采花》，突破出版社 1991 年 7 月出版）

汪铭竹（1905—1989）

江苏南京人。

法兰西与红睡衣

巴黎，世界的花床；
剩下一堆灰烬，没一星火。

千夫所指，十目所视；
红睡衣是压着法兰西的魇魔。

黑蜘蛛拼命放出死前回光
又纺织了一面毒网。

自柏林铁甲车纷至沓来，
饱吞下法兰西煤炭。

播音员不断喊着待访的男和女；
夜沙龙中，竖琴小鼓失了声。

一扇扇铁栅门，风瘫
在地上，碎玻璃，五彩缤纷。

千千万万的人，哑了，
喉头里则异样的怪痒。

集中营拥挤着人圣

人圣日夜作圣贞德之幻想。

十一，十。读戈连士之法兰西倾国纪后

（选自《纪德与蝶》，诗文学社 1944 年 10 月出版）

阿　垅（1907—1967）

原名陈守梅，浙江杭州人。

无　题

不要踏着露水——
因为有个人夜哭。……

哦，我底人啊，我记得极清楚，
在白鱼烛光里为你读过雅歌。

但是不要这样为我祷告，不要！
我无罪，我会赤裸着你这身体去见上帝。……

但是不要用光年计算星和星间的空间吧，
用万有引力；用相照的光。

要开作一枝白色花——
因为我要这样宣告，我们无罪，然后我们凋谢。

1944 年 9 月 9 日，蜗居

（选自 1944 年《诗垦地》丛刊第 6 辑《白色花》，署名圣门）

李　季（1922—1980）

原名李振鹏，河南唐河人。

王贵与李香香

——三边民间革命历史故事

第一部

一、崔二爷收租

中华民国十九年（公元一九三〇年），
有一件伤心事，出在三边。
人人都说三边有三宝，穷人多来富人少。
一眼望不尽的老黄沙，哪块地不属财主家？
民国十八年雨水少，庄稼就像炭火烤。
瞎子摸黑路难上难，穷汉们就怕过荒年。
荒年怕尾不怕头，十九年春荒人人愁。
掏完了苦菜上树梢，遍地不见绿苗苗。
粪堆里挖骨磨面面，娘煮儿肉当好饭！
二三月饿死人装棺材，五六月饿死人没人埋。
窑里粮食霉个遍，崔二爷粮食吃不完。
穷汉们饿的像只丧家狗，崔二爷狠心见死他不救！
风吹大树嘶啦啦的响，崔二爷有钱当保长。
一个算盘九十一颗珠，崔二爷牛羊没有数数。
二十里草地二十里沙，那一群牛羊不属他家？

烟洞里冒烟飞满天，崔二爷他有半个天。
县长跟前说上一句话，刮风下雨都由他。
天气越冷风越紧，人越有钱心越狠！
十八年庄稼没有收，庄户人家皱眉头。
打不下粮食吃不成饭，崔二爷的租子也难还。
饿着肚子还好过，短下租子命难活！
王麻子三天没有一颗米，崔二爷的狗腿来催逼。
舌头在嘴里乱打转，王麻子把好话都说完，
“还不起租子我还有一条命这辈子还不起，
来世给你当牲灵。[①]
“短租子，短钱，短下粮，老狗你莫非想拿命来抗?”
一句话来三瞪眼，二句话来一马鞭！
狗腿子像狼又像虎，五十岁的王麻子受了苦。
浑身打烂血直淌，连声不断叫亲娘。
孤雁失群落沙窝，邻居们看着也难过。
“冬天穿皮袄为避风，王麻子短租穀，不短你的命。”
“房子家产由你们挑，打死我租子也交不了！”
毛驴撞草垛没有长眼，狗腿子不长人心肝！
一根棍断了又一根换，白落红起不忍看！
太阳偏西还有一口气，月亮上来照死尸。
拔起黄蒿还带根，崔二爷做事太狠心！
打死老子拉走娃娃，一家人落了个光踏踏！[②]
冬天里草木不长芽，旧社会的庄户不如牛马！

① “牲灵”即牲口或畜生。
② “光踏踏”即“精光”意。

二、王贵揽工

王麻子的娃娃叫王贵，不大不小十三岁。
崔二爷来好打算，养下个没头长工常使唤。
算个儿子掌柜的不是大，①
顶上个揽工的不把钱花。
羊羔子落地咩咩叫，王贵虽小啥事都知道。
牛驴受苦喂草料，王贵四季吃不饱。
大年初饺子下满锅，王贵还啃糠窝窝。
穿了冬衣没夏衣，六月里翻穿老羊皮。
秋天收庄稼一张镰，磨破了手心还说慢。
冬天王贵去放羊，身上没有好衣裳。
脚手冻烂血直淌，干粮冻得硬梆梆。
心想拔柴放火烤，雪下的柴儿点不着了。
马兰开花五个瓣瓣，王贵揽工整四年。
冬里雪大来年麦好，王贵就像麦苗苗。
十冬腊月雪乱下，王贵想起他亲大。②
老牛死了换上牛不老，杀父深仇要子报！

三、李香香

白灵子雀雀白灵子蛋，崔二爷家住死羊湾。
大河里涨水清混不分，死羊湾有财主也有穷人。
死羊湾前沟里有一条水，有一个穷老汉李德瑞。
白胡子李德瑞五十八，家里又有一枝花。

① 陕北人称“父亲”为“大”“不是大”即“不是爸爸”。
② “亲大”即“亲爸爸”。

女儿名叫李香香，没有兄弟死了娘。
脱毛雀雀过冬天，没有吃来没有穿。
十六岁的香香顶上牛一条，累死挣活吃不饱。
羊肚子手巾包冰糖，虽然人穷好心肠。
玉米结子颗颗鲜黄，李老满年老心肠软。
时常拉着王贵的手，两眼流泪说："娃命苦！
"年岁小来苦头重，没娘没大孤零零。
"讨吃子住在关爷庙，我这里就算你的家。"
刮风下雨人闲下，王贵就来把柴打。
一个妹子一个大，没家的人儿找到了家。

四、掏苦菜

山丹丹开花红姣姣，香香人材长得好。
一对大眼水汪汪，就像那露水珠在草上淌。
二道糜子碾三次，香香自小就爱庄稼汉。
地头上沙柳绿蓁蓁，① 王贵是个好后生！
身高五尺浑身都是劲，庄稼地里顶两人。
玉米开花半中腰，王贵早把香香看中了。
小曲好唱口难开，樱桃好吃树难栽。
交好的心思两人都有，谁也害臊难开口。
王贵赶羊上山来，香香在洼里掏苦菜。
赶着羊群打口哨，一句曲儿出口了：
"受苦一天不瞌睡，合不着眼睛我想妹妹。"
停下脚步定一定神，洼洼里声小像弹琴！

① "绿蓁蓁"就是绿油油的意思。

“山丹丹花来背洼洼开，有那些心思慢慢来。”
“大路畔上的灵芝草，谁也没有妹妹好！”
“马里头挑马不一般高，人里头挑人就数哥哥好！”
“樱桃小口糯米牙巧口口说哄人话。”
“交上个有钱的化钱当不断，为啥要跟
我这揽工的受可怜①！”
“烟锅锅点灯半炕炕明，酒盅盅量米不嫌哥哥穷。”
“妹妹生来就爱庄稼汉，实心实意赛过银钱。”
“红瓤西瓜绿皮包，妹妹的话儿我忘不了。”
“肚里的话儿乱如麻，定下个时候，说说知心话。”
“天黑夜静人睡下，妹妹房里把话拉。”
“满天的星星没月亮，小心踏在狗身上！”

五、两块洋钱

太阳落山红艳艳，香香担水上井畔。
井里打水斗绳绳短，香香弯腰气直喘。
黑呢子马褂缎子鞋，洼洼里来了个雀二爷。
一颗脑袋像个山药蛋，两颗鼠眼笑成一条线。
张开嘴瞭见大黄牙，顺手把香香捏了一把。
“你提不动我来帮你提，绣花手磨坏怎个哩？”
“崔二爷你守规矩，毛手毛脚干啥哩？”
“小娇娇你不要恼，二爷早有心和你交。
“大米干饭羊腥汤，主意早打在你身上。
“交了二爷多方便，吃喝穿戴由你拣。”

① “受可怜”即受罪的意思。

香香又气又害羞，担上水桶往回走。

崔二爷紧跟在后边，腰里摸出来两块钱。

“二爷给你两块大白洋，拿去扯两件花衣裳。”

香香的性子本来躁，自幼就把有钱人恨透了。

一恨一家吃不饱！打下的粮食交租了。

二恨王贵给他揽工！没明没夜当牲灵。

脸儿红似石榴花：“谁要你脏钱干什么?”

“死丫头你不要不识好，惹恼了二爷你受不了!”

挨骂狗低头顺着墙根走，崔二爷的醋瘾没有过够。

“井绳断了桶掉到井里头，终久脱不过我的手。

“放着白面吃饸饹，看上王贵你看不上我!

“王贵年轻是个穷光蛋，二爷我好有银钱。

“铜箩里筛面落面箱，王贵的命儿在我手上。

“烟洞里搓烟房梁上灰，我回去叫他小子受两天罪!”

第二部

一、闹革命

三边没树石头少，庄户人的日子过不了。

天上无云地下旱，过不了日子另打算。

羊群走路靠头羊，陕北起了共产党。

头名老刘,①

二名高岗，红旗插在半天上。

草堆上落火星大火烧，红旗一展穷人都红了。

① “老刘”即刘志丹同志。刘志丹同志于1936年红军东征时牺牲了，陕北老百姓一提起“老刘”来，莫不表示深沉的哀痛的。

千里的雷声万里的闪，快哩马撒红了个遍。

紫红犍牛自带耧，闹革命的心思人人有。

前半晌还是个庄稼汉，到黑里背枪打营盘。

打开寨子分粮食，土地牛羊分个光。

少先队来赤卫军，净是些十八九的年轻人。

女人们走路一阵风，长头发剪成短缨缨。

上河里涨水下河里混，王贵暗里参加了赤卫军。

白天到滩里去放羊，黑夜里开会闹革命。

开罢会来鸡子叫，十几里路上往回跑。

白天放羊一整天，黑夜也不眨一眨眼。

身子劳碌精神好，闹革命的心劲一满高①。

手指头五个不一般长，王贵的心思和人不一样。

别人的仇恨像座山，王贵的仇恨比天高。

活活打死老父亲，尔刻又要抢心上的人②！

牛马当了整五年，崔二爷没给过一个工钱。

崔二爷来胡日弄，③ 修寨子买马又招兵。

地主豪绅个个凶，崔二爷是个大坏腺④

庄户人个个想吃他的肉，狗儿见他也哼几哼。

众人向游击队长提意见：早早的打下死羊湾。

心急等不得豆腐烂，定下个日子：腊月廿三。

半夜先捉定崔二爷，到天明大队闯进死羊湾。

定下计划心忙乱，后天就是二十三。

---

① “一满高”即“一样高”“很高”的意思。

② “尔刻”即“现在”“如今”。

③ “胡日鬼”即“胡搞鬼”或“胡闹”的意思。

④ “大坏腺“即”大坏蛋”。

二、太阳会从西边出来吗？

打着了狐子兔子搬家，听谁闹革命崔二爷心害怕。
天夜晚不瞌睡，一垛墙想堵黄河水。
明里查来暗里访，打听谁个随了共产党？
听说王贵暗里闹革命，崔二爷头上冒火星！
放羊回来刚进门，两条麻绳捆上身。
顺着捆着横着绑，五花大绑吊在二梁上。
全庄的男女都叫上，都来看闹革命的啥下场！
连着打断了两根红柳棍，昏死过去又拿冷水喷。
麻油点灯灯花亮，王贵浑身扒了个光。
两根麻绳捆着胳膊腿，捆成个鸭子倒浮水。
满脸浑身血道道，活像个剥了皮的牛不老①。
崔二爷来气凶凶，打一皮鞭问一声：
“癞虾蟆想吃天鹅肉，穷鬼们还能闹成个大事情！
“撒泡尿来照照你的影，贼眉鼠眼还会成了精！
“五黄六月会飘雪花？太阳会从西边出来吗？”
“老狗日你不要威风，不过三天要你狗命！
“我一个死了不要紧，千万个穷汉后面跟。”
“王贵你不要说大话，说来说去咱们是一家。
“姓崔的没有亏待过你，猴娃娃养成大后生②。
“过罢河来你拆桥，翅膀硬了你忘了恩。
“马无毛病成了龙，该是你一时糊涂没想通？
“浪子回头金不换，放下杀猪刀成神仙。

---

① “牛不老”就是“牛”。
② 陕北人称小孩为娃娃，“猴娃娃”即“猴崽子”的意思。

“千错万错我不怪你，年轻人没有把握我知道哩。”

“老王八你不要灌米汤，又软又硬我不上你的当。

“世上没良心的就数你，打死我亲大，把我当牲畜。

“苦死苦活一年到头干，整整五年没见你半个钱。

“五更半夜牲口正吃草，老狗，你就把我吼叫起来了。

“没有衣裳没有被，五年穿你两件老羊皮。

“你吃的大米和白面，我吃顿黄米当过年。

“一句话来三瞪眼，三天两头挨皮鞭。

“姓崔的你是娘老子养，我王贵娘肚里也怀了十个月胎！

“你是人来我也是个人，为啥你这样没良心！

“我王贵虽穷心眼亮，自己的事情有主张。

“闹革命成功我翻身了；不闹革命我也活不长。

“跳蚤不死一股劲的跳，管他死活就是我这命一条。

“要杀要剐由你挑，你的鬼心眼我知道！

“硬办法不成软办法来，想叫我顺了你把良心坏。

“趁早收起你那鬼算盘，想叫我当狗难上难！”

崔二爷又羞又气愤，撕破了老脸，一跳三尺高。

“狗咬巴屎你不是人敬的，好话不听你还骂人哩。”

说个“打”字！皮鞭如雨下，疼的王贵紧咬着牙。

一阵阵黄风一阵沙，香香看着心上如刀扎。

一阵阵打颤一阵阵麻，打王贵就像打着了她。

脸皮发红又发白，眼泪珠噙住不敢滴下来；

两耳发烧浑身麻，活像一个死娃娃。

为救亲人想的办法好，偷偷地跑出了大门道。

一边走来一边想：“王贵的命儿就在今晚上。

“他常到刘家圪塔去开会，那里该住着游击队！”
“快去快跑把信送，迟一步亲人就难活命！”

三、红旗插到死羊湾

队长的哨子呼呼响，挂枪上马人人忙。
听说王贵受苦刑，半夜三更传命令：
“王贵是咱好同志，再怎么也不能叫他把命送。”
二十四马队前边走，赤卫军、少先队紧跟上。
马蹄落地嚓嚓响，长枪、短枪、红缨枪。
人有精神马有劲，麻麻亮[①]时开了枪。
白生生的蔓青一条根，庄户人和游击队是一条心。
听见枪声齐下手，菜刀、鸟枪、打狗棍。
里应外合一起干，死羊湾闹的翻了天。
枪声乱响鸡狗乱叫唤，游击队打进了死羊湾。
崔二爷当炕上睡大觉，听见枪声往起跳。
打罢王贵发了瘾，洋烟抽得正起劲。
黄铜烟灯玻璃罩，银镶的烟葫芦不能解心焦。
大小老婆两三个，哪个也没有香香好！
肥羊肉掉在嘴里头，三抢两抢夺不到手。
王贵这一回再也活不了，小香香就成我的了。
越想越甜赛沙糖，涎水流在下巴上。
烟灯旁边做了一个梦，把香香抱在怀当中。
又酸又甜好梦做不长，“噼啪”“噼啪”枪声响。
头一枪惊醒坐起来，第二枪响时跳下炕。

---

① “麻麻亮”即“蒙蒙亮”“黎明”。

连忙叫起狗腿子："关着大门快上房！

"哪边过来哪边打，一人赏你们十块响洋①。"

人马多枪声稠不一样，崔二爷心里改了主张——

太阳没出满天韶，崔二爷从后门溜跑了。

太阳出来天大亮，红旗插在山畔上。

太阳出来一朵花，游击队和咱穷人是一家。

滚滚的米汤热腾腾的馍，招待咱游击队好吃喝。

救上王贵开了绳，游击队的同志个个眼圈红。

把王贵痛的直昏过，香香哭着叫"哥哥！

你要死了我也不得活，睁一睁眼睛看一看我。"

四、自由结婚

太阳出来遍天红，革命带来了好光景。

崔二爷在时就像大黑天，十有九家没吃穿。

穷人翻身赶跑崔二爷，死羊湾变成活羊湾。

灯盏里没油灯不明，庄户人没地种，就像没油的灯。

有了土地灯花亮，人人脸上发红光。

吃一嘴黄莲吃一嘴糖，王贵娶了李香香。

男女自由都平等，自由结婚新时样。

唐僧取经过了七十二个洞，王贵和香香受的折磨数
　　不清。

千难万难心不变，患难夫妻实在甜。

俊鸟投窝叫喳喳，香香进洞房泪如麻。

清泉里淌水水不断，滴湿了王贵的新布衫。

---

① "响洋"就是"银洋"。

“半夜里就等着公鸡叫，为这个日子把人盼死了！”
香香想哭又想笑，不知道怎么说着好。
王贵哭的说不出来话，看着香香还想她！
双双拉着香香的手，难说难笑难开口：
“不是闹革命穷人翻不了身，不是闹革命咱俩也结不了婚！”
“革命救了你和我，革命救了咱庄户人。
“一杆红旗要大家扛，红旗倒了大家都糟糕！”
“快马上路牛耕地，闹革命是咱们自己的事。”
“天上下雨地下滑，自己跌倒自己爬。”
“太阳出来一股劲的红，我打算长远闹革命。”
过门三天安了家，游击队上报名啦。
羊肚子手巾缠头上，肩膀上背着无烟钢。
十天半月有空了，请假回来看香香。
看罢香香归队去，香香送到沟底里。
沟湾里胶泥黄又多，挖块胶泥捏咱两个。
捏一个你来捏一个我，捏的就像活人托。
摔碎了泥人再重活，再捏一个你来再捏一个我。
哥哥身上有妹妹，妹妹身上也有哥哥。
捏完了泥人叫：“哥哥，再等几天你来看我。”

第三部

一、崔二爷又回来了

大红晴天下猛雨，鸡毛信传来了坏消息。

拿着鸡毛信不住气地跑，压迫人的白军①
又来了！
游击队连夜开到白军屁股后边去，上级命令去打游击。
吹起哨子背起枪，王贵没顾上去看香香。
死羊湾黑里听到信，第二天大清早，白军可进了村。
白军个个黑丧着脸，就好像谁人人都短他们二百钱。
东家查来西家问："谁家有人随了红军？"
"谁家分了牛和羊？谁家分地又分房？"
牛四娃分了一孔窑，三查两问查出来了。
崔二爷的大门宽又高，两根麻绳吊起来。
两把种条一把刺，浑身打成血丝丝。
白军连长没头鬼，叉着手来裂着嘴：
"干井里打不起清水来，天生的穷骨想发便宜财！"
"阎王爷叫你当穷汉，斜头歪脑还想把身翻。"
"仗着你红军老子势力大，爬粪牛②
还想推泰山！
"分的东西赶快交出，你们的红军老子靠不着了。"
绳子捆来刺刀逼，二爷的东西都要回去。
狗腿子开路，狼跟在后边。崔二爷又回到死羊湾。
长袍马褂文明棍，崔二爷还是那个腺样子。
东家溜来西家串："想发我姓崔的洋钱是枉然。
"前朝古代也有人造反，这些事情不稀罕。
"世上有怪事，天上也一样，天狗还能吃月亮。
"嘴里吃来屁股里巴，月亮还是亮光光。

---

① 陕北老百姓叫国民党军为"白军"。
② "爬粪牛"就是"屎壳螂"。

“自古一正压百邪，妖魔作乱不久长。”
“真龙天子是个谁？死羊湾的天下还姓崔！”
本性难改狗吃屎，崔二爷想香香，心还没有死。
打发李德瑞去支差，崔二爷来到他家里，
露出牙齿只是个笑：“小香香，我又回来了！
“过去的事情我全不记，只要你乖乖地跟我去，
“你那红军老汉跑得没影踪，活活守寡我心里不安生。①
“不要再任性，你跟上我，有吃有穿真受活。②
香香又羞又气又害怕，低着头来不说话。
崔二爷当她顺从了，浑身发痒心里似火烧。
屋里没人崔二爷胆子大，照着脸上捏了一把。
顺水推舟亲了一个嘴，大白天他想胡日鬼！
香香气急往外跑，一边跑来一边叫。
崔二爷满脸笑着把门堵：“女人家做事真糊涂”
说着说着又上前，香香把唾沫吐了他一脸。
双脚乱踢手乱抓，崔二爷脸上叫抓了两个血疤疤。
邻居们都来看热闹，崔二爷害羞往回跑。
临走对着香香说：“看你闹的算个啥？
“打开窗子，把话说个明，
这一回你从也要从，不从也要从！”

二、羊肚子手巾

崔二爷他把良心坏，李德瑞支差一去不回来。
老雀死了公雀飞出窠，香香一个人怎过活？

① “不安全”就是“不安宁”“不得安”的意思。
② “真受活”即“真享福”之意。

有心去找游击队，狗腿子照着走不开。

又送米来又送面，崔二爷想把香香心买转。

上请这个央那个，一天来劝两三遍。

硬的吓来软的劝，香香至死心不变。

一天哭三回，三天哭九回，铁石的人儿也心变软。

人不伤心不落泪，羊肚了手巾水淋淋。

羊肚子手巾一尺五，拧干了眼泪再来哭。

房子后边土坡坡，瞭见寨子外边黄沙窝。

沙梁梁高来，沙窝窝低，照不见亲人在哪里?

房子前边种榆树，长的不高根子粗。

手扒着榆树摇几摇，你给我搭个顺心桥。

隔窗子瞭见雁飞南，香香的苦处数不完。

“人家都说雁儿会带信，捎几句话儿给我心上的人。

“你走时树木才发芽，树叶落尽你还不回家。

“马儿不走鞭子打，人不能回来捎上两句话。

“一圪塔石头两圪塔碑，你不知道妹妹怎么难。

“满天云彩风吹乱，咱俩的婚姻叫人搅散。

“五谷里数不过豌豆圆，里头数不过咱两个可怜人!

“庄稼里数不过糜子光，人里头数不过咱俩凄惶!

“想你想的吃不进去饭，心火上来把嘴燎烂。

“阳洼里糜子背洼里谷，那达想你那达哭!

“端起饭碗想起了你，眼泪滴到饭碗里。

“前半夜想你点不着灯，后半夜想你天不明。

“一夜想你合不着眼，炕围子上边画你眉眼。

“叫一声哥哥快来救救我，来的迟了命难活!

“我要死了你莫伤心，死活都是你的人。

“马高镫短扯首长，魂灵儿跟在你身旁。”
刘二妈来好心肠，香香难过她陪上。
得空就来把香香劝：“可怜的娃娃，不要伤心！
“有朝一日游击队回来了，公仇私仇一齐报。
“活捉崔二爷拿绳绑，狗腿子白军一扫光！”
三十三颗荞麦，九十九道棱，伤心过度，香香得了病。
天不下雨庄稼颜色变，面黄肌瘦变了容颜。
带病做了一双鞋，含着眼泪交给刘二妈。
“刘二妈！这双鞋托付你，我死后一定要捎给他！”
“送去鞋子把话捎：他只能穿我做这一双鞋子了！”

三、团圆

崔二爷发了火：“死丫头这样不抬举我！”
黑心歪尖赛虎狼，下了毒手抢香香。
七碟子八碗摆酒席，看下的日子腊月二十一。
崔二爷娶小狗腿子忙，坐席的净是连排长。
当兵的每人赏了五毛钱，猜拳赌博闹翻天。
香香哭的像泪人，越想亲人越伤心。
红绸子袄来绿绸裤，两三个老婆来强围，
香香又哭又是骂：“姓崔的，你怎么不娶你老妈妈？”
“有朝一日遂了我心愿，小刀子扎你没深浅！”
听见只当没听见，崔二爷炕上抽洋烟。
过足了烟瘾去看酒，推推让让活像一群咬架狗。
你敬我来我敬你，烧酒喝在狗肚里。
你恭喜来他恭喜，崔二爷好比是他亲大哩。
崔二爷来笑嘻嘻：“薄酒蔬菜大家要原谅哩！”

"我娶小房靠大家，众位不帮忙就没法！
"本来该叫她来敬敬酒，酬劳诸位多辛苦。
"脑筋不转只是个笑，往后闲了再叫她补。
"这个女人本来贱，看不上有钱的要穷汉。
"穷骨头王贵争又抢，胳膊扭大腿他犯不上。
"我和她这婚姻天配就，东捣西捣，没脱过我手。
"从来肥羊大圈里生，穷鬼们啥也闹不成！
"说来说去还是我说的那句话：太阳会从西边出来吗？"
喝酒赌博寨门口没放哨，游击队悄悄进来了！
枪声一响乱喊"杀！"，咱们的游击队打来啦！
一人一马一杆枪，咱们游击队势力壮！
大刀、马枪、红缨枪，马枪、步枪、无烟钢。
白军当兵的那个愿打仗？乖乖的都给游击队缴了枪。
点起火把满寨子明，庄户人个个来欢迎。
连排长没兵，酒席桌前干着急，崔二爷怕的钻到炕洞里。
连长跑了抓排长，一个一个都捆上。
崔二爷浑身软不踏踏，捆一个老头来看瓜。
连长翻身往外跳，冷不防被牛四娃抓定了。
听见枪响香香笑，十成是咱游击队打来了。
人逢喜事精神爽。翻起身来跳下炕。
走起路来快又急，看看我亲人在那里！
队长跟前请了假，王贵到上院来找她。
满院亮又明，不见我妹妹在那里盛？
远远瞭见一个新媳妇，上身穿红下身绿。
马有记性不怕路途长，王贵的模样，香香不会忘。

羊肚子手巾脖子里围，不是我哥哥是个谁？
两人对面拉着手，难说难笑难开口。
一肚子话儿说不出来，好比那，一条手巾把嘴塞。
挣扎半天，王贵才说了一句话：
“咱们闹革命，革命也是为了咱！”

（原载1946年9月22日—24日《解放日报》，
选自《王贵与李香香》，东北书店1946年11月出版）

正是杏花二月天

正是杏花二月天，
遍地麦苗像绿毡。
汽车走在公路上，
姑娘们锄草在地边。

汽车停在公路旁，
姑娘们上前围着看。
司机同志修车忙，
两手油腻汗满脸。

汽车修好把路赶，
司机搬动方向盘。
一个姑娘走过来，
手扒车窗红着脸。

"同志你先慢一点，
有句话儿和你谈：
我想托你带封信，
不知你情愿不情愿?"

"信儿捎给什么人?
就怕人多找不见。"
"看了信封你就知道，
他的名字在上边。"

"呵，你是给他写的信，
我保证送到他手边；
油矿上谁不知道他，
那是个能干的好青年。

"他是你的什么人?"
司机看着姑娘的脸。
姑娘撒手跳下地，
笑着跑回麦地边。

正是杏花二月天，
遍地麦苗像绿毡。
司机张眼望麦地，
一只蝴蝶光闪闪。

（选自《人民文学》1954年7月号）

袁水拍（1916—1982）

原名袁光楣，江苏吴县人。

主人要辞职

我亲爱的公仆大人！
蒙你赐我主人翁的名称，
我感到了极大的惶恐，
同时也觉得你在寻开心！

明明你是高高在上的大人，
明明我是低低在下的百姓。
你发命令，我来拼命。
倒说你是公仆，我是主人？

我住马棚，你住厅堂，
我吃骨头，你吃蹄膀。
弄得不好，大人肝火旺，
把我出气，遍体鳞伤！

大人自称公仆实在冤枉，
把我叫做主人更不敢当。
你的名字应该修改修改，
我也不愿再干这一行。

我想辞职，你看怎样？
主人翁的台衔原封奉上。
我情愿名符其实地做驴子，
动物学上的驴子，倒也堂皇！

我给你骑，理所应当；
我给你踢，理所应当；
我给你打，理所应当。
不声不响，驴子之相！

我亲爱的骑师大人！
请骑吧！请不必作势装腔，
贱驴的脑筋简单异常，
你的缰绳，我的方向！

但愿你不要打得我太伤，
好让我的服务岁月久长，
标语口号，概请节省，
驴主，驴主，何必再唱！

1945年11月12日

（选自《马凡陀的山歌》，生活书店1946年10月出版）

陈敬容（1917—1989）

女，原名陈懿范，四川乐山人。

雨　后

雨后黄昏的天空，
静穆如祈祷女肩上的披巾，
树叶的碧意是一个流动的海，
烦热的躯体在那儿沐浴，

我们避雨到槐树底下，
坐着看雨后的云霞，
看黄昏退落，看黑夜行进，
看林梢闪出第一颗星星，

有什么在时间里沉睡，
带着假想的悲哀？
从岁月里常常有什么飞去，
又有什么悄悄地飞来，

我们手握着手，心靠着心，
溪水默默地向我们倾听，
当一只青蛙在草上跳跃，

我仿佛看见大地睞看眼睛。

（选自《交响集》，星群出版社 1948 年 5 月出版）

假日后送女儿返学

烦热不安的夜
向沉沉暗空逝去，
黎明的号角声中
落着疏疏的雨。

白衫红裙
从山道上远去，
我的瞩望
犹如出海船舶，
在一片苍茫中游移。

想当年寒窗，
怎比得如今儿女
无限天地！
前辈们多少风尘，
换来你如虹意气。

得学会珍惜！
假若生活是大海——

会爱海的人，
会航海的人，
懂得那一点一滴里
万千种生动的意义。

7月14日

（选自《人民文学》1961年9月号）

老去的是时间

怎能说我们就已经
老去？——老去的
是时间，不是我们；
我们正该是时间的主人。

沉重的灾难曾经
像黄连般苦，墨一般浓——
凄厉的、漫长的寒冬！

枯尽了，遍野的草；
新生的丛林一望青葱；
高岩上挺立着苍松。

亿万颗年轻的心，
冲出层冰，
阳光下欣欣颤动。

让我们和你们，
手臂连接成长龙，
去敲响黎明的钟，
召唤那清新的风！

1979年3月14日

（选自1979年11月10日《诗刊》1979年11月号）

唐　湜（1920—2005）

原名唐扬河，浙江温州人。

诗

当汹涌的潮汐退去
沙滩才能呈献光耀的排贝

诗如其可以在生活的土壤里伸根
它应该出现在生活的胜利里
果实是为了花的落去
闪烁的白日之后才能有夜晚的含蓄
如果人能生活在日夜的边际
薄光里将有一个神的和凝
看一天晴和，平野垂地而尽
灰色的鸽笛渐近渐近
主呵，苦难里我祈求你的雷火
烧焦这一个我，又烧焦那一个我
圆周重合，三角楔入
在自己之外又欢迎另一个自己

（选自 1948 年 7 月《中国新诗》第 2 集）

唐　祈（1920—1990）

原名唐克蕃，江苏苏州人。

女犯监狱

我关心那座灰色的监狱，
死亡，鼓着盆大的腹，
在暗屋里孕育。

进来，一个女犯牵着自己的
小孩。走过黑暗甬道里跌入
铁的栏栅，许多乌合前来的
女犯们，突出阴暗的眼球，
向你漠然险恶地注看——
她们的脸，是怎样饥饿，狂暴，
对着亡人突然嚎哭过，
而现在连寂寞都没有。

墙角里你听见撕裂的呼喊：
黑暗监狱底看守人也不能
用鞭打制止的，可怜的女犯在流产，
血泊中，世界是一个乞丐
向你伸手，
婴胎三个黑夜没有下来。

呵！让罪恶像子宫一样
割裂吧：为了我们哭泣着的
这个世界！

阴暗的女犯们，
没有一点别的响动，
厚重的尘埃也不来掩盖，
她们都在长久地注视
死亡——
还有比它更恐怖的地方。

（选自1948年8月《中国新诗》第3集）

杭约赫（1917—1995）

原名曹辛之，江苏宜兴人。

最初的蜜

——写给在狱中的 M

你说你最爱那些路，路
我也爱，不是有人说过：
不必关心到达，使我们
发生兴趣的是路，只要

它——在我挑选的方向里。
在路上，我们相遇了又
离开，爱情咬得我们好
苦，它使你早熟的生命

感到恐惧，一次又一次
你哭泣，但并没懊伤你
所失去的；因为你换得
个丰富的经历，在以后

长长的日子里，你晓得
更多，更多的超越了你
二十四岁的年龄。一切
忧患，都寄托于那个将

实现的理想。但你刚刚
跨出了第一步，陷阱便
收留下你——一个必须要
你通过的考验：酷刑和

铁窗生活。较破灭爱情
更实际的痛苦。这是段
多难挨的时间哩，我们
相隔如重山——三尺之地。

呵，你爱那些路，现在
你的路，在我们的脚下。
生命的意义，为了征服
它，你已尝到最初的蜜。

（选自 1948 年 10 月《中国新诗》第 5 集）

青　勃（1921—1991）

原名赵铎，河北隆尧人。

八月的田野

从甜睡里仰起脸来的太阳
用他温柔的舌尖
舐着八月的田野

袋鼠似的玉蜀黍
小肚子怀着鲜嫩的玉米棒
玉米棒的头顶
长着柔长的发亮的紫红色的胎毛……
她翘起前脚欢迎太阳

高粱，脚尖着地
把身子耸的比谁都细都长
摊伸出来嫩绿的手掌
他要抚摸太阳的黄金胡子

芝麻，多产的母亲
茎上爬满了结实的孩子
那些刚刚诞生的
都噙着奶头花
这粉白透红的花

滴泻着乳香

老韭菜都笔直的举起
白色的小拳头
他们欢呼太阳万岁
把喉咙都唤哑了

矮胖的南瓜
预备好了大朵大朵的粉黄花
她要把花朵献给太阳
把花插在太阳的衣襟上

早熟的紫茄子
快活的在软枝上打滴流

小花小叶的辣椒
不声不响的
在吮吸阳光的乳汁

空着肚肠的葱
都排列了整齐的队伍
排列了迎接太阳的队伍

匐伏在地上的豆角
缠着玉蜀黍
——你挡住我的眼睛

你要抱起我去亲太阳

这劳动的手所创造的
八月的田野
这样丰满，清新，芬芳
这样肥美，鲜丽，泼壮

太阳舐着
八月的田野
舐着每一棵草，每一片叶
舐着每一根茎，每一朵花
舐着蔬菜，瓜果，食粮

太阳舐着
八月的田野
舐着露珠
舐着昨夜勤劳的手
洒在田野上的泪
舐着土地悲苦的脸颊……

太阳的舌头
要创造一个新的奇迹：
愉快的秧歌的声浪
流响在碧绿的海洋上
农人从财主的脚下站立起来
田野上出现了收割机

科学和田野谈起来恋爱……

（选自《巨人的脚下》，中兴出版社 1949 年 3 月出版）

李白凤（1914—1978）

原名李象贤，北京市人，生于四川。

雨　景

我，撑开雨伞
一个香蕈。

城市的街
凝固的海
城市的高楼
海底的岩石……

我，撑开雨伞
一只蜗牛
许多人，撑开雨伞
一片花坛。

（选自《北风辞》，潮锋出版社 1949 年 4 月出版）

张志民（1926—1998）

河北宛平人。

王九诉苦

孙老财

进了村子不用问，
大小石头都姓孙。
孙老财一手把天地盖，
穷小子死了没处埋。
孙老财瓦房前院连后院，
穷小子光着屁股串房檐。
孙老财的陈米生了虫，
穷小子菜粥锅里照人影。
孙老财街里一跺脚，
吓得穷小子不知怎么好。
孙老财算盘瓣扒打，
算光了一家又一家。

王九的账

八月里来秋风凉，
高粱谷子齐上场。
孙老财打发看家狗，
带着口袋收租粮。

打开账本看一看，
“王九欠租整七石。”
我双手捧起那没梁儿的斗，
眼泪滚滚顺斗流。
量了一石又一石，
那一粒谷子不是血和汗？
交光了还欠两石三，
辛苦一年穷一年。
我王九心像钝刀儿割，
饭到嘴边把碗夺。

民国十年闹灾荒，
我向老财去借糠。
饱汉子不知饿汉子饥，
财主眼里那有穷人的？
“我可怜你谁可怜我，
我没办法找那个？”
“大爷你积德多行好，
你的恩我死也忘不了。”
“借给你粗糠一斗五，
细糠我还要喂猪。”
人穷志短莫奈何，
我王九不如孙老财的猪。

欠下租子还不清，
我给老财当长工。

长工要比牲灵苦，
挨打受骂泪零零。
四更打水天不明，
老财被窝里骂几声：
“什么时候你还不起，
睡死在炕上不动秤！”
太阳没出下地去，
回家顶着满天星。
下地回来还挑水，
累得腰酸骨头疼。
老财一天三顿饭，
喝酒炒菜吃肉面。
长工三顿稀汤汤，
树叶馍馍掺上糠。
划根洋火点着了，
长工的生活苦难熬。

五风六月青黄不接，
俺葱葱在地里勒榆叶，
见俺葱葱长得好，
孙老财心里生了鬼道。
满天星斗打了二更，
孙老财带人来抢葱葱，
立逼着俺葱葱拜花堂，
俺葱葱连哭带骂泪汪汪：
“老畜牲你不是人养的！

你为啥不要你亲闺女。”
他狗脸子一变气冲天，
顺手提起了马鞭鞭：
今儿个你愿意不愿意，
你的命就在我手心里，
马鞭鞭提起可不留情，
俺葱葱叫哭不成声。
鸡儿刚叫天没亮，
俺葱葱吊死在杏树上。

俺葱葱死在孙家手，
这一笔血债几时勾？
老爹一气得了伤寒，
病势一天重一天。
十来天水米不下咽，
想吃个酸梨又没钱。
我悄悄到树下摘个梨，
碰见老财狗日的。
又一场大祸从天降，
他跳脚骂到俺家门上：
“你顶着我家天，踩着我家地，
你吃我的饭，还偷我的梨！”
一手把老爹拉在地：
“穷小子给我滚出去！”
摔死我老爹一条命，
我全家哭成了一个声。

新仇旧恨似海深，
我王九告到了县衙门。

衙门口儿朝南开，
有理没钱别进来，
孙老财送去五两大烟土，
老爷一见喜颜开。
青红皂白先不问，
鸭子浮水把我吊起来。
“你生来就是受穷的命，
为非做歹不正经。
孙爷对你一百一，
穷骨头你真不识抬举！”
我王九的冤仇何日报？
穷人的活路没一条。
有钱人买得鬼推磨，
穷汉子有理没处说。

西北风紧吹滴水成冰，
我全家被赶去逃生。
十冬腊月刮起白毛风，
跪在土地庙求神灵。
“土地爷爷你开开恩，
借你的住处我存一存身。”
窗棂儿刮断雪推门，
深更半夜冻死人，

孩子冻的像个光翅鸟，
“爹呀娘呀”哭得好心伤。
刀尖剜心肠子碎，
咱穷人呀！就永世得受罪？

控诉

苦难的日子多少年，
阴天也会变晴天，
大杨叶儿哗哗响，
杨树底下大会场，
孙老财一条麻绳栓，
打籽的茄子落架的烟，
王九的心里像开了锅，
几十年的苦水流成河。
“你逼死我父命一条，
你逼着我葱葱上了吊！
我十几年的苦营生没赚过你的钱，
你把我全家十冬腊月往外赶。”
王九的苦水吐不完，
说到苦处泪涟涟：
“孙老财你杀人要偿命，
孙老财你剥削要清算！”
受了你多少年的窝囊气：
“一五一十要算到底！”
王九的话没说完，
农民的口号响震了天，

“封建压迫要连根拔，
永远不叫他再发芽！
要报千年的冤和恨，
农民们起来要翻身！”

（选自《天晴了》，读者书店 1949 年 4 月出版）

秋到葡萄沟

秋到葡萄沟，
珠宝满沟流，
亭亭座座珍珠塔，
层层叠叠翡翠楼。

轻些走！
“玫瑰紫”刚刚吃醉酒，
且留神！
小心“马奶子”蹭身油！

瞧！车车马马哪里去？
葡萄沟里庆丰收，
听！园林深处什么响？
一曲情歌拂绿洲。

葡萄沟呵，葡萄沟！
葡萄沟横抹千山秀，

葡萄沟呵，葡萄沟！
尝一颗葡萄心甜透。

风吹碧浪香千里，
葡萄沟风光瞧不够！
枝枝蔓蔓多情带，
缠住我心儿不让走……

1961 年

（选自《西行剪影》，百花文艺出版社 1963 年 3 月出版）

牛　汉（1923—2013）

原名史成汉，蒙古族，生于山西定襄。

我的家

我要远行……

妻子痛苦，
她不能同我一道离开南方。
我们生命相连，
离别，
好像一把刀子，
将一颗圆润的苹果割成二块。
哎、哎
各人带着各人的种子吧！
暴风雨来，
我们都出芽！
在中国
开花。

她希望
我将出世十个月的孩子带上。
她说：
　　孩子是诞生在地狱里的，
　　让他

到一个自由的旷野生长去吧!

我没有带孩子。
我知道,
地狱就要倒塌了,
而我也就要回来。

(选自《红旗升了起来》,五月文艺社 1949 年 7 月 7 日出版)

华南虎

在桂林
小小的动物园里
我见到一只老虎。

我挤在叽叽喳喳的人群中
隔着两道铁栅栏
向笼里的老虎
张望了许久许久,
但一直没有瞧见
老虎斑斓的面孔
和火焰似的眼睛。

笼里的老虎
背对胆怯而绝望的观众,
安详地卧在一个角落,

有人用石块砸它
有人向它厉声呵喝
有人还苦苦劝诱
它都一概不理！

又长又粗的尾巴
悠悠地在拂动，
哦，老虎，笼中的老虎，
你是梦见了苍苍莽莽的山林吗？
是屈辱的心灵在抽搐吗？
还是想用尾巴鞭击那些可怜而又可笑的观众？

你的健壮的腿
直挺挺地向四方伸开，
我看见你的每个趾爪
全都是破碎的，
凝结着浓浓的鲜血，
你的趾爪
是被人捆绑着
活活地铰掉的吗？
还是由于悲愤
你用同样破碎的牙齿
（听说你的牙齿是被钢锯锯掉的）
把它们和着热血咬碎……

我看见铁笼里

灰灰的水泥墙壁上
有一道一道的血淋淋的沟壑
闪电那般耀眼刺目，
像血写的绝命诗！

我终于明白……
羞愧地离开了动物园。
恍惚之中听见一声
石破天惊的咆哮，
有一个不羁的灵魂
掠过我的头顶
腾空而去，
我看见了火焰似的斑纹
火焰似的眼睛，
还有巨大而破碎的
滴血的趾爪！

1973年6月，咸宁
1997年8月10日，据当年札记，
添一行诗：像血写的绝命诗！
（原载《诗刊》1982年2月号，选自《牛汉诗文集》，
人民文学出版社2010年10月出版）

悼念一棵枫树

我想写几篇小诗，把你最后的绿叶保留下几片来。

——摘自日记

湖边山丘上
那棵最高大的枫树
被伐倒了……
在秋天的一个早晨

几个村庄
和这一片山野
都听到了，感觉到了
枫树倒下的声响

家家的门窗和屋瓦
每棵树，每根草
每一朵野花
树上的鸟，花上的蜂
湖边停泊的小船
都颤颤地哆嗦起来……

是由于悲哀吗？

这一天
整个村庄

和这一片山野上
飘忽着浓郁的清香

清香
落在人的心灵上
比秋雨还要阴冷

想不到
一棵枫树
表皮灰暗而粗犷
发着苦涩气息
但它的生命内部
却贮蓄了这么多的芬芳

芬芳
使人悲伤

枫树直挺挺的
躺在草丛和荆棘上
那么庞大，那么青翠
看上去比它站立的时候
还要雄伟和美丽

伐倒三天之后
枝叶还在微风中
簌簌地摇动
叶片上还挂着明亮的露水

仿佛亿万只含泪的眼睛
向大自然告别

哦，湖边的白鹤
哦，远方来的老鹰
还朝着枫树这里飞翔呢

枫树
被解成宽阔的木板
一圈圈年轮
涌出了一圈圈的
凝固的泪珠

泪珠
也发着芬芳

不是泪珠吧
它是枫树的生命
还没有死亡的血球

村边的山丘
缩小了许多
仿佛低下了头颅

伐倒了
一棵枫树
伐倒了

一个与大地相连的生命

1973 年秋

（选自《长安》1981 年第 1 期）

汗血马

跑过一千里戈壁才有河流
跑过一千里荒漠才有草原

无风的七月八月天
戈壁是火的领地
只有飞奔
四脚腾空的飞奔
胸前才感觉有风
才能穿过几百里闷热的浮尘

汗水全被焦渴的尘砂舐光
汗水结晶成马的白色的斑纹

汗水流尽了
胆汁流尽了
向空旷冲刺的目光
宽阔的抽搐的胸肌
沉默地向自己生命的内部求援
从肩胛和臀股
沁出一粒一粒的血珠

世界上
只有汗血马
血管与汗腺相通

肩胛上并没有翅翼
四蹄也不会生风
汗血马不知道人间美妙的神话
它只向前飞奔
浑身蒸腾出彤云似的血气
为了翻越雪封的大坂
和凝冻的云天
生命不停地自燃
流尽了最后一滴血
用筋骨还能飞奔一千里

汗血马
扑倒在生命的顶点
焚化成了一朵
雪白的花

1986 年 8 月，乌鲁木齐

（选自 1987 年 12 月 10 日《诗刊》1987 年 12 月号）

阮章竞（1914—2000）

广东中山人。

漳河水

——漳河小曲

小序

离开漳河一年多了。今年春天，回去一趟，正碰上是桃红柳绿的时候，一天偶尔在河边走走，山坡树林间传出歌声来，娓娓悠扬觉得好听。是妇女生产互助组唱的。她们在歌唱自己的翻身，歌唱自己的劳动，歌唱自己的快乐。

太行山——我的第二故乡，太行山人民和全华北人民一样，在共产党的领导下，消灭了封建剥削制度，解放了自己，并和自己的子弟兵——中国人民解放军比肩作战，从自己的家门口，先打走一个日本帝国主义，接着又打走一个蒋美匪帮军队，建立起一块自由幸福的新天地。太行山的妇女，过去在封建传统、俗习的野蛮压迫下，受到了重重的灾难。但随着抗日战争，减租减息，解放战争，土地改革，这两个时期的伟大斗争，她们获得了自由，认识了自己的力量。十多年来，她们忍受着难以设想的重负，支持人民解放事业；并且不断地和封建传统俗习作斗争。在党的领导下，积极参加生产，获得妇女澈底的解放自由。她们的丰功伟业，在祖国解放的史诗中，占着光荣的一页。

自听了歌声以后，萦绕脑中。找人口述，录下这些片断的歌儿来。

三个女主人公到底是那个村的，没打听出来。群众说好多村都有这样故事和大同小异的歌儿。

这些片片断断的歌儿，原无题名，也无章段和小题。因歌儿发生在漳河两岸，故名《漳河水》。章段和小题是我整理时“画蛇添足”上去的。

整理以后，不知道这篇东西叫什么好，想了好多时候想不出来。有一天，碰见两个牧童在河边饮羊，嘴里也哼着这支歌儿，我问他唱什么，回答是“小曲”。所以叫做《漳河小曲》。

1949 年，除夕，序于北京

第一部　往日

漳河小曲

漳河水，九十九道湾，
层层树，重重山，
层层绿树重重雾，
重重高山云断路。

清晨天，云霞红红艳，
艳艳红天掉河里面，
漳水染成桃花片，

唱一道小曲过漳河沿。

三个姑娘

漳河水，水流长，
漳河边上有三个姑娘：
一个荷荷一个苓苓，
一个名叫紫金英。
河边杨树根连根，
姓名不同却心连心。
低声拉话高声笑，
好说个心事又好羞。
荷荷想配个“抓心丹”，
苓苓想许个“如意郎”，
紫金英想嫁个“好到头”，①
毛毛小女不知道愁。

断线风筝女儿命，
事事都由爹娘定。
媒婆张老嫂过河来，
从脚看到天灵盖。

爹娘盘算的是银和金，
闺女盘算的是人和心。

① “抓心丹”“如意郎”“好到头”，理想爱人的昵称。

不知道姓，不知道名，
不知是老汉是后生。
押宝押在那一宝，
是黑是红鬼知道！

偷偷烧香暗许愿，
观音菩萨念千遍。
心操碎，人愁死，
三天没吃完半合米！

三月里，桃杏花儿开，
押的宝子揭了盖。
三尺青丝盘成髻，
抬过河，抬过川。

漳河水，九十九道湾，
三人的心事都走了样：
荷荷配了个“半封建”，①
天天眼泪流满脸！
苓苓许了个狠心郎，
连打带骂捎上爹娘！
紫金英嫁了个痨病汉，
一年不到守空房！

① “半封建”，即封建富农。

年年要过十二个月，
渡过冷来渡过热。
榆花开，花开搭戏台，
姊妹们回娘家碰在一块。
无心看牛郎会织女，
无心看郭驸马“打金枝”。
三人拉手到漳河沿，
滴滴泪珠挂腮边！

桃花坞，杨柳树，
东山月儿云遮住。
漳河流水水流沙，
荷荷一泪一声诉：

“常阴天，森罗殿，
自从关进那砖门院，
苦胆拌黄连！

一锅要做两样饭，
婆婆骂硬，小姑嫌烂，
拍拍三巴掌！

人家端碗俺旁边看，
骂俺眼馋不洗衣裳，
张嘴‘败婆娘！’

秃汉要鞋，小姑要裙，
贴工容易难贴线，
俺没买花钱。

抽俺的筋筋搓成线，
也买不下婆家心半片，
还骂针不匀。

十七的闺女四十的汉，
脑壳不长毛脸上长，
活像个琉璃蛋！

马骡锅，骆驼背，
塌鼻子吊个没牙嘴，
黑心肝像鬼！

‘媳妇是块烂锈铁，
揣在怀里暖不热！’
婆婆骂得绝！

‘老婆是墙上一层泥，
你要死了我再娶！’
放他娘狗屁！

那年才把头熬到？
漳河你为甚不出槽？

给俺冲条道!”

桃花坞，杨柳树，
北岸石坞夜半哭;
河底不平掀起浪，
苓苓揭开冤家账:

“天上的云彩千变化，
汉子对我好就要，
恼了就是打!
俺说好狗不咬鸡，
好汉子不打自己妻，
上社去说理!

‘娶来媳妇买来马，
任我骑来任我打!’
他说是老王法!

一汤一水想着他饥，
一冷一热惦着他衣，
回我冷蛋子!

缝衣做饭纺线线，
天明忙到二更天，
他还不称心!

推罢碾来又推磨，
不顺他眼都是俺错，
理是由他说！

俺是男人的破棉袄，
冷就披，热就脱，
不用就扔角落！”

桃花坞，杨柳树，
河边草儿打觳觫。
风吹花飞落水面，
紫金英倒尽心头怨：

“三月里，花开娶过门，
十月初一上新坟，
紫金英，泪盈盈！

男人原是常病身，
爹娘重财不重命，
贪人有钱银！

过年养下墓生孩，
只有娘亲没爹爱，
春天花不开！

有意守节心难下，

俺娘劝我另改嫁。
改嫁我嫌怕!

断头香纸烧过后,
出门泼水哭着走,
村边上牲口!①

腊月难遇南风生,
十户婆家九户狠,
改嫁是跳火坑!

水流赶杖没根梢,
带犊孩儿是路边草,②
进门爬磕头!

改嫁难保不走荷荷路?
改嫁难保不受苓苓苦?
女人走没路!

咬牙咬牙守寡吧,
少受骂,少挨打!
把墓生孩守大!……"

---

① 当地风俗,寡妇再嫁的那天,先要到前夫坟上烧断头纸,夜里才能离开婆家,且必须哭哭啼啼的走出去,在大门口泼了一碗水后,到村外才许骑上牲口走。

② "带犊",是寡妇带去前夫的孩子。"带犊子"不能从大门进家,须从墙头或屋后爬过去。

声声泪，山要碎！
问句漳河是谁造的罪？
桃花坞，杨柳树，
漳河流水声呜呜！
戏鼓咚咚响连天，
唱尽古今千万变。
唱尽古今千万变，
没唱过俺女儿心半片！
恨咱不能拔起山，
把旧规矩捣成稀巴烂！

万代的脚踪要踏出路！
千年的水道看流成河！

第二部　解放

自由歌

漳河水，九十九道湾，
毛主席领导把天地重安。
写在纸上怕水沤，
刻在板上怕虫咬。
拿上铁锤带上凿，
石壁刻上支自由歌：

共产党，毛泽东，
光明福根遍地种。
抗日本，保家乡，
除“秃蒋”，大解放！
减租减息闹土改，
妇女飞出铁笼来！
漳河发水出了槽，
冲坍封建的大古牢！

荷荷

自主婚，不靠爹娘，
媒人的买卖打了碗。
坏男人瞪眼，恶婆婆头昏，
反倒了封建荷荷离了婚。

自从关进那恶婆家院，
荷荷进了阎王殿！
自从打出那恶婆家门，
荷荷才是个自由人！

春风吹，百花开，
想不叫蜂采蝶儿来。
工作好，有能耐，
要表有表才有才。
谁不喜，谁不爱，
都想把情根往她身上栽。

荷荷有了个苦经验，
自由要自由个好条件：

“自由要自由个好成份，
荷荷戴见的是庄稼人；
自由要自由个好劳动，
合心合意闹时光；
自由要自由个好政治，
能给群众办好事。”

姊妹们笑荷荷条件严，
实在是从前有经验。

小心寻，谨慎找，
碰上个三好对了头。
三好的条件样样够，
荷荷高兴得睡不着。

西崖挂，迎春花，
两人悄悄的拉开话：

“种谷要种稀留稠，
娶妻要娶个剪发头。”

“种玉茭要种‘金皇后’，
嫁汉要嫁个政治够。”

"好面疙瘩溶也好!"
"两心情愿的比甚都好!"

"荷荷的巧嘴实在香!"
"三好的条件够对象!"

河边栽瓜搭瓜架,
连心隔水丢不下。
窗棂棂开花用纸糊,
相思的心儿关不住。
互助小组起得早,
笃破了窗纸把荷荷瞧。
"笃破张麻纸费五块钱,
等我开门让你进。"

"话不多来只半句,
上地绕来瞧瞧你。"

"瞧我绕了一大个弯,
误了上地要丢模范。"

干蒿草,偏偏和烈火碰,
热得个心儿扑腾腾。
他心藏个猴,她心拴匹马,
去找主席公开了吧!

村东请来紫金英，
村西请来个苓苓。
姊姊妹妹好高兴，
陪送荷荷做新人。

不坐花轿不骑马，
革命时兴是手拉拉。
新郎头戴八路军帽，
新娘身穿红袄。
大红旗旗扛在前头，
八音锣鼓跟着后。
互助组员呼口号，
一对新人街心走。

不拜天，不拜地，
敬个礼给毛主席！
感谢人民子弟兵，
敬个礼给朱总司令！
翻身房子住翻身人，
翻身的新夫妇爱煞人。

一盏银灯照笑脸，
新两口子坐在炕沿。
煤火火焰烧得欢，
捉住手谈心心更暖：

“封建把俺苦了一生，
可是俺心儿还年青。”

“干革命，把身翻，
以后要积极做模范。
明天要调我下江南，
动身不等吃罢早饭。”

“我今宵不歇打干粮，
明早送你上火车站！”

春夜短，知心话儿长，
夜是嫌短话不嫌长。
针连线，线连针，
自由的对象恩爱深。
恩情话儿热辣辣，
说起它来把人羞煞！
……

漳河水，九十九道湾，
绿杨翠柳枣花儿香。
共产党把路打扫净，
给咱女人指了路径：
吃穿住行靠自己，
妇女解放才能澈底。

今年生产要长一寸，
支部领导来响应。
男人前方运军粮，
妇女保证地不荒。
七人小组自由碰，
荷荷当了领导人。

北点豆，南栽瓜，
河东河西种小麻，
早从东崖上，晚夕下西坡，
生产的歌声永不落。

苓苓

青草洼，放牛犊，
热火朝天闹互助。
苓苓的男人二老怪，
大男人的思想出色坏。
支差半月走得累，
回到家来天已黑。
一进院子没人声，
推开房看没人影。
一想打破了他老规程，
憋得两眼冒火星！
揭开锅看冷冰冰，
踢踢水缸空叮叮。
二想打破了他老规程，

三尸暴跳满院蹦！
往日回家炕上一躺，
要干有干汤有汤。
今天回来见了鬼，
要饭没饭水没水。
三想打破了老规程，
芒硝进肚不能忍！

东邻寻，西舍找，
找了两家找不到。
南头碰见张大嫂：

“我家做饭的那里跑？”

张老嫂，外号“铁疙瘩”，
倒牙费嘴的老干家：

“不能提了二老怪，
你我家媳妇都把兴败！
跟上荷荷这花东西，
插上街门唱‘落戏’！”①

二老怪，本来早憋坏，
张老嫂添油塞干柴。

① “落戏”，当地一种戏名。

三步两跳往前蹦，
冲进荷荷家大院门。
小组开会正热闹，
讨论请人作生产指导。
荷荷看见二老怪到，
拍手欢迎说“他就好！”

二老怪，眼一瞪，
满嘴飞出唾沫星：

　　“咱一不浪，二不偷，
　　再说咱好也不上钩！”

谁人不晓得二老怪，
仍旧开会不理睬。
没人理睬他气难出，
朝着苓苓耍态度：

　　“你野鸡跟上老鹰飞，
　　逞你胳膊逞你腿？”

谁人不晓得二老怪，
仍旧开会不理睬。
三步两跳又往回蹦，
石头街道快踩成坑！

“二老怪的作风不像话，
大男人主义自高自大。
没有斗争不能团结，
咱来给他换脑筋。
回去开个训练班，
看他怎过这一关？”

月亮照窗纸上明，
二老怪想起老规程：
猪不离圈，狗不离院，
母鸡不离个破篮片。
自由平等怎能行？
女人都惯坏成了精！

屋檐鸽子咕哒咕，
定是公鸽踩着母鸽。
院里鸡窝咯咯响，
母鸡扭着公鸡脖。
二老怪，倒了霉，
女人不服他指挥！
听屋檐，气越上，
越想鸡窝肚皮脑：

“铁不打，不出钢，
不管教管教不像样！”

寻根棍，找条绳，
半夜打老婆是老规程。
一根麻绳抛上梁，
吊住她头发才揍他娘！
数这玩意儿最利索，
二老怪是老手旧胳膊。
哎呀呀，不能够，
她娘早剪成短发头！
不能吊，寻棍捣，
只寻到麻秆和镢头。
麻秆打她当搔痒痒，
镢头一敲会死他娘！
敲死人命可吃官司，
不是坐牢就挨枪子！
不偿命，也不成，
没有老婆要打光棍。
花钱再娶犯法令，
自由谁敢上我家门？
不准打，也不敢骂，
动她根汗毛也犯法！
哎呀呀，老规程吃不开？
二老怪碰到了新朝代！

街上有说又有笑，
苓苓唱着回来了：
拿笤帚，扫扫土，

炕上一头另撑铺。

二老怪，嘴裂开，
唾沫星星儿飞出来：

“你要去参加互助组，
先到区上写休书！”

苓苓抿嘴微微笑：

“你要休我没条件！
俺又不知道你今天回，
上地劳动也有罪？”

“猫捉老鼠狗看门，
锅台炉边才是女人营生！
客马也想上大阵？
不准上我地瞎闹腾！”

苓苓回答慢吞吞：

“土地证上俺两人有份。”

“别吃我饭你另支锅，
明天咱就各自过！”

“后天另过也不忙，
还得跟你算算账：
去年穿俺五对鞋，
一对就按五工折。
两身布衫一身棉，
至少不算个十万元？
去年俺织了十个布，
一个值钱两万五。
卖了俺布买驴回，
草驴该俺有三条腿。
洗衣做饭都是我动，
一年算三月九十个工。
男女平等讲民主，
谁不民主就找政府！”

嗤嗤两声钻进被窝，
露出半个头来轻轻说：

“二老怪，不用发呆，
你的老规程如今没人买！”

出色利害的二老怪，
今天唱戏下不了台！

“媳鶒冷冷，早起五更。”①

① “媳鶒冷冷”，候鸟的土名。立夏从南方来，五更则鸣，可能就是“五更鸟”。

荷荷小组上东岭。
一路走，一路问，
夜里训练班开成甚？
苓苓把情况一报告，
笑得姊妹们不能走。
报告好，报告妙，
报告快把人笑死了：
你揉肚子她叉腰，
荷荷笑得眼泪掉！

荷荷的办法灵验快，
一夜治服了个二老怪。
夜训练班要多多的开，
姊妹高兴得唱起来：

“封建社会能糟蹋人，
胡捏出来套老规程：
‘母猪不敬神，女人不算人，
养孩儿抱蛋，洗衣裳做饭。’
不想想俺们是占一半，
盖房要靠柱和梁！
不想想男女是心连肝，
谁离开谁都没时光！”

紫金英

河水流，淘白沙，

野鸭儿飞来印脚牙儿。
一双脚牙儿两个印，
两个媳妇绞一个心：

　　“紫金英坏了谁家的事，
　　为啥骂她是‘坏妇女’？
　　‘浪女人’‘破鞋’‘花老婆’，
　　难听的脏话都往她身搁。
　　十指连心心连血，
　　咱不体贴谁体贴？”

掌上灯，记上分，
荷荷苓苓找紫金英。
旧的姊妹到一起，
有说有笑不迴避。
谈罢远山说近水，
翻罢旧箱倒新柜。
拉完从前扯如今，
紫金英脸儿飞红晕：

　　“妹妹俩是东坡向日葵，
　　你姊姊是活成坑麻池水。
　　人前人后俺低头过，
　　厚着脸皮偷偷活……”

话儿没完头低下，

有语难明啃指甲。
窗外呼呼风阵阵，
甚时能吹断那万恨根？
甚时能吹断那万恨根？
漳河的女儿要闹革命！
共产党员前头领，
荷荷拉起紫金英：

“捽袖过，昂起头，
跌倒自己爬起走！
旧社会害咱害得苦，
摆下万里蒺藜路。
如今道路条条平，
条条平路通向光明。
支起腰杆挺起身，
靠自己劳动作自由人！”

枯了的树，发绿芽，
死了的灰堆迸火花。
不老的心儿，未了的情，
铁锁锁不住春风门：

“人人骂我根扎错，
开口闭口‘不是货’，
有苦向谁说？
你俩人的凄惶我嫌怕，

摇摇荡荡心难下，
守寡咬紧牙！

看尽花开看花落，
熬月到五更炕头坐，
风寒棉被薄！

灰溜溜的心儿没处搁，
水裙懒去绣花朵，
头发无心梳！

吃水劈柴坭墙角，
桌坏椅倒要人拾掇，
偏偏门又破！

寡妇的困难实在多，
一手难做千件活，
日子没法过！

不怀好心的常来帮助，
只要不嫌他手儿拙，
白打他心也乐。

寄生草根缠树身，
日日缠缠日日深，
有刀割不断情！

纸做的花儿不结果，
蜡做的心儿见不得火，
日月糊涂过！
扪心自问我犯啥错？
难道寡妇就不该活？
妹妹呀，救救我！”

怒火烧心心要炸，
忽然惊醒了墓生娃。
拍拍孩孩乖乖睡，
眼泪滴落小嘴巴：

“咽了吧，莫嫌苦，
记住你娘是寡妇！”

摇山拔树风呼呼，
静静的漳河发了怒：

“怨命求人都不是路，
麻秆拐棍扶不住！
砸破封建的老笼头，
姊姊你跟俺们走！”

“人都骂我是败东西，
跟上妹妹不坏你名誉？”

　　“只要咱行正脚立稳，
　谁要屈咱咱不答应！”

“从小没闹过这营生。”

“没听过铁杵磨成针？”
“你忘了那天支书说：
‘大总统妇女也能做’！”

漳河水，水流长，
满天云雾风吹散。
桃花坞，杨柳树，
紫金英踏上了新道路。

头一天，闹生产，
腿痛腰酸口发干。
姊妹们，帮她忙，
说开头几天都一样。
第二天，又上山，
大家对她很称赞。
一边做活一边唱，
紫金英整天心喜欢。
害怕荷荷天天叫，
第三天，起早了。
荷荷满嘴夸积极，

又体贴来又鼓励。
紫金英，更欢喜，
别的念头都高搁起。

黄昏近，回家门，
相好的人在家等。
满面春风走向前，
接过锄头又接镢：

“月不常圆花难常开，
人生趁早图自在。
白生生的脸儿花朵朵，
三天晒成个黑老婆。
劳动生产当模范，
怎能比在家舒坦？
早给你焰火热上锅，
生怕你回来吃冷饭！”

巧言巧语比糖甜，
嬉皮笑脸多殷勤。
缘分绝，情难断，
心乱如同万针穿：

红皮萝葡紫皮蒜，
他有老婆我没汉。
他来我家不算甚，

我却担个坏声名？
没眼的针针纫不上线，
我家是他的歇脚店。
他对老婆常打吵，
人说是因为他跟我好。
真是因为跟我好？
阿弥陀佛天知道！
不务营生作二流，
给人指着脊梁笑！
到底那是光明道？
面前摆着三岔口！

走新路，走新道，
好马不吃回头草：

“好朋友，好朋友，
咱俩从今晚分开手！”

天没雨，地无风，
清明没来为甚春雷动？

“以后别再上我门，
紫金英要重新再做人！”

一团热火落海沉，
垂头丧气凉冰冰。

“你走吧，别难受，
送你平安出门口！”

送出门，送出院，
梨树花开月明天。

“从今后，分两头，
新的路子在等我走！”

第三部　长青树

漳水谣

漳河水，九十九道湾，
漳水流出太行山。
写成诗，刻成歌，
回头再来教漳河。
漳河给俺天天唱，
唱到大洋唱到海！

翻腾

死榆树，不开花，
老鸦飞来叫呱呱。
老茅坑，茅虫多，

张老嫂没事把舌头磨：

“年时时兴土地改革，
今年时兴娘儿们改革，
真是了不得！

结亲不兴坐花轿，
手拉手儿嘻哈笑，
摆翠①叫人瞧！
古道好男走到县，
好媳妇不出婆家院，
如今满街疯！

什么互助闹生产，
麦子垅里跟男人玩，
浪摆搬上山。

野兔跟上狐子蹦，
荷荷配搭个紫金英，
无巧事不成！

太阳不照老路上，
女人不服家教管，
媳妇封王娘！

① “摆翠”，男女热恋时的传情、欢悦的表现。

世道坏，规矩败，
老骨头朽了没坟埋，
老天爷眼不开！”

看不下，忍不下，
死榆树永不再发芽。
摇摇头，摆摆脑，
如今的年月实在糟：

“后生都兴戴四方帽，
怎能扣上咱老圆头？”

天变了，地变了，
彭祖的夜壶打碎了！

漳河水，九十九道湾，
二老怪上过夜训练班。
好似骚骡上了嚼，
不敢哼气不敢跳。
天天鸽子对对飞，
老婆是爱理不爱理。
母猪攻进棘针窝，
自找苦吃自找祸。
支书批评他不应该，
村长说隔天要把会开。

心上抓了把花椒面，
麻得裂嘴板着脸。
女人真真能种地？
不过黄河我心不死！

快步钻过枣树坡，
倒霉的棘针把脸刮破。
青山绿水白云彩，
二老怪不是游山玩景来。
冒冒失失溜上山，
慌慌张张偷偷看：
苗苗出土绿油油，
瓜秧露芽肥展展。
花不稜稜手艺巧，
头有头是道有道。
眼儿越看眉越高，
禁不住张嘴叫了好。
没提防岩上有荷荷，
早就瞧见他老哥：

“二老怪，来这边，
咱们对你还有点意见！”

妇女小组是一窝蜂，
噗噗咚咚往前拥：

"请上来，别光看，
先上上白天的训练班！"

嘻嘻哈哈乱招手：

"二老怪今天害出丑！"

二老怪，怪是怪，
唱文唱武招架不来。
撒开飞毛腿跳下堰，
丢下了脚踪不敢捡！
二老怪，走红运，
白天受训开洋荤：

妇女解放了不简单，
男人的活儿也能干。
男女这样闹光景，
种下石头长黄金。

老榆树，死榆树，
是谁在这儿嘀嘀咕？
过来一看是张老嫂，
还有两个怪老头儿。
好像他家出了丧事，
摇头摆脑长出气：

“这个乱，那个破，
妇女小组就不是货！”

二老怪到底是受过训，
今天听来不顺心：

“无风起尘的老妖精，
成天没事造谣言。
娘儿们浪摆上了山？
拖你老草驴去看看！”

鸡飞狗叫猫儿跳，
孩儿们追着喊“快来瞧！”
纺花的放下花不纺，
担粪的撂下箩头担。
到底为了啥事情？
听听二老怪在演讲：

“娘儿们是生产还是玩？
叫这老草驴坦白一番！”

山多大，天多高，
张老嫂低头哑了口。

“二老怪今天来认错，
不该压迫俺好老婆。

娘儿们今天是真解放，
这才叫我服了软。”

坡坡上，有了样，
坡坡下，漳河唱：
妇女解放有了样，
漳河河水欢声唱！

“把我编歌写成戏，
登报批评我都愿意。
咱的脑筋有封建，
哥儿们姐儿们多提意见！”

“男女本是连命根，
离开谁也万不能。
去给苓苓陪个情！”

荷荷笑着下命令。
举手额前脚立正，
二老怪今天像个民兵。
苓苓捂嘴低声啐：

“出什么洋相讨厌鬼！”
“出什么洋相讨厌鬼！”

孩孩们学着苓苓嘴。

人人都笑出欢喜泪，
惹来山雀转圈飞。

牧羊小曲

漳河水，九十九道湾，
漳河河水长声唱：
桃花坞，长青树，
两岸踏成康庄路。

万年的古牢冲坍了！
万年的铁笼砸碎了！
自由天飞自由鸟，
解放了漳河永欢笑！

1949 年 3 月 26 日初稿完于卧虎坡
1949 年 12 月改写完于北京
（原载 1949 年 5 月 1 日《太行文艺》第 1 期，
选自 1950 年 6 月 1 日《人民文学》第 2 卷第 2 期）

林亨泰（1924— ）

台湾彰化人。

书　籍

在桌子上堆着很多的书籍，
每当我望着它时，
便会有一个思想浮在脑际，
因为，这些书籍的著者，
多半已不在人世了，
有的害了肺病死掉，
有的在革命中倒下，
有的是发狂着死去。
这些书籍简直是
从黄泉直接寄来的赠礼，
以无尽的感慨，
我抽出一册来。
一张一张的翻着，
我的手指有如那苦修的行脚僧，
逐寺顶礼那样哀怜。

于是，我祈祷，
像香炉焚熏着线香，

我点燃起烟草……

1949 年

（选自《林亨泰诗集》，时报文化出版事业有限公司 1984 年 3 月出版）

芦　甸 (1920—1973)

原名刘振声，江西贵溪人。

我活得像棵树了

我活得像棵树了。
我的根深深地盘结在泥土的下面，
在树林之中，我挺拔地屹立着，
我活得像棵树了。

在幼小的时候，
外来的风暴，没有吹折过我，
冰雪，也没有压倒过我；
我一天天地、青青葱葱地生长着。

但一些被虫蛀空了的树，
却曾趁我还不很茁壮的时候，
用干枯了的枝桠
重重地击伤过我的头颅。

这一次，它们又扑打过来了，
简直是用腐朽的全身向我扑打过来，
我不能忍受了，
我也弹起我的全身去反拨，
于是，我听见我身边也有轰然倒地的声音……

我活得像棵树了。
我的根深深地盘结在泥土的下面，
在树林之中，我挺拔地屹立着，
我活得像棵树了。

1952年2月10日

（选自《白色花》，人民文学出版社1981年出版）

吕　剑（1919—2015）

原名王延觉、王聘之，山东莱芜人。

一个姑娘走在田边大道上

一个姑娘走在田边大道上，
她一面走着一面歌唱，
她肩上飘着一条花围巾，
她黑黑的脸上发着红光。

天空那么蓝，那么光亮，
没有边界的麦田就像一片海洋，
哦，她不是在大道上行走，
她是在春天里轻轻飞翔。

她是谁家的一位姑娘？
是不是开拖拉机的那位姑娘？
当谷子一片金黄的时候，
你可听过她在收割机上歌唱？

看她在春天里轻轻飞翔，
听她的歌声那么柔和那么悠扬，
哦，她是在歌唱美好的希望，
还是在歌唱他们幸福的农庄？

她是谁家的一位姑娘？
谁看见她不把她永记在心上！
但我想说的还不是这些，
我想说的是这个崭新的景象——

年轻、自由而又健康，
浑身焕发着青春的光芒，
这不正是一种理想的化身？
你看她一面前进一面歌唱……

1954 年 3 月

（选自《人民文学》1954 年 6 月号）

邵燕祥（1933— ）

浙江萧山人，生于北京。

中国的道路呼唤着汽车

你可知道中国有多少条道路——
穿行高山，横渡大河，
联结着三家村和万家灯火的城市，
联结着车站和码头，
联结着工厂、仓库、合作社，
绕过牧民的帐篷、农民的门口，
又从你脚下伸过；

你可认得这些道路——
像树干生出枝桠，
像胳膊挽着胳膊，
像头发，像蛛网。
交织在山谷，在平原，
在又像山谷又像平原的高原上；

在那穷年累月没见过好车马的山野，
你可看见有一条新的道路通过——
它负载着农具、肥料和纸张，
还有粮食、棉麻、甜菜和山货；

在那环海的公路旁边，
海浪泼溅着陡峭的岩岸，
你可看见海防的战士
等待着粮秣和子弹！

你可曾走过这些道路？
你可曾听到道路在呼唤？
它们都通到第一汽车制造厂，
对我们建设者大声地说：
——我们需要汽车！

我们满怀着热情，
大声地告诉负重的道路：
——我们要让中国用自己的汽车走路；
我们要把中国架上汽车，
开足马力，掌稳方向盘，
一日千里、一日千里地飞奔……

1954 年 8 月 5 日

（选自《人民文学》1954 年 12 月号）

五十弦（节选）

第五首

什么人说过……唯独感激不是爱。

阴郁的日子
下雪的日子
没有酒是寂寞的
没有炭是寒冷的

你从冰封的路上来
雪天的炭
而我是尘封的酒

你温我　热我　煮我
以你的火点燃我的火
我不忍见你熄灭成灰
你不忍见我横流一醉

窗上冰花如刻
斗室却如春
微醺着感激与安慰

第二十首

编年史遗忘了那一天
突如其来的一瞬间
蓝天醉了　我惊醒
整个世界重新发现
四月的花瓣颤抖了一下
然后在寂静中认真舒展
阳光稍稍凝定了片刻
随之更明亮更年轻更温暖
我把一切都忘记了
我的情感我的存在我的语言
只倾听着将要来临的雷声
久久地久久地什么也没听见

一切由于你远远地一笑
向着我：晴空中的闪电

第五十三首

有一个小小感情钟
与心脏比邻
每到风天　雨夜　花时
呼哨　淅沥　或啼或笑：

从前花都为欢快而开
花开一串串节日

马缨花　槐花　甜桂花

我们只是在节日相逢
你就是我的节日
你的裙摆与风中的旗
激荡着一样的波纹
舞会上的陀螺　旋转于
灯火通明处

那时不能想象
节日如花凋落
不复见你如花
那时不能想象
一个人能长久地
在别人的节日里生活

第五十四首

照片！……曾比蜡炬
　更快地化为灰烬
模糊的泪眼被火烘干

后来虽在许多人身上
发现你的影子
后来虽在许多眉眼间
觅到你的笑容

更多是在火舌舔我伤口的时候
每当我又把枉抛的心血
付诸一炬　跳跃的火立即点燃
你灼热的目光　向我逼问：
这一遍焚稿是由于怯懦
还是为了——尊严

（选自 1992 年 3 月《江南》第 2 期、1992 年 8 月《上海文学》第 8 期）

未　央（1930—　）

原名章开明，湖南临澧人。

枪给我吧！

松一松手，
同志，
松一松手，
把枪给我吧！……

红旗插上山顶啦，
阵地已经是我们的。
想起你和敌人搏斗的情景，
哪一个不说：
老张，你是英雄！

看你的四周，
侵略者的军队
被你最后一颗手榴弹
炸成了肉酱。

你的牙咬得这么紧，
你的眼睛还在睁着，
莫非为了你的母亲放心不下？
我要写信告诉她老人家，

请答应我做她的儿子。

莫非怕你的田园荒芜?
你知道,
家乡的人们
会使你田园的秧苗长得更茁壮。

不是,不是!
我知道你有宏大的志愿。
你的枪握得多紧,
强盗们还没被撵走,
你誓不甘心!……

松一松手,
同志,
是同志在接你的枪!
枪给我吧,
让我冲向前去,
完成你未尽的使命!

1953 年 10 月

(原载《长江文艺》1953 年 12 月号,选自《诗选》,中国作家协会编,人民文学出版社 1956 年 2 月出版)

公　刘（1927—2003）

原名刘仁勇，又名刘耿直，江西南昌人。

西盟的早晨

我推开窗子，
一朵云飞进来——
带着深谷底层的寒气，
带着难以捉摸的旭日的光采。

在哨兵的枪刺上，
凝结着昨夜的白霜；
军号以激昂的高音，
指挥着群山每天最初的合唱。

早安，边疆！
早安，西盟！
带枪的人都站在岗位上，
迎接美好生活中的又一个早晨……

（选自《人民文学》1954年12月号）

上海夜歌（一）

上海关。钟楼。时针和分针
像一把巨剪，
一圈，又一圈，
铰碎了白天。

夜色从二十四层高楼上挂下来，
如同一幅垂帘；
上海立刻打开她的百宝箱，
到处珠光闪闪。

灯的峡谷，灯的河流，灯的山，
六百万人民写下了壮丽的诗篇：
纵横的街道是诗行，
灯是标点。

1956 年 9 月 28 日

（选自《人民文学》1956 年 11 月号）

读罗中立的油画《父亲》

父亲，我的父亲！
是谁把这支圆珠笔
强夹在你的左耳轮?!
难道这就象征富裕?
难道这就象征文明?
难道这就象征进步?
难道这就象征革命?
父亲！你听见了吗？你听见了吗?
整个的展览大厅，
全体的男女人群，
都在默默地呼喊：
快扔掉它！扔掉那廉价的装饰品！

真愿变做你手中的碗啊，
一生一世和你不离分！
粗糙的碗，有鱼纹图案的碗，
像出土文物一般古老的碗，
我愿承受你额头的汗，
并且把它吮吸干净：
只有你的汗能溶解
我出土文物一般硬化了的心！
秦朝的心啊，
汉朝的心啊，

唐朝的心啊，
也许，还有共和国的心！

有谁能数得清你死过多少次！
父亲！我的父亲！
那年你倚着土墙打盹，
在太阳的爱抚下再也不醒，
嘴角淌着黄绿色的液汁，
浮肿的手还将一把草籽攥得紧紧……
那年你耷拉着脑袋，硬把漫坡地撕成大寨田，
然后拉着犁，缰绳扣进肉里勒出血印，
吸完你最后一撮干桃叶烟末，
你倒下去，天上照旧活着哑了亿万年的星星。

父亲！我的父亲！
你浇灌了多少个好年景！
可惜了！可惜了你背后一片黄金！
快车转身去吧，快！快！
黄金理当属于你！你是主人！
主人！明白吗？主人！
父亲啊，我的父亲！
我在为你祈祷，为你祈祷，
再也不能变幻莫测了，
我的老天！我的天上的风云！

1981 年 2 月—4 月

（选自 1981 年 11 月 10 日《诗刊》1981 年 11 月号）

不是没有我不肯坐的火车

——答曾卓

同样是在病中，
同样是做白日梦，
同样是坐火车外出旅行又坐火车回，
同样是有关火车的那句诗，
你我竟同样从小到老都喜爱。

然而，不是没有我不肯坐的火车，
也不是不管它往哪儿开；
生活像恶毒的后娘，
时不时要变着花样将我虐待，
也许，这是命运对我的特殊关怀——

起初撵我出前门运我如猪崽；
滚！去娘子关里边山旮旯劳改！
接着又勒令我自带粮票自备铺盖，
上中央文革办的山西学习班“彻底交代”，
回北京？不！半道上扔在了石家庄郊外。

可见不是没有我不肯坐的火车，
可见也不是不管它往哪儿开；
唯一得感谢火车的是
它教我踏遍了人生的大小站台，

听惯了轮箍二重奏，半是痛苦半是痛快……

至于那为人人设座的“最后一班地铁”，
阴湿的隧洞肯定会取代斑斓的色彩，
实话说，我真不喜欢那单调而寂寞的世界，
却又赞赏它取消特权，一视同仁的做派——
此地不认皇冠不认草帽只认尘埃！

注：2001 年 11 月 7 日初稿。11 月 14 日改定于安徽中医学院第一附属医院，这是公刘写成的最后一首诗。

（选自《诗刊》2003 年 5 月号上半月刊）

郑愁予（1933— ）

原名郑文韬，河北宁河人，生于北京，现居美国。

错 误

我打江南走过
那等在季节里的容颜如莲花的开落

东风不来，三月的柳絮不飞
你底心如小小的寂寞的城
恰若青石的街道向晚
跫音不响，三月的春帏不揭
你底心是小小的窗扉紧掩

我达达的马蹄是美丽的错误
我不是归人，是个过客……

1954 年

（选自《郑愁予诗选集》，志文出版社 1974 年 3 月出版）

边界酒店

秋天的疆土，分界在同一个夕阳下
接壤处，默立些黄菊花
而他打远道来，清醒着喝酒
窗外是异国

多想跨出去，一步即成乡愁
那美丽的乡愁，伸手可触及

或者，就饮醉了也好
（他是热心的纳税人）

或者，将歌声吐出
便不只是立着像那雏菊
只凭边界立看

（选自《窗外的女奴》，十月出版社 1968 年 10 月出版）

闻　捷（1923—1971）

原名赵文节，江苏丹徒人。

苹果树下

苹果树下那个小伙子，
你不要、不要再唱歌；
姑娘沿着水渠走来了，
年轻的心在胸中跳着。
她的心为什么跳呵？
为什么跳得失去节拍？……

春天，姑娘在果园劳作，
歌声轻轻从她耳边飘过，
枝头的花苞还没有开放，
小伙子就盼望它早结果。
奇怪的念头姑娘不懂得，
她说：别用歌声打扰我。

小伙子夏天在果园度过，
一边劳动一边把姑娘盯着，
果子才结得葡萄那么大，
小伙子就唱着赶快去采摘。
满腔的心思姑娘猜不着。
她说：别像影子一样缠着我。

淡红的果子压弯绿枝，
秋天是一个成熟季节，
姑娘整夜整夜地睡不着，
是不是挂念那树好苹果？
这些事小伙子应该明白，
她说：有句话你怎么不说？

……苹果树下那个小伙子，
你不要、不要再唱歌；
姑娘踏着草坪过来了，
她的笑容里藏着什么？……
说出那句真心的话吧！
种下的爱情已该收获。

（选自《人民文学》1955年3月号）

胡　昭（1933—2004）

吉林舒兰人，满族。

军帽底下的眼睛

透过炮火，透过烟雾，
那军帽底下
闪动着一对眼睛，
它们在四下搜寻。

从一个伤员爬向一个伤员，
她望着同志们坚毅的眼睛，
轻声地说："不要紧……"
每个指尖都充满疼爱，
她包扎得又快又轻。

我想起妹妹的眼睛
那么天真而明净，
我想起妈妈的眼睛
那么温暖那么深……
深深地望了她一眼
我回身又扑向敌人。

无论黑夜或白天
不管我守卫，我冲锋……

我眼前常闪动起那对眼睛，
这时，我就把枪握得更紧，
我就更准地射击敌人。

我要保卫那对眼睛——
妹妹的眼睛，妈妈的眼睛，
我亲爱的祖国的眼睛！

1952 年 12 月

（选自《光荣的星云》，作家出版社 1955 年 6 月出版）

雁　翼（1927—2009）

原名颜洪林，河北馆陶人。

在云彩上面

我们的工地在云彩中间，
我们的帐篷就搭在云彩上面，
上工的时候驾云而下，
下工的时候腾云上天。

山下住着的农民兄弟，
说我们是天上下来的神仙，
其实我们是毛主席派来的工人，
为了祖国的富强才住在云彩上面。

当我们过节的时候，
在云上演剧、跳舞，
当我们开庆祝会的时候，
摘下朵朵云霞挂在英雄的胸前。

当我们饿了的时候，
砍下云上的柏枝烧饭，
当我们口渴了的时候，
就痛饮云上的清泉。

白天我们和云雀一起唱歌，
百灵鸟也从云下飞上山巅，
夜里我们和星斗一起谈笑，
逗引得月亮也投来笑颜。

当炎热的夏季到来，
云上的松树给我们撑伞，
当寒冷的冬季到来，
砍下云上的松枝把篝火点燃。

篝火的青烟升入高空，
带着我们的欢笑飞过群山，
它告诉远近的人民，
云彩上面有了人烟。

它告诉我们亲爱的领袖，
我们正按照您的意志改变荒山，
它告诉我们亲爱的祖国，
你的儿女战斗在云彩上面。

（原载《西南文艺》1956 年 5 月号，
选自《在云彩上面》，中国青年出版社 1956 年 9 月出版）

梁上泉（1931—　）

四川达县人。

姑娘是藏族卫生员

一

“不要那样看我，
不要那样看我，
我脸红得像团火。
年轻的牧人呵，
不要把我认错！
姑娘是藏族卫生员，
到你帐篷作防疫宣传，
不是找你有话说……”

“别怪我这样看你，
别怪我这样看你，
藏家有了‘门巴’哪个不惊喜？
年轻的姑娘呵，
草地的白衣天使！
谁的眼睛不对你表示爱慕，
你又何必难为情，
牧人用一颗心在迎接你！”

二

“不要开玩笑，
不要开玩笑，
别故意让门口的猎犬向我狂叫，
强壮的猎手呵，
猎犬厉害我知道，
姑娘是藏族卫生员，
有红十字药包挂腰间，
来打预防针不怕你阻拦！”

“玩笑是好意，
玩笑是好意，
你又何必生气，
年轻的姑娘呵，
我们的藏檀树①！
听说你注射的手艺高强，
我第一个伸给你臂膀，
但你别慌，猎犬不会把你咬伤！”

三

“阿妈不要留我，
阿妈不要留我，

① 藏檀树——藏民所指月中之树，喇嘛寺均有，树皮可作药治病，树叶可作香敬神，认为是最好的一种树。

我还要到雪山那边的保健站。
不喝你家的酥油茶，
不吃你家的青稞面，
姑娘是藏族卫生员，
只有一句心里话：
祝你母子都平安！”

“我怎能不留你，
我怎样不留你，
我爱你胜过亲生女，
这胖胖的孩子微笑的脸，
都是你灵丹妙药带来的，
多亏那北京医生教会你！
阿妈回敬你一句话：
祝你寻下个好女婿……”

1954 年 6 月改写于重庆

（选自《喧腾的高原》，中国青年出版社 1956 年 5 月出版）

公　木（1910—1998）

原名张永年，又名张松甫、张松如，河北辛集市人。

据说，开会就是工作，工作就是开会

（讽刺诗）

作为一个记者下厂，
我到处看到朝气勃勃、前进和新生；
而这一天却遇到一件意外的事情，
我不禁怦怦心跳，大吃一惊——

当下班的汽笛还没有收住尾声，
工厂的大门砰然关得紧紧。
"守卫同志，晚间我还要发稿……"
而他根本不听，也不看我的证明。

守卫同志只简单地挥挥手：
"快去参加会议，不能走！"
我几乎暴跳起来，我大声抗议：
"你们在违法干涉别人的自由！"

我吵吵着，慢慢又冷静下来一想：
这是误会，不过这里边有名堂。
于是，我急忙转回身，
决定去找工厂的领导采访。

……厂长室里不见一个人影，
党委书记室早锁上了门，
工会主席室、团委办公室都扑了空，
活见鬼！莫非他们钻了老鼠洞？

我十分恼火，我嘟嘟嚷嚷，
我照直走去，也说不清是什么方向，
一转弯——仍然是办公楼的走廊——哎呀！
我的眼睛张大，几乎胀裂了眼眶：
只见在地板上狠狠地按倒一位工友，
厂长和党委书记扯着他的左右手，
工会主席和团委宣传部长扳着两条腿，
他们拉好架式一齐用力，准备四马分肥。

忿怒，推着我像枪弹一样扑过去：
“你们在干什么？是什么道理？”
然而，晚了！那位工友已经被劈为四份，
他们简直没有看见我，都掉头走去……

当然不能放松，我紧紧追赶；
可是，奇怪！——一转眼，都不见。
惨白的电灯光映着我孤单的身影，
我发现我自己被甩在四个会场的中间。

我看见四个会场同样门窗紧闭，

我听见四个会场同时宣布会议开始。
四个会场进行着四种报告，
他们各霸一方各有一套：

一个报告技术措施，
一个动员挖掘潜力，
一个总结社会主义竞赛，
一个宣传改善劳动组织。

题目虽然各有不同，
内容却是大体一致——
正是党政工团合串同一脚本，
而又敲锣打鼓分唱对台戏。

我感到茫然，我想向后转。
无意间一抬头，隔着窗户看到会场里边——
有的张着嘴打呵欠，有的闭着眼打鼾，
大多数都肢离体碎，五官不全……

我拼命敲打自己的头顶，
我想一定是在做噩梦。
正在这时候背后忽然传来一声：
“喂，老张！你站在这里发什么愣？”

啊！原来是团委书记，我的老相识！
我把一大串疑问化作连珠炮弹向他轰击。

他微笑着洋洋自得，
有条不紊地给我解释：

“会议就是我们的生活方式，
完整的会议制度还要逐步建立。
缺席？那就等于旷工，
一次自我检讨，二次广播批评。

“第三次嘛，扣发煤条；
第四次？——扣发工资！
厉害？的确！会议二十九种，
不这样怎么能保证到齐？

“重复？是的！不过党政工团
既然分为四个系统；
会议有些重复，
也有万不得已的苦衷。

“你说学习？学习当然重要，
不过一定在业余；
而开会就是工作，
工作就是开会。

“至于健康问题，不错！
我们打算教育职工家属：
职工们即便是半夜回家，

也要叫他们有热饭进肚。

“不过，睡眠时间嘛，
那实在不能太照顾——
这全凭提高政治觉悟：
疲劳就是光荣，辛苦就是幸福。”

啊哈，“不过”！原来还有
这么多高明的道理！
为了不再使我的耳朵发烧，
我使劲搂住他的脖子：

“你慢慢讲，你慢慢讲！
你的头滚烫滚烫；
不过，老朋友，你的心却冰冷冰冷，
——这病还不轻哩！”

这一回发愣的轮到他自己：
“你开玩笑！”他喃喃地自言自语。
“开玩笑？不是！”我摇摇头，
“怕是一种传染病，千万不能大意！”

我继续严厉警告：
“你，和你们整个领导，
如果不快快去挂急诊号，
那眼看就不可救药了！”

团委书记胆怯的眼里，
冒出一丈长的疑问号；
我更加用力搂住他的脖子，
没让他挣扎着跑掉：

“你说，你不知道
这种病症的名字？
我告诉你：官僚主义！
——恶性的官僚主义！”

（选自《文学月刊》1956年8月　号）

饶阶巴桑（1935—　）

藏族，云南德钦人。

让我变成一条金鱼

舞场上，快熄灭的火堆
还在人们的脸上闪耀红光，
舞会还没有结束，但都携着心爱的走了，
繁闹的余音里，蟋蟀的歌声声声高昂。

我点燃明子①，独自回家，
却有喘气的声音，响在后面；
我驻步静听，又没有声息……
哦，两边的楼上正有人高声酣眠。

跨进家门，乳牛和小驴向我低声叫唤，
给它们喂了青草，又去掩门；
一只粗壮的手轻轻把我拉住，
一个晶亮的戒指放进我的手心。

“我的心儿固然不喜欢孤伶，
我妈妈也说我到了成熟的年龄，
但命运不能这样随便决定。”

---

① 明子——松油柴。

我轻轻把他推出了门。
乳牛和小驴吃过了第三巡夜草；
我从门缝窥见，一个魁伟的身子仍在门外伫立，
腰刀上的镶银映着月光，
阵阵的叹息湿润了门外的空气……

迎着朝霞全村人欢送一个青年，
人们说青年要到中央民族学院；
啊，是他！昨夜你为什么不说出理由？
现在你一眼也不看我，又叫我怎样表示心愿？

要在海底的蚌壳里
找到泉头失落的珍珠，
只有让我变成一条金鱼
顺着泉水不分日夜地追逐……

1956 年 5 月，滇池畔——金沙江畔

（选自《人民文学》1956 年 10 月号）

傅　仇 (1928—1986)

原名傅永康，四川荣县人。

夜　景

森林抱住一个月亮，
针叶撒出万缕青光；
一串串明明朗朗的珠宝，
一串串星星，挂在树枝上。

好一个醉人的童话般的夜景。
好一个迷人的安静的海洋。

我听见树木在轻轻呼吸，
嫩草在发芽，幼苗在生长；
一根新针叶悄悄生出来，
刺着飞鼠，在梦中抖抖翅膀。

好一个醉人的童话般的夜景，
好一个迷人的安静的海洋。

我听见森林的心脏在跳跃，
树根底下泉水咚咚响；
一颗颗露珠像失眠的野鸽，
闪着绿的眼睛白的光。

好一个醉人的童话般的夜景，
好一个迷人的安静的海洋。

我听见森林伸展手臂的声音，
树枝摇摇，好像在收聚星光；
送给未来的晴朗的早晨，
送给光华灿烂的旭阳。

好一个醉人的童话般的夜景，
好一个迷人的安静的海洋。

我听见的这一切，是生命的音响，
这里面也含有我的呼吸，我的声音；
这一切，都是属于我的祖国，
为了明天，这一切都在快快的成长。

好一个醉人的童话般的夜景，
好一个迷人的安静的海洋。

1956年9月28日于成都

（选自《人民文学》1956年12月号）

流沙河（1931— ）

原名余勋坦，四川成都人。

草木篇

寄言立身者，勿学柔弱苗——（唐）白居易

白杨

她，一柄绿光闪闪的长剑，孤零零地立在平原，高指蓝天。也许，一场暴风会把她连根拔去。但，纵然死了吧，她的腰也不肯向谁弯一弯！

藤

他纠缠着丁香，往上爬，爬，爬……终于把花挂上树梢。丁香被缠死了，砍作柴烧了。他倒在地上，喘着气，窥视着另一株树……

仙人掌

她不想用鲜花向主人献媚，遍身披上刺刀。主人把她逐出花园，也不给水喝。在野地里，在沙漠中她活着，繁殖着儿女……

梅

在姐姐妹妹里，她的爱情来得最迟。春天，百花用媚笑引诱蝴蝶的时候，她却把自己悄悄地许给了冬天的白雪。轻佻的蝴蝶是不配吻她的，正如别的花不配被白雪抚爱一样。在姐姐妹妹里，她笑得最晚，笑得最美丽。

毒菌

在阳光照不到的河岸，他出现了。白天，用美丽的彩衣，黑夜，用暗绿的磷火，诱惑人类。然而，连三岁孩子也不去采他。因为，妈妈说过，那是毒蛇吐的唾液。

1956 年 10 月 30 日

（选自 1957 年 1 月《星星》第 1 期）

故园四咏

——写在“十年浩劫”期中

吾　家

荒园有谁来！
点点斑斑，小路起青苔。
金风派遣落叶，
飘到窗前，纷纷如催债。
失学的娇女牧鹅归，
苦命的乖儿摘野菜。
檐下坐贤妻，
一针针为我补破鞋。
秋花红艳无心赏，
贫贱夫妻百事哀。

中　秋

纸窗亮，负儿去工场。
赤脚裸身锯大木，
音韵铿锵，节奏悠扬。
爱他铁齿有情，
养我一家四口；
恨他铁齿无情，
啃我壮年时光。

啃完春，啃完夏，
晚归忽闻桂花香。
屈指今夜中秋节，
叫贤妻快来窗前看月亮。
妻说月色果然好，
明晨又该洗衣裳，
不如早上床！

芳　邻

邻居脸上多春色，
夜夜邀我作客。
一肚皮的牢骚，
满嘴巴的酒气，
待我极亲热。

最近造反当了官，
脸上忽来秋色。
猛揭我的“放毒”，
狠批我的“复辟”，
交情竟断绝。

他家小狗太糊涂，
依旧对我摇尾又舔舌。
我说不要这样做了，
它却听不懂，
语言有隔阂。

乞　丐

门外谁呼唤？
河南父老，逃荒来讨饭。
“俺们不是坏人！”
怀中掏出证件。

东家端来剩菜汤，
西家端来陈饭。
儿学英文识 beggar（乞丐）
这回亲眼看见。

愧我书生无能，
敢怒不敢言。
呼儿送去冷红薯，
羞见父老，掩门一声叹。

（选自《诗刊》1980 年 9 月号）

曰　白

生平不详。

吻

像捧住盈盈的葡萄美酒夜光杯
我捧住你一对酒窝的颊
一饮而尽
醉，醉！

像蜂贴住玫瑰的蕊
我从你鲜红的
唇上，吸取
蜜，蜜！

像并蒂的苹果
挂在绿荫的枝头
我俩默默地
吻，吻！

（1957年1月1日《星星》诗歌月刊创刊号）

严　辰（1914—2003）

原名严汉民，江苏武进人。

雪落满了你黑色的大氅

——普希金像前

雪落满了你黑色的大氅，
雪落满了你鬈曲的两鬓；
低着头你沉思什么？
竟忘记了冬夜彻骨的寒冷！

在回忆高加索的流浪生活？
或者怀念乡间别墅秋天的黄昏？
一个新的火花在眼前闪耀，
一种新的思潮在胸中沸腾。

谁在你的脚边呈献一束鲜花？
带着悠远的芳香无限的尊敬；
是温柔的泰姬雅娜？
是有了自己祖国的茨冈人？

你的预言早已实现，
全俄罗斯响遍了你的七弦琴；
它超越了时间和空间，
飞过一个国境又一个国境。

你将不会感到寂寞，
到处有你的读者，你的知音；
陪伴你踱尽这寒夜的，
还有远方来的异国的诗人！

1956年11月18日莫斯科

（选自《诗刊》1957年3月号）

汪曾祺（1920—1997）

江苏高邮人。

早　春（习作）

彩　旗

当风的彩旗，
像一片被缚住的波浪。

杏　花

杏花翻着碎碎的瓣子……
仿佛有人拿了一桶花瓣撒在树上。

早　春

（新绿是朦胧的，飘浮在树杪，
完全不像是叶子……）

远树的绿色的呼吸。

黄　昏

青灰色的黄昏，
下班的时候。
暗绿的道旁的柏树，

银红的骑车女郎的帽子，
橘黄色的电车灯。
忽然路灯亮了，
（像是轻轻地拍了拍手……）
空气里扩散着早春的湿润。

火　车

火车开过来了。

鲜洁，明亮，刷洗得清清爽爽，好像闻得到车厢里甘凉的空气。

这是餐车，窗纱整齐地挽着，每个窗口放着一盆鲜花。

火车是空的。火车正在调进车站，去接纳去往各地的旅客。

火车开过去了，突突突突，突突突突……

火车喷出来的汽是灰蓝色的，蓝得那样深，简直走不过一个人去；但是，很快，在它经过你的面前的时候，它映出早已是眼睛看不出来的夕阳的余光，变成极其柔和的浅红色；终于撕成一片一片白色的碎片，正像正常的蒸汽的颜色，翻卷着，疾速地消灭在高空。于是，天色暗下来了。

（选自《诗刊》1957 年 6 月号）

张元勋（1933—2013）

江苏赣榆人。

沈泽宜（1933—2014）

浙江湖州人。

是时候了

一

是时候了
　　　　年轻人
　　　　　　　放开嗓子歌唱
把我们的痛苦和爱情
　　一齐都泻到纸上
不要背地里不平
　　　　　背地里愤慨
　　　　　背地里忧伤
心中的甜、酸、苦、辣，
都抖出来
　　　见一见天光
让批评和指责
　　　　　急雨般落到头上

新生的草木
从不怕太阳照耀
我的诗
是一支火炬
烧毁一切
人世的藩篱
它的光无法遮拦
因为，它的火种
来自——“五四”!!

二

是时候了
向着我的今天
我发言!
昨天，我还不敢
弹响沉重的琴弦
我只可用柔和的调子
歌唱和风与花瓣!
今天，我要唱起心里的歌
作为一支巨鞭
鞭笞死阳光中的一切黑暗!
为什么，有人说团体里没温暖?
为什么，有无数墙壁隔在我们中间?
为什么，你和我不敢坦率地交谈?
为什么……

我含着愤怒的泪
向我辈呼唤
歌唱真理的弟兄们
快将火炬举起
火葬阳光下的一切黑暗!!!

1957年5月19日

(载1957年7月1日《红楼》1957年第4期)

张永枚（1932— ）

四川万县人。

骑马挂枪走天下

骑马挂枪走天下，
祖国到处都是家。

我曾在大巴山上挖泥巴，
我曾风雨推船下三峡。
蜀山蜀水把我养大，
蜀山蜀水是我的家。

为求解放把仗打，
毛主席引我们到长白山下；
地冻三尺不愁冷，
北方的妈妈送我棉衣和靰鞡；
百里行军不愁吃，
北方的大嫂为我煮饭又烧茶；
生了病，挂了花，
北方的兄弟为我抬担架。

骑马挂枪走天下，
走到北方啊，
北方就是我的家。

我们到珠江边上把营扎，
推船的大哥为我饮战马，
小姑娘为我把荔枝剪，
大嫂沏出茉莉茶。
东村西庄留我住，
天天道不完知心话。

骑马挂枪走天下，
走到南方啊，
南方就是我的家。

祖国到处有妈妈的爱，
到处有家乡的山水家乡的花。
东南西北千万里，
五湖四海成一家。

我为祖国走天下，
祖国到处都是我的家。

（选自《骑马挂枪走天下》，中国青年出版社 1957 年 12 月出版）

痖　弦（1932—　）

原名王庆麟，河南南阳人，现居国外。

红玉米

宣统元年的风吹着
吹着那串红玉米

它就在屋檐下
挂着
好像整个北方
整个北方的忧郁
都挂在那儿

犹似一些逃学的下午
雪使私塾先生的戒尺冷了
表姊的驴儿就拴在桑树下面

犹似唢呐吹起
道士们喃喃着
祖父的亡灵到京城去还没有回来

犹似叫哥哥的葫芦儿藏在棉袍里
一点点凄凉，一点点温暖
以及铜环滚过岗子

遥见外婆家的荞麦田
便哭了

就是那种红玉米
挂着，久久地
在屋檐底下
宣统元年的风吹着

你们永不懂得
那样的红玉米
它挂在那儿的姿态
和它的颜色
我底南方出生的女儿也不懂得
凡尔哈伦也不懂得

犹似现在
我已老迈
在记忆的屋檐下
红玉米挂着
一九五八年的风吹着
红玉米挂着

（选自1958年1月20日《文学杂志》第3卷第5期）

深　渊

我要生存，除此无他；同时我发现了它的不快。

——隆泰（Jean Paul Sartre）

孩子们常在你发茨间迷失。
春天最初的激流，藏在你荒芜的瞳孔背后。
一部分岁月呼喊着。肉体展开黑夜的节庆。
在有毒的月光中，在血的三角洲；
所有的灵魂蛇立起来，扑向一个垂在十字架上的
憔悴的额头。

这是荒诞的；在西班牙
人们连一枚下等的婚饼也不投给他！
而我们为一切服丧。花费一个早晨去摸他的衣角。
后来他的名字便写在风上，写在旗上。
后来他便抛给我们
他吃剩下来的生活。
去看，去假装发愁，去闻时间的腐味。
我们再也懒于知道，我们是谁。
工作，散步，向坏人致敬，微笑和不朽。
他们是握紧格言的人！
这是日子的颜面；所有的疮口呻吟，裙子下藏满病菌。
都会，天秤，纸的月亮，电杆木的言语，
（今天的告示贴在昨天的告示上。）

冷血的太阳不时发着颤，
在两个夜夹着的
苍白的深渊之间。

岁月，猫脸的岁月，
岁月，紧贴在手腕上，打着旗语的岁月。
在鼠哭的夜晚，早已被杀的人再被杀掉。
他们用墓草打着领结，把齿缝间的主祷文嚼烂。
没有头颅真会上升，在众星之中，
在灿烂的血中洗他的荆冠；
当一年五季的第十三月，天堂是在下面。

而我们为去年的灯蛾立碑。我们活着。
我们用铁丝网煮熟麦子。我们活着。
穿过广告牌悲哀的韵律，穿过水门汀肮脏的阴影，
穿过从肋骨的牢狱中释放的灵魂，
哈里路亚！我们活着。走路、咳嗽、辩论，
厚着脸皮占地球的一部分。
没有什么现在正在死去，
今天的云抄袭昨天的云。

在三月我听到樱桃的吆喝。
很多舌头，摇出了春天的堕落。而青蝇在啃她的脸，
旗袍叉从某种小腿间摆荡；且渴望人去读她，
去进入她体内工作。而除了死与这个，
没有什么是一定的。生存是风，生存是打谷场的声音，

生存是，向她们——爱被人膈肢的——
倒出整个夏季的欲望。

在夜晚床在各处深深陷落。一种走在碎玻璃上
害热病的光底声响。一种被逼迫的农具的忙乱的耕作。
一种桃色的肉之翻译。一种用吻拼成的
可怖的言语；一种血与血的初识，一种火焰，一种疲倦！
一种猛力推开她的姿态。
在夜晚，在那波里床在各处陷落。

在我影子的尽头坐着一个女人。她哭泣，
婴儿在蛇莓子与虎耳草之间埋下……
第二天我们又同去看云、发笑、饮梅子汁，
在舞池中把剩下的人格跳尽。
哈里路亚！我仍活着。双肩抬着头，
抬着存在与不存在，
抬着一副穿裤子的脸。

下回不知轮到谁；许是教堂鼠，许是天色。
我们是远远地告别了久久痛恨的脐带。
接吻挂在嘴上，宗教印在脸上，
我们背负着各人的棺盖闲荡！
而你是风、是鸟、是天色、是没有出口的河，
是站起来的尸灰，是未埋葬的死。

没有人把我们拔出地球以外去。闭上双眼去看生活。

耶稣，你可听见他脑中林莽茁长的喃喃之声？
有人在甜菜田下面敲打，有人在桃金娘下……
当一些颜面像蜥蜴般变色，激流怎能为
倒影造像？当他们的眼珠粘在
历史最黑的那几页上！

而你不是什么；
不是把手杖击断在时代的脸上，
不是把曙光缠在头上跳舞的人。
在这没有肩膀的城市，你底书第三天便会被捣烂再去作纸。
你以夜色洗脸，你同影子决斗，
你吃遗产、吃桩佼、吃死者们小小的呐喊，
你从屋子里走出来，又走进去，搓着手……
你不是什么。

要怎样才能给跳蚤的腿子加大力量？
在喉管中注射音乐，令盲者饮尽辉芒！
把种子播在掌心，双乳间挤出月光！
——这层层叠叠围你自转的黑夜都有你的一份，
妖娆而美丽，她们是你的。
一朵花、一壶酒、一床调笑、一个日期。

这是深渊，在枕褥之间，挽联般苍白。
这是嫩脸蛋的姐儿们，这是窗，这是镜，这是小小的粉盒，
这是笑，这是血，这是待人解开的丝带！
那一夜壁上的玛丽亚像剩下一个空框，她逃走，

找忘川的水去洗涤她听到的羞辱。
而这是老故事，像走马灯；官能，官能，官能！
当早晨我挽着满篮子的罪恶沿街叫卖，
太阳刺麦芒在我眼中。

哈里路亚！我仍活着。
工作，散步，向坏人致敬，微笑和不朽。
为生存而生存，为看云而看云，
厚着脸皮占地球的一部分……
在刚果河边一辆雪橇停在那里；
没有人知道它为何滑得那样远，
没人知道的一辆雪橇停在那里。

（选自1959年7月《创世纪诗刊》第12期）

坤　伶

十六岁她的名字便流落在城里
一种凄然的韵律

那杏仁色的双臂应由宦官来守卫
小小的髫儿啊清朝人为他心碎

是玉堂春吧
（夜夜满园子嗑瓜子儿的脸！）

“苦啊……”
双手放在枷里的她

有人说
在佳木斯曾跟一个白俄军官混过

一种凄然的韵律
每个妇人诅咒她在每个城里

1960 年 8 月 26 日

（原载 1960 年 8 月《笔汇》月刊，
选自《痖弦诗集》，洪范书店 1981 年 4 月出版）

蔡其矫（1918—2007）

福建晋江人。

南　曲

洞箫的清音是风在竹叶间悲鸣。
琵琶断续的弹奏
是孤雁的哀啼，在流水上
引起阵阵的战栗。
而歌唱者悠长缓慢的歌声，
正诉说着无穷的相思和怨恨。
我仿佛听见了古代闽越谪罪人的疾苦
和蛮荒土地上垦殖者的艰辛，
看见了到处是接云的高山，
峻险的道路，
孤舟在风浪中覆没，
妇女在深夜中独坐，
生者长别，死者无消息，
一次又一次的战争，一次又一次的流血……
故乡呀，你把过去的痛苦遗留在歌中，
让生活在光明中的我们永不忘记。

1956 年 11 月 12 日

（选自《回声续集》，作家出版社 1958 年 1 月出版）

雾中的汉水

两岸的丛林
成空中的草地；
堤上的牛车
在天半运行；
向上游去的货船
只从浓雾中传来沉重的橹声，
看得见的
是千年来征服汉江的纤夫
赤裸着双腿全身向前
在冬天的寒水冷滩上喘息……
艰难上升的
早晨的红日，
不忍心看这痛苦的跋涉，
用雾巾遮住颜脸，
向江上洒下斑斑红泪。

1957年12月26日，汉江

（选自《长江文艺》1958年2月号）

祈　求

我祈求炎夏有风，冬日少雨，
我祈求花开有红有紫，
我祈求爱情不受讥笑，
跌倒有人扶持！
我祈求同情心——
当人悲伤
至少给予安慰，
而不是冷眼竖眉，
我祈求知识有如泉源
每一天都涌流不息，
而不是这也禁止，那也禁止！
我祈求歌声发自各人胸中
没有谁要制造模式
为所有的音调规定高低。
我祈求
总有一天再没有人
像我做这样的祈求！

（选自1979年8月《四五论坛》第11期）

孙静轩（1930—2003）

原名孙业河，山东肥城人。

海上日出

黎明的光辉最早给大海送来了消息
它催促大海去迎接即将来临的太阳
大海得知了喜讯从黑暗中一跃而起
匆匆地更换了一身雪白闪光的衣裳
接着，它昂首吹起了响亮的号角
率领着千万个波浪的巨人拜伏在海上
一刹时，太阳被滚滚的波涛前呼后拥着升起来了
这荣耀的光明的神哦，立刻给宇宙带来了温暖与光亮
大海第一个承受了太阳的最高恩赐
一下子涌起来，呼喊着："万岁哦！太阳……"

（选自《海洋抒情诗》，新文艺出版社 1958 年 3 月出版）

这里，没有女人

不是我的诗荒唐
生活本来就荒唐

荒唐，荒唐

荒唐的世界，荒唐的年代
曾发生过一个荒唐的故事
竟然有一个没有女人的地方
没有令人战栗的爱的抚摸
没有女人的长发散发的气味
没有浪漫，也没有缠绵
只有男人，粗野的男人
脸上烙有金印的男人
他们一半是人
另一半是魔鬼
上帝也许太仁慈了
竟没有把他们打入地狱
只是驱逐出伊甸园
囚禁在一个孤岛上
囚禁在一个没有女人
只有石头和死水的世界

这孤岛
这死地
早已被上帝遗忘
连死神也不屑一顾
它没有名字
它不配也不需要有个名字
这鬼也不愿待的地方
属于另一个世界
一个被太阳的火焰烤焦的

被月亮的死光冷却的
被沉默的大山窒息了的世界
在山与山的对峙中
在巉岩与巉岩的夹缝里
在着了火的沙滩上
在密密麻麻落满了蚊虫与牛虻的芦苇丛中
生命却顽强得发野
野得疯狂
竹叶蛇穿梭于苇叶已有一千个世纪
这个讨厌的软体家族
却始终没有绝迹
狼颓丧地徘徊在夜色中
徒自望着半弯月亮嗥叫
难得捕获一次猎物
饥肠辘辘却不曾绝种
悬岩上饥火烧红了眼的兀鹰
竟等待不到一个倒霉的男囚
在它之前更早地死去
真他妈的怪事
这些男人，这些犯了罪的男人
这些头发蓬松得像杂草
衣着褴褛得像乞丐
命贱得如铁蒺藜如狗尾巴草的男人
这些露出锋利的牙齿
一半是人一半是狼的男人
只须嚼几条草根

只须嚼几团叫作“观音土”的白泥巴
或者吞一口乌鞘蛇的冷血
却活得撒野，野得发疯
饥饿折磨不死
疾病纠缠不死
真他妈怪
连死神也怕他们三分
这些男人，这些半人半兽的男人
这些被钉上十字架的男人
怎么也想不起触犯了哪一条戒律
他们曾自由自在地嬉戏于伊甸园的丛林
沉醉于维纳斯酥软的胸怀
几乎每一个人都有一段罗曼史
每个人都算得上一个真正的男子汉
而今这一切没剩下一点记忆的碎片
是的，连梦也忘却了
剩下的只是人的外壳
——一具活尸
即使天塌地陷，世界末日来临
也跟他们毫不相干
要紧的在草丛与蛇同眠不被咬伤
与狼为邻不被吃掉
在同别的囚犯交往中保持缄默不被告密
在人与兽的界线上不被兽性同化
而最要紧的是在没有女人的地方
别像个白痴，别蜕化成中性人

别忘了男人的本性男人的伟岸
别让那一团男人的火熄灭
然而，在这孤岛
保持一个男人的本性可真不易
没有女人，男人会渐渐迟钝，变得愚蠢
会失去对性别的敏感
像灼热的沙滩上
一条被干渴而死的鱼
尽管也有暖烘烘的太阳
尽管也有弹性的沙滩和柔软的草地
但却没有女人，没有羞耻，也没有文明
这些男人像原始人一丝不挂
赤条条地直挺挺地仰卧
让那阳物显露于光天化日之下
却怎么也唤不起清晰的性别的记忆
甚至想不起自己的妻子是个什么模样
朦胧的月光是最能思乡怀旧的
再试试做一个真正的男子汉吧
然而徒自具有男人的标志
却怎么也打不开那把棕色的伞
啊，一把失去弹性的伞
于是恐惧和悲哀笼罩着整个孤岛
于是全体男囚都在月光下围坐
一面用大碗喝着劣等的烧酒
一面用猥亵的语言大谈女人
再一次点燃火种

试一试男人的本性

然而，旗杆突然被飓风折断

始终也悬挂不起那面男人的旗

这时候，也只有这时候

这些半人半兽的男人

这些饿不死病不死生命野得发疯的男人

第一次被悲哀压垮

一滴滴淌着男人的无声的眼泪……

1987 年 9 月于成都

我以一个诗人一个男人的名义起誓，这首诗绝非虚构，而是 1960 年某个孤岛的真实写照，且为本人所经历。

（选自《诗刊》1988 年 7 月号）

包玉堂（1934— ）

广西罗城县人，仫佬族。

少女小夜曲

（明天，她将第一次去走坡）

午夜的月光皎洁如银，
屋边的流水清澈如镜，
没有人语也没有虫声，
呵，睡去的村庄多宁静……

睡去的村庄多宁静，
我却不愿熄掉床头的小灯，
激情使我全身发烫，
我要站在窗口吹一吹夜风。

站在窗口吹一吹夜风，
让这颗激动的心慢慢平静，
可这是怎么一回事呵？
凉风越吹心儿越跳得凶！

凉风越吹心儿越跳得凶，
我想象着明天走坡的情景：
和我结交的是一位漂亮的后生，

太阳一样的脸，清泉般的眼睛……

太阳般的脸，清泉一样的眼睛，
这是一位多么理想的爱人……
哎！我怎么尽这样的胡思乱想，
谁知道我交上的是怎样的人？

不知道交上什么样的人，
想着想着我脸儿热到耳朵根，
双手蒙脸我伏倒窗台上，
却又偏偏碰着新买的小圆镜。

偏偏碰着新买的小圆镜，
我又轻轻把它拿到手中，
在窗台下对着月光照了照，
我的脸比后塘的莲花还红！

我的脸比后塘的莲花还红。
明天把镜儿送给心爱的人，
镜背有我新照的一张照片，
谁得了它就得了我的爱情。

他接过我的小圆镜，
不知用什么回送相爱的人？
是一对彩线编织的鸳鸯鞋，

还是一包黄鲜鲜的同年饼？①

我想呀想呀不禁笑出声。
啊！窗外夜空滑落了一颗星星；
今夜我再也不能入睡了，
就站在这小窗子下等待天明……

（选自《歌唱我的民族》，新文艺出版社 1958 年 7 月出版）

① 鸳鸯鞋是用彩线织成的，仫佬族男女青年走坡结交时，女方送男方布鞋或手巾，男方多报以一对鸳鸯鞋。这种鞋很美观，除情人们相送之外，一般人少买少穿。同年饼即是月饼，仫佬族青年男女走坡结成同年后，男方送女方一些月饼，意味着爱情像同年饼一样的甜蜜。

黄声孝（1918—1995）

又名黄声笑，湖北宜昌人。

我是一个装卸工

我是一个装卸工，
威镇长江显本领。
左手抓来上海市，
右手送走重庆城。

我是一个装卸工，
劳动干劲顶破天。
太阳装了千千万，
月亮卸了万万千。

我是一个装卸工，
生产战斗在江中。
钢铁下舱一声吼，
龙王吓倒在水晶宫。

我是一个装卸工，
生产积极打冲锋。
要把英国甩后面，
快装快卸快如风！

（选自《诗刊》1958年8月号）

严　阵（1930—　）

原名阎桂清，山东莱阳人。

月下的练江

月下的练江，一条金练，
白雾里飞出了一队小船，
它像一群低飞的水鸟，
静静地穿过了重叠的茶山

船夫们用竹篙抵着沙滩，
船篷里的火光一闪一闪，
船夫呵，天色已经这么晚，
为什么还不泊下你的船？

船夫捧起江水洗了洗脸，
抬手指着隐约的远山：
歌声和新茶早把山谷填满，
这么好的月光，我怎肯停船？

船的咿呀声由近而远，
江水静了，船影渐渐不见，
只有那股茶香久久地留在江上，
月下的练江，一条金练。

（选自《诗刊》1959年6月号）

商　禽（1930—2010）

原名罗燕，四川珙县人。1950 年去台湾。

长颈鹿

当那个年青的狱卒发觉囚犯们每次体格检查时身长的逐月增加都是脖子之后，他报告典狱长说："长官，窗子太高了。"而他得的回答却是："不，他们瞻望岁月。"

仁慈的青年狱卒不识岁月的容颜，不知岁月的籍贯，不明岁月的行踪；乃夜夜往动物园中，到长颈鹿栏下去等候。

（选自 1959 年 7 月《创世纪诗刊》第 12 期）

某日某巷吊旧寓

黄昏过后
钢筋在瓦砾中横斜
舒卷　一帖
铁的狂草
犹如淡墨的夜色

怪手
踞坐在客厅中
将它唯一的掌
伸进厨房
（也该是开饭的时候了）
它留着机油的手肘
一段不锈钢的骨骸
比老天还要白

墙角处
有个破了的药罐子
装的仍是
老房东的咳嗽

（选自 1981 年 3 月《创世纪诗刊》第 55 期）

洛　夫（1928—　）

原名莫运端、莫洛夫，湖南衡阳人。1947 年去台湾，现居加拿大。

石室之死亡

诗成后苦于命题，这是过去没有的现象。我一向觉得诗的题目犹如大衣左面一排多余的钮扣，对诗的本身并无必然意义，所以给这九首诗冠以《石室之死亡》，乃是随便拟的，与这些诗任何一首均无关系。如勉强给以解释，即这批诗乃于金门炮弹嗖嗖声中完成。

一

只偶然的昂首向邻居的甬道，我便怔住
在早晨的虹里，走着巨蛇的身子
黑色的发并不在血液中纠结
宛如以你的不完整，你久久的愠怒
支撑着一条黑色支流

我的面容展开如云，苦梨也这样
而双瞳在眼睑后面移动
移向许多人都怕谈及的方向
我是一株被锯断的苦梨
在年轮上，你仍可听清楚风声，蝉声

二

凡是敲门的铜环都应以昔日的炫耀
一切的弟兄俱将来到，俱将共饮我满额的急躁
你们的饥渴犹如我室内的一盆素花
只要我微微启开双眼，便有声音
叮当自壁间，坠落在客人们的餐盘上

其后就是一个下午的激辩，诸般不洁的显示
你们的言语是一堆未洗涤的衣裳
常被伤害，如一些寻不到恒久居处的人
当树的侧影被石缝里的光所劈开
其高度便予我以建筑般的稳定

三

万人瞩目，如树根之不依靠谁的旨意
而托起满山的冷肃
如野生草莓不讲究优生的婚媾
而让子女们走遍了湿地
我乃在仆役的呵责下完成了许多早晨

不是奇迹，在卧榻下种植葡萄的人啦
当我的臂伸向地底，紧握冷僵的根须
我就会快乐地醉死在你的目光中
是你果实的表皮，是你茎干的衣裳
为你服役，因我卑微

四

喜悦，总像是一个人的名字
而重量隐伏其间，在可触知的边缘
在私婚的谷物们的胎胚中，人们都熟悉
我那试图以舌头舐尝的姿态
它的黏腻不是来自亚马逊河的红鱼

于是每种变化都可预测
都可找出一个名字被戏弄后的指痕
都有一些习俗如步声隐去
倘若你只是笑而笑得并不单纯
我便把所有一起毒死，连喜悦在内

五

凡容器都已备妥，只等你一声轻嘘
果汁便从我的双目中滔滔而下
种过几个春天？又收获过几个秋日？
穿过祭神的面具，便有人从我背脊上
从发绺中，跳进墨西哥的鼓声

早年有过期许，当我是你农场的一棵橘
俯身就我，以拱形的门一般的和善
栽培我以坚实的力，以阳光与禽啄的喧闹
如果我有仙人掌的固执，而且死去
饥渴的旅人遂将我的姿容记住，而且怀念

六

他的声音如雪，冷得没有什么含意
面色如秋扇，折进去整个夏日的风暴
某些事物猥亵得可爱，颜色即是如此
颜色只要涂在某一个暗示上
他便拿去挥霍，他是专走黑巷子的人

有时也有音响，四只眼球在一起摩擦
黏腻的流质，流自午夜的鼻梁
裸妇们也谈论战争，甚至要发现
他们肢体究竟在何处发出叫喊
且口渴如焚，如刚种的断柯

七

从夹竹桃与凤尾草病了的下午走出
从盲妇的眼泪中走出
如此不安，那个不喜欢虹的汉子
使自己的宁静弄得如此潮湿
步度如此急促

他由墓前匆匆走过，未死者的神采走过
偷一袖子月光，一袖子紫藤花香
然后再装进一只空的麦酒瓶
不理墓碑上的姓氏狠狠瞪着他
因睡在这里的不是他的朋友，亦非饮者

八

那匣子里是些手镯和指甲的东西
有名字而不知属于哪个躯体
镜子中，我发现我失落的却是一双嘴唇
因而有人四出张贴我的面影
说盗墓贼就是这个样子

暴躁得亦如十字架上那些铁钉
我们跺着脚，逼我招认掉了的只是眼睛
就这样叫我盲目地把遗言刻在别人的脊梁上
主哦，难道你没有听见
园子里一棵树的凄惨呼喊

九

棺材以虎虎的步子穿过长街
这真是一种奇怪的威风
犹如被女子们折叠得很好的绸质枕头
我去远方，为自己找寻葬地
埋下愚蠢

刚认识骨灰的价值，它们便飞起
松鼠般地，往来于皮肉与灵魂之间
确知有一个死亡在我内心
但我不懂得你们，犹如我不懂得
荷花的存在是一种欲望，或某种禅

十

从这个面颊穿入那个面颊
那海的闪光，虹的燃起，星辰的焚后
又重重撞击着我久闭的眼，沉默的齿
如此云彩便像好听的话语从唇间飘出
而雪的声音如此暴躁，犹之鳄鱼的肤色

且把我的头颅挤在一堆长长的姓氏中
墓石如此谦虚，以冷冷的手握我，如此地
在它的室内开凿另一扇窗，我乃读到
橄榄枝上的欢愉，满园子的洁白
死亡的声音如此温婉，犹之孔雀的前额

十一

他们竟这样选择墓冢，羞怯的灵魂
又重新蒙着脸回到那湫隘的子宫
而我乃从一块巨石中醒来，伸出一只掌
让人辨认，神迹原只是一堆腐败的头骨
遂有人试图释放我以米盖朗其罗的愤怒

我以清教徒的饥渴呼吸着好看的阳光
阳光写在冬日的脸上，蜀葵与紫苑影子的重叠上
在舌尖与舌尖戏弄的街衢上，我便如一睁目的兽
许多习惯被吞食，使不在如毛发般生长
许多情欲隔离我们于昨日与明日之间

十二

你是未醒的睡莲，是避暑的比目鱼
是踯躅在竖琴上一闭散的无名指
在两只素手的初识，在玫瑰与响尾蛇之间
在麦场被秋日遗弃的午后
你确信自己就是那一瓮不知悲哀的骨灰

锁于室内，再没有人与你在肉体上计较爱
死亡是破裂的花盆，不敲亦将粉碎
亦将在落日后看到血流在历史中呼喊
为何你在焚城之前辨认不出肌肤的变色
为何你要十字架钉死修女们眼睛的转动

十三

假如真有一颗麦子在磐石中哭泣
而且又为某一动作，或某一手势所捏碎
我便会有一次被人咀嚼的经验，
我便会像冰山一样发出冷冷的叫喊
“哦！粮食，你们乃被丰实的仓廪所谋杀！”

夏日的焦虑仍在冬日的额际缓缓爬行
缓缓通过两壁间的目光，目光与葛藤
悬挂满室，当各种颜色默不作声地走来
当应该忘记的琐碎事物竟不忘记而郁郁终日
我乃被称为没有意义而且疲倦的东西

（选自1959年7月—10月《创世纪诗刊》第12期—13期）

金龙禅寺

晚钟
是游客下山的小路
羊齿植物
沿着白色的石阶
一路嚼了下去

如果此处降雪

而只见
一只惊起的灰蝉
把山中的灯火
一盏盏地
点燃

1970 年 7 月 6 日

（原载《魔歌》，中外文学月刊社 1974 年 12 月出版，选自《洛夫·世纪诗选》，尔雅出版社 2000 年 5 月出版）

边界望乡

说着说着
我们就到了落马洲

雾正升起，我们在茫然中勒马四顾
手掌开始生汗
望眼镜中扩大数十倍的乡愁
乱如风中的散发
当距离调整到令人心跳的程度
一座远山迎面飞来
把我撞成了
严重的内伤

病了病了
病得像山坡上那丛凋残的杜鹃
只剩下唯一的一朵
蹲在那块“禁止越界”的告示牌后面
咯血。而这时
一只白鹭从水田中惊起
飞越深圳
又猛然折了回来

而这时，鹧鸪以火发音
那冒烟的啼声

一句句
穿透异地三月的春寒
我被烧得双目尽赤，血脉贲张
你却竖起外衣的领子，回头问我
冷，还是
不冷？

惊蛰之后是春分
清明时节该不远了
我居然也听懂了广东的乡音
当雨水把莽莽大地
译成青色的语言
喏！你说，福田村再过去就是水围
故国的泥土，伸手可及
但我抓回来的仍是一掌冷雾

1979 年 6 月 3 日

后记：1979 年 3 月中旬应邀访港，16 日上午余光中兄亲自开车陪我参观落马洲之边界，当时轻雾氤氲，望远镜中的故国山河隐约可见，而耳边正响起数十年未闻的鹧鸪啼叫，声声扣人心弦，所谓“近乡情怯”，大概就是我当时的心境吧。

（选自《洛夫·世纪诗选》，尔雅出版社有限公司 2000 年 5 月出版）

周梦蝶（1921—2014）

河南南阳人，1948 年去台湾。

十　月

就像死亡那样肯定而真实
你躺在这里。十字架上漆着
和相思一般苍白的月色

而蒙面人底马蹄声已远了
这个专以盗梦为活的神窃
他底脸是永远没有褶纹的

风尘和忧郁磨折我底眉发
我猛叩着额角。想着
这是十月。所有美好的都已美好过了
甚至夜夜来吊唁的蝶梦也冷了

是的，至少你还有虚空留存
你说。至少你已懂得什么是什么了
是的，没有一种笑是铁打的
甚至眼泪也不是……

（原载 1959 年 10 月 23 日《联合报·联合副刊》，
选自《还魂草》，文星书店 1965 年 7 月出版）

用某种眼神看冬天

用某种眼神看冬天
冬天，冬天的阳光
犹如一簇簇恶作剧的金线虫
在白雪的身上打洞

不呼痛，也从不说不的雪！
一个洞眼一个；
快意的，我把忧愁
譬如昨日死的忧愁
一个洞眼一个
一个洞眼一个的埋却
在某个吞声而不为人知的深夜

要来的，总是要来的！
用某种眼神看冬天
冬天，一切的一切都在放大，加倍——
日，一日长于一日
夜，一夜暖于一夜，乃至
黑猫的黑瞳也愈旋愈黑愈圆愈亮
而将十方无边虚空照彻

所有的落叶都将回到树上，而
所有的树都是且永远是

我的手的分枝；
信否？冬天的脚印虽浅
而跫音不绝。如果
如果你用某种眼神看冬天

癸酉小除夕于淡水
集晓女弟句并借题
（选自1994年3月《台湾诗学季刊》第6期）

郭小川（1919—1976）

原名郭恩大，河北丰宁人。

望星空

一

今夜呀，
我站在北京的街头上，
向星空了望。
明天哟，
一个紧要任务，
又要放在我的双肩上。
我能退缩吗？
只有迈开阔步，
踏万里重洋；
我能叫嚷困难吗？
只有挺直腰身，
承担千斤重量。
不许你这般激荡！……
此刻呵，
最该是我沉着镇定的时光。

而星空，
却是异样地安详。

夜深了，
风息了，
雷雨逃往他乡。
云飞了，
雾散了，
月亮躲在远方。
天海平平，
不起浪，
四周静静，
无声响。

但星空是壮丽的，
雄厚而明朗。
穹隆呵，
深又广。
在那神秘的世界里，
好像矗立着层层神秘的殿堂。
大气呵，
浓又香。
在那奇妙的海洋中，
仿佛流荡着奇妙的酒浆。
星星呀，
亮又亮。
在浩大无比的太空里，
点起万古不灭的盏盏灯光。

银河呀，
长又长，
在没有涯际的宇宙中，
架起没有尽头的桥梁。

呵，星空，
只有你，
称得起万寿无疆！
你看过多少次：
冰河解冻，
火山喷浆！
你赏过多少回：
白杨吐绿，
柳絮飞霜！
在那遥远的高处，
在那不可思议的地方，
你观尽人间美景，
饱看世界沧桑。
时间对于你，
跟空间一样——
无穷无尽，
浩浩荡荡。

二

呵，
望星空，
我不免感到惆怅。

说什么：

身宽气盛，

年富力强！

怎比得：

你那根深蒂固，

源远流长！

说什么：

情豪志大，

心高胆壮！

怎比得：

你那阔大胸襟，

无限容量！

我爱人间，

我在人间生长，

但比起你来，

人间还远不辉煌。

走千山，

涉万水，

登不上你的殿堂。

过大海，

越重洋，

饮不到你的酒浆。

千堆火，

万盏灯，

不如一颗小小星光亮。

千条路，
万座桥，
不如银河一节长。

我游历过半个地球，
从东方到西方。
地球的阔大幅员，
引起我的惊奇和赞赏。
可谁能知道：
宇宙里有多少星星，
是地球的姊妹行！
谁曾晓得：
天空中有多少陆地，
能够充作人类的家乡！
远方的星星啊，
你看得见地球吗？
——一片迷茫！
远方的陆地啊，
你感觉到我们的存在吗？
——怎能想象！

生命是珍贵的，
为了赞颂战斗的人生，
我写下成册的诗章；
可是在人生的路途上，
又有多少机缘，

向星空了望！
在人生的行程中，
又有多少个夜晚，
见星空如此安详！
在伟大的宇宙的空间，
人生不过是流星般的闪光。
在无限的时间的河流里，
人生仅仅是微小又微小的波浪。
呵，星空，
我不免感到惆怅！
于是我带着惆怅的心情，
走向北京的心脏……

三

忽然之间，
壮丽的星空，
一下子变了模样。
天黑了，
星小了，
高空显得黯淡无光；
云没有来，
风没有刮，
却像有一股阴霾罩天上。
天窄了，
星低了，
星空不再辉煌。

夜没有尽，
月没有升，
太阳也不曾起床。

呵，这突然的变化，
使我感到迷惘，
我不能不带着格外的惊奇，
向四围寻望：
就在我的近边，
在天安门广场，
升起了一座美妙的人民会堂；
就在那会堂的里面，
在宴会厅的杯盏中，
斟满了芬芳的友谊的酒浆；
就在我的两侧，
在长安街上，
挂出了长串的星光；
就在那灯光之下，
在北京的中心，
架起了一座银河般的桥梁。

这是天上人间吗？
不，人间天上！
这是天堂中的大地吗？
不，大地上的天堂。
真实的世界呵，

一点也不虚妄；
你朴质地描述吧，
不需要作半点夸张！
是谁说的呀——
星空比人间还要辉煌？
是什么人呀——
在星空下感到忧伤？
今夜哟，
最该是我沉着镇定的时光！

是的，
我错了，
我曾是如此地神情激荡！
此刻我才明白：
刚才是我望星空，
而不是星空向我了望。
我们生活着，
而没有生命的宇宙，
既不生活也不死亡。

我们思索着，
而不会思索的穹隆，
总是露出呆相。
星空哟，
面对着你，
我有资格挺起胸膛。

四

当我怀着自豪的感情，
再向星空了望，
我的身子，
充溢着非凡的力量。
因为我知道：
在一切最好的传统之上，
我们的队伍已经组成，
犹如浩荡的万里长江。
而我自己呢，
早就全副武装，
在我们的行列里，
充当了一名小小的兵将。

可是呵，
我和我的同志一样，
决不会在红灯绿酒之前，
神魂飘荡。
我们要在地球与星空之间，
修建一条走廊，
把大地上的楼台殿阁，
移往辽阔的天堂。
我们要在无限的高空，
架起一座桥梁，
把人间的山珍海味，

送往迢遥的上苍。

真的，
我和我的同志一样，
决不只是“自扫门前雪”，
而是定管“他人瓦上霜”。
我们要把长安街上的灯火，
延伸到远方；
让万里无云的夜空，
出现千千万万个太阳。
我们要把广漠的穹隆，
变成繁华的天安门广场；
让满天星斗，
全成为人类的家乡。

而星空呵，
不要笑我荒唐！
我是诚实的，
从不痴心妄想。
人生虽是暂短的，
但只有人类的双手，
能够为宇宙穿上盛装；
世界呀，
由于人的生存
而有了无穷的希望。
你啊，

还有什么艰难，
使你力不可当？
请再仔细抬头了望吧！
出发于盟邦的新的火箭，
正遨游于辽远的星空之上。

1959 年 4 月初稿
1959 年 8 月 2 次修改
1959 年 10 月改成
（选自《人民文学》1959 年 11 月号）

甘蔗林
——青纱帐

南方的甘蔗林哪，南方的甘蔗林！
你为什么这样香甜，又为什么那样严峻？
北方的青纱帐啊，北方的青纱帐！
你为什么那样遥远，又为什么这样亲近？

我们的青纱帐哟，跟甘蔗林一样地布满浓阴，
那随风摆动的长叶啊，也一样地鸣奏嘹亮的琴音；
我们的青纱帐哟，跟甘蔗林一样地脉脉情深，
那载着阳光的露珠啊，也一样地照亮大地的清晨。

肃杀的秋天毕竟过去了，繁华的夏日已经来临，
这香甜的甘蔗林哟，哪还有青纱帐里的艰辛！

时光永远像泉水一般涌啊，生活像海浪一般推进，
那遥远的青纱帐哟，哪曾有甘蔗林里的芳芬！

我年青时代的战友啊，青纱帐里的亲人！
让我们到甘蔗林集合吧，重新会会昔日的风云；
我战争中的伙伴啊，一起在北方长大的弟兄们！
让我们到青纱帐去吧，喝令时间退回我们的青春。

可记得？我们曾经有过一个伟大的发现：
住在青纱帐里，高粱秸比甘蔗还要香甜；
可记得？我们曾经有过一个大胆的判断：
无论上海或北京，都不如这高粱地更叫人留恋。

可记得？我们曾经有过一种有趣的梦幻：
革命胜利以后，我们一道捋着白须、游遍江南；
可记得？我们曾经有过一点渺小的心愿：
到了社会主义时代，狠狠心每天抽它三支香烟。

可记得？我们曾经有过一个坚定的信念：
即使死了化为粪土，也能叫高粱长得秆粗粒圆；
可记得？我们曾经有过一次细致的计算：
只要青纱帐不倒，共产主义肯定要在下一代实现。

可记得？在分别时，我们订过这样的方案：
将来，哪里有严重的困难，我们就在哪里见面；
可记得？在胜利时，我们发过这样的誓言：

往后，生活不管甜苦，永远也不忘记昨天和明天。

我年青时代的战友啊，青纱帐里的亲人！
你们有的当了厂长、学者，有的做了编辑、将军，
能来甘蔗林里聚会吗？——不能又有什么要紧！
我知道，你们有能力驾驭任何险恶的风云。

我战争中的伙伴啊，一起在北方长大的弟兄们！
你们有的当了工人、教授，有的做了书记、农民，
能再回到青纱帐去吗？——生活已经全新，
我知道，你们有勇气唤回自己的战斗的青春。

南方的甘蔗林哪，南方的甘蔗林！
你为什么这样香甜，又为什么那样严峻？
北方的青纱帐啊，北方的青纱帐！
你为什么那样遥远，又为什么这样亲近？

1962 年 3 月— 6 月，厦门—北京

（选自《人民文学》1962 年 7 月号）

团泊洼的秋天

秋风像一把柔韧的梳子，梳理着静静的团泊洼；
秋光如同发亮的汗珠，飘飘扬扬地在平滩上挥洒。

高粱好似一队队的“红领巾”，悄悄地把周围的道路观察；

向日葵点头微笑着，望不尽太阳起处的红色天涯。

矮小的年高的垂柳，用苍绿的叶子抚摸着快熟的庄稼；
密集的芦苇，细心地护卫着脚下偷偷开放的野花。

蝉声消退了，多嘴的麻雀已不在房顶上吱喳；
蛙声停息了，野性的独流减河也不再喧哗。

大雁即将南去，水上默默浮动着白净的野鸭；
秋凉刚刚在这里落脚，暑热还藏在好客的人家。

秋天的团泊洼呵，好像在香甜的梦中睡傻；
团泊洼的秋天呵，犹如少女一般羞羞答答。

团泊洼，团泊洼，你真是这样静静的吗？
全世界都在喧腾，哪里没有雷霆怒吼，风云变化！

是的，团泊洼的呼喊之声，也和别处一样洪大；
听听人们的胸口吧，其中也和闹市一样嘈杂。

这里没有第三次世界大战，但人人都在枪炮齐发；
谁的心灵深处——没有奔腾咆哮的千军万马！

这里没有刀光剑影的火阵，但日夜都在攻打厮杀；
谁的大小动脉里——没有炽热的鲜血流淌哗哗！

毛主席的伟大号召，在这里照样有最真挚的回答；
无产阶级专政的理论，在战士的心头放射光华。

解放军兵营门口的跑道上，随时都有马蹄踏踏；
五·七干校的校舍里，荧光屏上不时出现《创业》和《海霞》。

在明朗的阳光下，随时都有对修正主义的口诛笔伐；
在一排排红房之间，常常听见同志式温存的夜话。

……至于战士的深情，你小小的团泊洼怎能包容得下！
不能用声音，只能用没有声音的“声音”加以表达：

战士自有战士的性格：不怕诬蔑，不怕恫吓；
一切无情的打击，只会使人腰杆挺直，青春焕发。

战士自有战士的抱负：永远改造，从零出发；
一切可耻的衰退，只能使人视若仇敌，踏成泥沙。

战士自有战士的胆识：不信流言，不受欺诈；
一切无稽的罪名，只会使人神志清醒，头脑发达。

战士自有战士的爱情：忠贞不渝，新美如画；
一切额外的贪欲，只能使人感到厌烦，感到肉麻。

战士的歌声，可以休止一时，却永远不会沙哑；

战士的眼睛，可以关闭一时，却永远不会昏瞎。

请听听吧，这就是战士一句句从心中掏出的话。
团泊洼，团泊洼，你真是那样静静的吗？

是的，团泊洼是静静的，但时刻都会轰轰爆炸；
不，团泊洼是喧腾的，这首诗篇里就充满着嘈杂。

不管怎样，且把这矛盾重重的诗篇埋在坝下，
它也许不合你秋天的季节，但到明春准会生根发芽。……

1975 年 9 月于团泊洼干校

编者注：作者曾把这篇诗稿抄给一位同志，稿末注明："初稿的初稿，还需要做多次多次的修改。"

（选自《诗刊》1976 年 11 月号）

杨　牧（1940—　）

原名王靖献，台湾花莲人。

水之湄

我已在这儿坐了四个下午了
没有人打这儿走过——别谈足音了

（寂寞里——）
凤尾草从我裤下长到肩头了
不为什么地掩住我
说淙淙的水声是一项难遣的记忆
我只能让它写在驻足的云朵上了

南去二十公尺，一棵爱笑的蒲公英
风媒把花粉飘到我的斗笠上
我的斗笠能给你什么啊
我的卧姿之影能给你什么啊

四个下午的水声比做四个下午的足音吧
倘若它们都是些急躁的少女

无止的争执着
——那么，谁也不能来，我只要个午寐
哪，谁也不能来

（诗集《水之湄》，蓝星诗社，1960年出版）

纳·赛音朝克图（1914—1973）

蒙古族，内蒙古人。

百舌鸟

在明媚太阳的金光下，
在辽阔草原的和风中，
一只善鸣的百舌鸟，
欢快的啼叫飞腾。

在乳厂挤奶员的身旁，
在放苏鲁克的牧民头上，①
在空气清新的早晨，
它愉悦的歌唱飞翔。

它跳跃于电杆的顶端，
它飞绕于烟囱的周围，
它跟随着竞赛的青年，
婉转的啼鸣盘旋。

穿过茂密的枝桠，
越过怒放的花丛，
充当着欢乐的使者，

① 苏鲁克，即畜群。

轻快的鸣叫飞行。

在银光闪烁的汽车旁，
在千里碧绿的田野上，
在清波涟漪的水库边，
歌鸟在啼唱翱翔。

那热情洋溢的劳动，
那自由幸福的天空，
那北国秀丽的风光，
激发了它雄浑的声音。

它为美丽的景象倾心，
它为灿烂的风光激荡，
这只天上美妙的歌鸟，
就像草原的歌手奔忙。

它激动着人们的心弦，
毫无孤寂的歌唱遨游，
这琅琅啼鸣的百舌鸟，
是我们广阔草原的歌手。

浩海　译

（选自《诗刊》1961 年第 5 期）

李　瑛（1926—　）

河北丰润人，生于辽宁锦州。

戈壁日出

当尖峭的冷风遁去，
荒原便沉淀下茫茫戈壁；
我们在拂晓骑马远行，
多么渴望一点颜色，一点温煦。

忽然地平线上喷出一道云霞，
淡青、橙黄、橘红、绀紫，
像褐色的荒碛滩头，
萎弃着一片雉鸡的翎羽。

太阳醒来了——
它双手支撑大地，昂然站起，
窥视一眼凝固的大海，
便拉长了我们的影子。

我们匆匆的策马前行，
迎着壮丽的一轮旭日，
哈，仿佛只需再走几步，
就要撞进他的怀里。

忽然，他好像暴怒起来，
一下子从马头前跳上我们的背脊，
接着便抛一把火给冰冷的荒滩，
然后又投出十万金矢……

于是一片燥热的尘烟，
顿时便从戈壁腾起，
干旱熏烤得人喘马嘶，
几小时便经历了四季。

从哪里飞来一片歌声，
雄浑得撼动戈壁？
是我们拜访的勘测队员正迎向前来：
“呵，只有我们最懂得战斗的美丽……”

10 月 8 日于酒泉—敦煌

（选自 1961 年《山花》第 11 期）

一月的哀思

一

我不相信
一九七六年的日历，
会埋着个这样苍白的日子；
我不相信

死亡竟敢和他的生命，
连在一起；
我不相信
迎风招展的红旗，
会覆盖他的身躯；
我只相信
即使把他交给火，
也不会垂下辛勤的双臂。

但，千山默哀，
万水波息，
微茫里，却传来
无尽的哀乐，
哽咽的汽笛。
声音，这样轻微，
却又这样有力，
——似飓风掠过大海，
——似冷雨抽打大地。
报纸，披着黑纱，
电波，浸着泪滴；
每盏灯，都像红肿的眼睛，
每颗心，都在哀悼伟大的战士：
回来吧，总理，
我们敬爱的周总理！

且忍住裂心的撕痛，

一任那泪眼迷离。
我要做一只小小的花圈，
献给敬爱的周总理。
我要把它——
放在长天漠漠的风雪中，
放在黄河不息的涛声里；
放在旗飞鼓响的战场，
放在万木吐绿的大地……
并且，我要写一首诗，
暂埋进这冰封雪覆的大地，
待明天，春满人间，
我坚信，它会萌生，
迎着阳光，
长出绿油油、绿油油的
美丽的叶子……

二

敬爱的周总理，
我不能到医院去瞻仰你，
只好攥一张冰冷的报纸，
静静地伫立在长安街的暮色里。
任一月的风，
撩起我的头发；
任昏黄的路灯，
照着冰冷的泪滴。
等待着，等待着，

载着你的遗体的灵车，
辗过我们的心；
等待着，等待着，
把一个前线战士的崇敬，
献给你。

呵，汽车，扎起白花，
人们，黑纱缠臂。
广场——如此肃穆，
长街——如此沉寂。
残阳如血呵，
映着天安门前——
低垂的冬云，
半落的红旗……
车队像一条河，
缓缓地流在深冬的风里……

为什么有人，
不许我们缅怀你伟大的一生？
为什么有人，
不许我们赞颂你不朽的业绩？
但此刻，
长街静穆，万民伫立，
一颗心——一片翻腾的大海，
一双眼——一道冲决的大堤。
多少人喊着你，

扑向灵车；
多少人跑向你，
献上花束和敬礼；
多少人想牵动你的衣襟，
把你唤醒；
多少人想和你攀谈
知心的话题……

车队像一条河，
缓缓地流在深冬的风里……

历史呵，请记着——
一九七六年一月十一日，
在中国，在北京，
一辆车，
辗过一个峥嵘的世纪。
车上——躺着一个
中国共产党的优秀党员；
车上——躺着一个
伟大的无产阶级革命家；
车上——躺着一个
真正的生命，
车上——躺着一个
人民骄傲的儿子。
——一个为八亿人，
耗尽了最后一丝精力的

伟大的英雄；
——一个为三十亿人，
倾尽了最后一滴心血的
伟大的战士！

车队像一条河，
缓缓地流在深冬的风里……

呵，祖国——
茫茫暮霭中，
沉沉烟云里：
多少个家庭的
多少面窗子，
此刻，都一齐打开，
只为要献给你由衷的敬意。
大寨人，伫立在梯田上，
瞩望你；
大庆人，攀登在井架上，
呼唤你；
千万名战士持枪站在哨位上，
悼念你。
这就是我们庄严隆重的丧仪呵：
主会场——
九百六十万平方公里的祖国，
分会场——
五大洲南北东西；

云水间，满眼翻飞的挽幛，
风雷中，满耳坚定的誓语。
江水沉凝，青山肃立，
万木俯首，星月不移……
你就这样
从你熟悉的长安街从容走过，
像生前，从不愿惊动我们，
轻轻地从我们身边走去……

车队像一条河，
缓缓地流在深冬的风里……

总理，敬爱的周总理，
泪眼，看不清你的遗容，
却只见你胸前
没有绶带，没有勋章，
只有一枚你戴了十年的像章，
像你一颗火热的心，
跳动，跳动，永不停息。
——那是伟大领袖毛主席的
光辉形象，
——那是“为人民服务”
五个金灿灿的大字，
辉映着你心头那
闪光的镰刀和铁锤；
辉映着你身上那

穿过无数次疾风暴雨的红旗；
辉映着你头上那
一轮光芒四射的太阳；
照彻五洲，照彻天宇……

三

呵，此刻，灵车，
正经过十里长街，
向西，向西……

这是一副永不休息的大脑呵，
这是一腔熊熊燃烧的血液。
敬爱的周总理，
你在想些什么呢——
是十年前、二十年前的斗争，
还是明天、或者下一个世纪……

呵，我们多么不愿告诉你，
几年来，我们无时不在
挂怀你健康的消息。
亲友相逢，家人团聚，
总是怀着感激的深情谈起你。
报纸上，看见你
又一次接见外宾，
像听见你朗朗的言谈
回响在医院四壁；

看见你精神更加焕发，
我们是多么欢喜；
但，你的面容又清瘦了，
唉，比上一次……
却又像石头，压在心底！

呵，此刻，灵车，
正经过十里长街，
向西，向西……

那不是你吗？
敬爱的周总理，
人大会堂，正传出你爽朗的笑声，
天安门前，又走过你矫健的步履，
你刚听完
一个工地会战的汇报，
又问起灾区
每户人家的油盐柴米；
呵，国务院办公室的写字台上，
政府工作报告，
还等你起草；
呵，外出视察的列车上，
新年度的预算，
还待你审批……

那不是你吗？

敬爱的周总理，
时间，已过午夜，
街头，灯火依稀——
你关怀着祖国，关怀着世界，
从又一个五年建设计划的
宏伟蓝图，
到文件上每一个
小小的标点；
从联合国大会上
我国代表的发言，
到北京舞台上
一支歌曲，一句台词……
即使在生命的最后一息，
你仍在倾听毛主席的诗句……

呵，此刻，灵车，
正经过十里长街，
向西，向西……

那不是你吗？
敬爱的周总理，
今天又和毛主席一起，
来到我们喧腾的工地。
你开襟解怀，拉车挽绳，
采石运土，激情难抑。
每寸大坝，都印下你的脚印，

每滴湖水，都映出你的英姿……
为人民，
你洒的是汗，泼的是血，
捧的是心，出的是力！
是呵，在我们一穷二白的祖国，
哪里没留下你
永难忘怀的深切的记忆！
想起你吃的粗茶淡饭，
望着你身穿补缀的衬衣，
呵！磊落，纯朴，清贫，正直——
对我们是多么深刻的教育和激励！
你是总理，
又是公仆；
你是普通的工人、普通的农民，
又是普通的战士！

呵，此刻，灵车，
正经过十里长街，
向西，向西……

难忘呵，
轰轰烈烈的文化大革命，
你和我们一起炮轰走资派，
又耐心地劝解两派分歧；
你和我们一起总结经验，
又和我们一起欢呼胜利。

呵，战友们告诉我，你昨夜
又是只睡了三个小时，
但却怎能阻止磅礴的活力——
看，翻飞如海的红旗间，
你又站在台阶上
挥动双臂，
领导我们：
唱《东方红》，
唱《国际歌》，
唱《三大纪律八项注意》……

呵，此刻，灵车，
正经过十里长街，
向西，向西……

怎能忘——
迷雾紧锁的重庆，
你深入虎穴，泰然自若；
怎能忘——
风硬雪猛的莫斯科，
你昂首挺立，迎击强敌……
谁也数不清，
你在敌特的枪口下，
曾几度出生入死；
在密探的跟踪下，
曾怎样临危不惧！

你炯炯的目光，
凌厉而坚定；
你浓俊的眉毛，
高扬着必胜的信念、斗争的勇气。
对人民，你比炭火更温暖，
对敌人，你比钢刀更锋利！
浩浩忠魂呵，铮铮硬骨，
纯洁的品格呵，不屈的意志！
今天，即使你闭上眼睛，
也仍使敌人胆战心悸！

呵，此刻，灵车，
正经过十里长街，
向西，向西……

不，现在你只是——
刚风尘仆仆地走下飞机，
还未来得及拍掉
北非的尘沙，南亚的云雨，
便又赶来迎接一位
非洲兄弟。
看，那不是你吗？
站在敞篷汽车上，
正挥手向我们致意。
呵，风凉了，警卫员同志，
请为我们敬爱的总理，

披一件大衣……

呵，此刻，灵车，
正经过十里长街，
向西，向西……

敬爱的周总理呀，
登庐山峰顶，看烟雨流云，
临北戴河滨，听大海潮汐。
呵，日月不灭，苍穹不老，
山河不死，生命不已……
你把心脏的每次跳动，
都献给了人民；
你踏出的每一个足迹，
都紧紧跟随毛主席。
你不许我们为你写一篇传记，
你的生命却写进党史的每一页里；
你不许我们为你谱一支颂歌，
对你的传颂却响彻寰宇；
你没有一个亲生儿女，
全国人民却都是你的儿女；
你没有陵墓，没有碑文，
你的名字却镌刻在亿万人心里。

对人民呵，你不要——
半点享受，丝毫报偿，

对革命呵，你只知——
鞠躬尽瘁，死而后已！
因此，你——大智大勇！
因此，你——无私无敌！
你就是这样——
忠于党，
忠于人民；
忠于祖国，
忠于阶级；
忠于毛泽东思想，
忠于马克思列宁主义……
对你如此
　伟大、光辉、战斗的一生：
珠峰——显得太轻！
五洲——显得太小！
星月——显得太暗！
九天——显得太低！
如果谁不了解群众和总理
该是怎样的关系，
就来看看我们的人民和你，
是多么亲密！

车轮呵，莫再转动，
马达呵，快快停息！
敬爱的周总理，
难道你真的再不能

回到我们中间？

回来吧，

敬爱的周总理！

假如可能，

哪怕只要一次……

四

我的亲爱的党呵，

我的亲爱的祖国，

他是多么舍不得离开你，

他最后叮嘱我们，

把他的骨灰，他的鲜血，

撒向江河，

——曾哺育他的江河；

撒向大地，

——曾生长他的大地。

呵，千山万水，

曾长埋多少祖先的骸骨；

呵，万水千山，

曾洒下多少先烈的血滴！

而今——

古老的波涛呵，

你奔腾了千年万载，

今天，奔流得更急，

你负载着一个伟大的灵魂，

快走遍祖国各地：
好去滋润每棵禾苗，
好去转动每架轮机！
古老的山岳呵，
你屹立了千秋万代，
今天，仿佛更高了，
你紧倚着一个伟大的生命，
快筑起铜墙铁壁：
好保卫大地，长出五谷，
好保卫村野，无限生机！

骄傲吧——
黄河飞涛，昆仑雪岭，
长城漠野，中原大地……
山山因你而脉搏跳动，
水水因你而洪波涌起。
敬爱的周总理，
你的生命就是这样
和我们，
和我们的祖国、我们的阶级，
和我们大地的一草一木，一山一石
紧紧地，紧紧地，
紧紧地连在一起……

感谢您——
伟大领袖毛主席，

培育了这样忠诚的战友；
感谢你——
战无不胜的毛泽东思想，
哺育出这样伟大的战士。
但是，怎能设想，竟有人
妄图将你的名字，
从我们心中抹去，
从我们历史的心中抹去；
从我们的生命中抹去，
从我们阶级的生命中抹去。
哈！这是何等可卑可笑！
何等的不自量力！
何等的枉费心机！
我要说：
真理呵——永生！
人民呵——无敌！
革命的步伐，怎会停驻！
战斗的生命，怎会止息！
我敢说：
即使在将来，
在无穷世纪以后的
随便哪一个世纪，
不管谁来考证我们的今天，
都会毫不迟疑地说：
二十世纪——中国，
站在最前面的，

首先是毛主席，
其次便是：你——
敬爱的周总理！
你永远在我们
向一九八〇年进军的行列里！
你永远在我们
向二〇〇〇年进军的行列里！
你永远在我们
向共产主义进军的行列里！

五

如今，我心头的半杆红旗
已下降了一年，
我们这小小的地球呵，
围绕着太阳
已整整转了一次。
看它吱吱呀呀，
转动得何等艰难，
因为我们失去了你，
又失去了经过炮火千锤百炼的
朱德同志；
特别是，又失去了
我们伟大的领袖和导师
毛主席！
革命，该怎样继续起步？
历史，该怎样重新写起？

……呵，现在正是早春，
毛主席早为我们安排了
英明领袖华主席。
华主席没有辜负
毛主席的嘱托，
华主席没有辜负
人民的期冀。
听，哀乐方停，战歌正起，
华主席最了解我们的心意，
为我们拉响了战斗的汽笛。
扫阴云，驱风雨，
八亿大军向敌人
发起了猛烈的反击——
这是何等凌厉的攻势！
这是何等伟大的战役！
好呵，“四人帮”被粉碎了，
这些阴谋家，野心家——
蚍蜉撼树，苍蝇碰壁；
那腐朽堕落的修正主义，
那野心勃勃的资产阶级……
呵！俱往矣！
敬爱的周总理呵，
那些历史上的小丑
只不过像——
风扫落叶，浪卷残泥；

而只有你：
一颗丹心，晶莹无比！
一副肝胆，光耀天地！
敬爱的周总理，
我从铁锤和镰刀的闪光中，
看见了你；
我从边防战士警惕的目光中，
看见了你；
我从奔腾不息的涛声中，
看见了你；
我从每扇窗口的晨曦中，
看见了你。
我责备我这支写诗的笔，
在你面前是如此软弱无力：
但，我仍愿掘出
我一年前所写的小诗，
重新献给你。
看，我们伟大的党，
我们战斗的阶级，
我们八万万团结的人民呵，
正奋勇向前，所向无敌！
敬爱的华主席
正率领我们走在最前面，
呵，前面——
火红的朝阳，正在升起……

附记：1976年1月15日成前四节，时不得发表，只好藏诸箧底，以寄哀思；10月，华主席为首的党中央粉碎了“四人帮”，欣喜之情，实难言喻；12月6日又增写第五节，献给敬爱的周总理。

（原载1977年1月7日《光明日报》）

清　明

这一天，是用黑框镶起的日子
　　每立方空间都充满坚硬的酸楚
这一天，鸟、野花和溪水
　　都严肃得像生铁

无论墓园或荒冢
　　哭不出声音的石碑
　　　　冷冷地站着
幽香和苦涩一起
　　从草根渗出，穿透
　　　　四月的春寒和冷雨

这一天，揭开隐痛和伤口的人几乎死去
　　而死去的人都将回到家里
使生存和死亡的界限
　　变得模糊
这一天，在人间，本来是有限的距离

却凝成无限的痛苦
时间和空间酿成一碗烈性酒

许多历史故事，许多风雨
都已寂灭如尘土
只临终前吐出的那句话
仍悬在眼前
不论多久也不会风化
仿佛一伸手就能触到
那个浓浓的带血的情绪

这一天的太阳
是一只复原的古陶罐
这一天的日历
是一方湿手帕，或
是一张薄薄的剖心的刀片
这一天一半是真，一半是梦
谁也说不清，人们
是走出了历史抑或走进了历史

（选自《诗刊》1993 年 4 月号）

管 管（1929— ）

原籍山东青岛，现居台湾。

长 街

还是一些刚油漆过的小嘴。还是一些游在柏油路上的鞋子。还是一些亲着裙子的嘴的黄昏。

神噢

这下午该怎么办？这长街该怎么办？

神噢

如果有座花轿过去，那里边该坐着些什么？该坐着些什么？窗与窗仇视着，该仇视着些什么。那些被小轿车辗毙的曲子。该不是被风宣判离婚的叶子。该不是被谋杀的叶子。该不是被轿夫践踏过无家可归的叶子

神噢

电杆木变不成棵槟榔树。大理石墙根上不怀孕蒲公英。公园的芳草地上。有些夜晚有些裙子吻过。有些血灌溉过。有些头发纠缠过。他们都来踏青。踏那些芳草。牙祭春天的裸体。是的起码她不该是块水泥。

神噢

冰店里植一棵结满太阳的椰子树。遮住性感的裤子。遮住易腐的冰。吾试着自裙子与裙子之间爬过去。去采摘一朵生蔷薇。

处女蔷薇。或是一株草。没见过电灯的草。这唯一的诱惑丝腰带的一点真实。再什么吾也不知道。甚之模特儿不乱来的眼睛。甚之花纸上繁殖的什么情。甚之垃圾堆里憔悴的康乃馨。甚之一只饥渴的酒瓶。

神噢
旅店的墙上找不到系马的铜环。巡按大人在这张床上睡过。那个女人也睡过。与五胡十六国睡过。与不同的钱睡过。啊！那些生蛆的春。都集结在你旗袍的那只凤凰头上。

神噢
吾若中了奖
吾就去买一块红漆棺材
放在长街的那头
给小孩们做船玩
或者让野狗子做窝
或者落上一群麻雀
或者他妈的
或者

（原载 1961 年 11 月 1 日《现代诗》第 36 期，
选自《荒芜之脸》，普天出版社 1972 年 1 月出版）

曾　卓（1922—2002）

原名曾庆冠，湖北黄陂人。

有　赠

我是从感情的沙漠上来的旅客，
我饥渴，劳累，困顿。
我远远地就看到你窗前的光亮，
它在招引我——我的生命的灯。

我轻轻地叩门，如同心跳。
你为我开门。
你默默地凝望着我
（那闪耀着的是泪光吗？）

你为我引路，掌着灯。
我怀着不安的心情走进你洁净的小屋，
我赤着脚，走得很慢，很轻，
但每一步还是留下了灰土和血印。

你让我在舒适的靠椅上坐下，
你微现慌张地为我倒茶，送水。
我眯着眼——因为不能习惯光亮，
也不能习惯你母亲般温存的眼睛。

我的行囊很小，

但我背负着的东西却很重，很重，
你看我的头发斑白了，我的背脊佝偻了，
虽然我还年轻。

一捧水就可以解救我的口渴，
一口酒就使我醉了，
一点温暖就使我全身灼热。
那么，我能有力量承担你如此的好意和温情么？

我全身颤栗，当你的手轻轻地握着我的，
我忍不住啜泣，当你的眼泪滴在我的手背。
你愿这样握着我的手走向人生的长途么？
你敢这样握着我的手穿过蔑视的人群么？

在一瞬间闪过了我的一生，
这神圣的时刻是结束也是开始，
一切过去的已经过去，终于过去了，
你给了我力量、勇气和信心。

你的含泪微笑着的眼睛是一座炼狱，
你的晶莹的泪光焚冶着我的灵魂，
我将在彩云般的烈焰中飞腾，
口中喷出痛苦而又欢乐的歌声……

1961年11月

（选自《白色花》，绿原、牛汉编，人民文学出版社1981年出版）

悬崖边的树

不知道是什么奇异的风
将一棵树吹到了那边——
平原的尽头
临近深谷的悬崖上

它倾听远处森林的喧哗
和深谷中小溪的歌唱
它孤独地站在那里
显得寂寞而又倔强

它的弯曲的身体
留下了风的形状
它似乎即将倾跌进深谷里
却又像是要展翅飞翔……

1970 年

（选自《悬崖边的树》，四川人民出版社 1981 年 9 月出版）

沙　白（1925—　）

原名李涛，江苏如皋人。

水乡行

水乡的路，
水云铺；
进庄出庄，
一把橹。

鱼网作门帘，
挂满树；
走近才见
有个人家住。

要找人，
稻花深处；
一步步
踏停蛙鼓。

蝉声住，
水上起夜雾，
儿童解缆送客，
一手好橹！

（选自《诗刊》1962 年第 2 期）

覃子豪（1912—1963）

四川广汉人，1947 年去台湾。

贝　壳

贝壳，海神的寺院
星光在午夜叩开贝壳的门时
贝壳就在海边喊你的名字
啊！美丽的海神底女儿

我的屋无椽，如贝壳
我的屋小，如贝壳
我的门，开向青空
视境悠悠，青空至大
我的窗，夜夜接纳星月的造访

海在门内说海神的故事
音乐流着，你睡在海中
你睡在海中，你的反光如虹
被揭露于光华的镜面
我颤栗的膜拜
你的四十朵黑色的玫瑰
和一朵红山茶

海说：浮于我[1]
地说：载于我
而我们却同在
于时空之外

贝壳的纹已不记载海的潮汐了
数字已归于原始，归于奥义
我们的所在是异域
所以：海说，浮于我
贝壳喊你的名字

（原载《画廊》，蓝星诗社 1962 年 4 月出版，
选自《覃子豪全集》Ⅰ，覃子豪全集出版委员会 1965 年 6 月出版）

过黑发桥[2]

佩腰刀的山地人走过黑发桥
海风吹乱他长长的黑发
黑色的闪烁
如蝙蝠窜入黄昏

黑发的山地人归去
白头的鹭鸶，满天飞翔

---

① 借用法国超现实主义诗人艾吕雅（Poal Eluard）“不朽的”一诗中之句。
② 注：黑发桥为台东去新港途中一桥名。

一片纯白的羽毛落下
我的一茎白发
溶入古铜色的镜中
而黄昏是桥上的理发匠
以火焰烧我的青丝

我的一茎白发
溶入古铜色的镜中
而我独行
于山与海之间的无人之境

港在山外
春天系在黑发的林里
当蝙蝠目盲的时刻
黎明的海就飘动着
载满爱情的船舶

(选自《覃子豪全集》Ⅰ，覃子豪全集出版委员会1965年6月出版)

晓　雪（1935—　）

原名杨文翰，白族，云南大理人。

采花路

敲响所有的铓锣，
每一块石头都发出回声；
年轻人的心跳得多么急促呵，
想把太阳也当一面象脚鼓！……

提起花篮，挎起“简巴”①，
人人都走上采花的路；
一路阳光，一路春风，
一路上载歌载舞。

彩裙飘飘，
像花树在旋转；
人群汹涌，
像云霞在流动。

路从寨子里来，
像七色的飘带；
路向花林中去，

① 简巴，是一种傣家人爱用的口袋，编织得很精美，上有各种图案。

像多彩的长虹。

采花的路呵欢乐的路，
一路阳光，一路春风，
给花山送去采花的人群，
给花海送去歌声的河流……

（选自《四川文学》1962 年 4 月号）

罗　门（1928—　）

原名韩仁存，海南文昌人，1949 年去台湾。

麦坚利堡[①]

超过伟大的
是人类对伟大已感到茫然

战争坐在此哭谁
它的笑声　曾使七万个灵魂陷落在比睡眠还深的地带

太阳已冷　星月已冷　太平洋的浪被炮火煮开也都冷了
史密斯　威廉斯　烟花节光荣伸不出手来接你们回家
你们的名字运回故乡　比入冬的海水还冷
在死亡的喧噪里　你们的无救　上帝的手呢
血已把伟大的纪念冲洗了出来
战争都哭了　伟大它为什么不笑

七万朵十字花　围成园　排成林　绕成百合的村

---

① 注：麦坚利堡（Fort Mckinly）是纪念第二次大战期间七万美军在太平洋地区战亡；美国人在马尼拉城郊，以七万座大理石十字架，分别刻着死者的出生地与名字，非常壮观也非常凄惨地排列在空旷的绿坡上。展览着太平洋悲壮的战况，以及人类悲惨的命运，七万个彩色的故事，是被死亡永远埋住了，这个世界在都市喧噪的射程之外，这里的空灵有着伟大与不安的颤栗，山林的鸟被吓住都不叫了。静得多么可怕，静得连上帝都感到寂寞不敢留下；马尼拉海湾在远处闪目，芒果林与凤凰木连绵遍野，景色美得太过忧伤。天蓝，旗动，令人肃然起敬；天黑，旗静，周围便黯然无声，被死亡的阴影重压着……作者本人最近因公赴菲，曾与菲作家施颖洲，亚薇及画家朱一雄家人往游此地，并站在史密斯威廉斯的十字架前拍照。

在风中不动　在雨里也不动
沉默给马尼拉海湾看　苍白给游客们的照相机看
史密斯　威廉斯　在死亡紊乱的镜面上　我只想知道
　　　哪里是你们童幼时眼睛常去玩的地方
　　　　哪地方藏有春日的录音带与彩色的幻灯片

麦坚利堡　鸟都不叫了　树叶也怕动
凡是声音都会使这里的静默受击出血
空间与空间绝缘　时间逃离钟表
这里比灰暗的天地线还少说话　永恒无声
美丽的无音房　死者的花园　活人的风景区
神来过　敬仰来过　汽车与都市也都来过
而史密斯　威廉斯　你们是不来也不去了
静止如取下摆心的表面　看不清岁月的脸
在日光的夜里　星灭的晚上
你们的盲睛不分季节地睡着
睡醒了一个死不透的世界
睡熟了麦坚利堡绿得格外忧郁的草场

死神将圣品挤满在嘶喊的大理石上
给升满的星条旗看　给不朽看　给云看
麦坚利堡是浪花已塑成碑林的陆上太平洋
一幅悲天泣地的大浮雕　挂入死亡最黑的背景
七万个故事焚毁于白色不安的颤栗
史密斯　威廉斯　当落日烧红满野芒果林于昏暮
神都将急急离去　星也落尽

你们是哪里也不去了
太平洋阴森的海底是没有门的

1961 年

（原载 1962 年 10 月 29 日《联合报・联合副刊》，
选自《罗门诗选》，洪范书店 1984 年 7 月出版）

流浪人

被海的辽阔整得好累的一条船在港里
他用灯拴自己的影子在咖啡桌的旁边
那是他随身带的一种动物
除了它　安娜近得比什么都远

椅子与他坐成它与椅子
坐到长短针指出酒是一种路
　　空酒瓶是一座荒岛
他向楼梯取回鞋声

　　带着随身带的那条动物
让整条街只在他的脚下走着
一颗星也在很远很远里
　　带着天空在走

明天当第一扇百叶窗
　　将太阳拉成一把梯子

他不知往上走还是往下走

（选自《死亡之塔》，蓝星诗社 1969 年 6 月出版）

林　昭（1932—1968）

原名彭令昭，江苏苏州人。

献给检察官的玫瑰花

向你们，我的检察官阁下，
恭敬地献上一朵玫瑰花，
这是最礼貌的抗议，
无声无息，温和而文雅。
人血不是水，滔滔流成河！
……

约作于1962年

（选自《诗歌月刊》2012年3月号）

张万舒（1938— ）

原名张清海，安徽肥西人。

日　出

踏云穿雾我登上天都峰顶，
为了欢迎你伟大庄严的生命，
大海鼓起百万排巨浪，
像海底爆炸千声惊雷，
你，轰轰烈烈地诞生！

出海就是光芒万丈
照得环天都是火一般的金云，
谁能阻拦你啊，
宇宙敞开壮阔的胸怀，
任你鼓动金翼飞升！

紫色的群峰，苍郁的森林，
力的列车，火的飞轮，
千座大厦，万柱烟囱，
一齐从我亲爱的土地上崛起、跃动，
向着你隆隆地奔腾……

在你的光辉下，万类吐金，
生活的春潮在猛涨，战旗滚如云，

有壮阔的天宇，有东风压阵，
飞啊，飞向最理想的高度，
焕发最强烈的光明！

（选自《诗刊》1963 年第 1 期）

铁衣甫江·艾里耶夫（1930—1989）

新疆霍城县人，维吾尔族。

柔巴依[①]（六首）

一

如果艾沙圣人真的住在天上，
并且天堂还将为我开放，
那天堂的欢乐只是毒饵，
因为，离开祖国我不如死亡。

二

水滴汇聚成波澜壮阔的海洋，
没有大海，生活的帆樯就无法远航。
倘若为了你那涓滴沾沾自喜，
不妨试试，一滴水珠能将什么浮起！

三

不义之徒总是心虚胆怯，
这是绝对的永恒的真理；
要说他也有不怕的东西，

① 维吾尔族古典诗歌的一种体裁。

那只是对羞耻无所顾忌。

四

辱骂诽谤立时就能感觉，
它像那明火执杖的强盗；
阿谀奉承却像一位客人，
可它比强盗更坏十分。

五

这宏伟的大厦俯瞰一切、直耸云霄，
（它还只是幸福金书的一页初稿）；
你问它来自何处，你说能来自何处？
它来自我们昨天挖的窑洞和战壕。

六

我从情人眼里寻找温柔的笑意，
看不见渴望的笑靥我只好叹气。
她说：“你想看到笑容那也很容易，
只要把枪弹射向人民的仇敌。”

哈里木、王一之、刘长清、卜昭雨　译

（选自《人民文学》1963 年 1 月号）

巴·布林贝赫 (1928—2009)

内蒙古昭乌达盟（今赤峰）人，蒙古族。

故乡的风

人们常常谈论的
黄色的风哪里去了？
从青丝摇曳的垂柳那边，
轻轻吹来了淡绿色的风。
　我故乡的风是绿色的，
　我故乡的风是绿色的。

说唱艺人时时衷叹的
干旱的风哪里去了？
从碧波荡漾的水库上面，
徐徐飘来了湿淋淋的风。
　我故乡的风是湿淋淋的，
　　我故乡的风是湿淋淋的。

行路人最最厌恶的，
苦涩的风哪里去了？
从草原新城的街头，
姗姗送来了麝香味的风。
　　我故乡的风是芬芳的，

我故乡的风是芬芳的。

1963 年 4 月— 6 月

白音塔拉—呼和浩特

巴嘎邻　译

（选自《诗刊》1963 年 9 月号）

高　平（1932—　）

北京市人。

明月出草原

明月出草原，
几乎碰着了脚尖，
像一碗酒，
灌醉了牛羊；
像一碟水彩，
染黄了我的衣衫。

草原真是爱打扮，
夜间也戴金耳环！
如果不是我还醒着，
这美景谁能看见——
虽然在泉水边
有一个青年走动的身影，
但他焦急等待的
显然是另一种月圆。

1963年秋·玛曲

（选自《高平诗选》，作家出版社1997年12月出版）

蓉　子（1928—　）

原名王蓉芷，女，生于江苏。现居台湾。

我的妆镜是一只弓背的猫

我的妆镜是一只弓背的猫
不住地变换它底眼瞳
致令我的形像变异如水流

一只弓背的猫　一只无语的猫
一只寂寞的猫　我底妆镜
睁圆惊异的眼是一镜不醒的梦
波动在其间的是
时间？　是光辉？　是忧愁？

我的妆镜是一只命运的猫
如限制的脸容　锁我的丰美于
它底单调　我的静淑
于它底粗糙　步态遂倦慵了
慵困如长夏！

舍弃它有韵律的步履　在此困居
我的妆镜是一只蹲居的猫
我的猫是一迷离的梦　无光　无影

也从未正确的反映我形像。

（选自《蓉子诗抄》，蓝星诗社 1965 年 5 月出版）

探　亲

探亲是一首酝酿甚久的诗
却久久不能成篇　因为
铁丝网的方格子不是稿纸——
岁月冷凝
降至冰点下的冰点
极地般封闭。

那是世纪样的等待
等待雪融　等待冰消……
有一位离家已久的游子
正在归去的途中
啊！千山亦独行
当亲情如唤！

（原刊 1988 年 9 月 10 日《台湾新闻报》，
选自《黑海上的晨曦》，九歌出版社 1997 年 9 月出版）

白　萩（1937—　）

原名何锦，台湾台中人。

以白昼死去

栏外的街道中弹而挣扎地倒下，夜
便走来盖上了尸衣。露
将湿润我们不闭的眼睛。为了
凄厉而犹似青草的灵魂
在中途
便孤独无依白白的死去

风将因我们四处流窜
躯体已如炸碎的废墟
我们没有隐蔽之地。明天
罂粟花将美丽的遮盖我们
我们便与那些游魂
结伴地到处乞食

眼眶将被黑暗浸蚀，为两口深井
千百年地只盛着冷雨。而在
暗无远处的路上，我们将眼睛
交给星星照着流浪的身影

（选自1966年1月20日《创世纪诗刊》第23期）

广　场

所有的群众一哄而散了
　　　　　　　　回到床上
去拥护有体香的女人

而铜像犹在坚持他的主义
对着无人的广场
振臂高呼

只有风
顽皮地踢着叶子嘻嘻哈哈
在擦拭那些足迹

（原载1982年6月《阳光小集》第9期，选自《七十一年诗选》，张默编，尔雅出版社1983年3月出版）

梁秉钧（1949—2013）

香港诗人，生于广东新会。

裸　街

独自在许多路上
贫乏的眼是一盏灯
没有比这更暗淡的花卉了
一盏灯
你以为你是什么
发里的破船
一种波浪
一些移过去的停泊
然而这里没有池沼
如果有我可以停下来
让水流的寒冷留在体内
直至死亡
但是它们没有
这样我随着我的意志飘泊
任它们引向
空中任何的一扇门
构思着透明在现在
或者一种仰首的蓝
从痉挛中舒畅出来的雪
或者在他们的对话中醒来

仍然赶上看见
远方一只伸出来的臂
打开另一扇门
总有人冷淡地弹着琴
背向他音符的兄弟
一脸孔灯
每一盏有不同的光
电灯杆上麻雀歌唱
唱它们家族中的枪声
哦　火药气息中
落下来
温柔的雨

1967 年

（选自《雷声与蝉鸣》，《大拇指》半月刊 1978 年 8 月出版）

某打字小姐

今天的信比昨天的胖了
它们还是穿着同样的衣裳
你每天复述有一株树分期付款出售
有一朵云需要修理
以及笨重的老板
未能参加在高空举行的酒会
感到——你打错了字
又把它重打一遍——感到十分抱歉
随手把撕下的纸张扔到废纸篓去

低头时仿佛听见有点什么在唤你
冷气机轧轧的声音
化作门的咳嗽，人的叹声
而你不晓得有些什么
在隔邻的房间里
(总有人打错电话来
说要购买一部缝纫机)
送报的小厮端来日子的一页
你剪下葡萄的广告
存在档案里
随手也剪下一朵油墨的向日葵
去年的种子夹在玻璃下
只开过一朵平面的花
有时你仿佛听见头上传来鸟声
一头麻雀从萤光管的壳中孵出来
拍着翅膀在那里唤你
你便会把“买”字打成“鸟”字
在冷气中打一个寒噤
随手把撕下的纸张扔到废纸篓去
那些死去的字
像飞不动的蜂尸
而你不晓得有些什么
在隔邻的蜂房里

1973 年

（选自《雷声与蝉鸣》，大拇指半月刊 1978 年 8 月出版）

食　指（1948—　）

原名郭路生，山东鱼台人，生于山东朝城。

相信未来

当蜘蛛网无情地查封了我的炉台
当灰烬的余烟叹息着贫困的悲哀
我依然固执地铺平失望的灰烬
用美丽的雪花写下：相信未来

当我的紫葡萄化为深秋的露水
当我的鲜花依偎在别人的情怀
我依然固执地用凝露的枯藤
在凄凉的大地上写下：相信未来

我要用手指那涌向天边的排浪
我要用手掌那托住太阳的大海
摇曳着曙光那温暖漂亮的笔杆
用孩子的笔体写下：相信未来

我之所以坚定地相信未来
是我相信未来人们的眼睛——
她有拨开历史风尘的睫毛
她有看透岁月篇章的瞳孔

不管人们对于我们腐烂的皮肉
那些迷途的惆怅、失败的苦痛
是寄予感动的热泪、深切的同情
还是给以轻蔑的微笑、辛辣的嘲讽

我坚信人们对于我们的脊骨
那无数次的探索、迷途、失败和成功
一定会给予热情、客观、公正的评定
是的，我焦急地等待着他们的评定

朋友，坚定地相信未来吧
相信不屈不挠的努力
相信战胜死亡的年轻
相信未来、相信生命

1968 年 · 北京

（选自 1979 年 2 月 26 日《今天》第 2 期）

这是四点零八分的北京

这是四点零八分的北京
一片手的海浪翻动
这是四点零八分的北京
一声尖厉的汽笛长鸣

北京车站高大的建筑

突然一阵剧烈的抖动
我吃惊地望着窗外
不知发生了什么事情

我的心骤然一阵疼痛，一定是
妈妈缀扣子的针线穿透了心胸
这时，我的心变成了一只风筝
风筝的线绳就在妈妈的手中

线绳绷得太紧了，就要扯断了
我不得不把头探出车厢的窗棂
直到这时，直到这个时候
我才明白发生了什么事情

——一阵阵告别的声浪
　　就要卷走车站
　　北京在我的脚下
　　已经缓缓地移动

我再次向北京挥动手臂
想一把抓住她的衣领
对她亲热地大声叫喊：
永远记着我，妈妈啊北京

终于抓住了什么东西
管他是谁的手，不能松

因为这是我的北京
这是我的最后的北京

1968 年 12 月 20 日

（选自 1979 年 6 月 20 日《今天》第 4 期）

黄　翔（1941—　）

湖南桂东人。

野　兽

我是一只被追捕的野兽
我是一只刚捕获的野兽
我是被野兽践踏的野兽
我是践踏野兽的野兽

我的年代扑倒我
斜乜着眼睛
把脚踏在我的鼻梁架上
撕着
咬着
啃着
直啃到仅仅剩下我的骨头

即使我只仅仅剩下一根骨头
我也要哽住我的可憎年代的咽喉

1968 年

（选自《狂饮不醉的兽形》，1986 年 7 月自印）

顾　城（1956—1993）

上海市人，生于北京。

生命幻想曲

把我的幻影和梦，
放在狭长的贝壳里
柳枝编成的船篷
还旋绕着夏蝉的长鸣
拉紧桅绳
风，吹起晨雾的帆
我开船了

没有航标
在蓝天中荡漾
让阳光的瀑布
洗黑我的皮肤

太阳是我的纤夫
它拉着我
用强光的绳索
一步步
走完十二小时的路途
我被风推着
向东向西
太阳消失在暮色里

黑夜来了
我驰进银河的港湾
　几千个星星对我们看着
我抛下了
新月——黄金的锚
天微明
海洋挤满阴云的冰山
碰击着
轰隆隆——雷鸣电闪！
我到哪里去呵？
宇宙是这样的无边

用金黄的麦秸
编成摇篮
把我的灵感和心
放在里边
装好纽扣的车轮
让时间拖着
去问候世界

车轮滚过
百里香和野菊的草间
蟋蟀欢迎我
抖动着琴弦
我把希望溶进花香
黑夜像山谷

白昼像峰巅
睡吧！合上双眼
世界就在我枕边

时间的马
累倒了
黄尾的太平鸟
在我的车中做窝
我仍要徒步走遍世界——
沙漠、森林和偏僻的角落

太阳烘烤着地球
像烤一块面包
我行走着
赤着双脚
我把我的足迹
像图章印遍大地
世界也就溶进了
我的生命

我要唱
一支人类的歌曲
千百年后
在宇宙中共鸣

1971 年盛夏自潍河归来

（选自《中国新诗》，西北民族学院研究所 1981 年出版）

一代人

黑夜给了我黑色的眼睛，
我却用它寻找光明。

（选自 1980 年 3 月《星星》1980 年 3 月号）

我是一个任性的孩子

——我想在大地上画满窗子，让所有习惯黑暗的眼睛都习惯光明

也许
我是被妈妈宠坏的孩子
我任性

我希望
每一个时刻
都像彩色蜡笔那样美丽
我希望
能在心爱的白纸上画画
画出笨拙的自由
画下一只永远不会
流泪的眼睛

一片天空
一片属于天空的羽毛和树叶
一个淡绿的夜晚和苹果

我想画下早晨
画下露水
所能看见的微笑
画下所有最年轻的
没有痛苦的爱情
她没有见过阴云
她的眼睛是晴空的颜色
她永远看着我
永远，看着
绝不会忽然掉过头去

我想画下遥远的风景
画下清晰的地平线和水波
画下许许多多快乐的小河
画下丘陵——
长满淡淡的茸毛
我让他们挨得很近
让他们相爱
让每一个默许
每一阵静静的春天的激动
都成为一朵小花的生日
我还想画下未来

我没见过她，也不可能
但知道她很美
我画下她秋天的风衣
画下那些燃烧的烛火和枫叶
画下许多因为爱她
而熄灭的心
画下婚礼
画下一个个早早醒来的节日——
上面贴着玻璃糖纸
和北方童话的插图

我是一个任性的孩子
我想涂去一切不幸
我想在大地上
画满窗子
让所有习惯黑暗的眼睛
都习惯光明
我想画下风
画下一架比一架更高大的山岭
画下东方民族的渴望
画下大海——
无边无际愉快的声音

最后，在纸角上
我还想画下自己
画下一只树熊

他坐在维多利亚深色的丛林里
坐在安安静静的树枝上
发愣
他没有家
没有一颗留在远处的心
他只有，许许多多
浆果一样的梦
和很大很大的眼睛

我在希望
在想
但不知为什么
我没有领到蜡笔
没有得到一个彩色的时刻
我只有我
我的手指和创痛
只有撕碎那一张张
心爱的白纸
让它们去寻找蝴蝶
让它们从今天消失

我是一个孩子
一个被幻想妈妈宠坏的孩子
我任性

（选自 1981 年 11 月《花城》1981 年第 5 期）

根　子（1951—　）

原名岳重，北京市人。

三月与末日

三月是末日。

这个时辰
世袭的大地的妖冶的嫁娘
——春天，裹卷着滚烫的粉色的灰沙
第无数次地狡黠而来，躲闪着
没有声响，我
看见过足足十九个一模一样的春天
一样血腥假笑，一样的
都在三月来临。这一次
是她第二十次把大地——我仅有的同胞
从我的脚下轻易地掳去，想要
让我第二十次领略失败和嫉妒
而且恫吓我："原则
你飞去吧，像云那样。"
我是人，没有翅膀，却
使春天第一次失败了。因为
这大地的婚宴，这一年一度的灾难
肯定地，会酷似过去的十九次
伴随着春天这娼妓的经期，它

将会在，二月以后
将在三月到来。

她竟真的这个时候出现了
躲闪着，没有声响
心是一座古老的礁石，十九个
凶狠的夏天的熏灼，它
没有融化，没有龟裂，没有移动
不过礁石上
稚嫩的苔草，细腻的沙砾也被
十九场沸腾的大雨冲刷，烫死
礁石阴沉地裸露着、不见了
枯黄的透明的光泽、今天
暗褐色的心，像一块加热又冷却过
十九次的钢，安详、沉重
永远不再闪烁

既然

　　大地是由于辽阔才这样薄弱，既然他
　　是因为苍老才如此放浪形骸
既然他毫不吝惜
　　每次私奔后的绞刑，既然
他从不奋力锻造一个，大地应有的
朴素壮丽的灵魂
既然他浩荡的血早就沉淀
既然他，没有智慧

　　　　没有骄傲
更没有一颗
　　　　庄严的心
那么，我的十九次的陪葬，也却已被
春天用大地的肋骨搭架成的篝火
烧成了升腾的烟
我用我的无羽的翅膀——冷漠
飞离即将欢呼的大地，没有
第一次没有拼死抓住大地——
这漂向火海的木船、没有
想要拉回它

春天的浪做着鬼脸和笑脸
把船往夏天推去，我砍断了
一直拴在船上的我的心——
那钢和铁的锚，心
冷静地沉没，第一次
没有像被晒干的蘑菇那样怨缩
第一次没有为失宠而肿胀出血，也没有
挤拥出辛酸的泡沫，血沉思着
如同冬天的海，威武的流动，稍微
有些疲乏。

作为大地的挚友，我曾经忠诚
我曾十九次地劝阻过他，非常激动
“春天，温暖的三月——这意味着什么？”

我曾忠诚
“春天？这蛇毒的荡妇，她绚烂的裙裾下
哪一次，哪一次没有掩盖着夏天——
那残忍的姘夫，那携带大火的魔王？”
我曾忠诚
“春天，这冷酷的贩子，在把你偎依沉醉后
哪一次，哪一次没有放出那些绿色的强盗
放火将你烧成灰烬？”
我曾忠诚
“春天，这轻佻的叛徒，在你被夏日的燃烧
烤得垂死，哪一次，哪一次她用真诚的温存
扶救过你？她哪一次
在七月回到你身旁？”
作为大地的挚友，我曾忠诚
我曾十九次地劝阻过他，非常激动
“春天，温暖的三月——这意味着什么？”
我蒙受牺牲的屈辱，但是
迟钝的人，是极认真的
锚链已经锈朽
心已经成熟，这不
第一次好像，第一次清醒的三月来到了
迟早，这样的春天，也要加到十九个，我还计划
乘以二，有机会的话，就乘以三
春天，将永远烤不熟我的心——
那石头的苹果。

今天，三月，第二十个
春天放肆的口哨，刚忽东忽西地响起
我的脚，就已经感到，大地又在
固执地蠕动，他的河湖的眼睛
又混浊迷离，流淌着感激的泪
　　也猴急地摇曳

1971 年夏 · 北京

（选自《开拓》1988 年第 3 期）

多　多（1951—　）

原名栗世征，生于北京。

当人民从干酪上站起

歌声，省略了革命的血腥
八月像一张残忍的弓
恶毒的儿子走出农舍
携带着烟草和干燥的喉咙
牲口被蒙上了野蛮的眼罩
屁股上挂着发黑的尸体像肿大的鼓
直到篱笆后面的牺牲也渐渐模糊
远远地，又开来冒烟的队伍……

1972 年

（选自《里程——多多诗选》，1988 年 12 月油印）

阿姆斯特丹的河流

十一月入夜的城市
唯有阿姆斯特丹的河流

突然

我家树上的橘子
在秋风中晃动

我关上窗户，也没有用
河流倒流，也没有用
那镶满珍珠的太阳，升起来了

也没有用
鸽群像铁屑散落
没有男孩子的街道突然显得空阔

秋雨过后
那爬满蜗牛的屋顶
——我的祖国

从阿姆斯特丹的河上，缓缓驶过……

1989 年

（选自《阿姆斯特丹的河流》，北岳文艺出版社 2000 年 5 月出版）

芒　克（1950—　）

原名姜世伟，生于辽宁沈阳。

天　空

一

太阳升起来。
把这天空
染成了血淋淋的盾牌。

二

日子像囚徒一样地被放逐。
没有人去问我，
没有人去宽恕我。

三

我始终暴露着。
把耻辱
用唾沫盖住。

四

呵，天空！
把你的疾病
从共和国的边境上扫除干净。

五

可是，希望变成了泪水，
掉在地上。
我们怎么能确保明天的人们
不悲伤！

六

我遥望着天空，
我属于天空。
天空啊，
你提醒着
那向我走来的世界！

七

为什么我在你面前走过
总会感到羞怯？
好像我老了，
我拄着棍子，
过去的青春终于落在我手中，
我拄着棍子！
天空，
你要把我赶到哪里去？
我为了你
才这样力尽筋疲。

八

谁不想把生活编织成花篮？
可是，
美好被打扫得干干净净。
我们这样年轻，
你能否愉悦着我们的眼睛？

九

带着你的温暖，
带着你的爱，
再用你的绿舟
将我远载。

十

希望，
请你不要去得太远，
你在我身边
就足以把我欺骗！

十一

太阳升起来，
天空，
这血淋淋的盾牌。

1973 年

（选自 1978 年 12 月 23 日《今天》第 1 期）

阳光中的向日葵

你看到了吗
你看到阳光中的那棵向日葵了吗
你看它，它没有低下头
而是在把头转向身后
它把头转了过去
就好像是为了一口咬断
那套在它脖子上的
那牵在太阳手中的绳索

你看到它了吗
你看到那棵昂着头
怒视着太阳的向日葵了吗
它的头几乎已把太阳遮住
它的头即使是在太阳被遮住的时候
也依然在闪耀着光芒

你看到那棵向日葵了吗
你应该走近它去看看
你走近它你便会发现
它的生命是和土地连在一起的
你走近它你顿时就会觉得
它脚下的那片泥土
你每抓起一把

都一定会攥出血来

（选自《阳光中的向日葵》，1983 年自印）

张　默（1930—　）

原名张德中，安徽无为人。1949年去台湾。

死亡，再会

不知是谁发明了死亡
你想要告发它吗，阿门

从历史的额上，烦忧一疋疋地
纠结着
从释迦牟尼的树上，虚无一缕缕地
飘连着
从离骚的背上，乡愁一朵朵地
攀升着

七月，刚从壮阔的贝多芬的乐曲中走出来
它，跄跄踉踉地
它，悠悠忽忽地
到底要走到那里
走向海
　　海底是一座黝暗黝暗的深渊
走向山
　　山间是一簇绵延绵延的林木
走向水
　　水边是一片幽怨幽怨的蛙鸣

死亡，再会
虚无，再会
呻吟，再会
老太阳照样从云彩的边缘扑过来
时间冷冷而无声
我们赤裸裸地
　　　　坐在婴儿的摇篮里
我们赤裸裸地
　　　　坐在死亡的列车上
我们赤裸裸地
坐在地平线的尽处
我们赤裸裸地
　　　　缓缓地
　　　　　　　静静地
猛力推开这座原始原始的荒原

噢，死亡
　　你不要走得那么快
　　你是属于二十世纪的
　　你是属于全人类的

你是
我的

1962年7月

（选自1973年9月《创世纪诗刊》第34期）

家　信

读一句，咳一声
我已不知咯过多少次血了

那些密密麻麻的字迹
捧在我的手上
站在我的心里
就像一根根苍白而又柔软的乱头丝
一波一波地
向我的血脉涌入

唉！读它啃它有什么用呢
一张绉绉的劣等纸
能让时光倒退四十年
我年轻的娘啊

1980 年 11 月 11 日 · 内湖

（原刊 1980 年 11 月 19 日《联合报 · 联合副刊》，
选自《爱诗》，尔雅出版社有限公司 1988 年 7 月出版）

灰　娃（1927—　）

原名理召，陕西临潼人。

墓　铭

从我连哭带嚷闯进世界未久
不洁的唾液就填塞我的时空

我撒手尘寰那些因我降生
忤犯了的言词表情都变为装饰

我鬓角额前星星缀满
我为厚道的心呼号用嘶哑的嗓音

即使世间没有感应没有回响
也压根儿就没有真这件事情

摇曳人心魂的风歇息了
钟声也已静默，我笨拙善意的唇

也寂然闭合，从那儿凋谢了往日的
琴声激情，有的虔诚有的心不由衷

我眼睛已永远紧锁再也不为人世流露
深邃如梦浓荫婆娑

安息着我额上青青的桂树
谁给栽的，我

已然沉寂不醒
松涛凝定不动一口静穆万年的钟

想起我挂了重彩的心它
一面颤抖一面鲜血直流

如今它已停止了跳动世人再不能
看它遭严刑而有丝毫满足

生而不幸我领教过毒箭的分量
背对悬崖我独自苦战

与维纳斯阿波罗对垒
弓开箭鸣飞矢钻动我心上飕飕交锋

我抵抗生命陡峭的风浪，一人
流尽人间眼泪，只剩些苦涩回声

从峭壁迸溅散发野草泥土气息
带着魔法力量，我发誓

走入黄泉定以热血祭奠如火的亡魂

来生我只跟鬼怪结缘

我听着日月飞逝，明亮的光影
凌乱斑驳触响心中幽深的叹息

记忆的枝叶静静飘落
是一些心灵厚意我欠下的

怕是来不及回报了
尘世已为广大的静寂笼盖

我已走完最后一程
美丽的九重天在头上闪耀

1973 年

（选自《山鬼故家》，人民文学出版社 1997 年 7 月出版）

我额头青枝绿叶……

我额头青枝绿叶
　谁给戴的
谁的手给我套上
　这身麻缕长袍

听这音乐缓缓滚涌
　如海洋像大气波动

忧郁的萨克斯风
　不要把我的痛楚悲伤吹走

清风扬起琴声里
　我俯瞰下界血色背景
一排排刑具依然挂在墙上
　看看我这伤痕密麻的心吧

满足过你们的窃喜愚昧
　年复一年我生命屈辱无望
装饰了你们的心思，成为
　你们鸿运醒目的标题

然后发迹，陶醉
　你们的心机关扣着机关
齿轮咬住齿轮
　但这会儿

清风把这音乐扬起
　琴弦悠长萨克斯呜咽
烛火摇曳青枝绿叶轻颤
　朴素高贵的葬礼

我再不担心与你们
　遭遇陷身那
无法捉摸猜也猜不透的战阵

我算是解脱了

再不能折磨我
　令你们得到些许欢乐
我虽然带着往日的创痛
　可现在你们还怎么启动

你们反逻辑的锯齿
　倒刮我的神经还怎么再
捅一块烧红的铁往我心里
　这一切行将结束

终于我望见远处一抹光
　拂去我额上的冰凌
我被这音乐光亮救起
　彻底剥夺了你们的快意

1974 年

（选自《山鬼故家》，人民文学出版社 1997 年 7 月出版）

余光中（1928— ）

福建永春人，生于江苏南京，现居台湾。

乡　愁

小时候
乡愁是一枚小小的邮票
我在这头
母亲在那头

长大后
乡愁是一张窄窄的船票
我在这头
新娘在那头

后来啊
乡愁是一方矮矮的坟墓
我在外头
母亲在里头

而现在
乡愁是一湾浅浅的海峡
我在这头

大陆在那头

1961 年 1 月 21 日

（选自《白玉苦瓜》，大地出版社 1974 年 7 月出版）

白玉苦瓜

——故宫博物院所藏

似醒似睡，缓缓的柔光里
似悠悠醒自千年的大寐
一只瓜从从容容在成熟
一只苦瓜，不再是涩苦
日磨月磋琢出深孕的清莹
看茎须缭绕，叶掌抚抱
哪一年的丰收像一口要吸尽
古中国喂了又喂的乳浆
完美的圆腻啊酣然而饱
那触觉，不断向外膨胀
充实每一粒酪白的葡萄
直到瓜尖，仍翘着当日的新鲜

茫茫九州只缩成一张舆图
小时候不知道将它叠起
一任摊开那无穷无尽
硕大似记忆母亲，她的胸脯

你便向那片肥沃匍匐
用蒂用根索她的恩液
苦心的悲慈苦苦哺出
不幸呢还是大幸这婴孩
钟整个大陆的爱在一只苦瓜
皮靴踩过，马蹄踩过
重吨战车的履带踩过
一丝伤痕也不曾留下

只留下隔玻璃这奇迹难信
犹带着后土依依的祝福
在时光以外奇异的光中
熟着，一个自足的宇宙
饱满而不虞腐烂，一只仙果
不产在仙山，产在人间
久朽了，你的前身，唉，久朽
为你换胎的那手，那巧腕
千眄万睐巧将你引渡
笑对灵魂在白玉里流转
一首歌，咏生命曾经是瓜而苦
被永恒引渡，成果而甘

1963 年 2 月 11 日

（选自《白玉苦瓜》，大地出版社 1974 年 7 月出版）

蟋蟀吟

中秋前一个礼拜我家厨房里
怯生生孤伶伶添了个新客
怎么误闯进来的，几时再迁出
谁也不晓得，只听到
时起时歇从冰箱的角落
户内疑户外惊喜的牧歌
一丝丝细细瘦瘦的笛韵
清脆又亲切，颤悠悠那一串音节
牵动孩时薄纱的记忆
一缕缕的秋思抽丝抽丝
再抽也不断，恍惚触须的纤纤
轻轻拨弄露湿的草原

入夜之后，厨房被蛊于月光
瓦罐铜壶背光的侧影
高高矮矮那一排瓶子
全听出了神，伸长着颈子
就是童年逃逸的那只吗？
一去四十年又回头来叫我？
入夜之后，人定火熄的灶头
另一种忙碌似泰国的边境
暗里的走私帮流窜着蟑螂
却无妨短笛轻弄那小小的隐士

在梦和月色交界的窗口
把银晶晶的寂静奏得多好听

1978年9月19日

（选自《与永恒拔河》，洪范书店1979年4月出版）

林　莽（1949—　）

原名张建中，生于河北徐水。

悼一九七四年

簌簌的雪花飘落在祖国的土地上
又是白皑皑的一年

冷落送别的宴会，举起晶莹的高脚杯
让混乱的思维在酒后的沉醉中清醒
眨着水汪汪的泪眼
人们睡意惺忪，沉思着过往的一年

正是你说的那个时辰
正是这个被青年人所理解的时代
烈士死去年长久远
孩子，根本没有见过揩拭父母鲜血的绷带
父辈们也在忧伤中掩住了抽搐的脸

繁霜染白了祖国的发际
衰老的思维吹响呜咽的号角
重新召集起长长的历史行列
给“奇数”的天才们戴上光荣的勋章
别了，一九七四，连同没有实现的计划
别了，你这个重新编写历史的年代

没有离别的萧鼓
没有送葬的哀歌
吻别的芳唇早已散尽了最后的余温
只有零乱的思想
如一条条龇牙咧嘴的恶狗
拦住了风尘仆仆的道路
几个青年人把心灵交给了一个不可靠的陌生人

迈开自我的脚步
让思维在懒洋洋的目光下思索
从松弛的口轮匝肌上
你咀嚼到了什么
城市冒着浓烟，乡村也在燃烧
一群瘦弱的孩子
摇着细长的手臂说
我们什么也没有，我们什么也不要

在那些沉重的夜晚
我觉得一切都丧失了生趣
连憎恨也软弱无力
历史像一块僵硬的表情肌
只给嘴角引来惨淡的一笑
奴隶从斗兽场抬出过自己血肉模糊的身躯
黑色的泪水，痛苦将力不能支
人民将苦难写在心灵的创伤里

猫竖起了旗杆一样的尾巴
鱼确实死在了滚热的海里
封闭的世界
重复着众所周知的语言
唱着高音，像别人一样，从 C 调开始
伸出一只探索的鼻子
方向一致

做一只透明的鸟儿，漫游无极的世界
在混乱的人行道上，碰翻习惯的警察
台灯的光环下，幻想着另一个星系
黑色的墨水倒在白色的桌布上，变幻着新奇的图案
心像陀螺一样旋转
更多的时间是在孩子们可怜的玩具盒里

一个女人，哄吓着一群瘦弱的孩子
天气这样炎热，喝一点仅有的汗水吧
世界不仅有成百个家庭
给心多系上几只铁锚，风还没有刮起
最好把身子变得羽毛一样轻

时辰到了，炉火还没有止熄
让雪花飘落在你的荆冠上
收住凄艳的歌声
走了，没有马车，也没有仆从

翻过三百六十五页数字
只有这最后的时刻，你庄严而肃穆

1975 年元旦

（选自《我流过这片土地》，新华出版社 1994 年 10 月出版）

秋天在一天天迫近尾声

一

在我的窗外
听北风的低鸣
鸽群斜飞
秋天在一天天迫近尾声

曾使人不安的灵魂
犹如晚风的吹奏
忽起忽停
阵阵涌动渐渐平息

落叶纷飞
这正是最严峻的日子

二

不再是如血的残阳
不再是动乱的人流

北风以它的节奏拂动时光流逝
许多误解已不必解释

如果那时我们确曾相约
秋天的火焰在树丛中燃烧
作为回答我应该呈献什么

三

穿过静夜的时光
洒水车的铃声急促地把我唤醒
突然远去的夕阳一片金黄

水雾中消散了青草的气息
那不属于你们的
同样也不再属于我

四

这一阵阵的清风
谁将伴我们踏叶归来

倾听灵魂中最寂静的时刻
一股股旋律在内心不停地撕扯

有时候
人们离去得比时间还要快

五

为了这些未完成的纪念
往日的喧嚣已经变得遥远
这样的时刻
想着夕阳下的秋天
等待收割的田野静谧、金黄
有如我书桌上深夜的灯光

六

那么高远
那么璀璨
永远无法计数
永远在心中颤栗
当星群
一个个滑过我的心头
它们既遥远又冰冷

雪，落在心中不再消融
往事有许多时辰仍与我们同生
日月匆匆已走过许多年头

这已是最严峻的日子
秋天在一天天迫近尾声

（选自 1988 年 4 月 1 日《作家》1988 年第 4 期）

北　岛（1949—　）

原名赵振开，生于北京。

回　答

卑鄙是卑鄙者的通行证，
高尚是高尚者的墓志铭。
看吧，在镀金的天空中，
飘满了死者弯曲的倒影。

冰川纪过去了，
为什么到处都是冰凌？
好望角发现了，
为什么死海里千帆相竞？

我来到这个世界上，
只带着纸、绳索和身影，
为了在审判之前，
宣读那些被判决的声音：

告诉你吧，世界
我——不——相——信！
纵使你脚下有一千名挑战者，
那就把我算作第一千零一名。

我不相信天是蓝的；
我不相信雷的回声；
我不相信梦是假的；
我不相信死无报应。

如果海洋注定要决堤，
就让所有的苦水都注入我心中；
如果陆地注定要上升，
就让人类重新选择生存的峰顶。

新的转机和闪闪星斗，
正在缀满没有遮拦的天空。
那是五千年的象形文字，
那是未来人们凝视的眼睛。

1976 年 4 月

（选自 1978 年 12 月 23 日《今天》第 1 期）

宣　告

也许最后的时刻到了
我没有留下遗嘱
只留下笔，给我的母亲
我并不是英雄
在没有英雄的年代里
我只想做一个人

宁静的地平线
分开了生者和死者的行列
我只能选择天空
决不跪在地上
以显得刽子手们高大些
阻挡那自由的风

从一个个星星的弹孔中
流出了血红的黎明

（选自 1980 年 4 月《今天》第 8 期）

结局或开始

——给遇罗克烈士

我，站在这里
代替另一个被杀害的人
为了每当太阳升起
让沉重的影子像道路
穿过整个国土

悲哀的雾
覆盖着补钉般错落的屋顶
在房子与房子之间
烟囱喷吐着灰烬般的人群
温暖从明亮的树梢吹散
逗留在贫困的烟头上
一只只疲倦的手中
升起低沉的乌云

以太阳的名义
黑暗在公开地掠夺
沉默依然是东方的故事
人民在褪色的壁画上
默默地永生
默默地死去

呵，我的土地
你为什么不再歌唱
难道连黄河纤夫的绳索
也像绷断的琴弦
不再发出鸣响
难道时间这面晦暗的镜子
也永远背对着你
只留下星星和浮云

我寻找着你
在一次次梦中
一个个多雾的夜里或早晨
我寻找春天和苹果树
蜜蜂牵动的一缕缕微风
我寻找海岸的潮汐
浪峰上的阳光变成的鸥群
我寻找砌在墙里的传说
你和我被遗忘的姓名

如果鲜血会使你肥沃
明天的枝头上
成熟的果实
会留下我的颜色

必须承认
在死亡白色的寒光中

我，战栗了
谁愿意做陨石
或受难者冰冷的塑像
看着不熄的青春之火
在别人的手中传递
即使鸽子落在肩上
也感不到体温和呼吸
它们梳理一番羽毛
又匆匆飞去

我是人
我需要爱
我渴望在情人的眼睛里
度过每个宁静的黄昏
在摇篮的晃动中
等待着儿子第一声呼唤
在草地和落叶上
在每一道真挚的目光上
我写下生活的诗
这普普通通的愿望
如今成了做人的全部代价

一生中
我曾多次撒谎
却始终诚实地遵守着
一个儿时的诺言

因此，那与孩子的心
不能相容的世界
再也没有饶恕过我

我，站在这里
代替另一个被杀害的人
没有别的选择
在我倒下的地方
将会有另一个人站起
我的肩上是风
风上是闪烁的星群

也许有一天
太阳变成了萎缩的花环
垂放在
每一个不屈的战士
森林般生长的墓碑前
乌鸦，这夜的碎片
纷纷扬扬

这首诗初稿于 1975 年。我的几位好朋友曾和遇罗克并肩战斗过，其中两位朋友也身陷囹圄，达三年之久。这首诗记录了在那悲愤的年代里我们悲愤的抗议。

（原载 1980 年 7 月《今天》第 9 期，选自《上海文学》1980 年第 9 期）

中國新詩

百年志

作品卷·下

中国作家协会 诗刊社 编

Zhongguo Xinshi Bainianzhi
Zuopinjuan

中国工人出版社

目录

柯　岩（1929—2011）

原名冯恺，女，满族，生于河南郑州。

周总理，你在哪里？

周总理，我们的好总理，
你在哪里呵，你在哪里？
你可知道，我们想念你，
——你的人民想念你！

我们对着高山喊：
周总理——
山谷回音：
“他刚离去，他刚离去，
革命征途千万里，
他步步紧跟毛主席！”

我们对着大地喊：
周总理——
大地轰鸣：
“他刚离去，他刚离去，
你不见那沉甸甸的谷穗上，
还闪着他辛勤的汗滴……”

我们对着森林喊：

周总理——
松涛阵阵：
“他刚离去，他刚离去，
宿营地上篝火红呵，
伐木工人正在回忆他亲切的笑语。”

我们对着大海喊：
周总理——
海防战士回答：
“他刚离去，他刚离去，
你不见我身上，
他亲手披上的大衣……”

我们找遍整个世界，
呵，总理，
你在革命需要的每一个地方，
辽阔大地，
到处是你深深的足迹。

我们回到祖国的心脏，
我们在天安门前深情地呼唤：
周——总——理——
广场回音：
“呵，轻些呵，轻些，
他正在中南海会见外宾，
他正在政治局出席会议……”

总理呵，我们的好总理！
你就在这里呵，就在这里！
　　——在这里，在这里，
　　　　在这里……

你永远和我们在一起，
　　——在一起，在一起，
　　　　在一起……
你永远居住在太阳升起的地方，
你永远居住在人民心里，
你的人民世世代代想念你！
想念你呵，想念你
——想——念——你……

（选自 1977 年 1 月 8 日《人民日报》）

舒　婷（1952—　）

原名龚佩瑜，女，生于福建龙海。

致橡树

我如果爱你——
绝不像攀缘的凌霄花
借你的高枝炫耀自己；
我如果爱你——
绝不学痴情的鸟儿
为绿荫重复单调的歌曲；
也不止像泉源
常年送来清凉的慰藉；
也不止像险峰
增加你的高度，衬托你的威仪。
甚至日光，
甚至春雨。
不，这些都还不够！
我必须是你近旁的一株木棉，
作为树的形象和你站在一起。
根，紧握在地下，
叶，相触在云里。
每一阵风过，
我们都互相致意，
但没有人

听得懂我们的言语。
你有你的铜枝铁干，
像刀，像剑，
也像戟；
我有我的红硕花朵，
像沉重的叹息，
又像英勇的火炬。
我们分担寒潮、风雷、霹雳，
我们共享雾霭、云霞、虹霓。
仿佛永远分离，
却又终生相依。
这才是伟大的爱情，
坚贞就在这里：
不仅爱你伟岸的身躯，
也爱你坚持的位置，足下的土地。

（选自 1978 年 12 月 23 日《今天》第 1 期）

祖国啊，我亲爱的祖国

我是你河边上破旧的老水车，
数百年来纺着疲惫的歌；
我是你额上熏黑的矿灯，
照你在历史的隧洞里蜗行摸索；
我是干瘪的稻穗；是失修的路基；
是淤滩上的驳船

把纤绳　深深
勒进　你的肩膊；
——祖国啊！

我是贫困，
我是悲哀。
我是你祖祖辈辈
　　痛苦的希望呵，
是“飞天”袖间
千百年未落到地面的花朵；
——祖国啊！

我是你簇新的理想
刚从神话的蛛网里挣脱；
我是你雪被下古莲的胚芽；
我是你　挂着眼泪的笑涡；
我是新刷出的　雪白的　起跑线；
是绯红的黎明
　　正在喷薄；
——祖国啊！

我是你的十亿分之一，
是你九百六十万平方的总和；
你以伤痕累累的乳房
喂养了
迷惘的我、深思的我、沸腾的我；

那就从我的血肉之躯上
去取得
你的富饶、你的荣光、你的自由；
——祖国呵，
我亲爱的祖国！

1979 年 4 月 20 日

（选自 1979 年《诗刊》7 月号）

神女峰

在向你挥舞的各色花帕中
是谁的手突然收回
紧紧捂住了自己的眼睛
当人们四散离去，谁
还站在船尾
衣裙漫飞，如翻涌不息的云
江涛
　　高一声
　　　　低一声

美丽的梦留下美丽的忧伤
人间天上，代代相传
但是，心
真能变成石头吗

沿着江岸
金光菊和女贞子的洪流
正煽动新的背叛
　　与其在悬崖上展览千年
　　不如在爱人肩头痛哭一晚

1981 年 6 月于长江

（选自 1982 年 1 月 10 日《绿洲》第 1 期）

白　桦（1930—　）

原名刘佑华，生于河南信阳。

阳光，谁也不能垄断

“我们要思想再解放一点。
胆子再大一点，
办法再多一点，
步子再快一点。”
多么热诚而迫切的希望。
多么准确而深刻的语言。

我们伟大的祖国，
前进的路上还有那么一点阻拦；
那是怎么样的一点呢？
看！窗外正是明媚的春天。
快捅破与世隔绝的窗纸吧！
就需要那么一点。

一点就破呀！
百花盛开，阳光灿烂；
我们的前景是那样美好。
原来就在一纸之隔的眼前！
那时我们再回顾身后狭小的四壁，
会感到多么局促和难堪。

我们就像蜷伏在蛋壳里的鹰，
苏醒了的鹰怎么能容忍窒息和黑暗?!
成长着的血肉之躯必须冲破束缚，
现状已经不能使我们羽翼丰满。
听！我们正在用嘴敲响通往蓝天的门，
就需要那么一点!

一点就破呀!
云海茫茫，太空蔚蓝，
我们的翅膀原来可以得到那么强大的风，
就在这透明的薄壁外边；
再使点劲就冲破了!
我们就会有一个比现在无限大的空间。

我们像喷射出来的泉水，
却滞留在群山之间；
枯枝、败叶挡住了我们的去路，
正孕育着奔放的追求和冲锋的勇敢；
微波正在腐朽的堤岸上寻找着缺口，
就需要那么一点!

一点就破呀!
大地辽阔，原野漫漫。
我们会对自己的力量感到震惊，
摧枯拉朽，一往无前!

只要再推动一下，
静静的积水立即会变成万里狂澜。

人类有过无数次跃进，
每一次都需要先突破一点。
当我们钻木找到第一颗火星，
我们很快就有了大规模的冶炼；
就出现了干将莫邪，
就锻制出削铁如泥的宝剑。

当我们在土洞前用手挖掘了一条水沟，
华夏很快就治理了洪水泛滥；
就出现了大禹王和他的子孙，
他们在大地上画出了山、水和农田；
从天上来的滔滔黄河，
成了哺育我们伟大民族的摇篮。

“帝王宁有种乎！”
陈胜在茫茫大泽之中登高一喊：
赤地千里揭竿而起，
梁山扎寨，闯王登上金銮，
一颗颗金刚石般的头颅，
把屠刀的刃锋碰卷。

压迫——反抗——屠杀，
一直继续了三千多年；

毛泽东提着一盏油灯，
开始照亮了一个山冲——韶山；
他寻找着拯救中国的道路，
他找到了那决定性的一点。

把马列主义的普遍真理，
和中国革命实践相结合；
敢于用中国革命实践去检验马克思、列宁，
又敢于请马克思、列宁来指导中国革命实践；
就那么一点，是的，就那么决定性的一点！
星星之火瞬息燎原。

我们的旗帜一展开就成为列强轰击的目标，
毛泽东面对着的是整个亚洲的黑暗；
还有几个“百分之百的布尔什维克”，
把毛泽东思想判为异端；
他们用豪言壮语去攻打大城市，
用精装的书本去抵挡炮弹。

红军不得不忍痛告别哭声震天的苏区，
被迫去冲击两万五千里雄关；
当我们的旗帜在长征中重新举起的时候，
她在人民心里又增添了千百倍光焰；
我们跟着她杀出了一个人民共和国，
在烈士鲜血浸透的土地上开垦良田。

60 年代、70 年代出了个“四人帮”，
老问题又酿成一场新灾难；
种田，用口号代替灌溉；
炼钢，用语录充当焦炭；
像巫婆那样装神弄鬼，
亿万架机床整整空转了十年！

他们把毛泽东思想任意剪裁，
随心所欲地糟践；
把上一句当做他们的护身符，
把下一句当做私刑的钢鞭；
闭着眼睛抽出任何一句都能为他们所用，
梦想踏着毛主席著作爬上女皇的圣殿。

用无止境的假“左”运动群众，
用无边际的谎言维持局面；
告密、跟踪、追捕，
儿童为了自卫都学会了表演；
“四人帮”毁了我们一代人的青春，
谁说……谁说只是十年?!

虽然人民已经把“四人帮”判了死刑，
他们身上的细菌还在空气中扩散；
无论好人还是坏人，
都可能受到传染；
有些人习惯性的神智不清，

把地球的正常转动看成天塌地陷。
有些人以真理的主人自居，
真理怎么能是某些人的私产！
他们妄想像看财奴放债那样，
靠讹诈攫取高额的利钱；
不！真理是人民共同的财富，
就像太阳。谁也不能垄断。

正因为真理对人民有用，
人民才有权让真理接受实践的检验；
人民有权在实践中鉴定真理，
充实它。让它和人类社会一起发展。
是渣——怕火也没用，
是钢——怕什么千锤百炼。

旗帜的真正捍卫者是人民。
人民为了保卫旗帜白骨堆成山；
人民为了保卫旗帜鲜血流成河，
谁也无权自任掌旗官！
试看那个自命为旗手的泼妇江青，
不是已经成为永世的笑谈了吗?！

“我们要思想再解放一点，
胆子再大一点。
办法再多一点，
步子再快一点。”

为了飞翔，为了奔腾！

我们一定能突破这决定性的一点……

（选自 1978 年《诗刊》12 月号）

韩　瀚（1935—　）

原名韩叔言，山东苍山人。

重　量

她把带血的头颅，
放在生命的天平上，
让所有的苟活者，
都失去了
——重量。

（选自 1979 年《清明》第 2 期
1979 年《诗刊》11 月号）

李发模（1949— ）

贵州绥阳人。

呼　声

序

大地醒了，安息的魂魄，你还沉默着！
春花开了，美丽的姑娘，你还沉默着！
站在墓前，我望着对对春游的情侣，
啊！姑娘，姑娘啊，莫非你还含泪思索？

漫长而寒冷的严冬已经过去了呀，
熬过来的人们多么幸福、快活。
可你，永无声息，默默而去的姑娘呀，
还借林涛在问：为什么？为什么？为什么？

为什么你至死都不明白，
年纪轻轻就被逼进了坟墓？
为什么在红旗下生长的年轻人哟，
在脖子上却被套上“血统论”的绞索？

啊！姑娘，你为什么死不瞑目呀，
今天，哪怕一个小学生都会解说！
可你，姑娘，你再不能复生的姑娘啊，

我忍不住，忍不住要为你唱一曲悲痛的歌！

（悲痛的歌哟还未开口就哽住喉，
歌哽喉咙哟两眼只有热泪流。
痛苦地打开姑娘生前的书信呀，
我心如刀绞哟手儿颤抖……）

第一封信

你的信，像一根火引，
爆响了我们童年时代的笑语歌声；
同时，它又像一根刺藤，
绞痛了埋在我心中的苦闷。

你那双会说话的眼睛，
曾多少次向我叙说过“友情”，
我这颗少女激荡的心，
也多少回追随你熟悉的身影！

可是，我怎么能与你比，我的出身，
我在断崖前，你却有大好前程。
家庭问题，使我把身姿放低又放低，
工人出身，能使你把胸脯高挺更高挺！

是的，哪一个年轻人没有远大抱负，
哪一位少女又愿轻抛爱情？
尤其像你，有健康的思想，非凡的才能，

曾吸引住多少姑娘艳羡的眼睛。

但是，在重重压力下，我却不能，
不能向你敞开爱情的大门。
你想过没有，工人的儿子爱上地主家的姑娘，
将给你的工作、前途带来怎样的厄运？

请原谅我吧，不是我不爱你，
而是我们之间有一道“万里长城”！
尽管我还年轻，还年轻呵，
正值二十二三青春的年龄……

（捧着这第一封信哟，我像捧着——
她那颗晶莹而又痛苦的心。
与其说不答应，倒比答应了更为兴奋呀，
说是兴奋吗？我的心儿又为她隐隐作疼！）

第二封信

当我打开，你的又一次来信，
呵不！我是在启开感情潮水的闸门。
你说：“出身不由自己，道路可以选择，
这是党说的，谁也不能否认！”

这句话哟，从广播中飞出，
曾多少次弹响我心的竖琴；
这句话哟，像领袖温暖的手，

曾多少次轻轻揩净我眼角的泪痕！

我知道，党并不嫌弃我们这些孩子，
你，也并非凭着一时对我的怜悯；
你知道，我从不渴望高攀一个条件好的爱人，
去求得荣华富贵，改变自己的处境。

我是人，我要有最起码的人格，
那就是凭自己的努力，而不依偎他人！
我是个普通的女青年，我有我的志气，
我要为伟大的祖国献出青春！

然而，在这塞满“砸烂，砸烂”的日子里，
每升空气，都飞旋着“踏平！踏平！”
世俗的眼光又不得不使我默认，
出身好坏，能决定一个人的命运。

我恨，我恨我为啥出身在这种家庭，
但心中又充满了自我矛盾。
不是我不愿革命啊，不是的，
而是硬被推进了无底的深坑……

记得，在我童年清晰的记忆中——
当五星红旗在心上刷下第一道红印，
就懂得了一个颠扑不破的真理：
共产党最好！毛主席最亲！！

在小学，多少次期终考试，
我向党捧出一个又一个百分。
慈祥的老师问我长大了干什么?
我天真地回答："科学家，医生，新农民……"

还记得呵，在中学的柳阴树下，
和同学们谈论起理想，青春，爱情。
啊！在我年轻火热的心上哟，
已展现出一幅未来的灿烂远景！

祖国啊，我喜欢您云铺霞染的晨昏，
祖国啊，我喜欢您排山倒海的雷霆，
我为祖国的广袤、文明而深深骄傲，
我为生长在这伟大的时代而万分荣幸！

正当我在人生的路上迈步向前，
迎来了文化大革命的闪电雷鸣。
而一股股浊浪也乘机扑来，
混淆阵线，颠倒爱憎，扼杀生命。

从此，一顶"黑五类"的帽子戴在我头上，
学生会里再没有我的脚印；
从此，我被推出"大串连"的行列，
歧视呵，抢走了我的笑语歌声！

与我疏远了，周围最熟悉的同学，
——据说这是阶级立场坚定；
谁对我越冷漠，越不关心，
——就证明他的“敌我界线”划得越清。

啊！我像一只受伤的孤雁，
跌落沙洲，发出凄凉的悲鸣；
啊！我像一块被抛弃的果皮，
甩在路边，任人乱踢乱扔！

我痛苦，彷徨，偷偷落泪啊，
可有谁敢同情？有谁来怜悯？
我问天，问地，百思不解啊，
可有什么用？他们封锁了毛主席的声音！

绳索呵，我甚至想借它结束自己的痛苦，
但一想起党，心中又充满光明；
我真想痛痛快快大哭一场啊，
流尽一腔委屈和悲愤！

可是，我又敢找谁？
找谁呵，吐露积压在心中的苦闷。
痛切的话，在心底压缩了多少遍啊，
含泪咽进肚，暗自隐在心……

我劝你，断了这个念头吧，

跨了我家门坎，会败坏了你的名声，
到那时，鄙视和指责将飘落在你的门前，
到那时，村中会飞出我拉拢你的罪名。

我求你，再别用爱情加深我的痛苦啊，
你为我留下一分爱，也会留下一分恨！
我只有，只有躲在屋角里暗暗哭泣，
我不愿惹来一些人的狂笑和吼声……

（一字字哟，是爱情的泪在滴，血在喷，
无形的刀哟，在她心中戳下多深的伤痕。
啊！莫把那些罪过强加在她的身上，
她是聪明的少女啊，有一颗温柔的心。

啊！我要像战场上抢救受伤的战友，
大胆爱她，爱个彻底，爱得深沉！
难道说，让她的爱情，她的青春，
换来的只是长叹一声，一声……）

第三封信

邮递员把你的鼓励，爱憎，
一次又一次投进了我的房门。
……啊！原来你和我，
有着多么共同的理想，感情。
起初啊，你的每一次来信，
都使我感到对您的债务剧增。

欠人的钱财可以做牛做马偿还，
欠下您的“情”，我将怎样还清？

低头，我一边抽回忆的丝，
一边咀嚼您信中的话语叮咛。
慢慢啊，我用心的耳朵，
从您的话语中听到了我的声音：

你问我，有人批“当今大儒”时，
心中是否也燃烧着忿恨？
还说，坚信有那么一天，
真理和人民一齐站起，将歹徒严惩。

你问我，看着银幕上消瘦的总理，
是不是也很沉重，担心着祖国的命运？
还讲，为完成总理提出的“四化”，
我们年轻一代应刻苦钻研本领。

尤其呵，你问到邓总恢复工作时，
我心中是不是也像您一样高兴？
在那盼望的消息传来的时候，
是不是也奔走相告，喜泪纷纷？

你憎恶，——披着红衣行凶的权贵，
你敬仰，——横遭迫害的革命功臣。
你怒视，——那些争权夺利的家伙，

“干杯”声中，有多少被害者的血泪飞迸……

你冷眼看他们飞扬跋扈啊，
我心中恨死了这帮暴徒恶棍。
我们都坚信历史前进的规律，
就像长夜后黎明又将来临。

啊！让他们寻求最龌龊的字眼，
说吧，骂吧，力竭嘶声；
共同理想的线，已挽着我俩的手，
哪怕每前进一步，都会踩着议论纷纷。

感谢哟，您的信，像响箭，
从您心弦飞出，射掉了我的心灰意冷；
我把信件捧在胸啊，像熨斗，
熨平忐忑不安，痛苦的皱纹！

啊！是您把我从痛苦中摇醒，
燃起了我生命的千度热情。
爱情的花朵，我已悄悄移栽在心田，
那神秘的害羞哟袭上我少女的心……

（捧着这期待中甜蜜幸福的应允，
我用想象描绘着未来的情景。
庸俗的情欲，会蚕食有限的生命，
革命的爱情哟，将燃烧起战斗的青春！）

第四封信

秋风哟，又把红叶捎给枫林，
叶尖蘸着银露，逗引小鸟啼鸣。
政治气候，带来了自然界的美，
片片枫叶都染上我喜悦的感情。

叫我怎么不喜悦呢？亲爱的，
“三项指示”的金风，正愈合我心灵的伤痕。
高考恢复了文化考核，
我科科平均九十多分……

悄悄哟，我又摸出了我们的定婚合影，
瞧您，对我笑了，笑得那么温存！
莫非你知道我远在乡下，
正准备捎给你得到好成绩的喜讯？

每天，我到小学去代课。
从儿童们身上，我又追回童年的笑声；
夜晚，与青年们一同钻研农科，
沉甸甸的谷穗上，结着我的辛勤！

尽管每天都很苦很累，
但，这苦中有乐，越累越高兴，
这情景哟，又使我想起，
开初我们一起当“知青”——

那时，你是知青队的队长，
我担任大队赤脚医生。
每天每天，我们同踩着露水下地，
每晚每晚，我们一盏灯读书讨论。

社员们说我，像只雄鹰，
在广阔天地里，搏击电闪雷鸣；
社员们说我，像只春燕，
在明媚阳光中，衔来柳绿花明。

当你设计的水电站催动马达飞转，
明亮的电灯传出我目光的深情；
当我使社员重病回春，
你为我祝贺，是那样真诚！

那时呀，我已悄悄地——
让你占据我少女整个的心；
看得出呀，你已默默地——
看上了我的勤奋，热情。

然而，我们爱得再秘密，
又怎能躲过别人的眼睛。
小伙们碰见你——总爱笑指我，
姑娘们围着我——常提你的名。

谁知啊，好景不长，
严峻的现实折断了我的天真！
不久，我教书的爸爸被打成“反革命”，
据说：他私下里曾骂过江青。

暴徒的皮鞭，重落在他的身上，
啊！那一鞭鞭痛在全家人的心。
爸爸被抓走了，妈妈的心被他的脚步踏碎，
爸爸去了啊，留给全家的是寂寞，愤恨……

后来，我们一家被“遣送下乡”，
理由：现行反革命加地主家庭。
那时，你来送我，不祝一路平安，
倒叫我每一步都要准备斗争。

你说：千锤百炼是十分痛苦的，
然而，它却能考验一个人是否坚韧。
你鼓励我，要积极靠近党，
莫背家庭包袱，要振作精神。

那天啊，我鼓起勇气，揣着入党申请，
准备来找你诉说心中的衷情。
我用手，紧紧地，紧紧地按住胸脯，
按住我那颗快要跳出来的心。

近了，那就是你住处虚掩的小门，

窗门洞开，好像你正张望我，多么深情。
我把充溢得快要流淌的情感啊，
关进理智的闸门，不让它流露半分。

我推开门，屋里一切都是那样平静，
内屋传来你咳嗽的声音。
啊！你病了，怎么病得这么快？
床边，坐着公社新上任的主任。

透过门缝，我看见，你多么难过，
眉宇间还挂着一抹愁云。
主任正压低嗓子警告你，
一声声啊，像尖刀插进我的心灵。

“同志，你怎么也阶级不分？
难道你真情愿跳进火坑？
你是党员，又是工人的儿子，
怎能与一个‘遣送家庭’的女儿结婚？”

“主任啊，她已经够痛苦了，
我怎能再用痛苦去折磨她的心？
‘……有成分论，不唯成分论，重在表现！’
怎能把前辈的罪过强加后代的身？”

“同志，她再聪明，再是真金子，
可她那‘花底片’——臭气熏人。

和她结婚，不仅会给你的子女带来不幸，
还会影响你的党籍，工作，前程……”

……啊！我浑身打了一阵冷战，
眼睛模糊了，两耳在轰鸣。
我深深地吞下屈辱——主任的话语，
眼朝窗外，竭力保持着冷静。

“告诉你，当赤脚医生她已没有资格，
队里农科组，也要抹去她的姓名……
而你，很快会走上工作岗位，
她——永世也是一个穷‘知青’……”

啊！多么沉重的打击，多么沉重的打击啊，
我还蒙在鼓里，想得那么开心。
痛苦啊，攫住了我的神智，
痛苦啊，也使我更加清醒。

含着泪，我悄悄地走出房门，
揣起申请，也揣起血泪浸泡的心。
啊啊！听明白了，我听明白了啊，
在主任心中，我是属于另一种人！

我拖着沉重的步伐回到家里，
一路风雨，浇不熄我燃烧的心。
树上小鸟，叫声是那样清脆，

我啊，难道还没有小鸟的欢欣！

倒在床上，我伤心地哭了，
安慰我的妈妈，哭得比我更伤心。
“孩子，怪爸爸吧，恨妈妈吧！
啊！当爸爸妈妈的又去怪罪何人？”

多少夜，月亮和星星都闭上眼睛，
朦胧入睡的我啊，梦中也有哭声，
夜夜从梦中醒来的时候，
啊！泪水也湿透了我的枕巾。

你曾几次来看我，我回回关住门，
门关得再死，也无法关住我的心。
回回从门缝里望着你远去的背影，
我心中有说不出的歉疚的感情。
请别怪我太心狠，太冰冷啊，
我的心一直烈火腾腾。
我爱你，又怕影响你啊，
不爱你，又怎能丢下你的深情？

我要问，啊！祖国，在你的热土上，
难道就容不下我们这样的人？
啊！祖国，在你的怀抱中，
难道就不该有这样的子孙？

从此，我把痛苦深深埋在心中，
在人前，从来不哼一声。
每天，把沉重的担子压在肩上，
压得越重，倒越把心灵的痛苦减轻！

记得，你踏上工作岗位那天，
来我家告别，要与我谈心。
我闩上门，把你拒之门外，
是的，我已关上了爱情的大门……

在生活的激流中哟，我沉默了，
谁知，沉默中爱的根儿扎得更深。
今天，我把全部悲酸一起泼上信纸，
是为了啊，激发我对未来工作的热情！

亲爱的，我已把你对我的深情，
——在工作中，浇铸过硬本领；
同志呵，我要把我对您的爱，
——注满自学的秒秒分分……

你说，莫让白发把壮志绞死，
人活着，就要脚踏实地前进！
好同志呵，你的脚迹已化作事业，
而我，才踩下第一道浅浅的脚印……

（信封，岂能装得下她的激奋，

每个字跳出来，直揪我的心。
姑娘呵，正当你的青春再次充满活力，
你怎知天空已布满阴云?

总理去世了，巨星陨落了，
我们伟大的领袖呵，又重病在身，
天安门前，息了四月清明的怒潮，
“反击右倾翻案风”的铡刀啊，正屠杀革命和光明……)

第五封信

知识，竟成了耻辱的象征，
勤奋，竟遭到棒打的厄运。
人世啊，给我的难道只有失望，
横空，又飞来“小复辟”的帽子一顶。

教“民办”，嫌我这“地主崽子”
引坏了纯洁的学生；
申请入党，怕我这地主家庭的出身
玷污了组织名声。

搞农科实验，骂我——
天生的本性为“走资派”卖命；
考学校哟，尽管考上高分，
榜上无名，还遭恶语扎心。

“狗崽子，也想往上爬，

除非太阳从西边升……”
“耗子生儿打洞洞，
哼哼，休想与工人的儿子通婚……”

啊！多么奇怪，多么奇怪的逻辑，
推导出一条荒谬的结论：
“地富女儿与工农的儿子通婚，
就会混淆阵线，带来国家变色的危险性！”

祖国啊，仅仅就因为我出身不好，
上大学没份，参加工作没名……
祖国啊，难道就因为我是地主的孙女，
爱上工人的儿子也违反禁令？

广播哟，你天天在喊“辩证法”，
为什么偏偏又搞“唯成分论”？
祖国啊，有着文明历史的祖国，
难道你就容忍那帮极“左”分子横行？

夜，已经很深很深了啊，
雨，还在下个不停。
雨呀，莫非也为我流下伤心的泪，
雷电啊，莫非也为我愤愤不平？

我疯一样在雨中跑啊，跑啊，
雨点，像悲伤落满了我的周身；

我在夜里奔跑，呼喊啊，
夜空中，回荡着我不平的呼声：

霹雳啊，你在哪里？你在哪里？
快快劈下吧，劈死这帮瘟神；
闪电啊，你在何处？你在何处？
快快斩下吧，斩断这伙祸根！

是他们，任意践踏党的政策，
是他们，用强制的武卫棒把人民的一切夺到手心。
啊！那位主任，那位“打砸抢”出身的主任呀，
半夜里，竟敢蹂躏我少女最珍贵的青春！

坏蛋啊，你能一步步逼死我，
逼死我，我却有不散的阴魂。
我死去也要作个厉鬼，
我死去也要抓你们到地狱审讯！

人民的心呵，岂容你们肆意践踏？
少女的心上，岂容留下你们的污印？
寻找死亡我跑呀跑上高崖，
石级呀，颤抖着把我举上峰顶！

告别了，倾听过我哭声的家乡，
告别了，曾与我一起流泪的雨云。
生我育我的祖国啊，告别了，

我在你怀中长大，死了也以你的怀抱为坟！

不是我想死，不是我想死呵，祖国，
我怎能割舍你生我养我的深情；
我还年轻，我要活，我要活呵，祖国，
我是千万个同命运的孩子中的一人！

隔着千山我看不见你的面庞啊，我爱过的人，
隔着万水你听不见我在高崖上的呼声：
我有冤，我有仇，我有恨啊，
但愿我的呼声能在你的心上引起共鸣……

（啊！高崖，莫让她跳，莫让她跳啊，
她活在人世这么短，她还这么年轻；
啊！树藤，拉住她，快拉住她吧！
她还是个姑娘，还没做孩子的母亲……

啊！雨住了，雷停了，夜色更浓重，
大地啊，这可怜的姑娘可曾睡稳？
啊！姑娘，姑娘，你就这样永别了吗？
黄土下，你是不是还满面泪痕……）

尾声

我，抹去腮边的泪，捏紧手中的信，
“哗——哗——”远处林涛又传来她的呼声。
啊！“四人帮”倒台了，冰消了，花开了，

祖国，情侣们的欢笑——是对姑娘的回音。

姑娘，请放心，请放心啊，
有华主席为首的党中央，一切就有了保证！
看，四个现代化的东风绿了千山万岭，
多少像你这样的姑娘，又获得了青春和爱情……

（选自1979年《诗刊》3月号）

江　河（1949—　）

原名于友泽，河北涿州人，生于北京。

纪念碑

我常常想
生活应该有一个支点
这支点
是一座纪念碑

天安门广场
在用混凝土筑成的坚固底座上
建筑起中华民族的尊严
纪念碑
历史博物馆和人民大会堂
像一台巨大的天平
一边
是历史，是昨天的教训
另一边
是今天，魄力和未来

纪念碑默默地站在那里
像胜利者那样站着
像经历过许多次失败的英雄
在沉思

整个民族的骨骼是他的结构
人民巨大的牺牲给了他生命
他从东方古老的黑暗中醒来
把不能忘记的一切都刻在自己的身上
从此
他的眼睛关注着世界和革命
他的名字叫人民

我想
我就是纪念碑
我的身体里垒满了石头
中华民族的历史有多么沉重
我就有多少重量
中华民族有多少伤口
我就流出过多少血液

我就站在
昔日皇宫的对面
那金子一样的文明
有我的智慧，我的劳动
我的被掠夺的珠宝
以及当太阳升起的时候
琉璃瓦下紫色的影子
——我苦难中的梦境
在这里
我无数次地被出卖

我的头颅被砍去
身上还留着锁链的痕迹
我就这样地被埋葬
我的生命在死亡中成为东方的秘密

但是
罪恶终究会被清算
罪行终将会被公开
当死亡不可避免的时候
流出的血液也不会凝固
当祖国的土地上只有呻吟
真理的声音才更加响亮
既然希望不会灭绝
既然太阳每天从东方升起
真理就把诅咒没有完成的
留给了枪
革命把用血浸透的旗帜
留给风，留给自由的空气
那么
斗争就是我的主题
我把我的诗和我的生命
献给了纪念碑

（选自 1979 年 4 月 1 日《今天》第 3 期）

星星变奏曲

如果大地的每个角落都充满了光明
谁还需要星星，谁还会
在夜里凝望
寻找遥远的安慰
谁不愿意
每天
都是一首诗
每个字都是一颗星
像蜜蜂在心头颤动
谁不愿意，有一个柔软的晚上
柔软得像一片湖
萤火虫和星星在睡莲丛中游动
谁不喜欢春天，鸟落满枝头
像星星落满天空
闪闪烁烁的声音从远方飘来
一团团白丁香朦朦胧胧

如果大地每个角落都充满了光明
谁还需要星星，谁还会
在寒冷中寂寞地燃烧
寻求星星点点的希望
谁愿意
一年又一年

总写苦难的诗
每一首都是一群颤抖的星星
像冰雪覆盖在心头
谁愿意，看着夜晚冻僵
僵硬得像一片土地
风吹落一颗又一颗瘦小的星
谁不喜欢飘动的旗子，喜欢火
涌出金黄的星星
在天上的星星疲倦的时候——升起
去照亮太阳照不到的地方

（选自1980年《上海文学》5月号）

周良沛（1933—　）

江西永新人。

为什么，为什么！

——在毁平的海瑞墓前

只见椰风阴雨，荒草乱石，
偏偏是在阳春三月的时候；
哎，老天也知道我的心绪？
阴沉的心，也像有雨落……

这里，只留下几堆坟土，
海公，你有什么罪过？
这里，又有新香祭果，
海瑞，你就这样活着！

让他们发抖吧，
他揪你游街，用你的骨头；
看清了，好清廉啊，海公，
你只能有这铁铮铮的骨头！

是生者株连死者？
是死者株连生者？
生的死的海瑞，
为什么这样多！

为什么母亲撒的种子，
开出这么美的花朵——刚正不阿；
为什么我们不能为此而骄傲，
反在那时带来灾祸！

你的棺木隔着泥土在穴内空悬，
是皇上怕你转世，又长那副骨头；
可是种子能破土，还能破石，
今天不怕海瑞太多！

否定一切的，
最终是否定自己；
一切打倒，是一切集合，
只留下破产的阴谋！

即使死的鞭尸，活的能杀，
心灵的珠宝，谁也不能劫走；
即使高压可以使人沉默，
也是点着引线的炸药！

在你坟前，我没带来花圈，
却带走几支供香，几个供果，
我要分送给无数活着的海瑞——
我尊敬的老一辈，敬爱的同志哥。

即使脖子套上绞索，
还是为民而活着；
即使入土、成灰，
还是一团活的火！

对此要下结论——若太早，
历史要寻证人——该有我；
可是我依然要问：这一切
是为了什么？究竟为了什么？

（选自 1979 年《诗刊》5 月号）

张学梦（1940— ）

河北丰润人。

现代化和我们自己

——写给和我一样对“四化”无知的人们

一

当然不能说
　　苦恼是欢乐的孪生兄弟。
可是，就在我们给现代化建设剪彩的
　　最欢乐的时刻，
苦恼也悄悄地占据了
　　我心房的一隅。
望着
　　我们宏伟的目标，
我突然感到
　　精神的苍白、
　　　　肺腑的空虚。
仿佛我是腰佩青铜剑的战士，
　　瞅着春笋似的导弹发呆；
仿佛我是刚刚脱掉尾巴的
　　森林古猿，
茫然无知地
　　翻看着四化的图集。

我苦恼
　　知识库房的贫困，
脑海里
　　那几毫升文化之水，
已经濡不湿龟裂斑斑的
　　干涸基底。
“什么是现代化？
你能为她干些什么？
你掌握着哪一种科学武器？……”
难道能这样的响亮回答——
　　“我无知。”
相信吧
　　这是一条生硬的淘汰法则，
相信吧
　　这是一条无情的进化规律：
跟上队伍的
　　一同前进，
掉队的
　　终被丢弃。
怎能设想
　　叫奔驰的时代列车
　　　　停下来，
再等你
　　半个世纪？！
问题是尖锐的，
　　　谁也不能回避！

那么，思考这个问题吧，
　　现代化和我们自己。

二

党的十一届三中全会公报
　　响起新颖的汽笛，
她像历史唯物主义的新篇
　　豁然把我启迪：
过去的
　　已经刻写在
　　　　纪念碑上，
辩证法
　　很自然地
　　　　淘汰着过去。
向前看吧！
　　重要的永远是现实和未来，
任何东西都会陈旧的——
　　知识、经验、生命、荣誉……
为了获得永不衰竭的力量，
　　必须不断地把新的营养汲取。
我读着公报，
看见一扇布满铆钉的大门
　　吱扭扭打开，
灿然展现出
　　四化远景的壮丽；
看见公报上的铅字

突然向我飞来，
飞来一片陨石雨般的问题：
“你将怎样去实现新时期总任务？
你用什么去推动社会生产力？
思想的银燕有没有从额顶起飞？
臀上小生产的胎迹有没有擦去？
你能看懂四个现代化的蓝图吗？
哪些科学家头像是时代的标记？
你认识电子、核糖核酸和数吗？
你掌握哪些先进的生产技艺？
你能飞跃吗？
一秒钟几公里？
你懂得几种语言？
能驾驭哪些客观规律？
……
只有革命的热情？
只有发达的肱二头肌？
已经不够了！很不够了呀……”
是的，我知道！
请放心吧，我不畏惧
这些陌生的课题，
现代化建设需要的新知识，
我决心去获取！
为了不成为永久的傻瓜，
为了能担起历史责任，
我——

学习。

三

一间破旧简陋的小屋
冒着沥青的有毒烟气，
这里埋藏着
科学的双星——
居里夫人和居里。
他们在干些什么?
不知疲倦地搅拌着
矿渣，
像一对
古罗马的奴隶。
你知道吗?
那把打开原子时代大门的钥匙
就是从那几十吨矿渣
和他们的心血中
提取。
怎能不赞美
那水晶一样透彻的心灵?
那创造性的艰苦劳动?
那锲而不舍的毅力?
同志，当你需要一个科学的灯塔
当你需要榜样的时候，
我建议
向居里夫妇

　　　　学习！

不学无术不过是清醒的白痴，

　　炫耀愚昧粗野早该受到鄙夷，

浮到现代科学文化的水平线上来吧，

　　别像沙蚕似的匍匐海底。

祖国的四个现代化刚刚起步，

　　愿我们都能和她并驾齐驱。

人的现代化容易吗？

这可不能比做

　　换换帽子或衬衣，

哲学上

　　这是个痛苦的扬弃过程，

如同一只第四纪的猴子

　　艰难地攀援着

　　　　一道道进化的阶梯。

但是，

　　和我一样吧，

满怀信心地跨上

　　新的征途，

不承认自己

　　是根朽木，

或是一只

　　不能摆脱介壳的牡蛎。

投入四化的熔炉

　　任其冶炼，

躺在铁砧上

　　接受锤击。
我们可以造就！
只要实践那句能动的格言：
学习、学习、再学习。
当然，不是唱一阵高调了事，
　　不是镀层金镍之类闪光的东西；
要像居里夫妇！像镭！
　　而不要还是——
　　　　精美包装过的——
　　　　　　　　　垃圾！

四

也许，我说得
　　过分严重了，
你看，我们的日常生活
　　不是更加平和安逸?!
确实，这个转变
　　既不像一块大陆的沉没，
　　　　也不像一条山系的隆起。
但是，我却感触到
　　这场静悄悄的革命
　　　　是多么深刻、严厉。
我知道，我还必须
　　用几箱子药皂
　　　　把装心思的地方
　　　　　　彻底洗一洗；

铲除阴暗处的苔藓
　　和洪泛过后
　　　　沉淀的污泥。
像消灭霍乱杆菌
　　和梅毒螺旋体那样，
消灭
　　封建的、资产阶级的
　　　低下心术，
用红色的三中全会公报
　　把全身的血液
　　　　重新过滤。
必须这样。
　　站在同志们中间
　　　　心灵不但充实活跃，
而且洋溢着
　　共产主义道德的纯正气息。
我知道，私生活
　　并不是个人的珊瑚礁。
像金属晶格似的
　　一幢幢宿舍大楼的
　　　　每个房间，
都上演着时代的戏剧。
家庭
　　这个摆着双人床、
　　　　小书架和碗橱的地方，
这里

你作为丈夫妻子、
父母和儿女，
不是中国式的山寨主，
不是小恺撒、伊凡雷帝。
尽情地爱吧，
像马克思燕妮那样
真挚而热烈，
为什么不可以倾诉缠绵的心曲？
为什么不可以欣赏盛开的雏菊？
四个现代化
不要求我们变成
冰冷的“机器人”，
相反，
她将使我们的情感
更加丰富而细腻。
努力使自己现代化吧！
难道这不是一个
烧着了眉毛的问题？
在二〇〇〇年的门栏上
挂着这样一块木牌：
“愚昧无知的人勿进！”
是真的！是真的！！
学习吧！！！
现代化的人们哪，
我赞美你。

（选自 1979 年《诗刊》5 月号）

骆耕野（1951— ）

四川成都人。

不　满

从任何一项成功，
都产生出某种东西，
使更伟大的斗争成为必要。
——惠特曼《大路之歌》

像鲜花憧憬着甘美的果实，
像煤核怀抱着燃烧的意愿：
我心中孕育着一个“可怕”的思想，
对现状我要大声地喊叫出：
——“我不满”！

谁说不满就是异端？
谁说不满就是背叛？
是涌浪，怎能容忍山涧的狭窄
是雏鹰，岂肯安于卵壁的黑暗
不满激扬着对海洋的神往呦！
不满苏生着对蓝天的渴念！
生命的创造多么痛楚而伟大哟，
请赐给母亲以满足的甘甜：
“不！还是祝福孩子尽快成长吧。”

婴儿问世已叩响了母亲不满的心弦。

啊，谁能说不满就是不爱？
啊，谁敢说不满就是抱怨？

哥伦布不满铅印的海图，
才发现了大洋的彼岸；
哥白尼不满神圣的《圣经》，
才揭开了宇宙的奇观；
开普勒不满“日心说”才去发展真理，
亚里士多德不满柏拉图才能“青出于蓝”。

啊，谁说不满是背弃出类拔萃的先人？
啊，谁说不满是亵渎德高望重的圣贤？

不满：茹毛饮血的人猿才去寻觅火种，
不满：胼手胝足的祖先才去摸索种田；
不满：雄丽的赵州桥才取代了简陋的木桥，
不满：“精巧”的石斧才让位于青铜的冶炼；
不满：才产生了妙手回春的华佗，
不满：才造就了巧夺天工的鲁班。

啊，不满正是对变革的希冀，
啊，不满乃是那创造的发端。

我是电流，我不满江河的浪费，

你白白流逝的，乃是我生存的乳泉；
我是高炉，我不满地球的吝啬，
你深深藏匿的，正是我生命的火焰；
我是庄稼，我害怕自然保姆的任性，
变幻莫测的风雨使我忐忑不安；
我是市场，我向往琳琅满目的富有，
陈列单调的橱窗叫我满面羞惭；
我是年迈的城镇，我的服饰多么古旧，
请为我披上高速公路的飘带，
请为我戴上摩天大厦的皇冠；
我是拘谨的生活，陈腐的习俗多么恼人，
请不要过多地责难服装和跳舞，
请不要过多地干涉青年的爱恋；
我是低产的田地，我不满蹒跚的耕牛哟；
我是发紫的肩头，我不满拉船的绳纤；
我不满步枪，不满水车，不满帆船，
我不满泥泞，不满噪音，不满污染。

不满像舰队告别港湾的头一阵笛鸣哟，
不满像雄鸡向往黎明的第一声啼唤。

我是规划，锁在保险柜里多么窒闷，
我要走下蓝图，我要和新兴的工地团圆；
我是革新，躺在功劳簿上多么可耻，
我要摸索新路，我要攀登纪录的峰巅；
我是政策，我不满踌躇的“伯乐”，

为什么不立刻启用朝野的遗贤?!
我是创造，我不满夜郎自大，
快为我打开与世隔绝的门闩；
我抗议马拉松会议，以时间的名义，
你随意糟践的，乃是我生命的内涵；
我控诉宗教式的软禁，以真理的呼喊，
我是花，我要生长，要献蜜，
我要求助于实践园丁殷勤的刀剪。

啊，不满像胎儿在母腹里的阵阵躁动哟，
　　不满像母性的痛楚而伟大的分娩！
我不满官僚主义，
轻浮地荡尽了先烈的遗产；
我不满文化水平，
至今还托不起四化的航船；
我不满软弱的法制，
英雄碑前有民主的泪浸血染；
我不满大话和空想，
睡在海市蜃楼上描绘缥缈的明天；
我不满抱怨和牢骚，
躲在时代的堤岸上指责涌进的波澜……

啊，不满就是一个绝妙的议事日程，
　　不满就是一部崭新的行动提案；
　　不满已催生出伟大的战略转移哟！
　　不满已催挂起新长征的战斗风帆！

噢，河床在不满中伸直了脊梁，
　　石油在不满中涌出了海面；
　　科学在不满中冲破了禁区，
　　指标在不满中跨上了火箭；
　　思想在不满中睁开了慧眼，
　　真理在不满中延伸了航线；
　　贫穷在不满中紧追着富强哟，
　　现状在不满中疾速地登攀……

啊，不满像两个矛盾间过渡的桥梁哟，
　　不满像一粒细胞中产生的裂变；
　　不满便有所发明，有所创造，有所前进哟，
　　不满将通向繁荣，通向幸福，通向完善！

像鲜花憧憬着甘美的果实，
像煤核怀抱着燃烧的意愿；
我心中溢满了深挚的爱哟，
对现状我要大声地叫喊出：
——“我不满”！

（选自1979年《诗刊》5月号）

黄永玉（1924— ）

湖南凤凰人，土家族，生于湖南常德。

我认识的少女已经死了

我认识的少女已经死了，
她不是站在小河对岸的
　　　　那个少女，
虽然她们都一样的美丽年轻。

我认识的少女已经死了，
为了悼念一位伟大的死者，
她为悼念而牺牲。

我认识的少女是那么纤弱，
她曾经怕过老鼠和小虫，
却完成了一个壮丽的献身。

有谁知道她死在何方？
有谁看过那最后的一双
　　等待黎明的眼睛？

在小河对岸
　　站立着一个少女，

但我认识的少女已经死了。

虽然她也曾在河岸上
　　凝眸黄昏。

为了不让所有的少女
　　再有那不幸的未来，
让我们男人们为战斗而死吧！
即使死一万次也行！

（选自1979年《诗刊》5月号）

雷抒雁（1942—2013）

陕西泾阳人。

小草在歌唱

——悼女共产党员张志新烈士

一

风说：忘记她吧！
我已用尘土，
把罪恶埋葬！
雨说：忘记她吧！
我已用泪水，
把耻辱洗光！

是的，多少年了，
谁还记得
　这里曾是刑场？
行人的脚步，来来往往，
谁还想起，
他们的脚踩在
　一个女儿、
　一个母亲、
　一个为光明献身的战士的心上？

只有小草不会忘记。
因为那殷红的血，
已经渗进土壤；
因为那殷红的血，
已经在花朵里放出清香！

只有小草在歌唱。
在没有星光的夜里，
唱得那样凄凉；
在烈日暴晒的正午，
唱得那样悲壮！
像要砸碎礁石的潮水，
像要冲决堤岸的大江……

二

正是需要光明的暗夜，
阴风却吹灭了星光；
正是需要呐喊的荒野，
真理的嘴却被封上！①
黎明。一声枪响，
在祖国遥远的东方，
溅起一片血红的霞光！
呵，年老的妈妈，
四十多年的心血，

---

① 一次，张志新烈士被带去陪决，被用泡沫塑料塞进嘴里，又用透明指纹胶把嘴糊上。

就这样被残暴地泼在地上；
呵，幼小的孩子，
这样小小年纪，
心灵上就刻下了
　终生难以愈合的创伤！

我恨我自己，
竟睡得那样死，
像喝过魔鬼的迷魂汤，
让辚辚囚车，
碾过我僵死的心脏！
我是军人，
却不能挺身而出，
像黄继光，
用胸脯筑起一道铜墙！
而让这颗罪恶的子弹，
　射穿祖国的希望，
　打进人民的胸膛！
我惭愧我自己，
我是共产党员，
却不如小草，
让她的血流进脉管，
日里夜里，不停歌唱……

三

虽然不是

面对勾子军的大胡子连长，
她却像刘胡兰一样坚强；
虽然不是
在渣滓洞的魔窟，
她却像江竹筠一样悲壮！
这是二十世纪，七十年代，
社会主义中国特殊的土壤里，
成长起的英雄
——丹娘！

她是夜明珠，
暗夜里，
放射出灿烂的光芒；
死，消灭不了她，
她是太阳，
离开了地平线，
却闪耀在天上！

我们有八亿人民，
我们有三千万党员，
七尺汉子，
伟岸得像松林一样，
可是，当风暴袭来的时候，
却是她，冲在前边，
挺起柔嫩的肩膀，
肩起民族大厦的栋梁！

我曾满足于——

月初，把党费准时交到小组长的手上；

我曾满足于——

党日，在小组会上滔滔不绝地汇报思想！

我曾苦恼，

我曾惆怅，

专制下，吓破过胆子，

风暴里，迷失过方向！

如丝如缕的小草哟，

你在骄傲地歌唱，

感谢你用鞭子

　抽在我的心上，

让我清醒！

让我清醒！

昏睡的生活，

比死更可悲，

愚昧的日子，

比猪更肮脏！

四

就这样——

黎明。一声枪响，

她倒下去了，

倒在生她养她的祖国大地上。

她的琴呢？
那把她奏出过欢乐，
奏出过爱情的琴呢？
莫非就此成了绝响？
她的笔呢？
那支写过檄文，
写过诗歌的笔呢？
战士，不能没有刀枪！

我敢说：她不想死！
她有母亲：风烛残年，
受不了这多悲伤！
她有孩子：花蕾刚绽，
怎能落上寒霜！
她是战士，
敌人如此猖狂，
怎能把眼合上！

我敢说：她没想到会死。
不是有宪法么，
民主，有明文规定的保障；
不是有党章么，
共产党员应多想一想。
就像小溪流出山涧，
就像种子钻出地面，

发现真理，坚持真理，
本来就该这样！

可是，她却被枪杀了，
倒在生她养她的母亲身旁……

法律呵，
怎么变得这样苍白，
苍白得像废纸一方；
正义呵，
怎么变得这样软弱，
软弱得无处伸张！
只有小草变得坚强，
托着她的身躯，
托着她的枪伤，
把白的，红的花朵，
插在她的胸前，
日里夜里，风中雨中，
为她歌唱……

五

这些人面豺狼，
愚蠢而又疯狂！
他们以为镇压，
就会使宝座稳当；
他们以为屠杀，

就能扑灭反抗！
岂不知烈士的血是火种，
播出去，
能够燃起四野火光！

我敢说：
如果正义得不到伸张，
红日，
就不会再升起在东方！
我敢说：
如果罪行得不到清算，
地球，
也会失去分量！

残暴，注定了灭亡，
注定了“四人帮”的下场！

你看，从草地上走过来的是谁？
油黑的短发，
披着霞光；
大大的眼睛，
像星星一样明亮；
甜甜的笑，
谁看见都会永生印在心上！

母亲呵，你的女儿回来了，

她是水，钢刀砍不伤；
孩子呵，你的妈妈回来了，
她是光，黑暗难遮挡！
死亡，不属于她，
千秋万代，
人们都会把她当做榜样！

去拥抱她吧，
她是大地的女儿，
太阳，
给了她光芒：
山冈，
给了她坚强；
花草，
给了她芳香！
跟她在一起，
就会看到希望和力量……

6月7日夜不成寐
6月8日急就于曙光中
（选自1979年《诗刊》8月号）

林　子（1935—　）

原名赵秉筠，女，江苏泰兴人，生于昆明。

给　他（组诗选三）

——爱情诗十一首

所有羞涩和胆怯的诗篇，
对他，都不适合；
他掠夺去了我的爱情，
像一个天生的主人，一把烈火！
从我们相识的那天起，
他的眼睛就笔直地望着我，
那样深深地留在我的心里，
宣告了他永久的占领。
他说：世界为我准备了你，
而我却无法对他说一个“不”字，
除非存心撕裂了自己的心……
我们从来用不着海誓山盟，
如果谁竟想得起来怀疑我们的爱情，
那么，就再没有什么能够使人相信！

*　*　*

亲爱的，请答应我的一个要求：
你来到这里可不许到处打听——

那终日站在眼前的维纳斯侧着脸儿，
装作没有看见我那抑制住的微笑
从心的深处涌上来，每当读着你的来信；
桌上那排美丽而知情的诗集啊
它们顽皮的笑声常惊醒我的痴想……
这支忠实的笔是懂得沉默的，
它洞悉我灵魂里的全部秘密；
还有我的小梳妆盒：明亮的镜子、
闪光的发带和那把小红梳子，
都看见过爱神怎样把我装扮，
用那迷人的玫瑰花束……可别询问它们呵，
亲爱的，不然我会羞得抬不起头来……

* * *

只要你要，我爱，我就全给，
给你——我的灵魂、我的身体。
常春藤般柔软的手臂，
百合花般纯洁的嘴唇，
都在等待着你……
爱，膨胀了它的主人的心；
温柔的渴望，像海潮寻找着沙滩，
要把你淹没……
再明亮的眼睛又有什么用，
如果里面没有映出你的存在；
就像没有星星的晚上，

幽静的池塘也黯然无光。
深夜，我只能派遣有翅膀的使者，
带去珍重的许诺和苦苦的思念，
它忧伤地回来了——你的窗户已经睡熟。

（选自 1980 年《诗刊》年 1 月号）

彭邦桢（1919—2003）

祖籍湖北黄陂，美籍华人。

月之故乡

天上一个月亮
水里一个月亮

天上的月亮在水里
水里的月亮在天上

低头看水里
抬头看天上
看月亮，思故乡
　一个在水里
　一个在天上

1977年耶诞夜于纽约

（选自1980年《诗刊》3月号）

梅　新（1937—1997）

原名章益新，台湾诗人，祖籍浙江缙云。

母亲的墓

堆一堆土
葬一块石头
假想
那是母亲的墓
在清明节
在孩子们要上坟
在没有坟可以上的日子里
我在阳台的花台里
做着这样的游戏

到处流浪到处
堆着母亲的墓
也是为了尽孝
三十年
一地一个墓
三十个不同的墓
葬的是
同样美丽
同样年轻
同样是十九岁

眉宇间有一股
永远是那么天真那么幸福那么快乐的稚气的
母亲

明年
我要塑一个
我自己年轻时候的像来葬
小时候
母亲画像
都要我来代她画
说我好像母亲
葬了
挖出来第二年再葬
我要葬我自己的像
每年为母亲
竖一个新的墓

（选自 1980 年 5 月 21 日《联合报·联合副刊》）

叶文福（1944— ）

湖北蒲圻人。

祖国啊，我要燃烧

当我还是一株青松的幼苗，
大地就赋予我高尚的情操！
我立志做栋梁，献身于人类，
一枝一叶，全不畏雪剑冰刀！

不幸，我是植根在深深的峡谷，
长啊，长啊，却怎么也高不过峰头的小草。
我拼命吸吮母亲干瘪的乳房，
一心要把理想举上万重碧霄！

我实在太不自量了：幼稚！可笑！
蒙昧使我看不见自己卑贱的细胞。
于是我受到了应有的惩罚，
迎面扑来旷世的风暴！

啊，天翻地覆……
啊，山呼海啸……
伟大的造山运动，把我埋进深深的地层，
我死了，那时我正青春年少。

我死了，年轻的躯干在地底痉挛，
我死了！不死的精灵却还在拼搏呼号：
“我要出去！我要出去！我要出去啊——
我的理想不是蹲这黑的囚牢！”

漫长的岁月，我吞忍了多少难忍的煎熬，
但理想之光，依然在心中灼灼闪耀。
我变成了一块煤，还在舍命呐喊：
“祖国啊，祖国啊，我要燃烧！”

地壳是多么的厚啊，希望是何等的缥缈，
我渴望！渴望面前有一千条向阳坑道！
我要出去：投身于熔炉，化作熊熊烈火，
“祖国啊，祖国啊，我要燃烧！”

（选自1980年《诗刊》8月号）

叶延滨（1948— ）

黑龙江哈尔滨人。

干　妈

她没有自己的名字

她没有死——
她就站在我的身后，
笑着，张开豁了牙的嘴巴。

我不敢转过脸去，
那只是冰冷的墙上的一张照片——
她会合上干瘪的嘴，
我会流下苦涩的泪。
十年前，我冲着这豁牙的嘴，
喊过：干妈……

我驮着一个“狗崽子”的档案袋，
到圣地延安，
为父母赎罪——
为他们有神的力量，
没有在监狱，炮火中倒下。
为他们有人的弱点，
在和平的年代也生下我这个娃娃！

为他们在语言当子弹的战场，
只会说实话的嘴巴，
被无数弯着的舌头打垮……

带色的风清扫这狼藉的战场，
我是卷进黄土高原的一粒砂。

连知青也像躲避瘟疫一样讨厌我，
丧家狗——实际，也不算难听的话。

“孩子，住到我们家吧。”
“不！我不需要听怜悯的话。”
“孩子，我们老俩口也要个帮手，
我为你做饭，你替咱担水……”
也许，这只是一个借口，
但我的自尊的天平需要这块砝码！

从此，我有了一个家，
我叫她：干妈。
因为，像这里任何一个老大娘，
她没有自己的名字，
“王树清的婆姨”——人们这样喊她……

灯，一颗燃烧的心

穷山村最富裕的东西是长长的夜，
穷乡亲最美好的享受是早早地睡。

但对我，太长的夜有太多的噩梦，
我在墨水瓶做的油灯下读书，
贪婪地吮吸豆粒一样大的光明！

今天，炕头上放一盏新罩子灯，
明晃晃，照花了我的心。
干妈，你何苦为我花这一块二，
要三天的劳动，值三十个工分！

深夜，躺在炕上，我大睁着眼睛，
想我那关在“牛棚”里的母亲……

“疯婆子，风雪天跑三十里买盏灯，
有本事腿痛你别哼哼！”
“悄些，别把人家娃吵醒，
年轻人爱光，怕黑洞洞的坟！”
干妈，话音很低，哼得也很轻……
啊，在风雪山路上，
一个裹着小脚的老大娘捧一盏灯……
天哪，年轻人，为照亮人走的路，
你为什么没有胆量像丹柯，
——掏出你燃烧的心?!

铁丝上，搭着两条毛巾

带着刺鼻的烟锅味，
带着呛人的汗腥味，

带着从饲养室沾上的羊膻味，
还有从老汉脖子上擦下来的
黄土，汗碱，粪末，草灰……

没几天，我雪白的洗脸巾变成褐色，
大叔，他也使唤我的毛巾。

我不声不响地从小箱子里，
又拿出一条毛巾搭在铁丝上，
两条毛巾像两个人——
一个苍老，
一个年轻。
但傍晚，在这条铁丝上，
只剩下一条搓得净净的毛巾。

干妈，当着我的面，
把新毛巾又塞到我的小箱里：
“娃娃别嫌弃你大叔，
他这个一辈子粪土里滚的受苦人，
心，还净……”
啊，我不敢看干妈的眼睛，
怕在这镜子里照出一个并不干净的灵魂！

夜啊，静悄悄的夜

困，像条长长的绳子把手脚捆紧，
困，像桶稠稠的浆糊把眼皮糊紧，

困，像团厚厚的棉花把耳朵塞紧，
乏极了的身体在暖暖的炕上，
一团轻飘飘的浮云。
那闪亮的是星星么？不，是油灯。
那苍白的头发是谁？啊，是干妈。
夜，静悄悄的夜里我醒来，
只见干妈那双树皮一样的手，
在搜着我衣衫的缝……

也许，用诗来描绘这太粗俗的事，
我一辈子也不会成为诗人。
但，我不脸红——
我染上了一身的讨厌的虱子，
干妈在灯下把它们找寻。

妈妈，我远方“牛棚”里的亲妈妈呀，
你决不会想到你的儿子多幸运，
像安泰，找到了大地母亲！
我没有敢惊动我的干妈，
两行泪水悄悄地往下滚……

“哎，准又梦见妈了，可怜娃！”
她轻轻抹去我脸颊上的泪花。
我轻轻在心里喊了一声妈妈。
啊，暖暖的热炕上我像轻飘飘的云，
暖烘烘的云裹着一颗腾腾跳的心！

我怎能吃下这碗饭

“我怎能吃下这碗饭，
干妈呀，我的好干妈！”

留给我的，
一碗米饭金黄，
洋芋酸菜喷香。
留给你的，
一碟苦苦菜，
一碗清米汤，
一个窝头半把糠……

“你不要说，
你不要讲，
要不是我碰上，
你不会说，
你不会讲，
你还会像昨天那样，
笑着看我吃得多香……”

延安啊，革命的穷娘，
贫瘠的山冈，
枯瘦的胸膛。
给人吃米，自己吞糠，
过去这样，现在这样，

见到三五九旅的老将，
当儿孙的咋有脸讲?!

我用颤抖的双手捧着碗，
像婴儿捧着母亲干瘪的乳房……

我愧对她头上的白发

十年，在九百六十万平方公里舞台，
有多少个悲欢离合，多少个想不到?
我多么不愿用一滴辛酸的泪，
作为对干妈所有美好回忆的句号!

啊，十月的鞭炮炸响，
乡亲们才告诉我这个噩耗，
三年前，她就死了，
死于陕北最平平常常的病，
胃出血，加上年老……

啊，三年！是哪一个好心的乡亲，
在骗我，每月一次地：
“放心吧，我很好、很好!”

怪谁呢？怪谁？谁?!
没牙的嘴啃着麩糠的窝窝，
佝偻的腰背着沉重的柴草，
贫困——熬尽了她生命的最后一滴血，

枯了，像一根草……

不！这个回答，我接受不了，
延安，四十年前红星就在这里照耀！
她说过，当她还是一个新媳妇，
也演过“兄妹开荒”，
唱过“挖掉了穷根根眉梢梢笑”！

“共产党人好比种子，人民好比土地。”
啊，请百倍爱护我们的土地吧——
如果大地贫瘠得像沙漠，像戈壁，
任何种子，都将失去发芽的生命力！！
——干妈，我愧对你满头的白发……

干妈，你咧开豁牙的嘴笑了，
告诉我，你那没合上的嘴，
想对我说些什么话？！……

（选自1980年《诗刊》10月号）

一个音符过去了

一个音符过去了
那个旋律还在飞扬，那首歌
还在我们的头上传唱

一滴水就这么挥发了
在浪花飞溅之后，浪花走了
那个大海却依旧辽阔

一根松叶像针一样掉了
落在森林的地衣上，而树林迎着风
还是吟咏着松涛的雄浑

一只雁翎从空中飘落了
秋天仍旧在人字的雁阵中，秋天仍旧
让霜花追赶着雁群南下

一盏灯被风吹灭了
吹灭灯的村庄在风中，风中传来
村庄渐低渐远的狗吠声

一颗流星划过了夜空
头上的星空还那么璀灿，仿佛从来如此
永远没有星子走失的故事

一根白发悄然离去了
一只手拂过额头，还在搜索
刚刚写下的这行诗句——

啊，一个人死了，而我们想着他的死

他活在我们想他的日子
日子说：他在前面等你……

（选自 2006 年《诗选刊》第 5 期）

梁小斌（1954— ）

安徽合肥人。

中国，我的钥匙丢了

中国，我的钥匙丢了。

那是十多年前，
我沿着红色大街疯狂地奔跑，
我跑到了郊外的荒野上欢叫，
后来，
我的钥匙丢了。

心灵，苦难的心灵
不愿再流浪了，
我想回家，
打开抽屉、翻一翻我儿童时代的画片，
还看一看那夹在书页里的
翠绿的三叶草。

而且，
我还想打开书橱，
取出一本《海涅歌谣》，
我要去约会，
我向她举起这本书，

作为我向蓝天发出的
爱情的信号。

这一切，
这美好的一切都无法办到，
中国，我的钥匙丢了。

天，又开始下雨，
我的钥匙啊，
你躺在哪里？
我想风雨腐蚀了你，
你已经锈迹斑斑了；
不，我不那样认为，
我要顽强地寻找，
希望能把你重新找到。

太阳啊，
你看见了我的钥匙了吗？
愿你的光芒
为它热烈地照耀。
我在这广大的田野上行走，
我沿着心灵的足迹寻找，
那一切丢失了的，
我都在认真思考。

1979年12月—1980年8月

（选自1980年《诗刊》10月号）

雪白的墙

妈妈，
我看见了雪白的墙。

早晨，
我上街去买蜡笔，
看见一位工人
费了很大的力气，
在为长长的围墙粉刷。

他回头向我微笑，
他叫我
去告诉所有的小朋友：
以后不要在这墙上乱画。

妈妈，
我看见了雪白的墙。

这上面曾经那么肮脏，
写有很多粗暴的字。
妈妈，你也哭过，
就为那些辱骂的缘故，
爸爸不在了，
永远地不在了。

比我喝的牛奶还要洁白、
还要洁白的墙，
一直闪现在我的梦中，
它还站在地平线上，
在白天里闪烁着迷人的光芒，
我爱洁白的墙。

永远地不会在这墙上乱画，
不会的，
像妈妈一样温和的晴空啊，
你听到了吗？

妈妈，
我看见了雪白的墙。

1980 年 5 月— 8 月

（选自 1980 年《诗刊》10 月号）

杨 牧（1944— ）

四川渠县人。

我是青年

人们还叫我青年……
哈……我是青年！

我年轻啊，我的上帝！
感谢你给了我一个不出钢的熔炉，
把我的青春密封、冶炼；
感谢你给了我一个冰箱，
把我的灵魂冷藏、保管；
感谢你给了我烧山的灰烬，
把我的胚芽埋在深涧；
感谢你给了我理不清的蚕丝，
让我在岁月的河边作茧。
所以我年轻——当我的诗句
　　出现在人们面前的时候，
竟像哈萨克牧民的羊皮口袋里
　　发酵的酸奶子一样新鲜！

……哈，我是青年！
我年轻啊，我的胡大！
就像我无数年轻的同伴——

青春曾在沙漠里丢失，
只有叮咚的驼铃为我催眠；
青春曾在烈日下暴晒，
只留下一个难以辨清滋味的杏干。
荒芜的秃额，也许是早被弃置的土丘，
弧形的皱纹，也许是随手画出的抛物线。
所以我年轻——当我们回到
　　春天的时候
你看看我，我看看你，
哈……我们都有了一代人的特点！

我以青年的身份
参加过无数青年的会议，
老实说，我不怀疑我青年的条件。
三十六岁，减去“十”，
正好……不，团龄才超过仅仅一年！
《呐喊》的作者
　　那时还比我们大呢，
比起长征途中那些终身不衰老的
　　年轻战士，
我们还不过是“儿童团”！
……哈，我是青年！

嘲讽吗？那就嘲讽自己吧，
苦儿的辛辣——带着咸。
祖国哟！

是您应该为您这样的儿女痛楚，
还是您的这样的儿女
　　应该为您感到辛酸？

我，常常望着天真的儿童，
素不相识，我也抚抚红润的小脸。
他们陌生地瞅着我，歪着头，
像一群小鸟打量着一个恐龙蛋。
他们走了，走远了，
　　也许正走向青春吧，
我却只有心灵的脚步微微发颤……
……不！我得去转告我的祖国：
世上最为珍贵的东西，
莫过于青春的自主权！

我爱，我想，但不嫉妒。
我哭，我笑，但不抱怨。
我羞，我愧，但不自弃。
我怒，我恨，但不悲叹。
既然这个特殊的时代
　　酿成了青年特殊的概念，
我就要对着蓝天说：我是——青年！

我是青年——
我的血管永远不会被泥沙堵塞；
我是青年——

我的瞳仁永远不会拉上雾幔。
我的秃额，正是一片初春的原野，
我的皱纹，正是一条大江的开端。
我不是醉汉，我不愿在白日说梦；
我不是老妇，絮絮叨叨地叹息华年；
我不是猢狲，我不会再被敲锣者戏耍；
我不是海龟，昏昏沉睡而益寿延年。
我是鹰——云中有志！
我是马——背上有鞍！
我有骨——骨中有钙！
我有汗——汗中有盐！
祖国啊！
既然您因残缺太多
　　把我们划入了青年的梯队，
我们就有青年和中年——双重的肩！

（选自1980年《诗刊》12月号）

李小雨（1951—2015）

河北丰润人，生于湖北武汉。

红纱巾

——写在第二十九个生日时

我要戴那条
红色的纱巾……
那轻柔的、冰冷的纱巾，
滑过我苍白的脸庞，
仿佛两道溪水
清凉凉地浸透了我发烫的双颊，
第一根白发和初添的皱纹，
（真的吗，苍老就是这样降临？）
呵，这些年，
风沙太多了，
吹干了眼角的泪痕，
吹裂了心……

红纱巾。
我看见夜风中
两道溪水上燃烧的火苗，
那么猛烈地烧着
我那双被平庸的生活
麻木了的眼神。

一道红色的闪电划过，
是青春的血液的颜色吗？
是跳跃的脉搏的颜色吗？
那，曾是我的颜色呵。

我惊醒。
那半夜敲门声打破的噩梦，
那散落一地的初中课本，
那闷热中午的长长的田垅，
那尘土飞扬的贫困的小村，
那蓝天下给予母亲的第一个微笑，
那朦胧中未完成的初恋的纯真，
那六平方米住房的狭窄的温暖，
那排着长队购买《英语讲座》的欢欣，
呵，那闪烁着红纱中的艰难岁月呵，
一起化作了
深深的，绵长的柔情……
祖国呵，我对你的爱多么深沉，
一如这展示着生活含义的纱巾，

那么固执地飞飘在
第二十九个严冬的风雪中，
点染着我那疲乏的
并不年轻的青春。
那悲哀和希望揉和的颜色呵，
那苦涩和甜蜜调成的颜色呵，

那活跃着一代人的生命的颜色呵！

今天，大雪纷纷。
我仍然要向世界
扬起一面小小的旗帜，
一片柔弱的翅膀，
一轮真正的太阳。
我相信，全世界都能
看到它，感觉到它，
因为它和那
插在最高建筑物上的旗帜，
是同样的，同样的
热烈而动人！

我望着伸向遥远的
淡红色的茫茫雪路，
一个孩子似的微笑
悄悄浮上嘴唇，
我正年轻……

我要戴那条
红色的纱巾……

（选自 1981 年《人民文学》2 月号）

赵　恺（1938—　）

山东兖州人。

第五十七个黎明

一位母亲加上一辆婴儿车，
组成一个前进的家庭。
前进在汽车的河流，
前进在高楼的森林，
前进在第五十六天产假之后的
第五十七个黎明。

五十七，
一个平凡的两位数字，
难道能计算出什么色彩和感情？
对医生，它可能是第五十七次手术，
对作家，它可能是第五十七部作品；
可能是第五十七块金牌，
可能是第五十七件发明。
可是，对于我们的诗歌，
它却是一片带泪的离情：
一位海员度完全年的假期，
第五十七天，
在风雪中启碇。
留下了什么呢？

给纺织女工留下一辆婴儿车和一车希望，
给孩子留下一个沉甸甸的姓名。
给北京留下的是对生活的思索，
年轻的母亲思索着向自己的工厂默默前行：

“锚锚”：多么独特的命名，
连孩子都带着海的音韵。
你把铁锚留在我身边，
可怎么停靠那艘国际远洋货轮？
难道船舶，
也是你永不停泊的爱情？
但愿爱情能把世界缩小
缩小到就像眼前的情景：
走进建外大街，
穿过使馆群。
身边就是朝鲜，接着又是日本，
再往前：智利、巴西、阿根廷……
但愿一条街就是一个世界，
但愿国际海员天天回家探亲，
但愿所有的婴儿车都拆掉车轮，
纵使再装上，
也只是为了在花丛草地间穿行。
可是，生活总是这样：
少了点温馨
多了点严峻。
许多温暖的家庭计划，

竟然得在风雪大道上制定：
别忘了路过东单副食商店，
买上三棵白菜、两瓶炼乳、一袋味精。
别忘了中午三十分钟吃饭，
得挤出十分跑趟邮电亭：
下个季度的《英语学习》，
还得趁早续订。
别忘了我们海员的叮咛：
物质使人温饱，
精神使人坚定……

这就是北京的女工：
在前进中盘算，
盘算着如何前进。
劳累吗？劳累；
艰辛吗？艰辛。
温饱而又艰辛，
劳累而又坚定：
这就是今日世界上，
一个中国工人的家庭。

不是吗？放下婴儿车，
就要推起纱锭。
一天三十里路程，
一年，就是一次环球旅行。

环球旅行，
但不是那么闪烁动听。
不是喷气客机，
不是卧铺水汀。
它是一次只要你目睹三分钟，
就会牢记一辈子的悲壮进军：
一双女工的脚板，
一车沉重的纱锭，
还得加上一册《英语学习》、
三棵白菜、两瓶炼乳、一袋味精。
青春在尘絮中跋涉，
信念在噪音中前行。
漫长的人生旅途上，
只有五十六天，
是属于女工的
一次庄严而痛苦的安宁。
今天，又来了：
从一张产床上走来两个生命。
茫茫风雪，
把母亲变成了雪人，
把婴儿车变成了雪岭。
一个思索的雪人，
一座安睡的雪岭。
雪人推着雪岭，
在暴风雪中奋力前行。

路口。路口。路口。
绿灯。绿灯。绿灯。
绿色本身就是生命，
生命和生命遥相呼应。
母亲穿过天安门广场，
长安街停下一条轿车的长龙：
一边是“红旗”“上海”“大桥”“北京”，
一边是“丰田”“福特”“奔驰”“三菱”……
在一支国际规模的“仪仗队”前，
我们的婴儿车庄严行进。
轮声辚辚，
威震天廷。

历史博物馆肃立致敬，
英雄纪念碑肃立致敬，
人民大会堂肃立致敬：
旋转的婴儿车轮，
就是中华民族的魂灵！

（选自1981年《诗刊》3月号）

林　希（1935—　）

原名侯红娥，法国归侨，天津人。

你曾经是我的舞伴

你曾经是我的舞伴
我们踏着水一般清澈的华尔兹舞曲
在冰一般平滑的地板上旋转
那时，我像女孩子一样羞怯
你，又比男孩子还要大胆

你曾经是我的舞伴
纷扬的彩色纸条飘下来
缠住了我们的双肩
我想把它拨开
你说：缠着吧
直到永远，永远

啊，我真悔恨
悔恨我竟把舞步踏乱
那一声声温暖的节奏
敲碎了我心上平静的水面
我多么希望那乐曲再重复演奏一次
那乐曲里有一个音符
曾把我们的心弦拨颤

而最后
那缠绕着我们的绚丽纸条终于裂断
当旋律随夜风徐徐飘散
我悔恨又为什么分别得这样仓促
竟没有来得及说一声再见
只把那一个音符
留你心中一半
留我心中一半

（选自 1981 年《上海文学》6 月号）

席慕容（1943—　）

女，原籍内蒙古察哈尔部，现居台湾。

一棵开花的树

如何让你遇见我
在我最美丽的时刻　为这
我已在佛前　求了五百年
求佛让我们结一段尘缘

佛于是把我化做一棵树
长在你必经的路旁
阳光下慎重地开满了花
朵朵都是我前世的盼望

当你走近　请你细听
那颤抖的叶是我等待的热情
而当你终于无视地走过
在你身后落了一地的
朋友啊　那不是花瓣
是我凋零的心

（选自诗集《七里香》，大地出版社1981年7月出版）

贺东久（1951— ）

安徽宿松人。

士兵的桂冠

桂冠，这权力和奢华的双重标志，
紧贴着帝王的双眉。

桂冠，这痛苦和光荣的双重标志，
紧贴着诗人的双眉。

我也有一顶桂冠，
压低飞扬的双眉：
那是钢盔！
这铁与火铸成的
自豪和威严的双重标志，
折射出山里那个古老家族
年轻的光辉……
它戴在我高昂的头上，
沉重而又雄伟！
只有特殊的头颅，
才能戴得起这特殊的光荣、
特殊的使命，
以及不幸和伤悲！
即使八万里风雷向我开火，

也不能从东方地平线上把我击退!

哦！士兵的桂冠，
太阳下，一丛盛开的金葵……

（选自1981年《解放军文艺》9月号）

许　淇（1937—2016）

上海市人。

忆

一

“我长久没接到你的音讯了！”我说，隔着梦的薄雾。
你凝望着我，默默无语。

二

一朵白云在碧海里飘着，
你薄软的衣衫在微风里飘着。
鸽子的银铃在屋檐上响着，
你轻柔的笑声在草地上响着。
一只燕子在潋滟的水面上掠过，
你的身影在浓密的繁枝旁掠过。
一朵玫瑰在绿叶间隙里窥探，
你的脸儿在梧桐雨帘后窥探。
“你爱我吗？”我说，捧着受创的心。
你凝望着我，默默无语。

三

向着陌生的不可知的远方，一列列车徐缓地启程。
在第五节车厢的一方窗口，伸出泪湿的白色纱巾，挥舞着，挥舞着，仿佛变成一只驯顺的白鸽，投向北方冰雪的笼中去了。

“我也跟随着去吧！”我说，声音转成呜咽。

你凝望着我，默默无语。

（选自1981年《诗刊》9月号）

再　忆

一个上了年纪的人，会有他自己熟悉的角落：炉边的一把固定的椅子，桌上的朱砂茶壶，烟斗和一本嚼得淡而寡味的书……

于是，回忆犹如一只固执的蜜蜂，你躲开它，它还是嗡嗡地绕着你的思绪。你轻轻地打开纸张发黄的书页，沁渗出宁谧的温馨；手指掀动的微飔，掠过了逝去的岁月。

“蜜蜂”盯住一朵花，一朵四月的花。

四月。窑洞窗台上的白瓷缸里插一朵野杜鹃，是她会纺线的手采撷的。

又一个四月。军号响了。夜渡黄河……

在马背上，一首热情悸动的诗，像草原上的小路，向地平线延伸。马蹄和韵脚，为祖国和她而无休止地铺开……

灰土布军帽檐儿压着眉，如远山的轻风；乳白色黎明的泡沫——睫毛上的泪。她的一朵瞬现的温婉的笑，一双明澈的晴朗的星眸，一炷燃烧的赤热的语言……

以后，便是林中的伏击。烟的旋涡。血和火。

埋葬了四月，永诀了青春。但可宽慰的是，她根植的大地上诞生了人民共和国。四月的星辰，永是我爱情的南针。

如今，回到那熟悉的角落，手指掀动回忆的书页。

莫讽嘲我的衰老，告诫年轻人要懂得珍惜：凡只拿利己的动机付诸实践，其结果终将归于幻灭。

爱，不是“我欲”的攫取，而是“利他”的献身，是激励，是力量，是互相提携，是共同去完成……

（选自 1981 年《诗刊》9 月号）

屠　岸（1923—　）

原名蒋壁厚，生于江苏常州。

白芙蓉

一株白芙蓉，静静地站在石墙旁：
每次走过，我总要对她凝视。
她始终静静地站着，端庄而矜持，
过后，她送来一丝淡淡的清香。

这一回，我又在她的身边走过，
她的枝桠微微地倾侧向一方，
她神态依旧，只是添了点忧伤。
我久久看着她，直到她面带羞涩。

我仔细审察：为什么她情绪异常？
一只花蜘蛛在结网，蛛丝把芙蓉枝
同傲慢、华贵的紫薇联结在一起。

我立刻动手，扯断了纠缠的蛛丝，
她随即站正了，腼腆中仍带着端庄。
我告别。她送来一阵浓烈的香气。

（选自 1981 年《诗刊》12 月号）

高　深（1935—　）

回族，辽宁岫岩人。

我默立在海瑞墓前

不是因为你是回回
我才对你特别敬爱
因为你给回回民族
留下了为官的清白

不是因为你是清官
我才对你特别崇拜
因为你给中华民族
留下了由衷的信赖

我千里迢迢跨过南海
不是只为了一次默哀
要向回回民族的历史
借鉴一些做人的正派

（选自1981年《诗刊》12月号）

梁　南（1925—2000）

四川峨嵋人。

我追随在祖国之后

我的足音，是我和道路终生不渝的契约，
是我亲吻大地得到的响应。
我渴求污垢不要沾染母亲的花裙，
难道是我过分？不！是人子爱她之深。
我愿做她驱使的舟楫和箭，水火相随；
我愿如驼队，昂首固执地穿越戈壁，
背负她沉重的美好，以罗盘做我的心。

渴望她优美的形象映红世界民族之林，
我探索风向标的误差，知足者的衰微；
探索人们对真理的怀念，对美学的虔诚；
思忖粉饰的反作用，偶像的破坏性能；
考核安乐椅的磨损力，先民们的艰辛；
查证狂欢时的失误，严谨时的繁盛；
研究实事求是的哲学，刚直不阿的本分……

我探索，拥抱阳光，栉风沐雨，
曾鲁莽，造次，也曾执着，认真；
时而在严肃中思考，时而在意料外欢欣；
我以惭愧去接受不幸，我走向沼泽，

深入茫无涯际的古林，蚊蚋如雾的处女地；
历经了种种炼火，我仍是母亲衣领上
一根纬线，时刻闻着她芬芳的呼吸。

我是滚滚波涛中微不足道的一滴水，
我是银河系中最渺小的一颗星，
我是横越荒寒的天鹅翅上的一片毛羽，
我是组成驼铃曲中的短促一声……
昨天已经死去，明天即将诞生，
探索的岂止是我，是一支欢快的队伍，
一个自强的民族，我是走在最后一人。

我不属于我，我属于历史，属于明天，
属于祖国——花冠的头顶，风的脚步，太阳的心。
从黎明玫瑰色的云朵穿过，向远方，
如风吹，如泉流，如金鼓，如急钲，
一声呼，一声唤，一声笑，一声吟，
款款叩击着出生我的广袤大地，
这行进之音，恳切而深深，
像探索一样无尽……紧紧把祖国追随。

（选自 1982 年《诗刊》1 月号）

萧　萧（1947—　）

原名萧水顺，台湾彰化人。

茶叶的心事

绉成一团，不一定是我的本意
回复三月东风阵阵的翠绿
或者秋末寒雨
又，何尝是……

从火里来，再到水中去
也不过熬来一身苦涩
冲出一身苦涩
苦涩，无论如何也说不完
山中晦暗的心情

一切都淡了！
我还是沉下去又浮上来
浮上来找寻自己的脸
在泪水酸涩中
唯知出神　凝视

凝视你，身在茶杯外的风暴里
担着什么样的凄楚
萎成什么样的酽茶

仍然忧心杯内的我，与苦与涩

（选自 1982 年 4 月 17 日《中国时报·人间》）

林　彧（1957—　）

原名林钰锡，祖籍福建平和，生于台湾南投。

名　片

他们有些已经鼾声雷动
有些仍在酒肆，有些
在黯澹街灯下踢着空罐头

这些人那些人，在这里
在那里，这些人，或许
在一道陡斜的窄梯上努力攀爬

一个欢宴后的雨夜，我
整理着各式各样的名片
并且轻轻念出那短诗般的名字

突然，我忘了他们的
脸孔、声音、衣着以及
交出、取回名片的理由

他们知道我是谁吗
在这里，在那里，我听到
无数个我被撕裂的声音

（选自 1982 年 7 月 13 日《中国时报·人间》）

刘小放（1944— ）

河北黄骅人。

庄稼院里的女王

她从田野里归来
身上染着草叶的清香
纯净的露水打湿了衣角
脸上闪着宝石似的汗光

给小猫，逮回一串蚂蚱
高高地插在草帽上
给小妮，掐来两朵野花
美美地别在两鬓旁

　　啊！我质朴的妻子
　　庄稼院里的女王

回到家，放下耙子抓扫帚
鸡围她转，鹅绕她唱
大灰兔向她行着注目礼
猪圈里，一群小崽前呼后嚷

她行使着神圣的权力
乐滋滋地来回奔忙

提着沉甸甸的食桶
挥着铁勺当指挥棒

啊！我能干的妻子
庄稼院里的女王

她围着古老的锅台
天天谱出深情的乐章
灶膛里点着红荆野蒿
蒸得棒子面饼子喷着清香

每天，为父亲烤好旱烟叶
每顿，给母亲送上热饭汤
夜晚，她把月光搓成思念的带子
遥遥地、遥遥地投到我的前窗

啊！我贤慧的妻子
庄稼院里的女王

（选自 1982 年《诗刊》9 月号）

金　哲（1932—　）

原名金龙燮，朝鲜族，生于日本下关。

金达莱

冰的压抑，
冬的封锁，
大地萎缩的肌体
朔风里哆嗦；
“我是岩浆
　　　我是剑”
融一束光
化一团火
呼啸着冲破冻僵的地壳。

——金达莱呵
凛凛峭立于寒冬的山坡。

于是，在黑暗和旭日之间
升起了殷红的黎明
——血的光热
　　生命的颜色

雪，哭泣着遁进
季节的沟壑。

春风，歌舞着
沿你的血迹
漫五月的缓坡。

金达莱，你
像山野的雕塑
在寒冬和阳春之隙
灼灼闪烁。

把诗人的恋情
留给花蕊
留给小溪
留给蝶翅搧来的
温柔的歌……

1982 年 3 月 20 日于延吉

（金一　译）

（选自 1982 年《诗刊》12 月号）

任洪渊（1937— ）

四川邛崃人。

巫溪少女

大宁河谷的“小三峡”也有一尊少女形的山石。关于她，也有一段美丽而又感伤的传说。

好像是从一座座沉默的山后走出
你站在这里。热切的
连你脚下的山，也变成了
　　被这清清的流水漂动的船

不，你再不是一个石化的少女
又是一个遥远的想象留下的
多少带点哀怨的仪态
一个已经够了。你再不是
瑶姬的姐妹，守望
再继续一次千年的梦幻
望夫石
神女峰
阿诗玛的黑色的石林
爱，也过于沉重
我的土地，再也负担不起一个
冰冷在石头上的期待和呼唤

你是我的发现。我创造了你
一块风雨雕刻的岩石
复制了我心中的形象
瀑布般自由飘泻的长发
青春流动的曲线，和天然的体态
再不要那属于神话的
云与雾的遮掩

我还给了你一双眼睛
像她的一样，深邃，辽远
以及敢于正面直视的大胆
她头脑中苦恼的思索
也不可捉摸地藏在你的眉尖
我还在你的嘴边嘘了一口气
传给你她的声音和现代的语言
去否定或者证明
去讥嘲或者争辩
而在不语的唇边
总还留着没有吐露的一半
你是我留下的一尊塑像
一个憧憬，一个美的观念
作为我的纪念碑，代表今天

从我的后面，青年们
正浪一般涌到你的船前

他们都来和你结伴
并为你挂起一面放舟中流的帆

1982 年 9 月 30 日巫溪舟中
（选自 1983 年《诗刊》3 月号）

车前子（1963— ）

原名顾盼，生于江苏苏州。

三原色

我，在白纸上，
白纸——什么都没有，
用三支蜡笔，
一支画一条，
画了三条线，
没有尺子，
线歪歪扭扭的。
大人们说：
红黄蓝，
是三原色，
三条直线，
象征三条道路。
——我听不懂啊，
又照着自己的喜好，
画了三只圆圈
我要画得最圆最圆。

（选自1983年《青春》4月号）

日常生活

——一个拐腿的人也想踢一场足球

每扇门里摆满了“世界杯”
我也想踢一场足球了
或者把足球
抱在胸前
像抱着一捧水果
于是就想到结婚

这唯一不意外的奇迹
娶一个健康的女子
若干年后的若干年后
我就有一个儿子
这唯一不意外的奇迹
飞跑在足球场上

就像我自己正跑着似的
坐在栅栏外
我温情地观看
阳光金黄
草坪碧绿
射门：我儿子就像我
把一个个字
填进格子一样自然

足球滚过身边

我抚摸着枯萎的右腿
注视着足球滚远
滚得远远
一直滚到我结婚之前
现在的桌边
叫我去想以后会遇到的好事
真忍不住要哭上几声
一个拐腿的人为了踢一场足球

（选自 1986 年《诗刊》10 月号）

韦其麟（1935— ）

壮族，广西南宁人。

忧 郁

被苍茫的云雾所封裹，
初升的太阳未能喷薄而出。

被高耸的大坝所阻拦，
激流变成转弯的漩涡在回环。

烈日下的绿叶在低垂，
而生机并没有枯萎。

哲人站在历史长河的岸上，
让庄严的思想展开沉重的翅膀。

1975 年冬于茅桥药场

（选自 1983 年《诗刊》4 月号）

杨 炼（1955— ）

北京市人，生于瑞士伯尔尼。

诺日朗[①]

一、日潮

高原如猛虎，焚烧于激流暴跳的万物的海滨
哦，只有光，落日浑圆地向你们泛滥，大地悬挂在空中

强盗的帆向手臂张开，岩石向胸脯，苍鹰向心……
牧羊人的孤独被无边起伏的灌木所吞噬
经幡飞扬，那凄厉的信仰，悠悠凌驾于蔚蓝之上

你们此刻为哪一片白云的消逝而默哀呢
在岁月脚下匍匐，忍受黄昏的驱使
成千上万座墓碑像犁一样抛锚在荒野尽头
互相遗弃，永远遗弃：把青铜还给土，让鲜血生锈

你们仍然朝每一阵雷霆倾泻着泪水吗

① 诺日朗：藏语，男神。四川著名风景区九寨沟有一座瀑布，一座雪山以此命名，地处川甘交界高原区。

西风一年一度从沙砾深处唤醒淘金者的命运
栈道崩塌了　峭壁无路可走，石孔的日晷是黑的
而古代女巫的天空再次裸露七朵莲花之谜

哦，光，神圣的红釉，火的崇拜火的舞蹈
洗涤呻吟的温柔，赋予苍穹一个破碎陶罐的宁静
你们终于被如此巨大的一瞬震撼了么
——太阳等着，为陨落的劫难，欢喜若狂

二、黄金树

我是瀑布的神，我是雪山的神
高大、雄健，主宰新月
成为所有江河的唯一首领
雀鸟在我胸前安家
浓郁的丛林遮盖着
　　那通往秘密池塘的小径
我的奔放像大群刚刚成年的牡鹿
欲望像三月
聚集起骚动中的力量
我是金黄色的树
收获黄金的树
热情的挑逗来自深渊
毫不理睬周围怯懦者的箴言
直到我的波涛把它充满
流浪的女性，水面闪烁的女性
谁是那迫使我啜饮的唯一的女性呢

我的目光克制住夜
十二支长号克制住番石榴花的风
我来到的每个地方，没有阴影
触摸过的每颗草莓化作辉煌的星辰
　　在世界中央升起
占有你们，我，真正的男人

三、血祭

用殷红的图案簇拥白色颅骨，供奉太阳和战争，
用杀婴的血，行割礼的血，滋养我绵绵不绝的生命
一把黑曜岩的刀剖开大地的胸膛，心被高高举起
无数旗帜像角斗士的鼓声，在晚霞间激荡
我活着，我微笑，骄傲地率领你们征服死亡
——用自己的血，给历史签名，装饰废墟和仪式

那么，擦去你的悲哀！让悬崖封闭群山的气魄
兀鹰一次又一次俯冲，像一阵阵风暴，把眼眶啄空
苦难祭台上奔跑或扑倒的躯体同时怒放
久久迷失的希望乘坐尖锐的饥饿归来，撒下呼啸与
　　赞颂
你们听从什么发现了弧形地平线上孑然一身的壮丽
于是让血流尽：赴死的光荣，比死更强大
朝我奉献吧！四十名处女将歌唱你们的幸运
晒黑的皮肤像清脆的铜铃，在斋戒和守望里游行
那高贵的卑怯的、无辜的罪恶的、纯净的肮脏的潮汐

辽阔记忆，我的奥秘伴随抽搐的狂欢源源诞生
宝塔巍峨耸立，为山巅的暮色指引一条向天之路
你们解脱了——从血泊中，亲近神圣

四、偈子[①]

为期待而绝望
为绝望而期待

绝望是最完美的期待
期待是最漫长的绝望

期待不一定开始
绝望也未必结束

或许召唤只有一声——
最嘹亮的，恰恰是寂静

五、午夜的庆典[②]

开歌路

领：午夜降临了，斑斓的黑暗展开它的虎皮。金灿灿地
闪耀着绿色。遥远。青草的芳香使我们感动，露水
打湿天空，我们是被谁集合起来的呢？

① 偈子：佛经中一种体裁，短小类似于格言，意译为“颂”。
② 本节采用四川民歌中“丧歌”仪式，三小段标题均采自原题。

合：哦，这么多人，这么多人！

领：星座倾斜了，不知不觉的睡眠被松涛充满。风吹过陌生的手臂，我们紧紧挤在一起，梦见火，又大又亮。孩子们也睡了。

合：哦，这么多人，这么多人！

领：灵魂战栗着，灵魂渴望着，在漆黑的树叶间寻找一块空地。在晕眩的沉默后面，有一个声音，徐徐松弛成月色，那就是我们一直追求的光明吗？

合：哦，这么多人，这么多人！

穿　花

诺日朗的宣谕：
唯一的道路是一条透明的路
唯一的道路是一条柔软的路
我说，跟随那股赞歌的泉水吧
夕阳沉淀了，血流消融了
瀑布和雪山的向导
笑容荡漾袒露诱惑的女性
从四面八方，跳舞而来，沐浴而来
超越虚幻，分享我的纯真

煞　鼓

此刻，高原如猛虎，被透明的手指无垠地爱抚

此刻，狼藉的森林蔓延被蹂躏的美、灿烂而严峻的美
向山洪、向村庄碎石累累的毁灭公布宇宙的和谐
树根像粗大的脚踝倔强地走着，孩子在流离中笑着
尊严和性格从死亡里站起，铃兰花吹奏我的神圣
我的光，即使陨落着你们时也照亮着你们
那个金黄的召唤，把苦涩交给海，海永不平静
在黑夜之上，在遗忘之上，在梦呓的呢喃和微微呼喊
　之上
此刻，在世界中央。我说：活下去——人们
天地开创了。鸟儿啼叫着。一切，仅仅是启示

（选自 1983 年《上海文学》5 月号）

饶庆年（1947—1995）

湖北蒲圻人。

山雀子噪醒的江南

山雀子噪醒的江南，一抹雨烟
到处是布谷的清亮，黄鹂的婉转，竹鸡的缠绵
看夜的猎手回了，柳笛儿在晨风中轻颤
孩子踏着睡意出牧，露珠绊响了水牛的铃铛
扛犁的老哥子们，粗声地吆喝着问候
担水的村姑，小曲儿洒一路淡淡的喜欢
山雀子噪醒的江南，一抹雨烟

我的心宁静地依恋，依恋着烟雨江南
故乡从梦中醒来，竹叶抖动着晨风的新鲜
走尽古老的石阶，已不见破败的童话
石砌的院落，新房正翘起昂起的飞檐
孩子们已无从知道当年蕨根的苦涩
也不再弯腰拾起落地的榆钱
乡亲们泡一杯新摘的山茶待我，我的心浸渍着爱的
　香甜
山雀子噪醒的江南，一抹雨烟

我爱崖头山脚野蔷薇初吐的芳蕊
这一簇簇野性的艳丽，惹动我一瓣甜蜜，半朵心酸

望着牛背上打滚儿如同草地上打滚儿的侄儿们
江南烟雨迷蒙了我凝思的双眼
这些懂事的孩子过早地担起了父辈的艰辛
稚气的眸子，闪射着求知的欲念
可是，草坡上他们却在比赛着骂人的粗野
油灯下，只剩“抓子儿”的消遣
山雀子噪醒的江南，一抹雨烟

那溪水半掩的青石，沉默着我的初恋
鸭舌草多情记忆里，悄悄开着羞涩的水仙
赤脚，我在溪流中浣洗着叹息
浣洗着童年的亲昵，今日的无言
小路幽深，兰草花默默地飘散着三月
小路又热烈，野石榴点燃了如火的夏天
小路驮着我长大，林阴覆盖我的几多朦胧
山雀子噪醒的江南，一抹雨烟

山雀子噪醒的江南，一抹雨烟
烟雨拂撩着我如画的江南
桂花酒新酿着一个现实的故事
荞花蜜将我久藏的童心点染
我的心交给了崖头的山雀
衔一片喜悦装点我迟到的春天
山雀子衔来的江南，一抹雨烟

（选自 1983 年《诗刊》6 月号）

非　马（1936—　）

原名马为义，祖籍广东，生于台湾。美籍华人。

醉　汉

把短短的巷子
走成一条
曲折
回荡的
万里愁肠

左一脚
十年
右一脚
十年
母亲啊
我正努力
向您
走
来

1977年6月5日

（选自《非马诗选》，台湾商务印书馆1983年6月出版）

周　涛（1946—　）

祖籍山西，生于北京。

鹰之击

哦，我看见一只鹰，正从峭壁上飞起，
它刚才还立在山巅，立在一块突兀的岩石上，
凝着神，敛着翅，一动也不动，
像一尊褐灰色的石雕，
从高峻的积雪的山峦俯瞰大地——
　　这时深秋的旷野，
　　在枯黄的草色中还隐隐透着淡绿；
　　如一幅刚刚绘制好的地图，
　　坦荡的世界醉于色彩变幻的漩流，
　　杂色的树丛和银灰的河流，
　　合拍于大地缓缓起伏的旋律。
哦，这是只年轻的鹰，翅膀异常有力。

它有被太阳烘暖的热血，
　　闪电般犀利的目光，
飞卷的鳞状雨云所剪裁而成的翎羽，
它还有迅雷一般易怒的脾气。
它盘旋着，凭借着风和气流，
划出巨大的弧线旋转上升……
　　它发现了什么？谁是它的仇敌？

为什么那摇向青天极处的黑点，
突然发出尖利激扬的啸叫？
它伸展帆影般的双翼，
开始在天风中兴奋地颤抖啦，
胸脯前狂流的热血涌向咽喉，
渴望着属于鹰的荣誉……
哦，它看见了：一只狼。

一只狼。正从通向牧场的山凹处走过来
穿过那片投着阴影的松林，
远处，暴怒的吠犬正在搜索山丛。
这个在逃犯，是头老狼了。
灰色的皮毛像秋草那样杂乱，
蹒跚地走在布满石片的干涸的溪底。
它垂着头，目光冷漠而暗淡，
仿佛掩盖在灰烬中的两粒火星；
一条踬阂的前腿像挨过狼夹子，
那破布般的尾巴
正无精打采地拖在身后，
像败兵倒拖在身后的破旗。
这时，那只发现了目标的鹰，
正从空中投下死神的阴影！
那猎鹰是那样愤怒而且自信，
它盘旋到最适合的角度，
就果敢地压低翅膀，猛一侧身；
掠过了山脊，掠过了树梢，

在瓦蓝的天际
划出一道长长的裂缝……
　　那老狼正暴露于旷野之上，
　　它只是蹒跚地小跑着，
　　都不曾抬起头，瞥一眼天上的流云；
　　但它的眼睛却死死盯住鹰的投影，
　　锋利的牙齿间紧咬着一个仇恨。

它已经感到了背脊上，鹰的锐目
射向它的两道正义的寒光；
听到自空而降的猎猎雄风
正向它压下来，渐渐逼近……
　　年轻的鹰发起了第一次打击，
　　它伸出一只利爪，攫住狼的后臀，
　　让那利刃深深扎进骨缝，它知道，
　　这剧疼是岩石也无法忍受的，
　　狼一定会本能地反扑，扭头来咬，
　　那正好，它的另一只利爪
　　会不失时机地伸过去，
　　插进它毛茸茸的两耳之间，掠过额顶
　　闪电般抠住狼的眼睛……
但是那老狼没有扭头，
它把一声狂嚎关在喉咙里，只挤出一丝呻吟；
老辣的计谋扼制了本能，
它反而更低地向前伸着头，开始狂奔；
像一只拖着褐色风帆的快船，

直奔一片枝干交错、密如蛛网的灌木林。
鹰的铁爪锁在它的骨肉之中了，
扑着翅膀挣扎，像一架倒拖的犁……
　　被拖向灌木林，被拖进灌木林，
　　劈面而来的枝杈，抽打它，引诱它，
　　引诱它那只铁爪抓住树枝的本能。
　　它抓住树枝，想借以重新腾空，
　　然而，这只年轻的鹰，却抓住了不幸——
　　两个铁钩似的利爪都已无法脱开了，
　　它被劈胸撕成两半，灌丛深处
　　传出一阵凄厉的啸声……

当那只狼，从树丛中窜出来的时候，
就像在那里刚刚进行了一场谋杀！
那鹰的一半正牢牢钉在树上，
被冲力撕开的胸腔鲜血淋淋。
但它的神经肌肉却还活着，
像钉在树上的一面迎风的旗帜。
它的翅膀还在不停地扑打着、扇动着……
所有的鹰都会从高空、从陡峭的悬崖上，
看到它的形象，听到它的声音，
哦，这属于天空和大地的勇敢的子孙！
　　而那只老狼，它真的胜利了吗？
　　不，它从此不能再有一刻安宁了，
　　它将不停地长嚎、奔跑、打滚，
　　从白昼跑到黑夜，从黑夜跑至黎明；

因为一只鹰爪还留在它身后，
深嵌在骨缝，紧紧掐住它的神经！
它永远也摆脱不掉这只手了，
直到精疲力竭地死去……

哦！我又看见一只鹰，和那只一样年轻，
它又从峭壁上飞起，轻轻地一耸，
滑翔得那么自如，俯冲得那么英勇，
偶尔也从云层飘下一两声欢叫，
它是在召唤它的同类吗？这雄禽
连欢叫的声音也是悲壮的，
如同直射长空的飒飒秋风……
是的，鹰是不死的。
峭壁上依然有鹰的石雕，
和那只鹰一样是褐灰色的，
褐灰色的，一动不动；
天空中依然有鹰的身影，
也和那死去的鹰一样，
划着巨大的弧线，旋转上升……

1982年10月20日

（选自1983年《解放军文艺》8月号）

李　钢（1951—　）

陕西韩城人。

蓝水兵

蓝水兵
你的嗓音纯得发蓝，你的呐喊
带有好多小锯齿
你要把什么锯下来带走
你深深地呼吸
吸进那么多透明的空气
莫非要去冲淡蓝蓝的咸咸的海风

蓝水兵
从海滩上跃起身来
随便撕一张日历揣在裤兜里
举起太平斧砍断你的目光
你漂到海蓝和天蓝中去
挥动你的双鳍鼓一排巨浪
把岸推向远处去
蓝水兵
你这两栖的蓝水兵

蓝水兵
畅泳在你的蓝军服里

隐身在海面的蓝雾里
南海用粤语为你浅浅地唱着
羊城在远方咩咩地叫着
海啸的唿哨挺粗犷
太阳那家伙的毛胡子怪刺痒
在一派浩浩荡荡的蓝色中
反正你蓝得很独特
蓝水兵
你是蓝鲸

春季过了你就下潜
一直下潜到贝壳中去
谛听海的心音
伸出潜望镜来瞭望整个夏天
你可以仰游，可以侧泳
可以轻盈地鱼跃过任何海区
如果你高兴
你尽可以展翅飞去

去银河系对你来说
是再容易不过的事了
那场壮观的流星雨
究竟算第一次空战还是海战
反正你打得够潇洒的
当天上和海上的潮声平息
当月光流泻如月光曲

你便在月光中睡成一座月光岛

早晨你醒来
在那棵扶桑树上解开你的缆绳
总会将一只金鸟儿惊起
它扑楞楞地扇下几根羽毛
响叮叮落在你的甲板上
世界顿时一片灿烂
在这令人眼花缭乱的光芒中
天开始一个劲地高
海开始一个劲地阔
蓝水兵
你便开始一个劲地蓝

（选自 1983 年《诗刊》8 月号）

马丽华（1953— ）

女，山东济南人。

日既出

摇动十二万只风铃哗然而来
宇宙间饱和了恢宏和谐的回声
漫过草原一览无余的滩涂
太阳涨起大潮

阳光梳理我汹涌的思绪
思绪伸张为纷披的触须
沿着太阳的轨迹平行运转
在尽是矮个儿草墩的旷野
做一株挺拔的向日葵最适宜

不然谁又能改变我为云朵呢
借殷勤的风之翼去接近他
是一座亘古挺立的山岩也好
风蚀为纷纷扬扬的大地微尘
承受他绵绵无尽的爱抚
不然谁能使我与爱之神同在

草叶曳动如经幡招摇
我悄悄说，知道么

造物主为我创造了你
又因你而设计了我
唯我能够解破
　　我与你的缘分之谜
我选择诗笔原只为太阳
　　只为太阳你呀

激荡的草原忽然肃穆
体会最最新鲜最最深刻的感动
所有头颅都沉重地轻盈地扬起
朝同一方位致注目礼
隐隐传来赞美诗的和声
哦，从哪里响起，从哪个世纪响起

（选自 1984 年《诗刊》8 月号）

陆忆敏（1962— ）

女，上海市人。

美国妇女杂志

从此窗望出去
你知道，应有尽有
无花的树下，你看看
那群生动的人

把发辫绕上右鬓的
把头发披覆脸颊的
目光板直的，或讥诮的女士
你认认那群人，一个一个

谁曾经是我
谁是我的一天，一个秋天的日子
谁是我的一个春天和几个春天
谁？曾经是我

我们不时地倒向尘埃或奔来奔去
挟着词典，翻到死亡这一页
我们剪贴这个词，刺绣这个字眼

拆开它的九个笔划又装上①

人们看着这场忙碌
看了几个世纪了
他们夸我们干得好，勇敢，镇定
他们就这样描述

你认认那群人
谁曾经是我
我站在你跟前
已洗手不干

（选自贝岭编《当代中国诗三十八首》，1984 年油印）

① 死亡这个词，中文共有九个笔画。

吕德安（1960—　）

福建人，生于福州。

父亲和我

父亲和我
我们并肩走着
秋雨稍歇
和前一阵雨
像隔了多年时光

我们走在雨和雨
的间歇里
肩头清晰地靠在一起
却没有一句要说的话

我们刚从屋子里出来
所以没有一句要说的话
这是长久生活在一起
造成的
滴水的声音像折下一支细枝条

像过冬的梅花
父亲的头发已经全白
但这迫似于一种灵魂

会使人不禁肃然起敬
依然是熟悉的街道
熟悉的人要举手致意
父亲和我却怀着南方的恩情
安祥地走着

1982 年

（选自贝岭编《当代中国》诗三十八首，1984 年油印）

夏　宇（1956—　）

原名黄庆绮，女，台湾人。

甜蜜的复仇

把你的影子加点盐
腌起来
风干

老的时候
下酒

（选自诗集《备忘录》，1984 年出版）

韩　东（1960—　）

江苏南京人。

有关大雁塔

有关大雁塔
我们又能知道些什么
有很多人从远方赶来
为了爬上去
做一次英雄
也有的还来做第二次
或者更多
那些不得意的人们
那些发福的人们
统统爬上去
做一做英雄
然后下来
走进这条大街
转眼不见了
也有有种的往下跳
在台阶上开一朵红花
那就真的成了英雄
当代英雄

有关大雁塔

我们又能知道些什么
我们爬上去
看看四周的风景
然后再下来

（选自 1985 年《他们》第 1 期）

吉狄马加（1961— ）

彝族，四川凉山人，生于四川昭觉。

自画像

风在黄昏的山冈上悄悄对孩子说话
风走了，远方有一个童话等着它
孩子留下你的名字吧，在这块土地上
因为有一天你会自豪地死去

——题记

我是这片土地上用彝文写下的历史
是一个剪不断脐带的女人的婴儿
我痛苦的名字
我美丽的名字
我希望的名字
那是一个纺线女人
千百年来孕育着的
一首属于男人的诗

我传统的父亲
是男人中的男人
人们都叫他支呷阿鲁
我不老的母亲
是土地上的歌手

一条深沉的河流
我永恒的情人
是美人中的美人
人们都叫她呷玛阿妞

我是一千次死去
永远朝着左睡的男人
我是一千次死去
永远朝着右睡的女人
我是一千次葬礼开始后
那来自远方的友情
我是一千次葬礼高潮时
母亲喉头发颤的辅音

这一切虽然都包含了我
其实我是千百年来
正义和邪恶的抗争
其实我是千百年来
爱情和梦幻的儿孙
其实我是千百年来
一次没有完的婚礼
其实我是千百年来
　　一切背叛
　　　　一切忠诚
　　一切生
　　　　一切死

呵，世界，请听我回答
我——是——彝——人

（选自1985年《诗刊》3月号）

我，雪豹……

——献给乔治·夏勒

一

流星划过的时候
我的身体，在瞬间
被光明烛照，我的皮毛
燃烧如白雪的火焰
我的影子，闪动成光的箭矢
犹如一条银色的鱼
消失在黑暗的苍穹
我是雪山真正的儿子
守望孤独，穿越了所有的时空
潜伏在岩石坚硬的波浪之间
我守卫在这里——
在这个至高无上的疆域
毫无疑问，高贵的血统
已经被祖先的谱系证明
我的诞生——
是白雪千年孕育的奇迹

我的死亡——
是白雪轮回永恒的寂静
因为我的名字的含义：
我隐藏在雾和霭的最深处
我穿行于生命意识中的
另一个边缘
我的眼睛底部
绽放着呼吸的星光
我思想的珍珠
凝聚成黎明的水滴
我不是一段经文
刚开始的那个部分
我的声音是群山
战胜时间的沉默
我不属于语言在天空
悬垂着的文字
我仅仅是一道光
留下闪闪发亮的纹路
我忠诚诺言
不会被背叛的词语书写
我永远活在
虚无编织的界限之外
我不会选择离开
即便雪山已经死亡

二

我在山脊的剪影，黑色的

花朵，虚无与现实
在子夜的空气中沉落

自由地巡视，祖先的
领地，用一种方式
那是骨血遗传的密码

在晨昏的时光，欲望
就会把我召唤
穿行在隐秘的沉默之中

只有在这样的时刻
我才会去，真正重温
那个失去的时代……

三

望着坠落的星星
身体漂浮在宇宙的海洋
幽蓝的目光，伴随着
失重的灵魂，正朝着
永无止境的方向上升
还没有开始——
闪电般的纵身一跃
充满强度的脚趾
已敲击着金属的空气
谁也看不见，这样一个过程

我的呼吸、回忆、秘密的气息
已经全部覆盖了这片荒野
但不要寻找我，面具早已消失……

四

此时，我就是这片雪域
从吹过的风中，能聆听到
我骨骼发出的声响
一只鹰翻腾着，在与看不见的
对手搏击，那是我的影子
在光明和黑暗的
缓冲地带游离
没有鸟无声地降落
在那山谷和河流的交汇处
是我留下的暗示和符号
如果一只旱獭
拼命地奔跑，但身后
却看不见任何追击
那是我的意念
已让它感到了危险
你在这样的时刻
永远看不见我，在这个
充满着虚妄、伪善和杀戮的地球上
我从来不属于
任何别的地方！

五

我说不出所有
动物和植物的名字
但这却是一个圆形的世界
我不知道关于生命的天平
应该是，更靠左边一点
还是更靠右边一点，我只是
一只雪豹，尤其无法回答
这个生命与另一个生命的关系
但是我却相信，宇宙的秩序
并非来自于偶然和混乱
我与生俱来——
就和岩羊、赤狐、旱獭
有着千丝万缕的依存
我们不是命运——
在拐弯处的某一个岔路
而更像一个捉摸不透的谜语
我们活在这里已经很长时间
谁也离不开彼此的存在
但是我们却惊恐和惧怕
追逐和新生再没有什么区别……

六

我的足迹，留在
雪地上，或许它的形状

比一串盛开的
梅花还要美丽
或许它是虚无的延伸
因为它，并不指明
其中的奥妙
也不会预言——
未知的结束
其实生命的奇迹
已经表明，短暂的
存在和长久的死亡
并不能告诉我们
它们之间谁更为重要？
这样的足迹，不是
占卜者留下的，但它是
另一种语言，能发出
寂静的声音
唯有起风的时刻，或者
再来一场意想不到的大雪
那些依稀的足迹
才会被一扫而空……

七

当我出现的刹那
你会在死去的记忆中
也许还会在——
刚要苏醒的梦境里

真切而恍惚地看见我：
是大阳的反射，光芒的银币
是岩石上的几何，风中的植物
是一朵玫瑰流淌在空气中的颜色
是一千朵玫瑰最终宣泄成的瀑布
是静止的速度，黄金的弧形
是柔软的时间，碎片的力量
是过度的线条，黑色 + 白色的可能
是光铸造的酋长，穿越深渊的○
是宇宙失落的长矛，飞行中的箭
是被感觉和梦幻碰碎的
某一粒逃窜的晶体
水珠四溅，色彩斑斓
是勇士佩戴上一颗颗通灵的贝壳
是消失了的国王的头饰
在大地子宫里的又一次复活

八

二月是生命的季节
拒绝羞涩，是燃烧的雪
泛滥的开始
野性的风，吹动峡谷的号角
遗忘名字，在这里寻找并完成
另一个生命诞生的仪式
这是所有母性——
神秘的词语和诗篇

它只为生殖之神的
降临而吟诵……

追逐　离心力　失重　闪电　弧线
欲望的弓　切割的宝石　分裂的空气
重复的跳跃　气味的舌尖　接纳的坚硬
奔跑的目标　颌骨的坡度　不相等的飞行
迟缓的光速　分解的摇曳　缺席的负重
撕咬　撕咬　血管的磷　唇齿的馈赠
呼吸的波浪　急遽的升起　强烈如初
捶打的舞蹈　临界死亡的牵引　抽空　抽空
想象　地震的战栗　奉献　大地的凹陷
向外渗漏　分崩离析　喷泉　喷泉　喷泉
生命中坠落的倦意　边缘的颤抖　回忆
雷鸣后的寂静　等待　群山的回声……

九

在峭壁上舞蹈
黑暗的底片
沉落在白昼的海洋
从上到下的逻辑
跳跃虚无与存在的山涧
自由的领地
在这里只有我们
能选择自己的方式
我的四肢攀爬

陡峭的神经
爪子踩着岩石的
琴键，轻如羽毛
我是山地的水手
充满着无名的渴望
在我出击的时候
风速没有我快
但我的铠甲却在
空气中嘶嘶发响
我是自由落体的王子
雪山十二子的兄弟
九十度的往上冲刺
一百二十度的骤然下降
是我有着花斑的长尾
平衡了生与死的界限……

十

昨晚梦见了妈妈
她还在那里等待，目光幽幽

我们注定是——
孤独的行者
两岁以后，就会离开保护
独自去证明
我也是一个将比我的父亲
更勇敢的武士

我会为捍卫我高贵血统
以及那世代相传的
永远不可被玷污的荣誉
而流尽最后一滴血

我们不会选择耻辱
就是在决斗的沙场
我也会在临死前
大声地告诉世人
——我是谁的儿子！
因为祖先的英名
如同白雪一样圣洁
从出生的那一天
我就明白——
我和我的兄弟们
是一座座雪山
永远的保护神

我们不会遗忘——
神圣的职责
我的梦境里时常浮现的
是一代代祖先的容貌
我的双唇上飘荡着的
是一个伟大家族的
黄金谱系！

我总是靠近死亡，但也凝视未来

十一

有人说我护卫的神山
没有雪灾和瘟疫
当我独自站在山巅
在目光所及之地
白雪一片清澈
所有的生命都沐浴在纯净的
祥和的光里。远方的鹰
最初还能看见，在无际的边缘
只剩下一个小点，但是，还是同往常一样
在蓝色的深处，消失得无影无踪
在不远的地方，牧人的炊烟
袅袅轻升，几乎看不出这是一种现实
黑色的牦牛，散落在山坳的低洼中
在那里，会有一些紫色的雾霭，飘浮
在小河白色冰层的上面
在这样的时候，灵魂和肉体已经分离
我的思绪，开始忘我地飘浮
此时，仿佛能听到来自天宇的声音
而我的舌尖上的词语，正用另一种方式
在这苍穹巨大的门前，开始
为这一片大地上的所有生灵祈福……

十二

我活在典籍里，是岩石中的蛇

我的命是一百匹马的命，是一千头牛的命
也是一万个人的命。因为我，隐蔽在
佛经的某一页，谁杀死我，就是
杀死另一个看不见的，成千上万的我
我的血迹不会留在巨石上，因为它
没有颜色，但那样仍然是罪证
我销声匿迹，扯碎夜的帷幕
一双熄灭的眼，如同石头的内心一样隐秘
一个灵魂独处，或许能听见大地的心跳？
但我还是只喜欢望着天空的星星
忘记了有多长时间，直到它流出了眼泪

十三

一颗子弹击中了
我的兄弟，那只名字叫白银的雪豹
射击者的手指，弯曲着
一阵沉闷的牛角的回声
已把死亡的讯息传遍了山谷
就是那颗子弹
我们灵敏的眼睛，短暂的失忆
虽然看见了它，像一道红色的闪电
刺穿了焚烧着的时间和距离
但已经来不及躲藏
黎明停止了喘息
就是那颗子弹
它的发射者的头颅，以及

为这个头颅供给血液的心脏
已经被罪恶的账簿冻结
就是那颗子弹，像一滴血
就在它穿透目标的那一个瞬间
射杀者也将被眼前的景象震撼
在子弹飞过的地方
群山的哭泣发出伤口的声音
赤狐的悲鸣再没有停止
岩石上流淌着晶莹的泪水
蒿草吹响了死亡的笛子
冰河在不该碎裂的时候开始巨响
天空出现了地狱的颜色
恐惧的雷声滚动在黑暗的天际

我们的每一次死亡，都是生命的控诉！

十四

你问我为什么坐在石岩上哭？
无端地哭，毫无理由地哭
其实，我是想从一个词的反面
去照亮另一个词，因为此时
它正置身于泪水充盈的黑暗
我要把埋在石岩阴影里的头
从雾的深处抬起。用一双疑惑的眼睛
机警地审视危机四伏的世界
所有生存的方式，都来自于祖先的传承

在这里古老的太阳，给了我们温暖
伸手就能触摸的，是低垂的月亮
同样是它们，用一种宽厚的仁慈
让我们学会了万物的语言，通灵的技艺
是的，我们渐渐地已经知道
这个世界亘古就有的自然法则
开始被人类一天天地改变
钢铁的声音，以及摩天大楼的倒影
在这个地球绿色的肺叶上
留下了血淋淋的伤口，我们还能看见
就在每一分钟的时空里
都有着动物和植物的灭绝在发生
我们知道，时间已经不多
无论是对于人类，还是对于我们自己
或许这已经就是最后的机会
因为这个地球全部生命的延续，已经证实
任何一种动物和植物的消亡
都是我们共同的灾难和梦魇
在这里，我想告诉人类
我们大家都已无路可逃，这也是
你看见我只身坐在岩石上，为什么
失声痛哭的原因！

十五

我是另一种存在，常常看不见自己
除了在灰色的岩石上重返

最喜爱的还是．繁星点点的夜空
因为这无限的天际
像我美丽的身躯，幻化成的图案

为了证实自己的发现
轻轻地呼吸，我会从一千里之外，
闻到草原花草的香甜
还能在瞬间，分辨出羚羊消失的方位
甚至有时候，能够准确预测
是谁的蹄印，落在了山涧的底部

我能听见微尘的声音
在它的核心，有巨石碎裂
还有若隐若现的银河
永不复返地熄灭
那千万个深不见底的黑洞
闪耀着未知的白昼

我能在睡梦中，进入濒临死亡的状态
那时候能看见，转世前的模样
为了减轻沉重的罪孽，我也曾经
把赎罪的钟声敲响

虽然我有九条命，但死亡的来临
也将同来世的新生一样正常……

十六

我不会写文字的诗
但我仍然会——用自己的脚趾
在这白雪皑皑的素笺上
为未来的子孙，留下
自己最后的遗言

我的一生，就如同我们所有的
先辈和前贤一样，熟悉并了解
雪域世界的一切，在这里
黎明的曙光，要远远比黄昏的落日
还要诱人，那完全是
因为白雪反光的作用
不是在每一个季节，我们都能
享受幸福的时光
或许，这就是命运和生活的无常
有时还会为获取生存的食物
被尖利的碎石划伤
但尽管如此，我欢乐的日子
还是要比悲伤的时日更多

我曾看见过许多壮丽的景象
可以说，是这个世界别的动物
当然也包括人类，闻所未闻
不是因为我的欲望所获

而是伟大的造物主对我的厚爱
在这雪山的最高处，我看见过
液态的时间，在蓝雪的光辉里消失
灿烂的星群，倾泻出芬芳的甘露
有一束光，那来自宇宙的纤维
是如何渐渐地落入了永恒的黑暗
是的，我还要告诉你一个秘密
我没有看见过地狱完整的模样
但我却找到了通往天堂的入口！

十七

这不是道别
原谅我！我永远不会离开这里
尽管这是最后的领地
我将离群索居，在人迹罕至的地方

不要再追杀我，我也是这个
星球世界，与你们的骨血
连在一起的同胞兄弟
让我在黑色的翅膀笼罩之前
忘记虐杀带来的恐惧

当我从祖先千年的记忆中醒来
神授的语言，将把我的双唇
变成道具，那父子连名的传统
在今天，已成为反对一切强权的武器

原谅我！我不需要廉价的同情
我的历史、价值体系以及独特的生活方式
是我在这个大千世界里
立足的根本所在，谁也不能代替！

不要把我的图片放在
众人都能看见的地方
我害怕，那些以保护的名义
对我进行的看不见的追逐和同化！

原谅我！这不是道别
但是我相信。那最后的审判
绝不会遥遥无期……！

（选自2014年《人民文学》5月号）

阿　来（1959—　）

藏族，四川马尔康人。

牦　牛

在痛苦与希望之间，在忍耐与焦灼之间
强悍且坚韧
装饰西部高原沉重的风景
脊梁上就这样日起月落
雪散又风起

就这样穿过无边的草原
残雪间有碛石
碛石下有地藓
而岁月如冰雪在高原上层层累积
而你们就这样一群群沉默如祖先
也在雪一般的雾与雾一般的雪中打过转
而你们的弟兄
——负书囊的驴与拉战车的马
已走了多么远

你们竟因此而悲哀吗
眼中有泪坠于牛角琴声注满的夜
亮而且冷：如星如月
或把悲哀掩于大风起前的沉默吗

但你们毕竟用啼声摇动驿铃
用铃声催动蹄声
沉默且强悍
　　且坚韧
如高原的风景如高原的命运
前行
一路上有先辈枯骨的磷火闪烁
狼嗥亦如磷火闪烁
但你们仍在赤膊的驮脚汉
嘶哑的吆喝声里
前行
四蹄下迸散一路火星
驮着青稞
驮着生命
驮着歌声，驮着爱情

你们
隆起脊梁如山岭
浑厚且冷峻
　　且坚韧
谁说驿铃声快冻僵了
不！不！
只要有真正的热血流动
有那群真正的康巴汉

1983年10月12日

（选自1985年《诗刊》3月号）

查　干（1939—　）

蒙古族，内蒙古扎鲁特旗人。

不眠的窗

再深的夜里
也会有不眠的窗
犹如云雾山中
也有暗开的杜鹃

妻子的梦里
它是彩色的田野
孩子的梦里
它是空竹的旋转

它是忠贞对事业的
默默盟誓
它是爱情对未来的
深深凝望

电报大楼的钟声
不是催眠曲
汗水淋漓的夜都
正在起跑线上……

（选自1985年《人民文学》3月号）

王　寅（1962—　）

上海市人。

想起一部捷克电影想不起片名

鹅卵石街道湿漉漉的
布拉格湿漉漉的
公园拐角上姑娘吻了你
你的眼睛一眨不眨
后来面对枪口也是这样
党卫军雨衣反穿
像光亮的皮大衣
三轮摩托驶过
你和朋友们倒下的时候
雨还在下
我看见一滴雨水和另一滴雨水
在电线上追逐
最后掉到鹅卵石上
我想起你
嘴唇动了动
没有人看见

（选自《他们文学社交流资料之一》，1985 年 3 月）

张小波（1964—　）

上海市人。

这么多的雨披

这么多的雨披从地铁车站涌来
仿佛一次旅行进入最后的阶段
他打量着两旁的玻璃转门
她眼睫上的水珠又弹飞在发笑的鼻尖

雨披和雨披之间
是大片大片的积水，是积水和积水的反光
那半只面包已经被雨意充实
在背后的一隅渐渐膨胀
他耸耸两肩感叹这倒霉的天气
她踩向水洼尝试水靴的性能
他八小时之外激动地加了许多夜班
她不必为了去旅游保存一个个工休假日
他发现时刻表上常常波动雨的节奏
她认为将雨披搭在臂膊更为动人
到达这座城市正是多雨季节
总感到单调的旅馆显得孤单

眼睛和眼睛之间
是有意无意的距离，是稍纵即逝的过程

他和她在途中另一个地铁车站相遇
她的雨披是他的雨披的补色
他的短发和她的长发有同等的抗拉强度
她和他同时觉察彼此眼中别人无法捕捉的神情
他一个粗犷的男子每天得意地在船坞上走动
她一个好看的女子因为待业总是凭空远眺
他试着戒了一次又一次的纸烟
她正靠看烟摊等待营业执照
他有过插队和病退回城的辛酸经历
她偏爱生活之路上哗啦哗啦的雨披和男性旁白
他和她是一个年华的共同追求
她远足归来他又行色匆匆

这么多的雨披向城市深处行去
也许是每年都出现的流动风光
他们在大桥下面指点远方灯火
雨水从他的指尖快速流向她的指尖
又通过他的嘴唇快要触到她的嘴唇
雨披隐蔽了这场慌乱的举动

（选自 1985 年《诗刊》3 月号）

张　枣（1962—2010）

湖南长沙人。

镜　中

只要想起一生中后悔的事
梅花便落了下来
比如看她游泳到河的另一岸
比如登上一株松木梯子
危险的事固然美丽
不如看她骑马归来
面颊温暖
羞涩。低下头，回答着皇帝
一面镜子永远等候她
让她坐到镜中常坐的地方
望着窗外，只要想起一生中后悔的事
梅花便落满了南山

（选自1985年《日日新》诗歌双月刊第4期）

何人斯

究竟那是什么人？在外面的声音
只可能在外面。你的心地幽深莫测

青苔的井边有棵铁树，进了门
为何你不来找我，只是溜向
悬满干鱼的木梁下，我们曾经
一同结网，你钟爱过跟水波说话的我
你此刻追踪的是什么？
为何对我如此暴虐
我们有时也背靠着背，韶华流水
我抚平你额上的皱纹，手掌因编织
而温暖；你和我本来是一件东西
享受另一件东西；纸窗、星宿和锅
谁使眼睛昏花
一片雪花转成两片雪花
鲜鱼开了膛，血腥淋漓；你进门
为何不来问寒问暖
冷冰冰地溜动，门外的山丘缄默
这是我钟情的第十个月
我的光阴嫁给了一个影子
我咬一口自己摘来的鲜桃，让你
清洁的牙齿也尝一口，甜润的
让你也全身膨胀如感激
为何只有你说话的声音
不见你遗留的晚餐皮果
空空的外衣留着灰垢
不见你的脸，香烟袅袅上升——
你没有脸对人，对我？
究竟那是什么人？一切变迁

皆从手指开始。伐木丁丁，想起
你的那些姿势，一个风暴便灌满了楼阁
疾风紧张而突兀
不在北边也不在南边
我们的甬道冷得酸心刺骨
你要是正缓缓向前行进
马匹悠懒，六根辔绳积满阴天
你要是正匆匆向前行进
马匹婉转，长鞭飞扬
二月开白花，你逃也逃不脱，你在哪儿
休息

（选自 1985 年《日日新》创刊号）

海　子（1964—1989）

原名查海生，安徽怀宁人。

亚洲铜

亚洲铜，亚洲铜
祖父死在这里，父亲死在这里，我也将死在这里
你是唯一的一块埋人的地方

亚洲铜，亚洲铜
爱怀疑和爱飞翔的是鸟，淹没一切的是海水
你的主人却是青草，住在自己细小的腰上，守住野花的手掌和秘密

亚洲铜，亚洲铜
看见了吗？那两只白鸽子，它是屈原遗落在沙滩上的白鞋子
让我们——我们和河流一起，穿上它吧

亚洲铜，亚洲铜
击鼓之后，我们把黑暗中跳舞的心脏叫做月亮
这月亮主要由你构成

（选自1985年《草原》4月号）

日　记

姐姐，今夜我在德令哈，夜色笼罩
姐姐，今夜我只有戈壁

草原尽头我两手空空
悲痛时握不住一颗泪滴
姐姐，今夜我在德令哈
这是雨水中一座荒凉的城

除了那些路过的和居住的
德令哈……今夜
这是唯一的，最后的，抒情
这是唯一的，最后的，草原

我把石头还给石头
让胜利的胜利
今夜青稞只属于她自己
一切都在生长
今夜我只有美丽的戈壁空空
姐姐，今夜我不关心人类，我只想你

1988 年 7 月 25 日火车经德令哈

（选自 1990 年《花城》第 4 期）

面朝大海，春暖花开

从明天起，做一个幸福的人
喂马，劈柴，周游世界
从明天起，关心粮食和蔬菜
我有一所房子，面朝大海，春暖花开

从明天起，和每一个亲人通信
告诉他们我的幸福
那幸福的闪电告诉我的
我将告诉每一个人

给每一条河每一座山取一个温暖的名字
陌生人，我也为你祝福
愿你有一个灿烂的前程
愿你有情人终成眷属
愿你在尘世获的幸福
我只愿面朝大海，春暖花开

1989 年 1 月 13 日

（选自 1990 年《花城》第 4 期）

简　宁（1963—　）

原名叶流传，安徽潜山人。

小平，您好！

今天我看到我的形象
也站在天安门城楼上
同您一起
检阅着祖国年轻壮丽的姿容

假如我能代表人民
（我是说假如，实际上
我只是个普通的中国学生
也是一个憨厚得像一头牛的
老农民的孙子）
假如我能代表人民
我要喊你亲爱的孩子
（原谅我
我已经不再习惯
把所有站在高处的人
都称为父亲）

也的的确确
没有一点逼人的威风
你站在那儿

像个亲爱的孩子
彩色的人群在大街上壮阔地流过
你微笑着看着彩色的人群
亲切得几乎有几分天真

天真的孩子
就那样有力地伸出手臂
改革
像轻轻摘来一朵雏菊
缀插在祖国有些苍老的浓密头发上
顿时青春的血液
又在她的身体里涌流
今天她年轻地娇娆地走过你的面前
你像个孩子看着母亲那样
露出骄傲甚至娇憨的笑容

真想这么对你说
但是我一个人
不能代表人民
而且您是个老人
我年轻得几乎可以做您的孙子
走在人群里我只能恭恭敬敬地
举起我的敬意
小平您好
您好——小平——

小平

中国的老百姓都这么喊你

就像呼唤着自己孩子亲切的乳名

1984 年 10 月

（选自 1985 年《诗刊》5 月号）

章德益（1946— ）

浙江吴县人。

西部高原

大地雄浑的内在力量
创造出威猛暴烈的大高原
以岩石席卷起山的长阵
冲刺起五千米海拔之上
冷却成岩石的黑火焰，崖壁的黑风暴
叱咤着雷与雷的厮拼，云与云的撞击
仰冲起一块不羁的大陆
呼啸进晕眩的苍穹

总觉得这不是岩石的群体
　山的家族
而是赤裸裸的大地的精神
多少年血火的酝酿，匍匐的反思
自一块大陆最痛楚的动荡里
暴立起不屈的英魂

以高原为背景便凸现出悍烈的人生
拓边者的血性，戍边者的胆魄
西行探险者大胆无畏的梦魂
遥远的诱惑是梦的诱惑

男儿之血砰然叩击未知之门
借万山之势混凝成生者与死者的形态
渐渐隆升成一块大陆高峻的象征

山的暴立，峰的突进
崛起着一块大陆对空间的出征
自错综的断裂中，自痛苦的追求中
徐徐流出了情感，流出了思想
发源了我们大地全部的江河
蜿蜒成一部艰难的生存史
横贯着我们民族曲折的历程

（选自 1985 年《人民文学》6 月号）

昌　耀（1936—2000）

原名王昌耀，湖南桃源人。

慈　航

一、爱与死

是的，在善恶的角力中
爱的繁衍与生殖
比死亡的戕残更古老、
　　　　　　更勇武百倍。

我，就是这样一部行动的情书。

我不理解遗忘。
也不习惯麻木。
我不时展示状如兰花的五指
朝向空阔弹去——
触痛了的是回声。

然而，
只是为了再听一次失道者
败北的消息
我才拨弄这支
命题古老的琴曲？

在善恶的角力中

爱的繁衍与生殖

比死亡的戕残更古老、

更勇武百倍。

二、记忆中的荒原

摘掉荆冠

他从荒原踏来，

重新领有自己的运命。

眺望旷野里

气象哨

雪白的柱顶

横卧着一支安详的箭镞。……

但是，

在那不朽的荒原——

不朽的

那在疏松的土丘之后竖起前肢

独对寂寞吹奏东风的旱獭

是他昨天的影子？

不朽的——

那在高空的游丝下面冲决气旋

带箭失落于昏溟的大雁、

那在闷热的刺棵丛里伸长脖颈

手持石器追食着蜥蜴的万物之灵

是他昨天的影子？

在不朽的荒原。
在荒原不朽的暗夜。
在暗夜浮动的旋梯——
　　那烦躁不安闪烁而过的红狐、
　　那惊犹未定倏忽隐遁的黄鼬、
　　那来去无踪的鸱鸺、
　　那旷野猫、
　　那鹿麂、
　　那磷光、
　　……可是他昨天的影子？

我不理解遗忘。
当我回首山关，
夕阳里覆满五色翎毛，
——是一座座惜春的花冢。

三、彼岸

于是，他听到了。
听到土伯特人沉默的彼岸
大经轮在大慈大悲中转动叶片。
他听到破裂的木筏划出最后一声长泣。

当横扫一切的暴风
将灯塔沉入海底，

旋涡与贪婪达成默契，
彼方醒着的这一片良知
是他唯一的生之涯岸。

他在这里脱去垢辱的黑衣
留在埠头让时光漂洗，
把遍体流血的伤口
裸陈于女性吹拂的轻风，
是那个以手背遮羞的处女
解下抱襟的荷包，为他
献出护身的香草。……

　　在善恶的角力中，
　　爱的繁衍与生殖
　　比死亡的戕残更古老、
　　　　　　　更勇武百倍！
是的，
当那个老人临去天国之际
是这样召见了自己的爱女和家族
　　“听吧，你们当和睦共处。
　　他是你们的亲人、
　　你们的兄弟，
　　是我的朋友，和
　　　　　　——儿子！”

四、众神

再生的微笑

是劫余后的明月。

我把微笑的明月
寄给那个年代
良知不灭的百姓。
寄给弃绝姓氏的部族。
寄给不留墓冢的属群。

那些占有马背的人，
那些敬畏鱼虫的人，
那些酷爱酒瓶的人，
那些围着篝火群舞的，
那些卵育了草原、耕作牧歌的，
猛兽的征服者，
飞禽的施主，
炊烟的鉴赏家，
大自然宠幸的自由民，
是我追随的偶像。

——众神！众神！
众神当是你们！

五、众神的宠偶

这微笑
是我缥缈的哈达
寄给天地交合的夹角

生命傲然的船桅。
寄给灵魂的保姆。
寄给你——
　　草原的小母亲。

此刻
星光之曲
又从寰宇
向我散发出
有如儿童肤体的乳香；
黎明的花枝
为我在欢快中张扬，
破译出那泥土绝密的哑语。

你哟，踮起赤裸的足尖
正把奶渣晾晒在高台。
靠近你肩头，
婴儿的内衣在门前的细丝
以旗帜的亢奋
解说万古的箴言。
墙壁贴满的牛粪饼块
是你手制的象形字模。
轻轻摘下这迷人的辞藻，
你回身交给归来的郎君，
托他送往灶坑去库藏。

（我看到你忽闪的睫毛
似同稞麦含笑之芒针；
我记得你冷凝的沉默
曾是电极触发之弧光。）

那个夜晚，正是他
向你贸然走去。
向着你贞洁的妙龄，
向着你梦求的摇篮，
向着你心甘的苦果……
带着不可更改的渴望或哀悼，
他比死亡更无畏——
他走向彼岸，
走向你
　　众神的宠偶！

六、邂逅

他独坐裸原。
脚边，流星的碎片尚留有天火的热吻。
背后，大自然虚构的河床——
鱼贝和海藻的精灵
从泥盆纪脱颖而出，
追戏于这日光幻变之水。

没有墓冢。
鹰的天空

交织着钻石多棱的射线。

直到那时，他才看到你从仙山驰来。
奔马的四蹄陡然在路边站定。
花蕊一齐摆动，为你
摇响了五月的铃铎。

——不悦么，旷野的郡主？
……但前方是否有村落？

他无须隐讳那些阴暗的故事、
那些镀金的骗局、那些……童话。
他会告诉你有过那疯狂的一瞬——
有过那春季里的严冬：
冷酷的纸帽，
癫醉的棍棒，
嗜血的猫狗……

天下奇寒，雏鸟
在暗夜里敲不醒一扇
庇身的门窦。

他会告诉你：
为了光明再现的柯枝，
必然的妖风终将他和西天的羊群一同裹挟……

他会告诉你那个古老的山岬
原本是山神的祭坛。
秋气之中，间或可闻天鹅的呼唤，
雪原上偶尔留下
白唇鹿的请柬，
——那里原是一个好地方。……
……
……
黄昏来了，
宁静而柔和。
土伯特女儿墨黑的葡萄在星光下思索，
似乎向他表示：
　　　　——我懂。
　　　　我献与。
　　　　我笃行……

于是，那从上方凝视他的两汪清波
不再飞起迟疑的鸟翼。

七、慈航

花园里面的花喜鹊
花园外面的孔雀
　　　　——本土情歌

于是，她惭然一笑，
从花径召回巡守的家犬，

将红绡拉过肩头，
向这不速之客暗示：

——那么，
把我的鞍辔送给你呢
好不好？
把我的马驹送给你呢
好不好？
把我的帐幕送给你呢
好不好？
把我的香草送给你呢
好不好？

美呵，——
黄昏里放射的银耳环，
人类良知的最古老的战利品！

是的，在善恶的角力中
爱的繁衍与生植
比死亡的戕残更古老、
更勇武百倍！

八、净土

雪线……
那最后的银峰超凡脱俗，
成为蓝天晶莹的岛屿，

归属寂寞的雪豹逡巡。
而在山麓，却是大地绿色的盆盂，
昆虫在那里扇动翅翼
梭织多彩的流风。

牧人走了，拆去帐幕，
将灶群寄存给疲惫了的牧场。
那粪火的青烟似乎还在召唤发酵罐中的
曲香，和兽皮褥垫下肢体的烘热……

在外人不易知晓的河谷，
已支起了牧人的夏宫，
土伯特人卷发的婴儿好似袋鼠
从母亲的袍襟探出头来，
诧异眼前刚刚组合的村落。

……一头花鹿冲向断崖，
扭作半个轻柔的金环，
瞬间随同落日消散。
而远方送来了男性的吆喝，
那吐自丹田的音韵，久久
随着疾去的蹄声在深山传递。

高山大谷里这些乐天的子民
护佑着那异方的来客，
以他们固有的旷达

决不屈就于那些强加的忧患
　　　　　和令人气闷的荣辱。

这里是良知的净土。

九、净土（之二）

……而在白昼的背后
是灿烂的群星。

升起了成人的诱梦曲。
筋骨完成了劳动的日课，
此刻不再做神圣的醉舞。
杵杆，和奶油搅拌桶
最后也熄灭了象牙的华彩。

沿着河边
无声的栅栏——
九十九头牦牛以精确的等距
缓步横贯茸茸的山阜，
如同一列游走的
堠堡。

灶膛还醒着。
火光撩逗下的肉体
无须在梦中羞闭自己的贝壳。
这些高度完美的艺术品

正像他们无羁的灵魂一样裸露，
承受着夜的抚慰。

——生之留恋将永恒永恒……

但在墨绿的林莽，
下山虎栖止于断崖，
再也克制不了难熬的孤独，
飞身擦过刺藤。
寄生的群蝇
从虎背拖出了一道噼啪的火花，
急忙又——
　　追寻它们的宿主……

十、沐礼

他是待娶的“新娘”了！

在这良宵
为了那个老人临终的嘱托，
为了爱的最后之媾合，
他敍立在红毡毯。
一个牧羊妇捧起熏沐的香炉
蹲伏在他的足边，
轻轻朝他吹去圣洁的
柏烟。

　　一切无情。
　　一切含情。
　　慧眼
　　正宁静地审度
　　他微妙的内心。

心旌摇荡。
窗隙里，徐徐飘过
三十多个祈福的除夕。……
烛台遥远了。
迎面而来——
他看到喜马拉雅丛林
燃起一团光明的瀑雨。
而在这虚照之中潜行
是万千条挽动经轮的纤绳……

　　他回答：
　　——“我理解。
　　　　我亦情愿。”

迎亲的使者
已将他搀上披红的征鞍，
一路穿越高山冰坂，和
激流的峡谷。
吉庆的火堆
也已为他在日出之前点燃。

在这处石砌的门楼他翻身下马，
踏稳那一方
特为他投来的羊皮。
就从这坚实的舟楫，
怀着对一切偏见的憎恶
和对美与善的盟誓，
他毅然跃过了门前守护神狞厉的火舌。

……然后
才是豪饮的金盏。
是燃烧的水。
是花堂的酥油灯。

十一、爱的史书

……
……

在不朽的荒原。
在荒原那个黎明的前夕，
有一头难产的母牛
独卧在冻土。
冷风萧萧，
只有一个路经这里的流浪汉
看到那求助的双眼
饱含了两颗痛楚的泪珠。
只有他理解这泪珠特定的象征。

——是时候了：
该出生的一定要出生！
该速朽的必定得速朽！

他在绳结上读着这个日子。
那里，有一双佩戴玉镯的手臂
将指掌抠进黑夜模拟的厚壁，
绞紧的辫发
搓揉出蕴积的电火。

在那不见青灯的旷野，
一个婴儿降落了。

笑了的流浪汉
读着这个日子，潜行在不朽的
荒原。
——你呵，大漠的居士，笑了的
流浪汉，既然你是诸种元素的衍生物，
既然你是基本粒子的聚合体，
面对物质变幻无涯的迷宫，
你似乎不应忧患，
也无须欣喜。

你或许
曾属于一只

卧在史前排卵的昆虫；
你或许曾属于一滴
熔在古鼎享神的
浮脂。

设想你业已氧化的前生
织成了大礼服上的绶带；
期望你此生待朽的骨骸
可育作沙洲一株啸嗷的红柳。
你应无穷的古老，超乎时空之上；
你应无穷的年轻，占有不尽的未来。
你属于这宏观整体中的既不可多得、
也不该减少的总和。

你是风雨雷电合乎逻辑的选择。
你只当再现在这特定时空相交的一点。
但你毕竟是这星体赋予了感官的生物。
是岁月有意孕成的琴键。

为了遗传基因尚未透露的丑恶，
为了生命耐力创纪录的拼搏，
你既是牺牲品，又是享有者，
你既是苦行僧，又是欢乐佛。
……
……
是的，在善恶的角力中

爱的繁衍与生殖
比死亡的戕残更古老。
更勇武百倍！

十二、极乐界

当春光
与孵卵器一同成熟，
草叶，也啄破了严冬的薄壳。
这准确的信息岂是愚人的谵妄？

万物本蕴涵着无尽的奥秘：
地幔由运动而矗起山岳；
生命的晕环敢与日冕媲美；
原子的组合在微观中自成星系：
芳草把层层色彩托出泥土；
刺猬披一身锐利的箭镞。……

当大道为花圈的行列开放绿灯，
另有一支仅存姓名的队伍在影子里欢呼着进行。

是时候了。
该复活的已复活。
该出生的已出生。

而他——
摘掉荆冠

从荒原踏来，
走向每一面帐幕。
他忘不了那雪山，那香炉，那孔雀翎。
他忘不了那孔雀翎上众多的眼睛。
他已属于那一片天空。
他已属于那一方热土。
他已属于那一个没有王笏的侍臣。

而我，
展示状如兰花的五指
重又叩响虚空中的回声，
听一次失道者败北的消息，
也是同样地忘怀不了那一切。

是的，将永远、永远——
爱的繁衍与生殖
比死亡的戕残更古老、
更勇武百倍！

1980年2月9日—1981年6月25日
（选自1985年《西藏文学》8月—9月合刊号）

斯　人

静极——谁的叹嘘？
密西西比河此刻风雨，在那边攀缘而走。

地球这壁，一人无语独坐。

一十一枝红玫瑰

一位滨海女子飞往北漠看望一位垂死的长者，
临别将一束火红的玫瑰赠给这位不幸的朋友。

姑娘啊，火红的一束玫瑰为何端只一十一枝，
姑娘说，这象征我对你的敬重原是一心一意。

一天过后长者的病情骤然恶化，
刁滑的死神不给猎物片刻喘息。

姑娘姑娘自你走后我就觉出求生无望，
何况死神说只要听话他就会给我安息。

我的朋友啊我的朋友你可要千万挺住，
我临别不是说嘱咐你的一切绝对真实？

姑娘姑娘我每存活一分钟都万分痛苦，
何况死神说只要听话他就会给我长眠。

我的朋友啊我的朋友你可要千万挺住，
你应该明白你在我们眼中的重要位置。

姑娘姑娘我随时都将可能不告而辞，

何况死神说他待我也不是二意三心。

三天过后一十一枝玫瑰全部垂首默立，
一位滨海女子为北漠长者在悄声饮泣。

2000 年 3 月 15 日于病榻

（选自 2000 年《人民文学》6 月号）

傅天琳（1946— ）

女，四川资中人。

红草莓

在你的弦上摘了一颗
我就成为你的歌谣
红草莓的歌谣
感人而又感情的　红草莓

我和你只有一个太阳
六月的莱茵河畔的太阳
照不化我，照不化你
多汁的太阳滴出怀念
古典的少年维特式的
　　怀念中的红草莓

草莓有一棵菩提树
菩提树有一段被汽车扔下的路
路边有一个小酒店
小酒店有一张蓝餐巾
蓝餐巾写着很多草莓
我和你同采一颗草莓

你这德语字母

你这哲学
你这多汁的鸟儿，你这
穿越植物音波的红草莓
　　　　　　愈走愈生
而你仅仅是一颗草莓
草莓仅仅为心而红

（选自 1985 年《人民文学》9 月号）

柠檬黄了

柠檬黄了
请原谅啊，只是娓娓道来的黄

黄得没有气势，没有穿透力
不热烈，只有温馨
请鼓励它，给它光线，给它手
它正怯怯地靠近最小的枝头

它就这样黄了，黄中带绿
恬淡，安静。这种调子适宜居家
柠檬的家结在浓荫之下
用园艺学的话讲：坐果于内堂
它躲在六十毫米居室里饮用月华
饮用干净的雨水
把一切喧嚣挡在门外

衣着简洁，不懂环佩叮当
思想的翼悄悄振动
一层薄薄的油脂溢出毛孔
那是它滚沸的爱在痛苦中煎熬
它终将以从容的节奏燃烧和熄灭
哦，柠檬
这无疑是果林中最具韧性的树种
从来没有挺拔过
从来没有折断过
当天空聚集暴怒的钢铁云团
它的反抗不是掷还闪电，而是
绝不屈服地
把一切遭遇化为果实

现在，柠檬黄了
满身的泪就要涌出来
多么了不起啊
请祝福它，把篮子把采摘的手
给它
它依然不露痕迹地微笑着
内心像大海一样涩，一样苦，一样满

没有比时间更公正的礼物
金秋，全体的金秋，柠檬翻山越岭
到哪里去找一个金字一个甜字

也配叫成果？也配叫收获？人世间
尚有一种酸死人迷死人的滋味
叫寂寞

而柠檬从不诉苦
不自贱，不逢迎，不张灯结彩
不怨天尤人。它满身劫数
一生拒绝转化为糖
一生带着殉道者的骨血和青草的芬芳

就这样柠檬黄了
一枚带蒂的玉
以祈愿的姿态一步步接近天堂
它娓娓道来的黄，绵绵持久的黄
拥有自己的审美和语言

（选自2009年《诗刊》2月号上半月刊）

阎月君（1958—　）

女，辽宁沈阳人。

月的中国

江天一色无纤尘，皎皎空中孤月轮。

江畔何人初见月，江月何年初照人。

——张若虚《春江花月夜》

从未曾去过也不曾有来
所谓的日子播种在窗外
唯一的裤子精心洗了又晒
年年盼年
年年吃去春的野菜
年年把月放在江里
年年用九歌的魂把她嫁娶
我们喝江中的水
喝她永不枯竭的隐秘
并得知祖先曾喝过她的水被她吮干过
我们是她心甘情愿的鱼儿
争宠吃醋受苦于她的河
我们恋着的双腿永是成不了佛了

我们在春天只痴心于一种花
说不尽勿忘我　勿忘我的悄悄话

我们把这儿花一路栽种下去
便再也走不出　走不出这块土地

对酒当歌　歌山光亦歌水色
拍遍栏杆　摸红叶的台阶
长空浩瀚啊银河是一条流向何处的河
夕阳西下　伊人断肠在天涯
瘦马瘦马哟　犹自吻落花

在东方朗碧的天空下
有清泪千年蜿蜒为芬芳
一行黄河　一行长江
寒蝉凄切　何人独对长亭晚凉
落红飞花　荷锄怅惘的是哪一家的姑娘
基督基督你永不会读懂
这神秘多情的东方之泪
更不必说　那凤毁于火亦生于火
那披发浪子当哭的长歌

我和庄生并不隔膜
有我的时候就有蝴蝶
有我的时候就有苏东坡的月色
月色总在有雾的江边等着
从前李白曾踏歌来过
那以后的履声便夜夜从未断过
月呵月　你吮尽了中国

月呵月　你化作金灿灿的颜色
那金黄的颜色是龙的颜色
月呵月呵　你是中国
寒食夜　见河汉袅袅浑圆将落
那满月之上装满了什么
有什么舞着且歌着
纵使欢乐盛满五千年也是沉甸甸的
更何况太多的苦痛与伤别
而我们仍把你当少女的唇吻着
当慈母的怀抱倾吐着
当圣洁的天使崇拜着
我们是心甘情愿的鱼儿
死去　活着　游弋于你的河
我们恋着的魂纵使飞天也成不了佛了
永是
一串串清泪啊
一声声中国

1985 年 5 月 29 日于北京

（选自 1985 年《诗潮》第 6 期）

西　川（1963—　）

原名刘军，江苏徐州人。

在哈尔盖仰望星空

有一种神秘你无法驾驭
你只能充当旁观者的角色
听凭那神秘的力量
从遥远的地方发出信号
射出光来，穿透你的心
像今夜，在哈尔盖
在这个远离城市的荒凉的
地方，在这青藏高原上的
一个蚕豆般大小的火车站旁
我抬起头来眺望星空
这时河汉无声，鸟翼稀薄
青草向群星疯狂地生长
马群忘记了飞翔
风吹着空旷的夜也吹着我
风吹着未来也吹着过去
我成为某个人，某间
点着油灯的陋室
而这陋室冰凉的屋顶
被群星的亿万只脚踩成祭坛
我像一个领取圣餐的孩子

放大了胆子，但屏住呼吸

1985 年，1987 年，1988 年

（选自 1986 年《诗神》2 月号）

题王希孟青绿山水长卷《千里江山图》

绿色和蓝色汇集成空山。有人行走其间，但依然是空山，就像行走的人没有面孔，但依然是人。谁也别想从这些小人儿身上认出自己，就像世间的真山真水，别想从王希孟那里得到敷衍了事的赞扬。王希孟认识这些画面上的小人儿，但没有一个是他自己。这些不是他自己的小人儿，没有一个他能叫出名字。小人儿们得到山，得到水，就像山得到绿松石和青金石，水得到浩淼和船只，就像宋徽宗得到 18 岁的王希孟，只是不知道他将在画完《千里江山图》之后不久便会死去。山水无名。王希孟明白，无名的人物，更只是山水的点缀，就像飞鸟明白，自己在人类的游戏中可有可无。鸟儿在空中相见。与此同时，行走在山间的人各有各的方向，各有各的打算。这些小人儿穿着白衣，行走，闲坐，打鱼，贩运，四周是绿色和蓝色，就像今天的人们穿着黑衣，出现在宴会、音乐会和葬礼之上，四周是金色和金色。这些白衣小人儿从未出生，当然也就从未死去，就像王希孟这免于污染和侵略的山水乌托邦，经得起细细的品读。远离桎梏的人呵谈不上对自由的向往，未遭经验损毁的人呵谈不上遗忘。王希孟让打鱼的人有打不尽的鱼，让山坳里流出流不尽的水。在他看来，幸福，就是财富的多寡恰到好处，让人们得以在山水之间静悄悄地架桥，架水车，修路，盖房屋，然后静悄悄地居住，就像树木恰到好处地生长在山冈、水畔，或环绕着村落，

环绕着人。远景中，树木像花儿一样。它们轻轻摇晃，就是清风送爽的时候。清风送爽，就是有人歌唱的时候。有人歌唱，就是空山成其为空山的时候。

（选自 2011 年《诗刊》9 月号上半月刊）

唐亚平（1962— ）

女，四川通江人。

黑色眼泪

是谁家的孩子在广场上玩球
他想激发我的心在大地上弹跳
弹跳着发出空扑扑的响声
谁都像球一样在地球上滚来跳去
我没想到上帝创造了这么多人
我没想到这么多人只创造了一个上帝
每个人都像上帝一样主宰我
是谁懒洋洋地君临又懒洋洋地离去
在破瓷碗的边缘我沉思了一千个瞬间
一千个瞬间成为一夜
黑色寂寞流下黑色眼泪
倾斜的暮色倒向我
我的双手插入夜
好像我的生命危在旦夕
对死亡我不想严阵以待
我忧虑万分
我想扔掉的东西还没有扔掉

（选自1986年6月6日《诗歌报》）

黑色沙漠

我的眼睛不由自主地流出黑夜
流出黑夜使我无家可归
在一片漆黑之中我成为夜游之神
夜雾中的光环蜂拥而至
那丰富而含混的色彩使我心领神会
所有色彩归宿于黑夜相安无事
游夜之神是凄惶的尤物
长着有肉垫的猫脚和蛇的躯体
怀着鬼鬼祟祟的幽默回避着鸡叫
我到底想干什么　我走进庞大的夜
我是想把自己变成有血有肉的影子
我是想似睡似醒地在一切影子里玩游
真是个尤物是个尤物是个尤物
我似乎披着黑纱煽起夜风
我是这样潇洒　轻松　飘飘荡荡
在夜晚一切都会成为虚幻的影子
甚至皮肤　血肉和骨骼都是黑色
莫名其妙　莫名其妙　莫名其妙
天空和大海的影子也是黑夜

（选自 1986 年 6 月 6 日《诗歌报》）

李晓桦（1955— ）

生于上海，长于北京。

我希望你以军人的身份再生
——致额尔金勋爵

我佩服你
——额尔金勋爵
你敢于发布这样的命令
　　把古老东方的京都
　　投进熊熊大火
在每片飞灰上写下你的姓氏
扬遍全世界的每处角落
在每寸焦土里埋下你的名字
和野草岁岁生长

我不佩服你
——额尔金勋爵
你根本没有敌手
没有敌手却建树功勋的英雄
比拼杀中倒下的战败者还耻辱
焚烧一座没有抵抗的园林
践踏一片不会说话的土地
那是小孩子的手都能胜任的
何用军人的膂力

但你毕竟以你的壮举
给你的后裔们留下
足以在餐桌上大嚼永远的威名
给你民族发黄的编年史
订上火光闪闪的骄傲的一页

我好恨
恨我没早生一个世纪
使我能与你对视着站立在
　　阴森幽暗的古堡
　　晨光微露的旷野
要么我拾起你扔下的白手套
要么你接住我甩过去的剑
要么你我各乘一匹战马
远远离开遮天的帅旗
　　离开如云的战阵
　　决胜负于城下

我更希望
你以军人的身份再生
当然我决不会用原子武器
对你那单发的火枪
像你用重炮摧毁冷兵器
我希望你是
　　装备精良训练有素的军人

你会满意的
你的对手不再是猛勇而愚钝的
　　僧格林沁

在此
我谨向世界提醒一句
从我们这一代起
中国将不再给任何国度的军人
提供创造荣誉建立功勋的机会

（选自1985年《青年文学》6月号）

徐　刚（1945—　）

上海市人，生于崇明岛。

九行抒情诗（组诗选三）

秋　叶

成熟的果子已经谢世，
秋叶也瑟然落地，
采摘的人请不要忘记，
叶子与果实不愿分离……
秋叶再也找不到果实了，
飘动在风中，如黯淡的眼睛，
随时都会涌出泪滴。
它变成火，并非想给人间温暖，
那是一次最后的寻觅……

月亮宁静海

满月时我的向往也满，
残月时我的思念也残，
满月使我想起一滴滚圆的泪，
残月使我想起一条弯弯的岸，
这一滴泪，已结成冰盘，
这一条岸，想把我阻拦，

我知道高处不胜寒，
怎奈何我的心像火山，
融化了冰，我便是愉快的波澜。

母　亲

生长希望的树，已不再有希望，
野风和小鸟把果实衔到远方，
只有母亲的奉献才是无私的，
不会索取报答与补偿。
所有的儿女都盼望着远行，
羞于留在母亲身旁，
远方的诱惑，
除了金钱还有女郎，
来到远方，其实也是一片迷惘……

（选自1986年《人民文学》6月号）

陈东东（1961— ）

江苏吴江人。

点　灯

把灯点到石头里去，让他们看看
海的姿态，让他们看看
古代的鱼
也应该让他们看看亮光，一盏高举在山上的灯

灯也该点到江水里去，让他们看看
活着的鱼，让他们看看
无声的海
也应该让他们看看落日
一只火鸟从树林里腾起

点灯。当我用手去阻挡北风
当我站到了峡谷之间
我想他们会向我围拢
会来看我灯一样的语言

（选自1986年《山西文学》8月号）

于　坚（1954—　）

云南昆明人。

尚义街六号

尚义街六号
法国式的黄房子
老吴的裤子晾在二楼
喊一声　胯下就钻出戴眼睛的脑袋
隔壁的大厕所
天天清早排着长队
我们往往在黄昏光临
打开烟盒　打开嘴巴
打开灯
墙上钉着于坚的画
许多人不以为然
他们只认识凡·高
老卡的衬衣　揉成一团抹布
我们用它拭手上的果汁
他在翻一本黄书
后来他恋爱了
常常双双来临
在这里吵架　在这里调情
有一天他们宣告分手
朋友们一阵轻松　很高兴

次日他又送来结婚的请柬
大家也衣冠楚楚　前去赴宴
桌上总是摊开朱小羊的手稿
那些字乱七八糟
这个杂种警察样地盯牢我们
面对那双红丝丝的眼睛
我们只好说得朦胧
像一首时髦的诗
李勃的拖鞋压着费嘉的皮鞋
他已经成名了　有一本蓝皮会员证
他常常躺在上边
告诉我们应当怎样穿鞋子
怎样小便　怎样洗短裤
怎样炒白菜　怎样睡觉　等等
八二年他从北京回来
外衣比过去深沉
他讲文坛内幕
口气像作协主席
茶水是老吴的　电表是老吴的
地板是老吴的　邻居是老吴的
媳妇是老吴的　胃舒平是老吴的
口痰烟头空气朋友　是老吴的
老吴的笔躲在抽桌里
很少露面
没有妓女的城市
童男子们老练地谈着女人

偶尔有裙子们进来
大家就扣好钮子
那年纪我们都渴望钻进一条裙子
又不肯弯下腰去
于坚还没有成名
每回都被教训
在一张旧报纸上
他写下许多意味深长的笔名
有一人大家很怕他
他在某某处工作
“他来是有用心的，
我们什么也不要讲！”
有些日子天气不好
生活中经常倒霉
我们就攻击费嘉的近作
称朱小羊为大师
后来这只羊摸摸钱包
支支吾吾　闪烁其辞
八张嘴马上笑嘻嘻地站起
那是智慧的年代
许多谈话如果录音
可以出一本名著
那是热闹的年代
许多脸都在这里出现
今天你去城里问问
他们都大名鼎鼎

外面下着小雨
我们来到街上
空荡荡的大厕所
他第一回独自使用
一些人结婚了
一些人成名了
一些人要到西部
老吴也要去西部
大家骂他硬充汉子
心中惶惶不安
吴文光　你走了
今晚我去哪里混饭
恩恩怨怨　吵吵嚷嚷
大家终于走散
剩下一片空地板
像一张旧唱片　再也不响
在别的地方
我们常常提到尚义街六号
说是很多年后的一天
孩子们要来参观

1984 年 6 月

（选自 1986 年《诗刊》11 月号）

大　象

高于大地　领导亚细亚之灰
披着袍　苍茫的国王站在西双版纳和老挝边缘
丛林的后盾　造物主为它造像
赐予悲剧之面　钻石藏在忧郁的眼帘下
牙齿装饰着半轮新月　皱褶里藏着古代的贝叶文
巨蹼沉重如铅印　察看着祖先的领土
铁证般的长鼻子在左右之间磨蹭
迈过丛林时曾经唤醒潜伏在河流深处的群狮
它是失败的神啊　朝着时间的黄昏
永恒的雾在开裂　吨位解体　后退着
垂下大耳朵　尾巴上的根寻找着道路
在黑暗里一步步缩小
直到成为恒河沙数

（选自2012年《诗刊》10月号上半月刊）

恒　河

恒河呵
你的大象回家的脚步声
这样沉重
就像落日走下天空

（选自2014年《诗刊》6月号上半月刊）

翟永明（1955— ）

女，生于四川成都。

女人（组诗选三）

独 白

我，一个狂想，充满深渊的魅力
偶然被你诞生。泥土和天空
二者合一，你把我叫作女人
并强化了我的身体

我是软得像水的白色羽毛体
你把我捧在手上，我就容纳这个世界
穿着肉体凡胎，在阳光下
我是如此眩目，使你难以置信

我是最温柔最懂事的女人
看穿一切却愿分担一切
渴望一个冬天，一个巨大的黑夜
以心为界，我想握住你的手
但在你的面前我的姿态就是一种惨败

当你走时，我的痛苦
要把我的心从口中呕出

用爱杀死你，这是谁的禁忌？
太阳为全世界升起！我只为了你
以最仇恨的柔情蜜意贯注你全身
从脚至顶，我有我的方式

一片呼救声，灵魂也能伸出手？
大海作为我的血液就能把我
高举到落日脚下，有谁记得我？
但我所记得的，绝不仅仅是一生

母　亲

无力到达的地方太多了，脚在疼痛，母亲，你没有
教会我在贪婪的朝霞中染上古老的哀愁。我的心只
　像你

你是我的母亲，我甚至是你的血液在黎明流出的
血泊中使你惊讶地看到你自己，你使我醒来

听到这世界的声音，你让我生下来，你让我与不幸
　构成
这世界的可怕的双胞胎。多年来，我已记不得今夜的
　哭声
那使你受孕的光芒，来得多么遥远，多么可疑，站在
　生与死
之间，你的眼睛拥有黑暗而进入脚底的阴影何等沉重

在你怀抱之中，我曾露出谜底似的笑容，有谁知道
你让我以童贞方式领悟一切，但我却无动于衷
我把这世界当作处女，难道我对着你发出的
爽朗的笑声没有燃烧起足够的夏季吗？没有？

我被遗弃在世上，只身一人，太阳的光线悲衰地
笼罩着我，当你俯身世界时是否知道你遗落了什么？

岁月把我放在磨子里，让我亲眼看着自己被碾碎
呵，母亲，当我终于变得沉默，你是否为之欣喜

没有人知道我是怎样不着痕迹地爱你，这秘密
来自你的一部分，我的眼睛像两个伤口痛苦地望着你

活着为了活着，我自取灭亡，以对抗亘古已久的爱
一块石头被抛弃，直到像骨髓一样风干，这世界

有了孤儿，使一切祝福暴露无遗，然而谁最清楚
凡在母亲手上站过的人，终会因诞生而死去

预　感

穿黑裙的女人自夜而来
她秘密的一瞥使我精疲力竭
我突然想起这个季节鱼都会死去
而每条路都穿越飞鸟的痕迹

貌似尸体的山峦被黑暗拖曳
附近灌木的心跳隐约可闻
那些巨大的鸟从空中向我俯视
带着人类的眼神
在一种秘而不宣的野蛮空气中
冬天起伏着残酷的雄性意识

我一向有着不同寻常的平静
犹如盲者，因此我在白天看见黑夜
婴儿般直率，我的指纹
已没有更多的悲哀可提供
脚步！正在变老的声音
梦显得若有所知，从自己的眼睛里
我看到了忘记开花的时辰
给黄昏施加压力

鲜苔含在口中，他们所恳求的意义
把微笑会心地摺入怀中
夜晚似有似无地痉挛，像一声咳嗽
憋在喉咙，我已离开这个死洞

（选自 1986 年《诗刊》9 月号）

李亚伟（1963— ）

重庆酉阳人。

中文系

中文系是一条撒满钓饵的大河
浅滩边，一个教授和一群讲师正在撒网
网住的鱼儿
上岸就当助教，然后
当屈原李白的导游然后
再去撒网
要吃透《野草》《花边》的人
把鲁迅存进银行，吃利息

当一个大诗人率领一伙小诗人在古代写诗
写王维写过的那块石头
蠢鲫鱼或傻白鲢在期末渔汛中
挨一记考试的耳光飞跌出门外

老师说过要做伟人
就得吃伟人的剩饭背诵伟人的咳嗽
亚伟想做伟人
　　想和古代的伟人一起干
他每天咳着各种各样的声音从图书馆
回到寝室后来真的咳嗽不止

诗人胡玉是个调皮捣蛋鬼
就是溜旱冰不太在行，于是
常常踏着自己的长发溜进
女生密集的场所用腮
唱一首关于晚风吹了澎湖湾的歌

二十四岁的敖歌已经
二十四年都没写诗了
可他本身就是一首诗
永远在五公尺外爱一个姑娘
由于没记住韩愈是中国人还是苏联人
敖歌悲壮地降了一级，他想外逃
但他害怕爬上香港的海滩会立即
被警察抓去考古汉语

万夏每天起床后的问题是
继续吃饭还是永远
不再吃了
和女朋友卖完旧衣服后
脑袋常吱吱地发出喝酒信号

大伙的拜把兄弟小绵阳
花一个月读完半页书后去食堂
打饭也打炊哥
中文系就是这么的
学生们白天朝拜古人和黑板

晚上就朝拜银幕或很容易地
就到街上去凤求凰兮

诗人杨洋老是打算
和刚认识的姑娘结婚老是
以鲨鱼的面孔游上赌饭票的牌桌
这根恶棍认识四个食堂的炊哥
却连写作课的老师至今还不认得
他曾精辟地认为
知识就是书本就是女人
女人就是考试
每个男人可要及格啦

中文系就这样流着
老师命令学生思想自由命令学生
在大小集会上不得胡说八道
二十二条军规规定教授要鼓励学生
创新成果
不得污染期终卷面

中文系也学外国文学
着重学鲍狄埃学高尔基，有晚上
厕所里奔出一神色慌张的讲师
他大声喊：同学们！
快撤，里面有现代派
中文系就这样流着

像亚伟撒在干土上的小便的波涛
随毕业时的被盖卷一叠叠地远去啦

1984 年 11 月

（选自 1986 年 10 月 21 日《诗歌报》）

路　翎（1923—1994）

祖籍安徽无为，生于江苏苏州。

红果树

干枯的红果树在昼与夜静默着
别的树都长了树叶了
羞惭的红果树
用它的魂魄在挣扎着
风吹过
用关切的声音喊着：杭唷
泥土屏息着
也在喊着号子：
杭唷
杨树和枣树
长了很茂盛的树叶了
那些树叶似乎是被春风带来
落在树干上的
仿佛是魔法似地
从膨胀的风和膨胀的泥土
膨胀的树浆……
这些树也觉得一种羞惭
红果树沉默着

太阳照耀很欢快

发出金色的箭镞
夜晚有有力的风
红果树听见自己枝干内
有顽强的声音又中断了
它发出痛楚的叹息
周围的树木替它
喊着鼓舞的号子
杭唷
房屋内睡着的儿童
也似乎在替它喊着号子
而诚实的泥土用很大的
元气充沛的声音喊着
而在夜间发芽的小草也喊着
而在夜间月光下开放的花也喊着
而在夜间幸运地孕育着果实的桃树也喊着
而在夜间未睡着的蜜蜂也喊着
而远处的江流也喊着
而在城市边缘鼓动着的
旋转着的车轮也喊着

红果树被一些亲爱之情围绕
泥土在它的根须下嗞嗞发响
它的树干内又起了颤动了
它用它的魂魄奋斗着
它的树叶的脉络在树浆里形成了
它的树叶的绿色

又得到泥土的补充了
它的新的树浆灌满树干了
它的花的形态在激动里形成
而果实还连着果核的形态
连着对下一代的预想
含着爱情痉挛着形成
泥土高喊着：杭唷
红果树在一夜之间长出树叶
树木群中
林阴路上
楼房旁侧
不缺红果树

1986 年 4 月 13 日

（选自 1986 年《红岩》第 6 期）

杨 黎（1962— ）

四川成都人。

冷风景

——献给阿兰·罗布-格里耶

这条街远离城市中心
在黑夜降临时
这街上异常宁静

这会儿是冬天
正在飘雪

这条街很长
街两边整整齐齐地栽着
法国梧桐
（夏天的时候
梧桐树叶将整条整条街
全部遮了）

这会儿是冬天
梧桐树叶
早就掉了

街口是一块较大的空地

除了两个垃圾箱外
什么也没有

雪
已经下了好久
街两边的房顶上
结下了薄薄一层

街两边全是平顶矮房
这些房子的门和窗子
在这个时候
全都紧紧关着

这时还不算太晚
黑夜刚好降临

雪继续下着
这些窗户全贴上厚厚的报纸
一丝光线也透不出来

这是一条死街
街的尽头是一家很大的院子
院子里有一幢
灰色的楼房
天亮后会看见
黑色高大的院门

永远关着

站在外面
看得见灰色楼房的墙灰脱落
好像窗户都烂了
都胡乱敞开

院子围墙上已经长了许多草
夜晚月亮照着
没有一点反光

灰色楼房高高的尖顶
超过了这条街所有的
法国梧桐
（紧靠楼房的几间没有人住
平时也没有谁走近这里）

这时候却有一个人
从街口走来

很夜时
街右边有一家门突然打开
一股黄色的光
射了出来
接着“哗”的一声
一盆水泼到了街上

门还未关上的那一刻
看得见地上冒起
丝丝热气

最后门重新关死
雪继续下着
静静的

这是条很长很长的街
没有一盏路灯
异常的黑

记得夏天的晚上
街两边的门窗全都打开
许多黄光白光射出来
树影婆娑
(夏天的晚上
人们都坐在梧桐树下散凉)

夏天的中午
街口树阴下面
站着一位穿白色连衣裙的少女
(风微微一吹
白色连衣裙就飘动起来)

这会儿是冬天
正在飘雪

忽然
“哗啦”一声
不知是谁家发出
接着是粗野的咒骂
接着是女人的哭声
接着是狗叫
(狗的叫声来得挺远)

有几家门悄悄打开
射出黄光、白光
街被花了好些口子
然后，门又同时
悄悄关上

过了好一会儿
狗不叫了
女人也不哭了
骂声也停止了
雪继续下着
静静的

这时候却有一个人
从街口走来

当然
秋天不会有
秋天如果有人在这个时候走来
脚踏在满街的落叶上
声音太响

这会儿是冬天
正在飘雪

雪虽然飘了一个晚上
但还是薄薄一层
这条街是不容易积雪的

天还未亮
就有人开始扫地
那声音很响
沙、沙、沙

接着有一两家打开门
灯光射了出来

天快亮的时候
送牛奶的在外面喊
拿牛奶了

接着是这条街最热闹的时候
所有的门都打开
许多人推着自行车
呵着气
走向街口

这个时候
只有街的尽头
依然没有响动

天全亮后
这条街又恢复了夜晚的样子

天全亮之后
这条街上宁静看到清楚

这时候有一个人
从街口走来
（穿一身红色滑雪衫）

冬天

秋天是满街落叶
春天树刚长叶子
夏天树叶遮完了这整条街

但这会儿是冬天
虽然雪停了
这会儿依旧是冬天

这会儿虽是冬天
但有太阳
街尽头院子里的灰色楼房
被太阳照着

这是一条很长很长的街
两边所有的房子
都死死地关着
这是一条很静很静的街

天全亮后
这条街又恢复了夜晚的样子
天全亮之后
这条街上宁静看到清楚

这时候
有一个人
从街口走来

（选自 1986 年《非非》创刊号）

刘湛秋（1935— ）

安徽芜湖人。

我常常享受一种孤独……

　　我常常享受一种孤独
对着沉默的自然思索
无论是阳光下的花朵
或是蒙蒙月色中的星星
都给我自由的宽容

　　我常常享受一种孤独
无言的踱步，或默对书桌
缸里的金鱼不问水仙花
断臂的维纳斯和我对视
没有谁干扰我想象的飞行

　　这时我不感到凄苦和寂寞
我能听到清泉的流水
和圆舞曲滑过夏夜的草丛

我又想马上跑到大街
去拥抱热烈而多彩的人生

（选自诗集《无题抒情诗》，1986年重庆出版社出版）

梅绍静（1948— ）

女，四川广安人。

她就是那个梅

不要指着你那憨野地笑着的女儿，
对我说："我的二女子！叫唤梅。"

不要停下你絮着棉花的手，抬起眼：
"为甚女子都叫'改'？我就叫她'唤'哩！"

啊，母亲！唤着你的梅的母亲！
你的这些话，惊得我瞪大了眼睛。

"二女子生下来就哭不出声！
是你大娘抱了公鸡来唤我的梅。

"嘴对着嘴唤了嘛，唤活来我的梅，
你说叫个唤梅，讲究对不对？"

"这名字起好了！"（我笑什么哟？）
你却说："你是学生女子，不还叫了个梅？"

唤梅的母亲！多少年过去了，
你还记不记得那一个梅？

只有你喜欢过我名字里的梅呵，
我本就是你唤来的那一个梅！

不是你把我从大路上唤回你窑里来的吗？
不是你给了我第一阵哭声？

能哭出声来的孩子才能活下去，
那一天，我也叫你家的公鸡嘴对过嘴？

也许只有我一个人吧，在这个世界上，
想起那天就觉着羞愧！

你拉着我的手一股劲叫唤梅呵，
你慌乱中的呼吸又催出我多少眼泪？

可是那天以后，我好好地活下来了，
像颗野果子，我也包兜着活着的滋味！

呵，母亲！我长在这儿多像马茹子啊，
显眉显眼的，可也叫你放心！

什么时候起，外乡人问我是谁
你就在那人面前说："她是我的梅！"

什么时候起，你在草窠里寻着几颗野鸽子蛋，在洼洼上撸着一把杜梨儿。

也这么叫着我："来！我的梅！"
我想不起来了呵，唤梅的母亲！

我总是看见一个学生女子走在那沟沟底，
她就是那个在你怀里哭过的梅呵，母亲！

（选自诗集《她就是那个梅》，作家出版社 1986 年出版）

伊　蕾（1951—　）

原名孙桂珍，女，生于天津。

独身女人的卧室

一、镜子的魔术

你猜我认识的是谁
她是一个，又是许多个
在各个方向突然出现
又瞬间消隐
她目光直视
没有幸福的痕迹
她自言自语，没有声音
她肌肉健美，没有热气
她是立体，又是平面
她给你什么你也无法接受
她不能属于任何人
——她就是镜子中的我
整个世界除以二
剩下的一个单数
一个自由运动的独立的单子
一个具有创造力的精神实体
——她就是镜子中的我
我的木框镜子就在床头

它一天做一百次这样的魔术
　　你不来与我同居

二、土耳其浴室

这小屋裸体的素描太多
一个男同胞偶然推门
高叫“土耳其浴室”
他不知道在夏天我紧锁房门
我是这浴室名副其实的顾客
顾影自怜——
四肢很长，身材窈窕
臀部紧凑，肩膀斜削
碗状的乳房轻轻颤动
每一块肌肉都充满激情
我是我自己的模特
我创造了艺术，艺术创造了我
床上堆满了画册
袜子和短裤在桌子上
玻璃瓶里迎春花枯萎了
地上乱开着暗淡的金黄
软垫和靠背四面都是
每个角落都可以安然入睡
　　你不来与我同居

三、窗帘的秘密

白天我总是拉着窗帘

以便想象阳光下的罪恶
或者进入感情王国
心理空前安全
心理空前自由
然后幽灵一样的灵感纷纷出笼
我结交他们达到快感高潮
新生儿立即出世
智力空前良好
如果需要幸福我就拉上窗帘
痛苦立即变成享受
如果我想自杀我就拉上窗帘
生存欲望油然而生
拉上窗帘听一段交响曲
爱情就充满各个角落
　　你不来与我同居

四、自画像

所有的照片都把我丑化
我在自画像上表达理想
我把十二种油彩合在一起
我给它起名叫 P 色
我最喜欢神秘的头发
蓬松的刘海像我侄女
整个脸部我只画了眉毛
敬祝我像眉毛一辈子长不大
眉毛真伟大充满了哲学

既不认为是，也不认为非
既不光荣，也不可耻
既不贞洁，也不淫秽
既不是生，也不是死
我把自画像挂在低矮的墙壁
每日朝见这唯一偶像
　　你不来与我同居

五、小小聚会

小小餐桌铺一块彩色台布
迷离的灯光泄在模糊的头顶
喝一口红红的酒
我和几位老兄起来跳舞
像舞厅的少男少女一样
我们不微笑，沉默着
显得昏昏欲醉
独身女人的时间像一块猪排
你却不来分食
我在偷偷念一个咒语——
让我的高跟鞋跳掉后跟
噢！这个世界已不是我的
我好像出生了一个世纪
面容腐朽，脚上也长了皱纹
独身女人没有好名声
只是因为她不再年轻
　　你不来与我同居

六、一封请柬

一封请柬使我如释重负
坐在藤椅上我若有所失
曾为了他那篇论文我同意约会
我们是知音，知音，只是知音
为什么他不问我点儿什么
每次他大谈现代派、黑色幽默
可他一点也不学以致用
他才思敏捷，卓有见识
可他毕竟是孩子
他温存多情，单纯可爱
他只能是孩子
他文雅庄重，彬彬有礼
他永远是孩子，是孩子
——我不能证明自己是女人
这一次婚礼是否具有转折意义
人是否可以自救或者互救
　　你不来与我同居

七、星期日独唱

星期日没有人陪我去野游
公园最可怕，我不敢问津
我翻出现存的全体歌本
在土耳其浴室里流浪
从早饭后唱到黄昏

头发唱成 1
眼睛唱成 2
耳朵唱成 3
鼻子唱成 4
脸蛋唱成 5
嘴巴唱成 6
全身上下唱成 7
表哥的名言万岁——
歌声是心灵的呻吟
音乐使痛苦可以忍受
孤独是伟大的
（我不要伟大）
疲乏的眼睛憩息在四壁
头发在屋顶下飞像黑色蝙蝠
　　你不来与我同居

八、哲学讨论

我朗读唯物主义哲学——
物质第一
我不创造任何物质
这个世界谁需要我
我甚至不生孩子
不承担人类最基本的责任
在一堆破烂的稿纸旁
讨论艺术讨论哲学
第一，存在主义

第二，达达主义
第三，实证主义
第四，超现实主义
终于发现了人类的秘密
为活着而活着
活着有没有意义
什么是最高意义
我有无用之用
我的气息无所不在
我决心进行无意义结婚
　　你不来与我同居

九、暴雨之夜

暴雨像男子汉给大地以鞭楚
躁动不安瞬间缓解为深刻的安宁
六种欲望渗合在一起
此刻我什么都要什么都不要
暴雨封锁了所有的道路
走投无路多么幸福
我放弃了一切苟且的计划
生命放任自流
暴雨使生物钟短暂停止
哦，暂停的快乐深奥无边
　　“请停留一下”①

① 《浮士德》中浮士德最后的话

我宁愿倒地而死

　　你不来与我同居

十、象征之梦

我一人占有这四面墙壁

我变成了枯燥的长方形

我做了一个长方形的梦

长方形的天空变成了狮子星座

一会儿头部闪闪发亮

一会儿尾部闪闪发亮

突然它变成一匹无缰的野马

向无边的宇宙飞驰而去

套马索无力地转了一圈垂落下来

宇宙漆黑没有道路

每一步都有如万丈深渊

自由的灵魂不知去向

也许她在某一天夭折

　　你不来与我同居

十一、生日蜡烛

生日蜡烛像一堆星星

方方的屋顶是闭锁的太阳系

空间无边无沿

宇宙无意中创造了人

我们的出生纯属偶然

生命应当珍惜还是应当挥霍

应当约束还是应当放任
上帝命令：生日快乐
所有举杯者共同大笑
迎接又临近一年的死亡
因为是全体人的恐惧
所以全体人都不恐惧
可惜青春比蜡烛还短
火焰就要熄灭
这是我一个人的痛苦
　　你不来与我同居

十二、女士香烟

我吸它是因为它细得可爱
点燃我做女人的欲望
我欣赏我吸烟的姿势
具有一种世界性美感
烟雾造成混沌的状态
寂寞变得很甜蜜
我把这张报纸翻了一翻
戒烟运动正在广泛开展
并且得到了广泛支持
支持的并不身体力行
不支持的更不为它做出牺牲
谁能比较出吸烟的功德与危害
戒烟和吸烟只好并行
各取所需

是谁制定了不可戒的戒律
高等人因此而更加神奇
低等人因此而成为罪犯
今夜我想无罪而犯
　　你不来与我同居

十三、想

我把剩余时间统统用来想
我赋予想一个形式：室内散步
我把体验过的加以深化
我把未得到的改为得到
我把发生过的加以进展
我把未曾有的化成幻觉
不能做的都想
怯于对你说的都想
法律踟蹰在地下
眼睁睁仰望着想
罗网和箭矢失去了目标
任凭想胡作非为
我想签证去想的王国居住
我只担心那里已经人口泛滥
　　你不来与我同居

十四、绝望的希望

这繁华的城市如此空旷
小小的房子目标暴露

白天黑夜都有监护人

我独往独来，充满恐惧

我不可能健康无损

众多的目光如刺我鲜血淋漓

我祈祷上帝把那一半没有眼的椰子①

　　分给全体公民

道路已被无形的障碍封锁

我怀着绝望的希望夜夜等你

你来了会发生世界大战吗

你来了黄河会决口吗

你来了会有坏天气吗

你来了会影响收麦子吗

面对所恨的一切我无能为力

我最恨的是我自己

　　你不来与我同居

（选自 1987 年《人民文学》1 月—2 月合刊号）

① 神话传说中鬼把一半没有眼的椰子分给活人，活人就看不到它。

忆明珠（1927—　）

山东莱阳人。

书　空（组诗选六）

其一

列车已经出站，
才到车站送客。
迟来一步你赶不上了！
不不，用不着惋惜。
本来无客可别，
送客人乃“梦游者”。

“凉风起天末”，
吻脸颊苍白，
掷一片小小黄叶。

其四

二十年，
粗茶淡饭生涯。
你淡泊如水，
我便是水边那枝
不肯红的花。

其七

灵魂如无羁的马，
梦乡里狂乱飞奔。
从未想踏过之处，
却留下一路伤痕。

（从哪里飘来
几声秋蛩的清吟？
蓦地回首，
晚祷提前来临。）

其十二

风景入目最佳处，
不在此岸，
不在彼岸。
向前走，
走过桥去；
再回头，
回到桥中间。

其十六

感情推向顶点，
爆破了一轮朝阳。
日观峰上观日出，
谁又能埋怨

那景象太壮烈，
　　太辉煌，
　　太狂乱，
　　太喧嚷……
七彩横溢而天分地张，
被朝阳冲撞过的心将更加明亮！
——上苍！

其十八

像窝边一对小鸟，
紧偎着相依相恋。
瞬顷间天荒地老，
瞬顷间遗恨绵绵。
我们只不过服务于一个进程，
以体温和劬劳，
孵化未来更美的诗篇。

（选自 1987 年《诗刊》4 月号）

姚振涵（1940—2015）

河北枣强人。

在平原上吆喝一声很幸福

六月，青纱帐里一种诱惑
这时你走在田间小道上
前边没人，后边也没人
你不由得就要吆喝一声
吆喝完了的时候
你才惊异能喊出这么大声音
有生以来头一次
有这样了不起的感觉
那声音很长时间在
玉米棵和高粱棵之间碰来碰去
后来又围拢过来
消逝
这是青纱帐帮助了你

若是赶上九月
青纱帐割倒了
土地翻过来了
鳞状的土浪花反射着阳光
你的喉咙又在跃跃欲试
吆喝一声吧

声音直达远处的村庄

这是另一种幸福
更加辽阔

1987 年 2 月 28 日

（选自 1987 年《诗神》5 月号）

欧阳江河（1956— ）

原名江河，生于四川泸州。

玻璃工厂

一

从看见到看见，中间只有玻璃。
从脸到脸
隔开是看不见的。
在玻璃中，物质并不透明。
整个玻璃工厂是一只巨大的眼珠，
劳动是其中最黑的部分，
它的白天在事物的核心闪耀。
事物坚持了最初的泪水，
就像鸟在一片纯光中坚持了阴影。
以黑暗方式收回光芒，然后奉献。
在到处都是玻璃的地方，
玻璃已经不是它自己，而是
一种精神。
就像到处都是空气，空气近乎不存在。

二

工厂附近是大海。
对水的认识就是对玻璃的认识。

凝固、寒冷、易碎，
这些都是透明的代价。
透明是一种神秘的、能看见波浪的语言，
我在说出它的时候已经脱离了它，
脱离了杯子、茶几、穿衣镜，所有这些
具体的、成批生产的物质。
但我又置身于物质的包围之中，
生命被欲望充满。
语言溢出，枯竭，在透明之前。
语言就是飞翔，就是
以空旷对空旷，以闪电对闪电。
如此多的天空在飞鸟的躯体之外，
而一只孤鸟的影子
可以是光在海上的轻轻的擦痕。
有什么东西从玻璃上划过，比影子更轻，
比切口更深，比刀锋更难逾越。
裂缝是看不见的。

三

我来了，我看见，我说出。
语言和时间浑浊，泥沙俱下，
一片盲目从中心散开。
同样的经验也发生在玻璃内部。
火焰的呼吸，火焰的心脏。
所谓玻璃就是水在火焰里改变态度，
就是两种精神相遇，

两次毁灭进入同一永生。
水经过火焰变成玻璃，
变成零度以下的冷峻的燃烧，
像一个真理或一种感情
浅显，清晰，拒绝流动。
在果实里，在大海深处，水从不流动。

四

那么这就是我看到的玻璃——
依旧是石头，但已不再坚固。
依旧是火焰，但已不复温暖。
依旧是水，但既不柔软也不流逝。
它是一些伤口但从不流血，
它是一种声音但从不经过寂静。
从失去到失去，这就是玻璃。
语言和时间透明，
付出高代价。

五

在同一工厂我看见三种玻璃：
物态的，装饰的，象征的。
人们告诉我玻璃的父亲是一些混乱的石头。
在石头的空虚里，死亡并非终结，
而是一种可改变的原始的事实。
石头粉碎，玻璃诞生。
这是真实的。但还有另一种真实

把我引入另一种境界：从高处到高处。
在那种真实里玻璃仅仅是水，是已经
或正在变硬的、有骨头的、泼不掉的水，
而火焰是彻骨的寒冷，
并且最美丽的也最容易破碎。
世间一切崇高的事物，以及
事物的眼泪。

（选自 1987 年《诗刊》11 月号）

傍晚穿过广场

我不知道一个过去年代的广场
从何而始，从何而终。
有的人用一小时穿过广场，
有的人用一生——
早晨是孩子，傍晚已是垂暮之人。
我不知道还要在夕光中走出多远才能
停住脚步？

还要在夕光中眺望多久
才能闭上眼睛？当高速行驶的汽车
打开刺目的车灯。
那些曾在一个明媚的早晨穿过广场的人
我从汽午的后视镜里看见过他们一闪即逝
的面孔。

傍晚他们乘车离去。
一个无人离去的地方不是广场
一个无人倒下的地方也不是。
离去的重新归来，倒下的却永远倒下了。
一种叫做石头的东西
迅速地堆积，屹立，
不像骨头的生长需要一百年的时间，
也不像骨头那么软弱
每个广场都有一个用石头垒起来的脑袋，
使两手空空的人们感到生存的
分量。以巨大的石头脑袋去思考和仰望，
对任何人都不是一件轻松的事。
石头的重量
减轻了人们肩上的责任、爱情和牺牲。

或许人们会在一个明媚的早晨穿过广场，
张开手臂在四面来风中柔情地拥抱
但当黑夜降临，双手就变得沉重。
唯一的发光体是脑袋里的石头，
唯一刺向脑袋的利剑悄然坠地。

黑暗和寒冷在上升，
广场周围的高层建筑穿上了瓷和玻璃的时装
一切变得矮小了。石头的世界
在玻璃反射出来的世界中轻轻浮起，
像是涂在孩子们作业本上的

一个随时会被撕下来揉成一团的阴沉念头。

汽车疾驶而过，把流水的速度
倾泻到有着钢铁筋骨的庞大的混凝土制度中、
赋予寂静以喇叭的形状。
过去年代的广场从汽车的后视镜消失了
永远消失了——
一个青春期、初恋的、布满粉刺的广场。
一个从未在账单和死亡通知书上出现的广场
一个露出胸膛、挽起衣袖、扎紧腰带
一个双手使劲搓的带补丁的广场。

一个通过年轻的血液流到身体之外
用舌头去舔、用前额去下磕、用旗帜去覆盖的广场。

空想的、消失的、不复存在的广场，
像下了一夜的大雪在早晨停住。
一种纯洁而神秘的融化
在良心和眼里交替闪耀，
一部分成为叫做泪水的东西，
一部分在叫做石头的东西里变得坚硬起来

石头的世界崩溃了，
一个软组织的世界爬到高处。
整个过程就像泉水从吸管离开矿物，
进入蒸馏过的、密封的、有着精美的包装的空间。

我乘坐高速电梯在雨天的伞柄里上升。
回到地面时，我抬头看见雨伞一样撑开的
一座圆形餐厅在城市上空。
这是一顶从魔法变出来的帽子，
它的尺寸并不适合
用石头垒起来的巨人的脑袋。

那些曾经托起广场的手臂放了下来。
如今巨人靠着一柄短剑来支撑。
它会不会刺破什么呢？比如，曾经有过的
一场在纸上掀起的，在墙上张贴的脆弱的革命？

从来没有一种力量
能把两个不同世界长久地粘在一起。
一个反复张贴的脑袋最终将被撕去。
反复粉刷的墙壁，
被露出大腿的混血女郎占据了一半。
另一半是安装假肢、头发再生之类的诱人广告。
一辆婴儿车静静地停在傍晚的广场上，
静静地，和这个快要发疯的世界没有关系。
我猜婴儿车与落日之间的距离
有一百年之遥。
这是近乎无限的尺度，足以测量
穿过广场所经历的一个幽闭时代有多么漫长。

对幽闭的普遍恐惧，

使人们各种的栖居云集广场，
把一生中的孤独时刻变成热烈的节日。
但在栖居深处，在爱与死的默默的注目礼中，
一个空无人迹的影子广场被珍藏着，
像紧闭的忏悔室只属于内心的秘密。

是否穿过广场之前必须穿过内心的黑暗？
现在黑暗中最黑的两个世界合成一体，
坚硬的石头脑袋被劈开，
利剑在黑暗中闪闪发光，
如果我能用劈成两半的神秘黑夜
去解释一个双脚踏在大地上的明媚早晨——
如果我能沿着洒满晨曦的台阶
登上虚无之巅的巨人的肩膀，不是为了升起，而是为了陨落——
如果黄金镌刻的铭文不是为了被传颂，
而是为了被抹去，被遗忘、被践踏——

正如一个被践踏的广场必将落到践踏者头上
那些曾在明媚的早晨穿过广场的人
他们的黑色皮鞋迟早会落到利剑之上，
像必将落下的棺盖落到棺材上的那么沉重。
躺在里面的不是我，也不是
行走在剑刃上的人。
我没想到这么多年的人会在一个明媚的早晨
穿过广场，避开孤独和永生。

他们是幽闭时代的幸存者。
我没想到他们会在傍晚离去或倒下。

一个无人倒下的地方不是广场
一个无人站立的地方也不是。
我曾经是站着的吗？还要站立多久？
毕竟我和那些倒下去的人一样，
从来不是一个永生者。

1990 年 9 月 18 日于成都

（选自 1994 年《诗林》1 月号）

张 烨（1948— ）

女，原籍浙江奉化，生于上海。

独 白

（妹妹，这是我，在你离开后
对着你远去的背影……）

我怎么也难做到
姐妹间无话不谈。当你
在我眼中
一个瞬间、一个瞬间地透明起来
我的血液冲涌，被
扼守在内心的阴沉力量
威慑着撤退
我无法袒露真诚
一个独身女人的隐秘
在你的探索之域魔幻成，一片空地

难道我能对你说
我一生中写着爱情的日子
那一页、那一页、那一页
像一株株紧贴着的麦穗
垂着头
害怕经过湿漉漉的晒麦场？

倘若你能像一个枕头
目击
夜里总有个刚毅的男人
热烈而潇洒地步入我的梦
你将如何评断这个梦？

比大海更像大海
比深山还要深山
想骚动时死亡也别想覆盖
想宁静时烈火也无法点燃
最复杂的孤独是我的孤独
也许比你痛苦也许
比你欢乐

（选自 1988 年《诗刊》1 月号）

邹静之（1952— ）

江西南昌人，生于北京。

关于艾滋病

太阳从不躲避白昼
　每天照常升起
这不仅是人类的事情

地球消瘦了，在发低热
一丛没有光泽的毛发
在人的嘴里咀嚼着
成为咽不下去的话题
脚步前后骤然长起
密不透风的荒草
月色沉重地成为梦浆状的流质
山峰突兀
生活更清楚地显示出石头

在某一天早晨醒来
看过报纸后
我们即被一支肮脏的针头感染了
目光割破伤口
鲜花不被相信
温暖的血液不被相信

甚至，初恋的吻也有一种情感之外的心悸
铁的影子在冰凉中扩大，进而沉重
冬天的太阳退缩成一种象征
白昼被冰雪占据得沉默

在好莱坞那个地方
一位俊美的男子一生的最后扮演了一具骷髅
冰凉的蛇信出入头颅
眼睛不再放飞天使
尖峭的颧骨使一支正在播放的夜曲坍塌
在一些人的心里南极向赤道浸润

我庆幸我没有接触那枚针头
我只喝茶叶
我不砍伐先人植的树
我珍惜养我的土地
我不愿使地球发冷或发热
我只睡我熟悉的枕头

天空有各具形态的忧伤
月亮是心境的守望者
任何一棵树都会被子夜掳去
病人的黎明是苍白的
我知道夜晚被交错的枝桠搅得凌乱不堪

在一个寻常的傍晚

我看到戴安娜公主伸出美丽的手
在一只皮筋骨头组合的手上握了一下
在冬天的草上握了一下
在一片结满虫卵的败叶上握了一下
我看到显微镜下细菌的爆炸
我冲出房间
在水龙头下不断冲洗着公主那双玉手
我恐惧得失去了同情的勇气
我希望我什么也不知道
什么也没看到
回房后，屏幕上正在为一双连体婴儿做着手术
光栅在我湿淋淋的手上抖着
这一切似乎都很严肃
像任何时候所遇到的大海

我也很严肃
我只爱异性
我爱没有性别的自然
和自然中未遭破坏的每一个角落

我看到了山的忧虑
不信你可以在此时远远地望它
它的经历板结成很厚的岩层
在你为它担心时向你压来
那些植被不安地等待着有一天会被遗弃

噢！根子到底是实验室还是一只非洲的猴子
谁又是第一个消瘦的人
也许这些并不重要
重要的是，人类的做爱变得迟疑
妻子的床是一块净地吗
有多少个良宵被煞了风景
咖啡店里眼睛和眼睛有一条沟壑
我们将犹豫见面时是否还要握手拥抱亲吻
是否要出示病史档案而不是一张名片

这也许是一个劫数
万般无奈的劫数
对不严肃的严肃
它很有理由
盛气凌人地在地球上漫步
一片弥漫过来的云团
一只天庭的拳头闪着罂粟的白光
我不断地在众多的呻吟中
找一只佛的眼睛
一枝白色的宿根花卉在西风中
翘起了尾巴

我依旧同很多人握手
摸一些美丽的商品和公共汽车的把手
我的周围只有感冒或者别的
但我不能轻松

当里根先生抱起那个孩子的时候
我的怀里也骤然沉重
怀里有一双使人不能入睡的眼睛
使飞快的舞蹈凋谢
使母亲不再想做母亲
使土地衰老
使爱再真实也不能透明
那睛睛看一眼就不会熄灭

不要否认有一天人类将是一具尸体
像那条躺倒了的山脉，横陈在地平线上
我们创造文明也创造疾病
在古老的墓葬出土时
唯一的领悟是：人类经过我们要延续下去
白骨消融山也遭到腐蚀
这一切既可信又自然
我们该用什么方法活下去
在剪裁欢乐时不要用一只痛苦的刀
我们饮水，观赏花卉
在春天旅行
秋天吃新鲜的食品
我们耕种，探望一些美丽的森林
在森林中碰到童话中那些纯洁的女孩
我们相爱的时候还会心跳
我们亲近太阳，亲近月亮
建筑夏夜一些安静的梦

我们会有很多子孙
会在任何一片月光下
孰睡过去
让江河给我们血脉吧
太阳给我们力量
在每一块天空下感觉温暖
体会山的启示
让我们在这颗演绎了亿万年的星球上
活下去
我们会平安

（选自 1988 年《人民文学》1 月号）

黑大春（1960— ）

原名庞春清，生于北京。

圆明园酒鬼

题记：献给我的诗兄刘国越

一

这一年我永远不能遗忘
这一年我多么怀念刚刚逝去的老娘
每当看见井旁的水瓢我就不禁想起她那酒葫芦似的乳房
每当扶着路旁的大树醉醺醺地走在回家的路上我就不禁这样想
我还是个刚刚学步的婴儿的时候一定就是这样紧紧抓着她的臂膀
如今我已经长大成人却依然摇摇晃晃地走在人生的路上而她再也不能来到我的身旁

二

这一年呵每当我从醉梦中醒来
就再也摸不到自己那个麻木的脑袋
原来，它已变成了一个古铜色的陶罐
它已被一位亚洲的农妇抱在怀里走向荒芜的田园
我那永不再来的梦境呵就是陶罐上渐渐磨损的图案

我那永不再来的梦境呵就是陶罐上渐渐磨损的图案

三

这一年我常常从深夜一直喝到天亮
常常从把月亮端起来一直到把星星的酒滴喝光
只是，当我望着那根干枯在瓶中的人参的时候
就好像看到了我那把死后的骨头
那时，我就会从坟中伸出那没有一点肉的酸枣刺
拉扯住过路人的衣裳，跟他们谈谈爱情谈谈生命也顺便谈谈死亡
那时，我就会从杯底般深陷的眼窝中滴答出最后的一点点眼泪
因为，我深信，我永远是这块亲爱土地上的
那个呕吐诗句像呕吐出一朵朵呛人的花的
那个春天的酒鬼

（选自 1988 年 7 月《幸存者》第 1 期）

向　明（1928—　）

原名董平，祖籍湖南长沙，现居台湾。

瘤

你是潜藏于体内的
欲除之而后快的
那一种瘤
是一种久年无法治愈的
绝症

除了灰飞烟灭
你绝不止过敏于花粉
夏秋间
一只蝉脱蜕时的痉挛
你也痉挛

而且，你顽固如掌上的一枚茧
剥去一层
另一层
又已怀孕

我吸取天地之精华
你吸取我
我口含闪电

你发出雷鸣
我胸中藏火
你燃之成灯

最后，你无非是
要把我瘦成一张薄薄的纸
纸上的一些什么
凡扫过的日月
竟相含泪惊呼
这才是诗

（选自 1988 年《诗刊》4 月号）

柏　桦（1956—　）

生于重庆。

在清朝

在清朝
安闲和理想越来越深
牛羊无事，百姓下棋
科举也大公无私
货币两地不同
有时还用谷物兑换
茶叶、丝、瓷器

在清朝
山水画臻于完美
纸张泛滥，风筝遍地
灯笼得了要领
一座座庙宇向南
财富似乎过分

在清朝
诗人不事营生、爱面子
饮酒落花，风和日丽
池塘的水很肥

二只鸭子迎风游泳
风马牛不相及

在清朝
一个人梦见一个人
夜读太史公，清晨扫地
而朝廷增设军机处
每年选拔长指甲的官吏

在清朝
多胡须和无胡须的人
严于身教，不苟言谈
农村人不愿认字
孩子们敬老
母亲屈从于儿子

在清朝
用款税激励人民
办水利、办学校、办祠堂
编印书籍、整理地方志
建筑弄得古香古色

在清朝
哲学如雨，科学不能适应
有一个人朝三暮四
无端端的着急

愤怒成为他毕生的事业
他于一八四〇年死去

（选自诗集《表达》，漓江出版社 1988 年出版）

陈　超（1958—2014）

祖籍河北鹿泉，生于山西太原。

风　车

冥界的冠冕。行走但无踪迹。
血液被狂风吹起，
留下十字架的创伤。
在冬夜，谁疼痛的把你仰望，
谁的泪水，像云阵中依稀的星光？

我看见逝者正找回还乡的草径，
诗篇过处，万籁都是悲响。
乌托邦最后的留守者，
灰烬中旋转的毛瑟枪，
走在天空的傻瓜方阵，噢风车
谁的灵魂被你的叶片刨得雪亮？

这疲倦的童子军在坚持巷战，
禁欲的天空又纯洁又凄凉！
瞧，一茎高标在引路……
离心啊，眩晕啊，这摔出体外的心脏！

站在污染的海岸谁向你致敬？
波涛中沉没着家乡的谷仓。

暮色阴郁，风推乌云，来路苍茫，
谁，还在坚持听从你的呼唤：
在广阔的伤痛中拼命高蹈
在贫穷中感受狂飙的方向？

（选自 1988 年《诗刊》11 月号）

秋日郊外散步

京深高速公路的护栏加深了草场
暮色中我们散步在郊外干涸的河床
你散开洗过的秀发
谈起孩子病情好转
夕阳闪烁的金点将我的悒郁镀亮

秋天深了
柳条转黄是那么匆忙
凤仙花和草钩子也发出干燥的金光
雾幔安详缭绕徐徐合上四野
大自然的筵宴依依惜别地收场

西西，我们的心苍老的多么快，多么快
疲倦和岑寂道着珍重近年已频频叩访
十八年我们习惯了数不清的争辩与和解
是呵
有一道暗影就伴随一道光芒

你瞧，在离河岸二百米的棕色缓丘上
乡村墓群又将一对对辛劳的农人夫妇合葬
可就记得十年之前的夏日
那儿曾是我们游泳后晾衣的地方

携于漫游的青春已隔在岁月的那一旁
翻开旧相册
我们依旧结伴倚窗
不容易的人生像河床荒凉又发热的沙土路
在上帝的疏忽里也有上帝的慈祥

1998 年

（选自 1998 年《诗神》12 月号）

骆一禾（1961—1989）

祖籍浙江杭州，生于北京。

黑　豹

风中，我看到一副爪子，是
黑豹。摁着飞走的泥土，
是树根绕着影子
是黑豹。泥土湿润
是最后一种触觉
是潜在乌木上的黑豹，是
一路平安的弦子
捆绑在暴力身上
是它的眼睛谛视着晶莹的武器
邪恶的反光
将它暴露在中心地带
无数装备的目的在于黑豹

我们无辜的平安，没有根据
是黑豹
是泥土埋在黑豹的火中
是四只利爪留在地上
绕着黑豹的影子，然后影子
绕着影子

天空是一座苦役场
四个方向
里，我撞入雷霆

咽下真空，吞噬着真空
是真空的煤矿
是凛冽，是背上插满寒光
是晒干的阳光，是晒透了太阳
是大地的复仇
像野兽一样动人，是黑豹

是我堆满粮食血泊的豹子内部
是我寂静的
肺腑

（选自 1988 年《诗刊》11 月号）

灿烂平息

这一年春天的雷暴
不会将我们轻轻放过
天堂四周万物生长，天堂也在生长
松林茂密
生长密不可分
留下天堂，秋天肃杀，今年让庄稼挥霍在土地
我不收割

留下天堂，身临其境
秋天歌唱，满脸是家乡灯火：
这一年春天的雷暴不会将我们轻轻放过

（选自诗集《骆一禾诗全编》，上海三联书店 1997 年出版）

雷　霆（1937—2012）

生于山东济南。

五十岁

如今我是一条河的下游，
无论是高原上的潺潺细流，
还是惊天动地的瀑布，
都已成为过去成为历史，
既不需要同情怜悯，
也不需要喝彩欢呼。
只是流淌着，
向着人类智慧的大海，
平缓而信心十足。
五十岁，一条河的下游，
不是按照指定的河床游动，
而应该说，
它流过的地方叫作河床。

（选自1988年《诗刊》12月号）

林耀德（1962—1996）

生于台北。

终端机

……我
迷失在数字的海洋里
显示器上
排排浮现
降落中的符号
像是整个世界的幕落
终端机前
我的心神散落成显示器上的颗粒
终端机内
精密的回路恰似隐藏智能的圣柜

加班之后我漫步在午夜的街头
那些程序仍然狠狠地焊插在下意识里
拔也拔不去
开始怀疑自己体内装盛的不是血肉
而是一排排的积体电路
下班的我
带着丧失电源的记忆体
成为一部断线的终端机
任所有的资料和符号

如一组溃散的星系

不断

撞击

爆炸

（选自诗集《都市终端机》，台北书林出版社 1988 年出版）

张洪波（1956— ）

吉林敦化人。

雄　牛

雄牛绝望地吼了两声长调
为被割除的一对睾丸
放喉痛哭
血浆浓重
一滴滴点穿了悲壮夕阳
黄昏挣扎
……
人们灵巧地躲开去
他们还不敢相信它已被驯服
他们看见它的泪水在眼睛里
并未轻易流出
那是一头真正的
雄牛
午夜
远远的牛栏里
又传来一声声放号
我猜想一定是它
只有它的声音
才能够震颤这夜
使之难眠

明天

它还会顽强地

在鲜血润过的土地上

阔步走来吗

1986 年

（选自诗集《独旅》，1987 年 1 月天津百花文艺出版社出版）

钟　鸣（1953—　）

四川成都人。

画片上的怪鸟

这就是那只能够帮助我们的鸟
它在边远地区栖息后向我们飞来
声音颓然充满谐趣，羽毛湿漉漉的
这就是那只鸟，来自乌黑的地层和树冠

它达到最高、最富丽的一个音符后
再低声袭击我们，急速而优雅
它做出怪吓人的样子，眼仁雪白
牙齿漂移，但，这是它被那些敌意刺激后
孤零零复原时痛苦招惹的模样儿

它的饱食使我们觉得这世界空虚
它的嘴衔着拉丁文像尘封的玫瑰
发出古老的音调，鼻子越演越炽烈
它执着伞，情绪怀旧，它的羽毛
和灰暗的天空仍然是那样一般粗硬

当它的雨点敲打着头皮，我们清醒又忧伤
然而，我们的内心颤动却得到了宽恕
像它的古典巨蹼，飞越两个星球之间。

（选自1989年《人民文学》2月号）

谢克强（1947— ）

湖北黄冈人。

自画像

眯缝起眼睛
我尖锐地审视着自己
这是我么

稀疏的头发
竟被风狂草成一派豪放
额前的空旷坦露一段历史
留下风雨残缺的美
贮满记忆

孤独和伤感不属于我
苦泪早流成一条内陆河
流进思想的沙漠
鼻子站在岁月的风景线上
耐人寻味
而胡须与阳光竞相生长
嘴呢

画不画嘴无关紧要
重要的是有一双深邃的眼睛

好以不安分的目光

注视

缤纷的大千世界

1987 年 9 月 30 日

（选自 1989 年《长江文艺》10 月号）

王小妮（1955— ）

女，满族，吉林长春人。

不认识的人就不想再认识了

到今天还不认识的人
就远远地敬着他。
三十年中
我的朋友和敌人都足够了。

行人一缕一缕经过。
揣着简单明白的感情。
向东向西
他们都是无辜
我要留出我的今后
以我的方式
专心地去爱他们。
像一个有风的广场。

谁也不注视我。
行人不会看一眼我的表情
望着四面八方
他们生来
就不是一个。
注定向东向西茫茫地走

只倾心几个人
那太真实太幼稚了。

从今以后
崇高的容器都空着。
比如我。
比如我荡来荡去的
后一半生命

（选自 1989 年 12 月《一行》第 9 期）

半个我正在疼痛

有一只漂亮的小虫
情愿蛀我的牙
世界
它的右侧骤然动人
身体原来
只是一栋烂房子。
半个我里蹦跳出黑火。
半个我装满了药水声。
你伸出双手
一只抓到我
另一只抓到不透明的空气。
疼痛也是生命。

我们永远按不住它。
坐着再站着
让风这边那边地吹。
疼痛闪烁的时候
才发现这世界并不平凡。
我们不健康
但是
还想走来走去。
用不疼的半边
迷恋你。
用左手替你推动着门。
世界的右部
灿烂明亮。
疼痛的长发
飘散成丛林。
那也是我
那是另外一个好女人。

（选自诗集《半个我正在疼痛》，华艺出版社 2005 年出版）

月光白得很

月亮在深夜照出了一切的骨头。

我呼进了青白的气息。
人间的琐碎皮毛

变成下坠的萤火虫。
城市是一具死去的骨架。

没有哪个生命
配得上这样纯的夜色。
打开窗帘
天地正在眼前交接白银
月光使我忘记我是一个人。

生命的最后一幕
在一片素色里静静地彩排。
地板上
我的两只脚已经预先白了。

2003 年 3 月

（选自 2012 年《诗刊》9 月号上半月刊）

孙文波（1956— ）

四川成都人。

蒲　草

我喜欢看你。在夜晚的宁静中
在无人打扰的屋子里
我感到了一些事情终会发生
在我们的屋子外面，露水正打湿遍地蒲草

羊群。以及那牧羊的孩子
他们已回到夜的另一边
仅留下白光和影子。当我们探究时
离开我们，远离我们的躯体

那带给我们躁动的
也一定会带给我们宁静
使我们萦萦于心的
也一定使我们加速忘记

就像我们的经历，我们的声音
这儿，我们是孤独的
生活在知识中
远离了露水和蒲草。犹如在夜的外面

（选自 1989 年《诗刊》12 月号）

犁　青（1933—　）

原名李福源，后改名谢聪明，生于福建安溪，现居香港。

金融巨人

我攀登上
世界贸易中心的最顶层

我测量青天
距离只有三寸

我的头发飘到远方
像蓬乱的山峰

我四方寻找
那呼呼的风声

我捕捉不到
那缓慢移行的飞机
　　像只小小的蜻蜓

我俯首察看到了
那幽静小岛上的
　　自由女神

我伸展出手臂
我的拳头是
自由女神那一块
熊熊燃烧着的
——黄金！

（选自1990年《诗刊》1月号）

韩作荣（1947—2013）

曾用名何安，黑龙江海伦人。

火　狐

火狐从雪原驰过
将山野划出一道流血的伤口
也许这是潜在的贴近本能的伤害
就像风不能不在草尖上舞蹈

与寂静相邻，是因失血而苍白的忧伤
淡泊了优雅且有节制的情感
眼含古老的液体洗刷昼夜
便浇熄了瞳仁里两堆焦灼之火

火狐依然漂亮着，像灿烂的谎言
诱惑将我带入貌似平静的暴戾
哦，你虚假的火，施展魔术的红布
迷茫中我计数你谜一样的足印

一滴埃利蒂斯的雨淹死了夏季
你虚设的嘴唇再也不会卷起风暴
太阳已经远离，不在我的脉管运行
我的孤寂平静如山谷的积雪

（选自1990年《星星》2月号）

自画像

我是粗糙的，我的瞳仁已经生锈
让世界变得斑驳，泪水
带着有生铁的腥味
粗粝的目光，看你一眼
都会在肌肤上留下血痕
一张铁青的脸、冰冷的脸
羁留着岁月的辙印
和永远洗不去的风霜
我是肮脏的，指甲一样坚硬的思想
藏污纳垢
即使剪去它们
又会偷偷长出来
我想洗刷自己
可我无法洗去欲望和焦虑
一个泥做的人，被水浸润
永远也无法净洁
我是卑劣的，纵然我不想扯谎
可我隐藏和逃避
不想道貌岸然，但却胆怯、虚弱
我的心跳来跳去
血管已捆不住心脏
自然，我也是高傲的
我的骨头坚硬，可以碎裂、绝不弯曲

我肮脏的血肉，宁可交给火焰
也不留给蛆虫

（选自2012年《诗刊》9月号上半月刊）

杀　鱼

捏住鱼的头骨，刮除鳞片
鱼尾迅疾地击打水池
鱼渗出一痕痕细的血丝
剪去鳍，揪去腮，鱼流出黑紫的血
掏除内脏，肉体还在抽搐
鱼还活着
孩子说，把头切掉，鱼就死了
剁掉头，鱼也不会死
我想起儿时看人杀鸡，剁了头
无头的鸡仍向前奔跑
在雪地滴一串红的血
血是红的，鱼肉是白的
刀是凉的，油是热的
那鱼在锅里还在蹦
我想鱼还在恨那把刀，可刀呢
该恨刀柄吧。我知道
刀柄是块木头，它不会恨我

（选自2005年《诗歌月刊》6月号）

朱增泉（1939—　）

江苏无锡人。

地球是一只泪眼

地球是漂在水里吗
为什么每一块大陆的周围
全都是汪洋大海？

哦——地球满腹忧烦
她睁圆了望不断天涯的
　　　　　泪眼
何时能哭干，这么多
　　　　苦涩的
　　　　海水？

（选自1990年《星星》3月号）

刘　章（1939—　）

河北兴隆人。

山村雨后

湿的炊烟，湿的云霞，
湿的青山像出水的纱，
　　　　　滴滴答答……
像少女才涂了香粉，
火红桃花，淡淡杏花。

烟里人家，云里人家，
微风，衔泥燕子斜，
　　　　唧唧喳喳……
像画家点墨写意，
牛儿一洼，羊儿一洼。

汽车近归村落，
流水远向天涯。

1981 年

（选自《刘章诗选》，花山文艺出版社 1990 年 11 月出版）

黄灿然（1963— ）

生于福建泉州，现居香港。

献给妻子

很久了，我没有给你写诗，
你曾是我灵感的唯一源泉；
在我这久经风浪的心底
仍时常激荡着我们的初恋；

但是我的心实在是衰老了
因为它过早地遇到了风暴
并从多次的险境中逃脱，
我怎能不抒发这种逼迫？

现在我在异乡艰苦劳动，
为了让你的双手与众不同：
以前没有受过磨难，以后

也将永远闲置在安适之中：
繁重的工作就是我的情诗，
所有的成果全部献给你。

（选自1991年《花城》第2期）

王家新（1957—　）

湖北丹江口人。

帕斯捷尔纳克

不能到你的墓地献上一束花
却注定要以一生的倾注，读你的诗
以几千里风雪的穿越
一个节日的破碎，和我灵魂的战栗

终于能按照自己的内心写作了
却不能按一个人的内心生活
这是我们共同的悲剧
你的嘴角更加缄默，那是

命运的秘密，你不能说出
只是承受！承受。让笔下的刻痕加深
为了获得，而放弃
为了生，你要求自己去死，彻底地死

这就是你，从一次次劫难里你找到我
检验我，使我的生命骤然疼痛
从雪到雪，我在北京的轰响泥泞的
公共汽车上读你的诗，我在心中

呼喊那些高贵的名字
那些放逐、牺牲、见证，那些
在弥撒曲的震颤中相逢的灵魂
那些死亡中的闪耀，和我的

自己的土地！那北方牲畜眼中的泪光
在风中燃烧的枫叶
人民胃中的黑暗、饥饿，我怎能
撇开这一切来谈论我自己？

正如你，要忍受更疯狂的风雪扑打
才能守住你的俄罗斯，你的
拉丽萨，那美丽的、再也不能伤害的
你的，不敢相信的奇迹

带着一身雪的寒气，就在眼前！
还有烛光照亮的列维坦的秋天
普希金诗韵中的死亡、赞美、罪孽
春天到来，广阔大地裸现的黑色

把灵魂朝向这一切吧，诗人
这是幸福，是从心底升起的最高律令
不是苦难，是你最终承担起的这些
仍无可阻止地，前来寻找我们

发掘我们：它在要求着一个对称

或一支比天空更高远的安魂曲
而我们，又以什么走到你的墓前？
这是耻辱！这是北京的十二月的冬天

这是你目光中的忧伤、探询和质问
钟声一样，压迫着我的灵魂
这是痛苦，是幸福，要说出它
需要以冰雪来弥漫我的一生

（选自 1991 年《花城》第 2 期）

田园诗

如果你在京郊的乡村路上漫游
你会经常遇见羊群
它们在田野中散开，像不化的雪
像膨胀的绽开的花朵
或是缩成一团穿过公路，被吆喝着
走下杂草丛生的沟渠

我从来没有注意过它们
直到有一次我开车开到一辆卡车的后面
在一个飘雪的下午
这一次我看清了它们的眼睛
（而它们也在上面看着我）
那样温良，那样安静

像是全然不知它们将被带到什么地方
对于我的到来甚至怀有
几分孩子似的好奇

我放慢了车速
我看着它们
消失在愈来愈大的雪花中

（选自 2005 年《人民文学》10 月号）

周伦佑（1952— ）

四川西昌人。

在刀锋上完成的句法转换

皮肤在臆想中被利刃割破
血流了一地。很浓的血
使你的呼吸充满腥味
冷冷的玩味伤口的经过
手指在刀锋上拭了又拭
终于没有勇气让自己更深刻一些

现在还不是谈论死的时候
死很简单。活着需要更多的粮食
空气和水，女人的性感部位
肉欲的精神把你搅得更浑
但活得耿直是另一回事
以生命做抵押，使暴力失去耐心

让刀更深一些。从看他人流血
到自己流血。体验转换的过程
施暴的手并不比受难的手轻松
在尖锐的意念中打开你的皮肤
看刀锋契入，一点红色从肉里渗出
激发众多的感想

这是你的第一滴血
遵循句法转换的原则
不再有观众。用主观的肉体
与钢铁对抗，或被钢铁推倒
一片天空压过头顶
广大的伤痛消失
世界在你之后继续冷得干净

刀锋在滴血。从左手到右手
你体会牺牲时尝试了屠杀
臆想的死使你的两眼充满杀机

1991年1月6日于峨山打锣坪

（选自《现代汉诗》1991年秋卷）

带猫头鹰的男人

一

一只羽翎插在头上，我感觉自己变成异类了。

不祥的翅膀推开林莽，群峰纷纷逃去。无数个白昼没
有洗白
你的羽毛，你乃古之圣者。
一切都归于宁静了。

山脉确定了走向，峡谷灌满风。潺潺的暮色中，向天默祷的石笋，
渐次变黑，一节节剥落，有如时间的手指。
在醒态与睡态之间，高原端起盆地泼出熠熠灯火……

世界在一个球上睡成云梦成流了。

二

那个高贵的王子就是像你这样悟道的吗？
我学你睁只眼闭只眼沉思，总学不会。
两片叶子一齐合上，果实里有另一种风景：
——河流饮着宓妃的名字，苗条而清；
——山裸露在树根下享受蓝马的淋浴。
环形的银饰冷冷的摇着，一只白皙的手，把渗有蛇毒的酒端起又倒进一个绘有人面鱼身图案的陶碗里；突然，你翅膀着火了，
白焰上开出一片曼陀罗花……
我刚要表示惊讶，你睁着的眼已向我描述了我梦中看到的景象。
我更惊讶了：你闭着的那只眼该看到了更深的意象吧？
两眼交换了位置，仍是睁一只眼闭一只。
我领悟了：鱼看见的东西鸟儿是无法描述的。

三

触摸得到的影子在我身上，黑袍下有一对爪子。

那双臂缠我好紧呀，嘴唇捆绑得我透不过气来，像捆绑一只鸽子。

柔弱的女子偏有如此粗糙的舌，舔我刀割般的痛。脸躲进玻璃融化了，还是不能解脱。

（我不是同性恋者，我不需要雄性的胡须）

一层层石头把我浸透了。我从天窗伸出头来，你正坐在一条腿上，把脆薄的膝盖当铜鼓敲打。

有人受不住了——

别敲门，我不是卖耳朵的贝多芬！

（选自 1986 年《非非》创刊号）

汪启疆（1944— ）

祖籍四川成都，现居台湾。

瀚 瀚

我每次回来
总想
把海洋捻一点儿
喂给你

在那么大的
蓝颜色世界
月亮总在找她的鞋
海会斜倚过来
变成一个滑梯
我也总在你的小床
问：不懂事的小海豚
睡了吗。知道大海的大吗？
水平线后面
躲着的另一天
总急着扯开蓝被子
打呵欠、起床

时间循环的
潮汐安静的
没有一个脚印的沙滩

是还没说话的脸
看着静静牵你小小手
走来的我们

多少的皱纹
像爱一样
渐渐涨满了，淤在我眼睛旁
沉默把航行帽戴在睡眠的小脑袋
手掌，正学波浪翻泼你浓黑密发
　十岁、十二岁
　我睡眠都在成长的孩子哟

风　来过，又走了
时间在缠绵交错
但是
所有可记得或不记得的白昼黑夜
在连脚印都踩不醒你的梦域
爸爸带回一些盐
雪白的
不会腐朽、像是
一点点、小小的永恒
捻了
　撒在你
一起、一伏
响满回音的小胸脯。

（选自 1992 年 7 月《创世纪》第 89 期）

柳 沄（1958— ）

原名柳明沄，生于辽宁大连。

瓷 器

比生命更脆弱的事物
是那些精美的瓷器
我的任何一次失手
都会使它们遭到粉碎

在此之前
瓷器吸收了太多的尖叫
坠地时又将尖叫释放出来
这是一种过程，倏忽即逝
如此，千篇一律的瓷器
谁也拯救不了谁

黄昏的太阳雄心消沉
围绕着那些瓷器
日子鸟一样乱飞
瓷器过分完美，使我残缺
如果将它们埋入地下
那么我漫长的一生
就只能是瓷器的某个瞬间

但在另一种意义里，瓷器
坚硬得一点力气也没有
它们更喜欢呆在高高的古玩架上
与哲人的面孔保持一致
许多时候，我不忍回首
那样它们会走动起来
而瓷器一经走动
举步便是深渊

因此就不难明白
为什么瓷器宁肯粉身碎骨
而拒绝腐烂
是的，瓷器太高贵了
反而不堪一击
在瓷器跌落的地方
遍地都是呻吟和牙齿
瓷器粉碎时
其愤怒是锋利的
它逼迫我的伤口
重新绽开

（选自1992年《作家》7月号）

郑　玲（1931—2013）

女，四川江津人。

昨夜一千年

悲剧不属于黄昏
悲剧总是随朝阳放射金光
以坦然的残忍
照着逝去的昨夜

昨夜一千年
我时刻呼唤你的船
任心在流光中漂泊
不敢走近你的岸

并非不知道水的深浅
都只为风浪太大
　　　真情太重
怕把你的桅杆折断

（选自 1992 年《诗刊》7 月号）

蓝　蓝（1967—　）

原名胡兰兰，女，祖籍河南郏县。

野葵花

野葵花到了秋天就要被
砍下头颅。
打她身边走过的人会突然
回来。天色已近黄昏。
她的脸　随夕阳化为
金黄色的烟尘
连同整个无边无际的夏天

穿越谁？穿越荞麦花似的天边？
为忧伤所掩盖的旧事，我
替谁又死了一次？

不真实的野葵花，不真实的
歌声。
扎疼我胸膛的秋风的毒刺

（选自1992年《诗刊》10月号）

陆 健（1956— ）

河北泊头人。

一个人的时候

一个人的时候，没别的
洗了脏衣服
就带着周末去郊外
早年我常常巴望着城里的郊外

两只麻雀好像是我
见过的那些，它们不叫玛丽
也不叫约翰。它们上下地飞
口含我钟爱的汉字

面对亲切的田野
我不知所措，以前我忙些什么
为什么亲人遥远
为什么我在家乡像个客人

我要像草垛那样
一点一点地睡着
一粒麦子掉在我脸上

（选自诗集《不存在的女子》，金陵出版社1992年10月出版）

张曙光（1956— ）

生于黑龙江望奎。

尤利西斯

这是个譬喻问题。当一只破旧的木船
拼贴起风景和全部意义，椋鸟大批大批地
从寒冷的桅杆上空掠过，浪涛的声音
像抽水马桶哗哗地响着，使一整个上午

萎缩成一张白纸。有时，它像一个词
从遥远的海岸线显现，并逐渐接近我们
使黄昏的面影模糊而陌生
你无法揣度它们，有时它们被时间榨干

或融入整部历史。而我们的全部问题在于
我们能否重新翻回那一页
或从一片枯萎的玫瑰花瓣，重新
聚拢香气，追回美好的时日

我想象着老年的荷马，或詹姆士·乔伊斯
在词语的岛屿和激流间穿行寻找着巨人的城堡
是否听到塞壬的歌声？午夜我们走过
黑暗而肮脏的街道，从树叶和软体动物的

空隙，一支流行歌曲，燃亮
我们黯淡的生活，像生日蛋糕的蜡烛
我们的恐惧来自我们自己，最终我们将从情人回到
　妻子
冰冷而贞洁，那带有道德气味的历史

（选自 1992 年《90 年代》）

苏金伞（1906—1997）

原名苏鹤田，河南睢县人。

埋葬了的爱情

那时我们爱得正苦
常常一同到城外沙丘中漫步
她用手拢起了一个小小坟茔
插上几根枯草，说：
这里埋葬了我们的爱情

第二天我独自来到这里
想把那座小沙堆移回家中
但什么也没有了
秋风在夜间已把它削平

第二年我又去凭吊
沙坡上雨水纵横，像她的泪痕
而沙地里已钻出几粒草芽
远远望去微微泛青
这不是枯草又发了芽
这是我们埋在地下的爱情
　　生了根

作于1992年5月27日，86岁

作者注：几十年前的秋天，姑娘约我到一个小县城的郊外，秋风阵阵。因为当时我出于羞怯没有亲她，一直遗恨至今！只能在暮年的黄昏默默回想多年以前的爱情。

（选自 1993 年《诗刊》1 月号）

潞　潞（1956—　）

原名杨潞生，山西长治人。

无　题（组诗选二）

在唯一已经获得自由的地方
火焰成为万象中尖锐的顶端
它为诸神和硫磺所共有
双手交叉指向天空并奏出强音
大地的宝石从四面八方汇集
来自地底却依然在山中深藏
火焰中的火焰。存在中的存在
永无休止地在黑暗里蜕变
它以呕吐的姿势紧贴地面
在大雨滂沱的原野上颤抖
曲折水边秉烛而书的歌者
追寻自身的光亮而一无所得
空虚的焰火向日常生活敞开
暴露出深处的寒冷
隐身于火焰后面的人
选择世间无以庇护的命运
以俯瞰不幸而迷狂的事物
从而使火焰战胜火焰
红色的创口覆盖着雪地

它们在纯洁的灵魂之上
反复而忧郁地倾吐

1991 年 3 月 8 日

* * *

这个秋天我遭遇到了什么
二十只天鹅在一起饮水
透过它们金黄色的下肢
我看到遍地沸腾的泉眼
美丽公主们的唇步步逼近
使山腰上月亮般的水发出轰响
一个冥想者就这样被唤醒
他从梦幻走入梦幻
远处的芦苇早已死在床上
秋风正再次回到寂静中
拂动天鹅的盛装
向那些冰凉的羽毛倾注激情
它们被谁追逐至此？
弯曲的颈项如同花环
落日的另一边堆积着盐
这超现实的风景血已流尽
它们，是否将终生汲水
　　　永远不从其中跃出
二十只天鹅如此明亮

我辨出最完美的一只

它冷静。优雅。毫无准备

1992 年 2 月 18 日

（选自 1993 年《人民文学》1 月号）

吉木狼格（1963—　）

彝族，四川凉山人。

阅　读

从山顶看下去
除了点点灯火
都是黑的
想一下刚才和很久以前
这夜晚不知不觉的就到了
我深深感到
它来得自然而又平安
我从窗内看窗外
有很多地方看不见
却听到一些歌在到处流行
我翻过一页书
这些整齐的外国语调
猝然间变得富有节奏
我发现这是一本思想性的书
而且是在太阳下面写的
我真有点儿后悔
这时候读它
天黑得真快
我应该选个好天气坐到阳光下
慢慢地一边看一边想……

但我不会现在就合上书
因为将来
等我再翻过一页
才到达关灯的时间
我喜欢这普遍是黑色的夜晚
我觉得它很像什么

（选自 1993 年《星星》1 月号）

白　灵（1951—　）

原名庄祖煌，祖籍福建惠安，生于台北。

口　红

我们在屋子里读书
雾来了，窗都迷了路
我在玻璃上划出
几条水溶溶的小径
并请你用鲜红的嘴形
在路的开端
吻上一枚唇印

泡茶时，雾刚散
整片风景的上方
停着一颗
打哈欠的太阳

（选自1993年2月《葡萄园》诗刊第117期）

冉　冉（1967—　）

女，土家族，重庆酉阳人。

一只母羊与三只小羊

一只母羊与三只小羊
是我要吟唱的

一只母羊
和三只小羊
走在傍晚的草径上
碧绿的玉米林
染上杏黄
壮大的母羊低头缓行
三只小羊　一边咩咩
一边张望

这是炊烟升起的时辰
我仍在大石顶彷徨
天光渐暗
我拿不定主意
该走进谁的家门
行吟诗人早已绝迹
剩下的歌手全都做作
故意嘶声哑嗓

但我仍要吟唱夕阳下
晃动的白色羊体
它们轻软的蹄子踏在草径上

没有预期没有目的
我遇见一只母羊
与三只小羊
这是旅途中所见的
最平常的景象
但我们却像首次相逢
向晚时分
我跟随它们
在小径徜徉

（选自 1993 年《星星》3 月号）

伊　沙（1966—　）

原名吴文健，生于四川成都。

饿死诗人

那样轻松的　你们
开始复述农业
耕作的事宜以及
春来秋去
挥汗如雨　收获麦子
你们以为麦粒就是你们
为女人迸溅的泪滴吗
麦芒就像你们贴在腮帮上的
猪鬃般柔软吗
你们拥挤在流浪之路的那一年
北方的麦子自个儿长大了
它们挥舞着一弯弯
阳光之镰
割断麦秆　自己的脖子
割断与土地最后的联系
成全了你们
诗人们已经吃饱了
一望无边的麦田
在他们腹中香气弥漫
城市中最伟大的懒汉

做了诗歌中光荣的农夫
麦子　以阳光和雨水的名义
我呼吁：饿死他们
狗日的诗人
首先饿死我
一个用墨水污染土地的帮凶
一个艺术世界的杂种

（选自 1993 年《诗刊》8 月号）

老　乡（1943—　）

原名李老乡，河南伊川人。

黑妻　红灯笼

我的黑妻　我的胖妻　我从未为你
写过表扬稿的糟糠之妻
我打着灯笼也难找的妻啊
谁把灯笼吹灭了

炊烟熏黑的妻　吃苦吃胖的妻
把陈年糟糠酿成陈年老醋的妻
提起灯笼犹如提起辛酸事的妻
谁把灯笼吹灭了

丢在墙角的好　重新捡起的好
拍拍灰尘捧给妻子的好
有比红灯笼还要红的好
妻把灯笼吹灭了

（选自1994年《人民文学》7月号）

叶　舟（1966—　）

甘肃兰州人。

丝绸之路

大道昭彰，生命何需此喻。

让天空打开，狂飙落地。
让一个人长成
　　在路上，挽起流放世界的光。
楼兰灭下，星辰燃烧，岁月吹鸣
而丝绸裹覆的一领骨殖
内心踉跄。
在路上，让一个人长成——
目击、感恩、引领和呼喊
敦煌：万象之上的建筑和驭手
当长途之中的灯光
　　布满潮汐和翅膀
当我们人生旅程的中途
在路上，让一个人长成——
怀揣祭品和光荣。
寺院堆积
　　高原如墙
　　　大地粗糙
让丝绸打开，青春泛滥

让久唱的举念步步相随。
鲜血涌入，就在路上

让一个人长成
让归入的灰尘长久放射——
爱戴、书写、树立、退下
　　以至失败。

帛道。
骑马来到的人，是一位大神。

（选自 1994 年《诗刊》12 月号）

曲有源（1943—　）

祖籍山东蓬莱，吉林怀德人。

元宵节

为了正月十五晚上能有雪
天　就起了一个大早
准备了足够的乌云
按规矩
这一天的灯
是要用雪来打的
雪打灯制造出来的气氛
和春天蝴蝶在花丛中飞舞
相类似

元宵是滚动的沸水镟圆的
不用围锅去观察
你　也能认可
那热气腾腾的元宵
却不是吃的
而是闹的
我说是从这个孩子的酒窝
滚到那个孩子的酒窝
你不必像看乒乓球似的
那么认真

只要听听笑声
也就够了

要说起闹来
姑娘们往往抿着嘴儿
不说什么
她是把元宵
当圆的绣球
去想象

这一天的焰火
是这一年秋天的
丰收景象
你要想看得广阔而又真切
就得把高跷踩得
越高越好
不能踩高跷的人
就跟着他们跑
围着他们转
只要注意那些扭秧歌人的脸
也能把
这一年的收成
看个究竟

（选自 1995 年《诗刊》5 月号）

程步涛（1946—　）

河北广宗人。

雨中弹盔

它是我从战地带回来的
它是过去了的一场战争

霏霏雨湿时
举它于雨地里
让晶亮的雨丝撩拨它
让透明的雨点击打它
于是
在密密的雨帘中
便闪现出芭蕉桐叶
闪现出工事堑壕
闪出那一万次的坚守
和一万次的冲锋

枪声炮声里
烈火硝烟里
一顶钢盔
注释着生与死的距离
注释着杀戮的雷暴
与和平的薰风

在我的书架上
它便是辛弃疾挑灯察看的剑
它便是苏东坡射罢天狼的弓
和老子的《道德经》
和马克思的《资本论》
和小说
诗歌
戏剧
散文
一起铺设人类跋涉的里程

每当细雨纷纷
我便轻轻弹盔
如古人击节
将那些“烽火高台”“关河梦断”
将那些“华发苍颜”“万里江山”
一遍又一遍地吟诵

既然
我们这个世界
还不是十分平静
钢盔便绝不是一件摆设
因此
在铸造犁杖的同时
必须用一部分钢铁铸剑

铸一顶顶钢盔
以备沙场
再度点兵

（选自 1995 年《解放军文艺》12 月号）

王久辛（1959— ）

祖籍河北邯郸，生于陕西西安。

立场之鼎

想象它飘落而且飘落得很慢
应该是很慢的　我相信
所有的立场之飘落都肯定是
很慢的　我知道　他们原来
都心情沉重　后来放弃　后来
彻底放弃　于是才开始变得
轻松　变得春温秋肃夏懒冬眠
我知道　怀揣一方巨鼎的滋味
挪动的念头可以有　但不能实现
躲避的想法可以生　但不能动作
分量大于自身的千倍万倍
想象弥天　可以坐穿地球
但是不能动　不能与亚窦方罍媲美
立场之鼎如炼狱之火
而你的子子孙孙将生命点燃
将所有的快乐和幸福点燃
你胸雄万夫你断脰破肚　你使
你自己危机四伏　四面楚歌
你无悔　你无悔的眼中噙两束流水
一条流作黄河　一条流成长江

你汹涌　你澎湃于你自己的心间
我默视你的铁枝铜杆　默念
你身上的大篆小篆　关于青铜时代
关于晚商的亚窦方罍　我说
都不及铸鼎的现实意义
铸啊　铸啊
所有失去立场或者无所谓立场的人们
都是幸福的
所以他们无视鼎　蔑视鼎
仿佛这沉重的历史和现实不曾有过
仿佛大地欣欣向荣
而我却是一个睥睨现实而珍视
历史的情人　我不说人话
我在地层深处与鬼神交
为它们的冤魂而泣泪于今晨
我呼鹰唤虎　我召英聚雄
我说　铸吧　铸吧
为所有无言的立场铸鼎
为所有痛苦的灵魂铸鼎
鼎呀　铸啊　铸啊

1996 年 1 月 30 日

（选自 1996 年 2 月 26 日《羊城晚报》）

陈义芝（1953— ）

祖籍四川忠县，生于台湾花莲。

住在衣服里的女人

我渴望你覆盖，风一般轻轻压著我
以你细致的皮肤如贴身的夜衣
或仿佛就是我自己的皮肤

牛仔裤是流行的白话，写着诗一般腾跃的短句
开叉裙有古典的文法，铭刻了长篇的祈祷词
春天一呼喊，你丝质的衬衫就秀出两朵
粉色的花苞给如梦的人生看

然而我知道，真实的秘密总隐藏在身体的橱窗里
“打开看看吧！”你含笑的眼神时常这样暗示我
为一颗鲜红的果子而羞涩

千百个橱窗中我看到你眩人心神的笑仿佛未笑
宽松衣摆下摇荡一奥秘的天体
蹙眉思考如圣经纸印的字典

多像一只远遁人烟之外却爱恋着人世的狐
你岂是我遗失的那根肋骨
或者我应是黏附你身的一块肉

降谪于床第，化身成一条天谴的蛇

我渴望穿你，当披肩滑落势如闪电
围裙像黄金的谷仓微妙摆动
空气在摩擦，日光在接吻
我渴望套头的圆领衫埋入你胸脯，陷身桃花源

放弃棉纱纤维的研究自是日
我专攻身体的诱惑，例如钮扣松脱拉链滑雪
分分秒秒念着 521　521……的传讯密码

自是日你深潜我梦中撑开一把抵挡热雨的伞
沿足踝的曲线向北方，你是我望中帘幕半遮的门
我深信你打开的皮包中永远藏有我
——一堆亲昵而俚俗的话

1996 年 7 月

（选自 1996 年 7 月 6 日《联合报·联合副刊》）

高洪波（1951— ）

生于内蒙古开鲁。

贝尔格莱德的鸽子

每一只都那么悠闲
像白云里落下的羽毛
每一只都那么机灵
像街道上机灵的儿童

人们脚步匆匆
走过鸽子的身旁
贝尔格莱德的鸽子
斜起眼睛把你打量
为什么？生活为什么会这样？

贝尔格莱德的鸽子
温柔、坚定又顽强
落在土耳其古堡的垛口
落在青铜雕像的肩膀
落在绿色的草坪上
也落在我的心头

望见这些美丽的精灵

我已经望见了它们
翅膀驮来的宝贵的和平……

（选自《诗刊》1996 年 10 月号）

杜　涯（1968—　）

女，河南许昌人。

我记得那槐花飘落

我记得那槐花飘落
那些槐花从早到晚都在空中纷飞
整整几天了
每当我打开窗户，我便看见了
它们迅速消失的身影

那些低垂的槐树就在房前或者屋后
每次，当我从它们下面走过
槐花静悄悄地落着
我看到白色的花瓣落在地上
这时我感到这世界有多么寂寞
——特别是在无风的时候

我抬头望着繁花的树冠
那些低垂的花束正一个个
消失不见
这时我想，即使无风
槐花也会没日没夜地飘落
我想一定有一个人
要把它们带走

在后山，在倾斜的坡上
槐花已经落了三天
当我在暮春那温和的风中
跑到槐树下，并抬头仰望：
槐花，它们已在我到来之前
悄无声息地落尽了

（选自 1996 年《诗歌报》月刊 12 月号）

王燕生（1934—2011）

山东临沂人。

散淡的闲云（组诗选三）

枯河中的石头

水走了
河床留了下来
那些石头
直接与阳光交谈
天空离得很近

梦归的翠鸟
寻不到鱼的踪影
唯石头保留水的形状

飞逝的鹰

天空遥远之后
仍然遥远
大片大片的蓝
已蓝得一片茫然
云来或云去
风劲或风柔
与翔击和高唳

毫不相干

鹰已消逝
被血灼伤的时间
为云翳遮掩
而那个高度
那个被鹰翅擦亮的高度
谁敢逼视
谁敢

空巢

树叶
因果实离去
纷纷殉葬

空巢孤悬着
成为秃枝唯一的风景
怀旧的风
来往于岁月深处
常忆起
黄昏时的鸟鸣

（选自 1996 年《人民文学》5 月号）

肖开愚（1960— ）

四川中江人。

北　站

我感到我是一群人。
在老北站的天桥上，我身体里
有人开始争吵和议论，七嘴八舌。
我抽着烟，打量着火车站的废墟，
我想叫喊，嗓子里火辣辣的。

我感到我是一群人。
走在废弃的铁道上，踢着铁轨的卷锈，
哦，身体里拥挤不堪，好像有人上车，
有人下车，一辆火车迎面开来，
另一辆从我的身体里呼啸而出。

我感到我是一群人。
我走进一个空旷的房间，翻过一排栏杆，
在昔日的检票口，突然，我的身体里
空荡荡的。哦，这个候车厅里没有旅客了，
站着和坐着的都是模糊的影子。

我感到我是一群人。
在附近的弄堂里，在烟摊上，在公用电话旁，

他们像汗珠一样出来。他们蹲着，跳着，
堵在我的面前。他们戴着手表，穿着花格衬衣，
提着沉甸甸的箱子像是拿着气球。

我感到我是一群人。
在面店吃面的时候他们就在我的面前
围桌而坐。他们尖脸和方脸，哈哈大笑，他们有一点
　儿会计的
假正经。但是我饿极了。他们哼着旧电影的插曲，
跨入我的碗里。

我感到我是一群人。
但是他们聚成了一堆恐惧。我上公交车，
车就摇晃。进一个酒吧，里面停电。我只好步行
去虹口，外滩，广场，绕道回家。
我感到我的脚里有另外一双脚。

1997 年 6 月 10 日

（选自 1997 年 10 月《小杂志》第 1 期）

娜　夜（1964—　）

原名刘夏萍，女，满族，祖籍辽宁兴城。

生　活

我珍爱过你
像小时候珍爱一颗黑糖球
舔一口　马上用糖纸包上
再舔一口
舔得越来越慢
包得越来越快
现在只剩下我和糖纸了
我必须忍住：忧伤

（选自1997年《诗刊》12月号）

起风了

起风了　我爱你　芦苇
野茫茫的一片
顺着风

在这遥远的地方　不需要
思想

只需要芦苇
顺着风

野茫茫的一片
像我们的爱，没有内容。

（选自 1998 年《星星》5 月号）

郁　葱 (1956—　)

原名李丛，河北石家庄人。

和　平

让我们写下一个名字
这是一个人的名字，一片土地的名字
这是雨滴和阳光共有的名字
——和平

这个名字常是萤火的一点光亮
这个名字常是草叶的一丝颤动
是沉默的绿意
是浅浅的虫鸣
是我们哲思和想象的羽毛
是一滴泪，落在梦中的草坪
常常站在广场
想世界其实仅仅是在孩子们的怀抱
他应该很真纯，很童稚
有很小的年龄
他发出的声音，比我们写的诗含蓄
他会告诉你
手中的气球，和面前的博物馆
重量等同

这便是我们所说的那个名字

它们随意晃动，发出沙沙的声响
几片羽翅，不知带走的
是浅薄还是深刻的鸟鸣

有时河流总用语言表述自身
路上没有了车辙
不知是否还会有古朴的纯净
我们有时会忘记一个匆匆的季节
万家灯光只在我们心中亮着一盏
而仅有的这一盏
便足以点亮我们的终生

在我们的感受里
所有声音都是朋友的声音
有时我们面对一道路轨
轻轻呼唤一个乳名
有些语言，是我们相同的语言
比如诗，比如音乐，比如我们相互凝视的眼睛
有些色彩那么相近
有些经历那么雷同
有时你的感受是许多人共同的感受
有时，我们为同一段遥远的故事
怦然心动

这种感受多么好啊
——有时落雪，有时解冻
有时季节悄悄说：早晨了，醒醒

有时我们听到的
是另一个城市传来的鸡鸣

在一个名字的涵盖下
我们享受着水、空气、感情
所有的母亲，都陶醉于孩子们
长大的身影
草真的很绿，有时，草也在黄
时间默默和我们散步
在地球这个村庄里
寻找自己的父兄
我想说，这个日子多好啊
像我们仰望的星辰
像我们的信仰、我们的注视
我们随意哼出的一阵歌声

让我们写下一个名字
——和平
我听到唯一的声音，便是这个名字！
真的，和平是这个世界最小的孩子
孩子们在笑
那个名字，是他们与世界的对话
是我们所能感受的
最为纯正的黎明

1997 年 10 月 25 日

（选自 1998 年《诗刊》2 月号）

李　琦（1956—　）

女，生于黑龙江哈尔滨。

白　菊

一九九六年
岁月从一束白菊开始

每天，用清水与目光为它洗浴
贞洁的花朵
像一只静卧的鸟
它不飞走　是因为它作为花
只能在枝头飞翔

从绽开之初我就担心
它打开自己的愿望那么热烈
单纯而热情　一尘不染
它是否知道　牺牲已经开始

我知道花朵也有骨骼
它柔弱却倔强地抒情
让人想起目光单纯的诗人
开放
这是谁也不能制止的愿望
从荣到枯

一生一句圣洁的遗言
一生一场精神的大雪

今夜我的白菊
像个睡着的孩子
自然松弛地垂下手臂
窗外　大雪纷飞
那是白菊另外的样子

1996 年 1 月

（选自诗集《最初的天空》，春风文艺出版社 1998 年 7 月出版）

潘红莉（1964— ）

原名潘虹莉，女，现居哈尔滨。

哀 歌

我要远离的现在醒着
一湖波纹向外扩展
孔雀的羽毛开屏
旭日正在东升

我要制止这些现象
还要接受一些事实
我唯一能够做到的
是去郊外坐到一条油漆剥落的长椅上
看鸡冠花脆弱的凋零

那些重复的如同阴影一样的网
如同温暖的陷阱
我已全部懂得
却把歌声和敏感留下来
我离去时血液已经缺少养分
我要将巨大的空茫带走
行将带走的哀歌
献给未来的时间

（选自1999年《星星》3月号）

西　渡（1967—　）

原名陈国平，浙江浦江人。

一个钟表匠人的记忆

诗歌是一种慢

——臧棣

一

我们在放学路上玩着跳房子游戏
一阵风一样跑过，在拐角处
世界突然停下来碰了我一下
然后，继续加速，把我呆呆地
留在原处。从此我和一个红色的
夏天错过。一个梳羊角辫的童年
散开了。那年冬天我看见她
侧身坐在小学教师的自行车后座上
回来时她戴着大红袖章，在昂扬的
旋律中爬上重型卡车，告别童贞

二

在世界的快和我的慢之间
为观察留下了一个位置。我滞留在
阳台上或一扇窗前，其间换了几次窗户
装修工来了几次，阳台封上了

为观察带来某些不同的参照：
当锣鼓喧闹把我的玩伴分批
送往乡下，街头只剩下沉寂的阳光
仿佛在谋杀的现场，血腥的气味
多年后仍难以消除。仿佛上帝
歇业了，使我和世界产生了短暂的一致

三

几年中她回来过数次，黄昏时
悄悄踅进后门，清晨我刚刚醒来时
匆匆离去。当她的背影从巷口消失
我猛然意识到在我和某些伟大事物
之间，始终有着无法言喻的敌意
很多年我再没见她。而我为了
在快和慢之间楔入一枚理解的钉子
开始热衷于钟表的知识。在街角
出售全城最好的手艺：在我遇上
我的慢之前，那里曾是我童年的后花园

四

在我的顾客中忽然加入了一些熟悉
的脸庞，而她是最后出现的：憔悴，衰老
再一次提醒我快和慢之间的距离
为了安慰多年的心愿，我违反了职业
的习惯，拨慢了上海钻石表的节奏
为什么世界不能再慢一点？我夜夜梦见

分针和秒针迈着芳香的节奏，应和着
一个小学女生的呼吸和心跳。而她是否听到？
玷污了职业的声誉，失去了最令人怀恋
的顾客：我多么愿意拥有一个急速的夜晚！

五

之后我只从记者的镜头里看到她
作为投资人为某座商厦剪彩，出席
颁奖仪式。真如我盗窃的机谋得逞
她在人群中楚楚动人，仿佛在倒放的
镜头中越走越近，随后是我探出舌头
突然在报上看到她死在旅馆的寝床上
死于感情破产和过量的海洛因：
一个相当表面的解释
我知道她事实上死于透支，死于加速
但为什么人们总是要求我为他们的
时间加速？为什么从没人要求慢一点？

六

这是我的职业生涯走向失败的开始
悲伤的海洛因，使我在钟表的滴答声里
闻到生石灰的气味：一个失败的匠人
我无法使人们感谢我慷慨的馈赠
在夏天爬上脚手架的顶端，在秋天
眺望：哪里是红色的童年，哪里又是
苍白的归宿？下午五点钟，在幼稚园

孩子们急速地奔向他们的父母，带着
童贞的快乐和全部的向往：从起点到终点
此刻，我同意把速度加大到无限

（选自 1999 年《东海》8 月号）

余　怒（1966—　）

安徽安庆人。

守夜人

钟敲十二下，当，当
我在蚊帐里捕捉一只苍蝇
我不用双手
过程简单极了
我用理解和一声咒骂
我说：苍蝇，我说：血
我说：十二点三十分我取消你
然后我像一滴药水
滴进睡眠
钟敲响十三下，当
苍蝇的嗡鸣：一对大耳环
仍在我的耳朵上晃来荡去

（选自诗集《守夜人》，台湾唐山出版社 1999 年出版）

白　渔（1937—　）

原名周问渔，生于四川富顺。

藏羚羊

茫茫碧野，款款地
踱出一个温良家族

角杈，不用于进攻
挂风、系雾、挑月牙

有翡翠湖由其沉醉
如海草滩任它选择

灵境圣地上
飘一串天籁音符

（选自1999年《诗刊》10月号）

朵　渔（1973—　）

原名高照亮，山东泰安人。

日全食

医生走后，我决定爬起来
多日以来的肠炎，让我虚弱不堪
庭院清凉，穿过槐花的光线
像一阵小雨落下
一群鸡雏在柴草间追逐
几乎全部的家畜都出门了
只有我父亲　赤裸着上身
在院子里挖土，一趟趟地
往田里运肥
汗水掉到粪堆里，焦躁挂在嘴角
和他面对，真是一种罪过。
他不行了　白发覆盖了他，
不再似当年　连夜往安徽贩大米，
把发情的小母牛　按倒在田埂上。
他将铁锨扔向井台
拉开了栅栏门，在他身后
是一大片的田野和极少数的鸟群
整个村庄都保持着沉默
只有很小的阴影跟着他
那是谁投下的目光呢？

我抬头望天
一轮黑太阳，清脆、锋利，
逼迫我流下泪水

（选自2000年《上海文学》3月号）

胡续冬（1974— ）

原名胡旭东，生于重庆合川。

太太留客

昨天帮张家屋打了谷子，张五娃儿
硬是要请我们上街去看啥子
《泰坦尼克》。起先我听成是
《太太留客》，以为是个三级片
和那年子我在深圳看的那个
《本能》差球不多。酒都没喝完
我们就赶到河对门，看到镇上
我上个月补过的那几双破鞋
都嗑着瓜子往电影院走，心头
愈见欢喜。电影票死贵
张五娃儿边掏钱边朝我们喊：
“看得过细点，演的屙屎打屁
都要紧着盯，莫浪费钱。”
我们坐在两个学生妹崽后头
听她们说这是外国得了啥子
“茅司旮”奖的大片，好看得很。
我心头说你们这些小姑娘
哪懂得起太太留客这些龌龊事情，
那几双破鞋怕还差不多。电影开始，
人人马马，东拉西扯，整了很半天

我这才晓得原来这个片子叫“泰坦尼克”，
是个大轮船的外号。那些洋人
就是说起中国话我也搞不清他们
到底在摆啥子龙门阵，一时
这个在船头吼，一时那个要跳河，
看得我眼睛都乌了，总算捱到
精彩的地方了：那个吐口水的小白脸
和那个胖女娃儿好像扯不清了。
结果这么大个轮船，这两个人
硬要缩到一个吉普车上去弄，自己
弄得不舒服不说，车子挡得我们
啥子都没看到，连个奶奶
都没得！哎呀没得意思，活该
这个船要沉。电影散场了
我们打着哈欠出来，笑那个
哈包娃儿救个姘头还丢条命，还没得
张五娃儿得行，有一年涪江发水
他救了个粉子，拍成电影肯定好看
——那个粉子从水头出来是光的！
昨晚上后半夜的事情我实在
说不出口：打了几盘麻将过后
我回到自己屋头，一开开灯
把老子气惨了——我那个死婆娘
和隔壁王大汉在席子上蜷成了一砣！

1998 年

（选自 2000 年《山花》4 月号）

牛庆国（1962— ）

甘肃会宁人。

杏　花

杏花　我们的村花

春天你若站在高处
像喊崖娃娃那样
喊一声杏花
鲜艳的女子
就会一下子开遍
家家户户　沟沟岔岔

那其中最粉红的
就是我的妹妹
和情人

当翻山越岭的唢呐
大红大绿地吹过
杏花　大朵的谢了
小朵的也谢了
丢开花儿叫杏儿了
酸酸甜甜的日子
就是黄土里流出的民歌

杏花　你还好吗
站在村口的杏树下
握住一颗杏核
我真怕嗑出　一口的苦来

（选自 2000 年《诗刊》7 月号）

阳　飏 (1953—　)

又名张向阳，生于北京。

拉卜楞寺

一

拉卜楞寺，远远望去犹似一大摞一大摞黄封皮红封皮的佛教典籍
嘉木样一世读书累了正坐在对面山顶休息
一整座山的树幻想着怎样也坐矮了，矮，是一种尊敬

二

拉卜楞寺，要是有风，就会有人听见一大片经幢拼命往高长的声音
要是没有风，就会有人听见三里之外磕着等身长头以额触地的声音
要是再有风，我就会听见嘉木样一世两百年前用一整条大夏河水漱口的声音了

三

拉卜楞寺，我看见那么多只鸽子，只看见一只鹰
大祭司一样的鹰，黑披风似的翅膀再一扇，暮色就斜着落下来了
我似乎真的见过大祭司了，虽然我看不清他的五官，

虽然在别的地方我只会称其为：鹰

四

拉卜楞寺，天亮着，殿堂里的酥油灯亮着，天黑了，酥油灯还亮着
天为什么一下子就黑了呢？把那么多的亮都节约下来点成酥油灯了吗
一只白鸽子，想把它白天积攒的亮也捐出来

五

拉卜楞寺，一大群鸟儿趁着天还没有黑透，叫着飞走了
剩下三两只孤单的鸟儿好似迷路的孩子，其中一只在讲经堂大殿里飞来飞去，怕冷的孩子，千万别去碰酥油灯的手指
怕冷的暮色已经开始一层黑似一层地裹紧了自己
这时你再听，那只鸟儿的叫声，怎么像是流水冲洗过的嗓子念诵经文的声音

六

拉卜楞寺，要是漫天大雪中迎面碰见这几位红衣喇嘛，我或者会想到一个并不恰当的词句——雪中送炭
几块红炭，奉献给佛祖他也会谦虚地还给人间的
拈花微笑，微笑的佛祖知道人间有太多的寒冷

七

拉卜楞寺，天空只有一只鹰，一只鹰有时比好多只鹰
　更像一位孤独的王——一位君临大地的王
它再飞高点儿，人就成了蚂蚁树就成了草，再飞高点
　儿，两百年前，一群喇嘛诵经之余刚好看见了它
　——一册无字经卷
有人看见一只鹰，并且听见了诵经的声音，有人看见
　大金瓦殿的堆绣画——嘉木样一世的嘴唇上落着一
　只嗡嗡嘤嘤真实的蜜蜂

八

拉卜楞寺，天空又薄又白，像是等着印刷经文的纸
　张，或是准备敬献的绫
一大片灿烂的金顶，全是朝圣者一两一两金子堆起
　来的
鎏金大佛眉心那颗来自印度恒河的猫眼石，把一次闪
　电神秘的纹路永远保存在了体内，向世人昭示着

九

拉卜楞寺，天空巨大的云朵是某位神的运输工具吗？
　运前世运来生，运人的牛羊的青稞黑麦的魂灵
大经堂檐角的风铃响了，又响了，或是某位神的咳
　嗽声
我听见一种诵经声——空无一人的经堂内，是谁？哪
　一位鎏金佛药泥佛檀木佛的声音

天空巨大的云朵正忙着运输赶路呢

1999 年 9 月 23 日

（选自 2000 年《诗刊》9 月号）

谢湘南（1974— ）

湖南耒阳人。

零点的搬运工

有人睡眠
有人拿灵魂撞生命的钟
有人游走有人遥望月球而哭泣

时间滑过塔吊飞作重击地心的桩声
一切都是新的连同波黑的静默
不需叉车歌声高过高楼
搬运工寻找动词，鲜活的

鲤鱼，钢筋水泥铸造的灯笼
照亮孤独和自己，工卡上的
黑色，搬运工擦亮的一块玻璃迎接
黎明和太阳

（选自诗集《零点搬运工》，华夏出版社2000年出版）

耿林莽（1926— ）

江苏如皋人。

白马驮经

白马走出滚滚尘沙，迷离中渐露端倪。

白马如银，似雪，白马披一身寒素。

大路通天，驮经的白马自西天来。身负重任，举步维艰，悠悠然有仪典之庄严。马蹄变得沉重了，如铁。使命感神圣感使之失却了飞腾。

（白马非马，它已修成了正果。）

有一阵细雨洒落。绿柳成行，柳丝是风伸出的手指吧，不，是佛的手指。蘸一点圣水似的雨滴弹落，落在白马的背上。

一点一滴，浸润着马的鬃毛，便生彻骨之寒。

一点一滴，淋湿了马背上驮负的经文贝叶，使之粘附，使之模糊，使之腐烂。

（马为何不跃身而起，马为何不奋力狂奔，马为何不伸张其高蹈的野性呢？）

白马非马。它已驯服于一种佛光的薰沐，骨骼被改造得酥软而柔了。

细雨幽幽，柳丝柔柔，白马一步一个脚印地行走在取经的归途，如在梦境游。

如期抵达时，寺院里举行了隆重的庆典，跪拜相迎。

当经书从马背上卸下，湿漉漉已成靡烂的纸团，烘烤晒干后的断简残篇，移位错行的梵文字迹，谁能够辨解明白？

“深奥”处远胜过现代派的朦胧诗篇。

（选自2001年《诗刊》4月号）

杨　键（1967—　）

安徽马鞍山人。

在桥上

一对恋人像两首老歌，
相依在古桥头上。
“我喜爱柳树谦逊，
雍容华贵的枝条……
远方苦行僧一样的江水，
没有语言能与它相称。
我想，是我心中长年的哀叹
毁了江水在这里的浩瀚，
像逆子把慈母抛弃。
一阵冷风，一阵乌云
是我们反反复复的病痛。
我们的爱永久，悲哀亦永久……”
像两首老歌，
心底的苦水使他们紧抱，
像要把各自吞下。

（选自2002年《诗刊》1月号下半月刊）

杨　克（1957—　）

广西南宁人。

在东莞遇见一小块稻田

厂房的脚趾缝
矮脚稻
拼命抱住最后一些土

它的根锚
疲惫地张着

愤怒的手　想从泥水里
抠出鸟声和虫叫

从一片亮汪汪的阳光里
我看见禾叶
耸起的背脊

一株株稻穗在拔节
谷粒灌浆　在夏风中微微笑着
跟我交谈

顿时我从喧嚣浮躁的汪洋大海里
拧干自己

像一件白衬衣

昨天我怎么也没想到
在东莞
我竟然遇见一小块稻田
青黄的稻穗
一直晃在
欣喜和悲痛的瞬间

（选自 2002 年《花城》第 2 期）

桑　克（1967—　）

原名李树杈，生于黑龙江密山。

雪的教育

“在东北这么多年，
没见过干净的雪。”
城市居民总这么沮丧。
在乡下，空地，或者森林的
树杈上，雪比矿泉水
更清洁，更有营养。
它甚至不是白的，而是
湛蓝，仿佛墨水瓶打翻
在熔炉里锻炼过一样
结实像石头，柔美像模特。
在空中的 T 形台上
招摇，而在山阴，它们
又比午睡的猫更安静。
风的爪子调皮地在它的脸上
留下细的纹路，它连一个身
也不会翻。而是静静地
搂着怀里的草芽。
或者我们童年时代的
记忆和几近失传的游戏。
在国防公路上，它被挤压

仿佛轮胎的模块儿。
把它的嘎吱声理解成呻吟
是荒谬的。它实际上
更像一种对强制的反抗。
而我，嘟嘟囔囔，也
正有这个意思。如果
这还算一种功绩，那是因为
我始终在它仁慈的教育下。

（选自2002年《中国作家》第6期）

寒　烟（1969—　）

原名刘燕，女，山东滨州人。

遗　产

——给茨维塔耶娃

你省下的粮食还在发酵
这是我必须喝下的酒
你省下的灯油还在叹息
这是我必须熬过的夜

你整夜在星群间踱步
在那儿抽烟，咳嗽
难道你的痛苦还没有完成
还在转动那只非人的磨盘

你测量过的深渊我还在测量
你乌云的里程在等待我的喘息
苦难，一笔继承不完的遗产
让我走进你——

看着你的照片，我哭了：
我与我的老年在镜中重逢
莫非你某个眼神的暗示

白发像一场火灾在我头上蔓延

（选自2002年《诗刊》7月号下半月刊）

卢卫平（1965— ）

湖北红安人。

在水果街碰见一群苹果

它们肯定不是一棵树上的
但它们都是苹果
这足够使它们团结
身子挨着身子　相互取暖　相互芬芳
它们不像榴莲　自己臭不可闻
还长出一身恶刺　防着别人
我老远就看见它们在微笑
等我走近　它们的脸都红了
是乡下少女那种低头的红
不像水蜜桃　红得轻佻
不像草莓　红得有一股子腥气
它们是最干净最健康的水果
它们是善良的水果
它们当中最优秀的总是站在最显眼的地方
接受城市的挑选
它们是苹果中的幸运者　骄傲者
有多少苹果　一生不曾进城
快过年了　我从它们中挑几个最想家的
带回老家　让它们去看看

大雪纷飞中白发苍苍的爹娘

（选自 2002 年《作家》9 月号）

宇　向（1970—　）

女，祖籍山东烟台，生于济南。

圣洁的一面

为了让更多的阳光进来
整个上午我都在擦洗一块玻璃

我把它擦得很干净
干净得好像没有玻璃，好像只剩下空气

过后我陷进沙发里
欣赏那一方块充足的阳光

一只苍蝇飞出去，撞在上面
一只苍蝇想飞进来，撞在上面
一些苍蝇想飞进飞出，它们撞在上面

窗台上几只苍蝇
扭动着身子在阳光中盲目地挣扎

我想我的生活和这些苍蝇的生活没有多大区别
我一直幻想朝向圣洁的一面

（选自2002年《人民文学》9月号）

江　非（1974—　）

原名王学涛，山东临沂人。

妈　妈

妈妈，你见过地铁吗
妈妈，你见过电车吗
妈妈，你见过玛丽莲·梦露
她的照片吗
妈妈，你见过飞机
不是飞在天上的一只白雀
而是落在地上的十间大屋吗
你见过银行的点钞机
国家的印钞机
门前的小河一样
哗哗的数钱声和刷刷的印钞声吗
妈妈，你知道么
地铁在地下
电车有辫子
梦露也是个女人
她一生很少穿长裤
妈妈，今天你已经爬了两次山坡
妈妈，今天你已拾回了两捆柴禾
天黑了，四十六岁了

你第三次背回的柴禾
总是比前两次高得多

（选自 2002 年《诗刊》10 月号）

尹丽川（1973— ）

女，祖籍江苏，生于重庆。

妈　妈

十三岁时我问
活着为什么你。看你上大学
我上了大学，妈妈
你活着为什么又。你的双眼还睁着
我们很久没说过话。一个女人
怎么会是另一个女人
的妈妈。带着相似的身体
我该做你没做的事么，妈妈
你曾那么地美丽，直到生下了我
自从我认识你，你不再水性杨花
为了另一个女人
你这样做值得么
你成了空虚的老太太
一把废弃的扇。什么能证明
是你生出了我，妈妈。
当我在回家的路上瞥见
一个老年妇女提着菜篮的背影
妈妈，还有谁比你更陌生

（选自2003年《诗刊》3月号上半月刊）

北　野（1963—　）

原名刘炜，生于陕西蒲城。

一群麻雀翻过高速公路

一群麻雀翻过高速公路
你追我赶，好像有什么喜事叼在嘴上
迫不及待地哄抢着

我羡慕其中领头的那一只
它的嗉子最鼓，翅膀最硬
脑袋里的坏点子肯定也最多

但我最爱飞在末尾的那一只
瞧它多么依恋那个群体啊
拼着命也要跟上自己的族类！

而我更爱，麻雀飞过的那片天空
它看着自己的灰孩子被人类仰望
辽阔的爱心里闪着，悲悯的光

（选自2003年《诗刊》3月号下半月刊）

安　琪 (1969—　)

原名黄江嫔，女，福建漳州人。

像杜拉斯一样生活

可以满脸再皱纹些
牙齿再掉落些
步履再蹒跚些没关系我的杜拉斯
我的亲爱的
亲爱的杜拉斯！

我要像你一样生活

像你一样满脸再皱纹些
牙齿再掉落些
步履再蹒跚些
脑再快些子再快些爱再快些性也再
快些
快些快些再快些快些我的杜拉斯亲爱的杜
拉斯亲爱的亲爱的亲爱的亲爱的亲爱的亲

爱的。呼——哧——我累了亲爱的杜拉斯我不能
像你一样生活。

（选自2003年《诗林》第4期）

李松涛（1950— ）

原名李荣阁，辽宁昌图人。

重阳节

雁阵，是季节高标的一行字幕。

霜风渐紧，万枝落叶
　　堆积成秋后可燃的情绪。
唯有耀眼的金菊——
从陶潜闲悠悠的东篱下，
从黄巢气冲冲的反诗中，
从毛泽东文绉绉的“菊香书屋”里，
　　探出明晃晃的头来。
邀约好友！佩茱萸——
　　携微醺之耳，怀共鸣之心，
登高。杯盏相酬。歌吟。
《高山流水》横入清秋前沿，
　　呼唤知音……
古人摔琴那一声轰响，
音波回环，震落多少帆樯？
笠舟陡倾，一条黄河红鲤咬钩，
　　下酒？祖父饥不择食……
……若干年后，
从我的喉中取出横亘的鱼刺，

嗅嗅——不腥，古气十足！
难以消化的历史症结，
沿着血缘顺流而下了……
（祖父和我两个男人相加，
——亦可谓“重阳”也！）

镰刀朝场院的谷垛点头示意，
——意犹未尽，
锈，就攀墙吻遍了它的面庞。
太阳确是真君子，
观沧桑棋弈，缄口不语，
偶遣阴晴为话，传递居高临下的感受：
胜负，皆载尘世！
弦外之音，听须聪耳，
景外之境，看须慧眼。
不然，那无限江山，
何以瘦成冷秋疲倦的背影？

一篮秋色，稳稳晾晒于牛背，
沐禾尘、沐民谣、沐夕晖，朗朗而归；
敦敦实实的碾台痴卧村头——
迎候在三代之前。
五步开外，隔一萧萧老秋，
系好鞋带的严冬正快步赶来……

（选自2003年《诗刊》4月号上半月刊）

哑　石（1966—　）

四川广安人。

满月之夜

现在　我不能说理解了山谷
理解了她花瓣般随风舒展的自白
满月之夜　灌木丛中瓢虫飞舞
如粒粒火星　散落于山谷湿润的皱褶
有人说："满月会引发一种野蛮的雪……"
我想　这是个简朴的真理：在今夜
在凛冽的沉寂压弯我石屋的时候。
而树枝阴影由窗口潜入　清脆地
使我珍爱的橡木书桌一点点炸裂
（从光滑暗红的肘边到粗糙的远端）
曾经　我晾晒它　于盈盈满月下
希望它能孕育深沉的、细浪翻卷的
血液　一如我被长天唤醒的肉体
游荡于空谷　听山色暗中沛然流泄

（选自2003年《诗刊》5月号下半月刊）

江一郎（1962— ）

原名江健，浙江台州人。

老　了

老了，牙齿没了
没牙的糟老头和没牙的老婆婆
让我们走吧，到乡下去
在有山有水的乡下，买块好地
种什么都行
什么都种不动了，让它荒着
草愿长多高就多高
花愿开多野就多野
这是我们的地
老了，走不动了
去溪边坐坐吧
溪水叮咚，多少美好的人和事
就这样被它带走
要是你有点伤感
我陪着一起伤感
要是你怀念初恋
我们相拥着怀念初恋
用没牙的嘴再一次亲吻
老了，都老了
天上的风吹去流云

像吹去从前的欲望
暮色徐徐降临，亲爱的老婆子
我要挨着你睡了
如果死了，你不要摇着我的尸体
哭到太阳升起
将我埋了吧，埋在
自己的地里，并恳请
土地将你也收去
我们一生热爱土地
死了，就让我们的白骨
赤裸裸地搂着
一万年，还爱着

（选自2003年《诗刊》5月号下半月刊）

刘　春（1974—　）

广西荔浦人。

一个俗人的早晨

从树林边走过。在清晨
我听到树木在交谈，它们的呼吸
轻柔恬淡，如果是冬天，我会幻想那是它们身上
飘落的白色羽毛
而这是五月，天气状况已允许市民穿着单衣
我因此有了闲情。
我原以为它们是一个群体
靠一些理想、一些谎言相互取暖
而雾气中，轮廓逐渐清晰
最后，我看到它们的样子：清瘦、独立
仙风道骨

一个俗人无权在这个纯洁的早晨说话
像山里的孩子看到狐仙
发不出一丝声响。
有时候，我也会学着树木的模样
静静站立，想成为自己
而大地看出了的破绽——
只需一点压力，我的腰身就会不由自主地弯曲
只需一点诱惑，我的体内就会伸出无数只手指

（选自2003年《诗刊》9月号上半月刊）

臧 棣（1964— ）

原名臧力，北京市人。

未名湖

虚拟的热情无法阻止它的封冻。
在冬天，它是北京的一座滑冰场，
一种不设防的公共场所，
向爱情的学院派习作敞开。

他们成双的躯体光滑，但仍然
比不上它。它是他们进入
生活前的最后一个幻想的句号，
有纯洁到无悔的气质。

它的四周有一些严肃的垂柳：
有的已绿茵密布，有的还不如
一年读过的书所累积的高度。
它是一面镜子，却不能被

挂在房间里。它是一种仪式中
盛满的器皿所溢出的汁液；据晚报
报道：对信仰的胃病有特殊的疗效。
它禁止游泳：尽管在附近

书籍被比喻成海洋。毋庸讳言
它是一片狭窄的水域，并因此缩短了
彼岸和此岸的距离。从远方传来的
声响，听上去像湖对岸的低年级女生

用她的大舌头朗诵不朽的雪莱。
它是我们时代的变形记的扉页插图：
犹如正视某些问题的一只独眼，
另一只为穷尽烦琐的知识已经失明。

（选自 2003 年 11 月《新诗》第 4 辑）

郑单衣（1963— ）

四川自贡人。

有多少灵魂的耳朵听到

有多少灵魂的耳朵听到老？
听到孤独。这唯一的，最后的自由
被打破。当它们沉迷
在那幸福的顶峰
在盛大的植物的最深处
有多少灵魂的耳朵听到
那细碎的齿轮在转动
无限地转动着的，这些
相识于水边的有力的舌头
变幻出花朵和不尽的醇酒
而每一次诞生都是一次营救
就像宴会，一个接一个
因为恐怖太多。因为这大地
收回又重新给予的把戏
太陈旧了！请问
有多少灵魂的耳朵听到
自己的喘息声。听到那温柔的
儿童们心肠。向着
被摧残，被惩罚的大气
唱着最后的天真之歌

（选自2003年《星星》11月号下半月刊）

简政珍（1950— ）

台湾台北人。

当闹钟与梦约会

当闹钟与梦约会
我走进你心情的海滩
潮汐打湿翻白的裤管
鸟声带走咸湿的气味
日子的点滴是消散的浪花
我在无止境的黑夜等待你的笑意
闹钟的呼唤已喑哑

当车身一一抛弃风景
速度和歌声迷惑方向盘的转向
窗外是默然无语的天色
旅途是电线丈量的心路历程
回首是路边抛弃的轮胎
前瞻是稻田焚烧的落日
这时你听到
梦中闹钟的呼唤吗？

当我在梦中将心情留给童年
河川倒溯至高山的雪原
一只飞鹰在天边寻找归宿

一头牦牛在湖边顾影自怜
一列火车开进朦胧的战火
一张虎皮进占一个华丽的客厅
一个老钟在沾染血迹的五斗柜上
滴答

（选自 2003 年 12 月 28 日《联合报》副刊）

大 解（1957— ）

原名解文阁，河北青龙人。

百年之后

——致妻

百年之后　当我们退出生活
躺在匣子里　并排着　依偎着
像新婚一样躺在一起
是多么安宁

百年之后　我们的儿子和女儿
也都死了　我们的朋友和仇人
也平息了恩怨
干净的云彩下面走动着新人

一想到这些　我的心
就像春风一样温暖　轻松
一切都有了结果　我们不再担心
生活中的变故和伤害

聚散都已过去　缘分已定
百年之后我们就是灰尘
时间宽恕了我们　让我们安息
又一再地催促万物　重复我们的命运

（选自 2004 年《诗刊》1 月号上半月刊）

田　禾（1965—　）

原名吴灯旺，湖北大冶人

喊故乡

别人唱故乡，我不会唱
我只能写，写不出来，就喊
喊我的故乡
我的故乡在江南
我对着江南喊
用心喊，用笔喊，用我的破嗓子喊
只有喊出声、喊出泪、喊出血
故乡才能听见我颤抖的声音

看见太阳，我对着太阳喊
看见月亮，我对着月亮喊
我想，只要喊出山脉、喊出河流
就能喊出村庄
看见了草坡、牛羊、田野和菜地
我更要大声地喊。风吹我，也喊
站在更高处喊
让那些流水、庄稼、炊烟以及爱情
都变作我永远的回声

（选自2004年《诗刊》9月号上半月刊）

朱　零（1969—　）

原名朱林，浙江台州人。

在云南看云

在云南
眼睛的好坏
并不重要
云南离云是那么近
你甚至可以随手拉过一片
来嗅一嗅它的芳香
你可以用眼睛
随心所欲地
移动一些云彩
你可以用眼睛
把它们变成
各种形状
云南的云
就像一群听话的绵羊
躺在你的眼睛里
温柔得
让你心醉
一些云
飘过大理　飘过迪庆
飘到西藏和四川去了

那些云
你可以用眼睛
把它们唤回来
你甚至可以说
等一等　请等一等
请把我的眼睛
也一起带上

（选自 2004 年《诗刊》12 月号上半月刊）

马　骅（1972—2004）

福建人。

在变老之前

远去知了在枝上一叫，天就凉下来
寒气涌上树冠，肆意删改
凌乱成本地的秋天　衣襟上的松针越来越多，嫩得尖锐
在温凉的乳内寻找着对应
裙摆却执意扭身
在夜色中驾着剩下的夏天远去　夜莺在梦里一唱，人就老下去
暮色铺满被面，左右翻滚
合拢了起伏的屋顶　幻想中的生活日渐稀薄，淡得没味
把过浓的胆汁冲淡为清水
少年仍用力奔跑
在月光里追着多余的自己远去
日子在街头一掠，手就抖起来
文字漏出指缝、纷纷扬扬
爬满了将倒的旧墙　脚面上的灰尘一直变换，由苦渐咸
让模糊的风景改变了模样　双腿却不知强弱
在变老前踩着剩下的步点远去

（选自诗集《在变老之前远去》，2004 年中国青年出版社出版）

鲁若迪基（1967—　）

原名曹文彬，普米族，云南宁蒗人。

小凉山很小

小凉山很小
只有我的眼睛那么大
我闭上眼
它就天黑了

小凉山很小
只有我的声音那么大
刚好可以翻过山
应答母亲的呼唤

小凉山很小
只有针眼那么大
我的诗常常穿过它
缝补一件件母亲的衣裳

小凉山很小
只有我的拇指那么大
在外的时候
我总是把它竖在别人的眼前

（选自2004年《大家》第6期）

林　雪（1962—　）

女，辽宁抚顺人。

在大风中追赶汽车的妈妈

妈妈，那辆汽车没进站
就停了。你犹豫了一下，像是
决定了什么。你跑起来，跟着
从站牌起跑的人们。你拎着一只
老式保温瓶。吉祥牌。1972 年生产
你们的老，互相陪伴，一起摇晃
妈妈，你是否觉得自己比一只
老式保温瓶更结实、温暖？

天黑了，我们在家中等你。你不在
家便空了下来。我们加在一块
都填不满意念中的空。未熨好的床单
和厨房里未点燃的煤火
勾引着我们的屁股和胃
妈妈，你不在家，我们全都成了
饥渴难当的客人

你和你的保温瓶跑出去 20 米
你 68 岁，你拖动老去的身体
去追赶一种用油和引擎

作动力的机器。那个司机
年轻力壮，从窗子看见了你

在 5 秒钟之内，要跑完
20 米。妈妈，你的血
已经奔流了一生
“左心室肥大
心律不齐。高血压病”
妈妈，这是你三天前的病历

你的脚已经弯曲。你头发花白
时间在一天天蚕食你的钙
你骨质疏松。颈椎增生
这副支撑肉体的结构
在与时间角力。妈妈

我人到中年，懂得的
真理之一，是重新爱你
爱你的一切。你的敏感，被生活
磨坏的急性子。60 岁后，你开始
迟缓，怀旧，唠叨
开始胖。妈妈，我人到中年
开始学习重新爱你
爱时间大赦后的一切遗迹

现在，我不在你身边

却看见了这一切。妈妈
2003 年 10 月 15 日
星期三。下午 5 点 10 分
在大东法院站，我乘坐的
213 路汽车，没有在站点
停准。我看见了那个
在大风中奔跑的
与你一模一样的女人

（选自 2005 年《诗刊》3 月号上半月刊）

陈先发（1967—　）

安徽桐城人。

丹青见

桤木，白松，榆树和水杉，高于接骨木，紫荆
铁皮桂和香樟。湖水被秋天挽着向上，针叶林高于
阔叶林，野杜仲高于乱蓬蓬的剑麻。如果
湖水暗涨，柞木将高于紫檀。鸟鸣，一声接一声地
溶化着。蛇的舌头如受电击，她从锁眼中窥见的桦树
高于从旋转着的玻璃中，窥见的桦树。
死人眼中的桦树，高于生者眼中的桦树。
被制成棺木的桦树，高于被制成提琴的桦树。

（选自 2006 年《十月》第 3 期）

海　男（1962—　）

原名苏丽华，女，云南永胜人。

我渴望一头狮子已久

一头皮毛金色的狮子，它温柔
它直接地进入我的领地，它并不咀嚼我的苞谷和土豆
它并不呼吸我旁边的味道，它只是
揽紧了我，给予了我三天的时间

在这三天的时间里，棉花可以陷下去
越陷越深的是我的骨头；在三天的时间里
匕首可以藏在肋骨旁侧，可以藏在越来越黑的面孔
　之间
在三天的时间里，我可以倒退，我可以敛住伤口

我渴望一头狮子已久，所以，我要过一种流浪似的
　生活
温柔的狮子，它来临的足迹
不像燕子一样可以消失，它的足迹不像长箭般落在地
　上。因为它要给我最永恒的疯狂

（选自2006年《诗刊》4月号下半月刊）

姚　风（1958—　）

原名姚京明，生于北京，现居澳门。

一滴水

一滴水就是一盏灯
从一滴水中
可以看见远方的大海

我看见了大海
我在一滴水中
打捞银币、尸体和沉船

（选自2006年《诗刊》4月号下半月刊）

郑小琼（1980— ）

女，四川南充人。

机　器

那台饥饿的机器，在每天吃下铁，图纸
星辰，露珠，咸味的汗水，它反复地剔牙
吐出利润，钞票，酒吧……它看见断残的手指
欠薪，阴影的职业病，记忆如此苦涩
黑夜如此辽阔，有多少在铁片生存的人
欠着贫穷的债务，站在这潮湿而清凉的铁上
凄苦地走动着，有多少爱在铁间平衡
尘世的心肠像铁一样坚硬，清洌而微苦的打工生活
她不知道，这些星光，黑暗，这些有着阴影的事物
要多久才能脱落，才能呈现出那颗敏感而柔弱的心
拖在背后的巨大的机台，沉郁而隐秘的轰鸣
像爱，像恨，像疼，像隐秘的月光在钢铁间
长出生命的线索，它嘶嘶着，衰老着
它老化的血管浸泡着岁月的锈
命运像那双弱小而柔软的手　在坚硬机台上
安静的生活　它蓝色的火焰照耀你疲惫的脸庞

（选自诗集《黄麻岭》，长征出版社2006年出版）

蓝 野（1968— ）

原名徐现彬，山东莒县人。

最小化

坐在电脑前聊天的妻子
听到我的脚步，慌张地
把聊天室最小化了

她开始浏览那些她从不注意的
行行色色的网页
明星走光了
老头变性了
瓦斯爆炸了
大车相撞了
局部战争了

我看着她
我看着她抖颤的手
我看着她流汗的脸
我看着她脚底下的紧张
我看着她发丝上的慌乱

好久好久，大概战争会停的
变性手术也走下手术台了

煤井底下的人走回地面了
老婆，我的爱人
她把聊天室点开了

那个聊天对象急了，一串串地发问：
你怎么了？
你没事吧？
我给你惹事了？
你怎么了？你说一个字呀？你怎么了……

老婆，我的爱人
14 岁孩子的妈妈
她的脸红了，手抖了
老婆，我的爱人急急地打下了一行字
又慌乱地回头看着我

"——我爸爸来了，一直站在我身后"
我微笑着走开
对于一个把自己最小化的女人
谁也无权说三道四

（选自诗集《回音书》，作家出版社 2006 年出版）

古　马（1966—　）

原名蔡强，甘肃武威人。

巴丹吉林：酒杯或银子的烛台

一粒沙呻吟
十万粒围着诵经

——摘自《敦煌幻境》

一、巴丹湖

水拍动天鹅的翅膀时
我像个翻过了黑夜的少年
被你用调皮的小镜子
晃着眼睛

来自孩提时的光芒
让我
有着怎样的涟漪
怎样的情不自禁的爱啊

天鹅
用蓝色的翅膀把我抬高到
你的位置

二、歌

我比沙子粗笨些
我比苏敏吉林海子里的鱼儿慢些
天空的蓝证明
我渴望着接近乌兰时
鸟翅倾斜
太阳的黄铜经轮咿呀旋转

咿呀——
白云进入海子
乌兰的歌
飘进大地的窗户

三、祝酒歌

羊的肩胛骨一样干净的草原
有一碗酒为朋友捧起
羊的肩胛骨一样大小的草原
有一条路通往阿拉善右旗
喝了这碗酒
好汉子
无论什么时候
请来草原做客

蒙古人的心
是大地上最后的房子

铺着星光的地毯

四、仪式：诺尔图·金色沙丘

落日
仿佛一滴老泪
渗进苍茫

蜥蜴引导
有条路
远离诺尔图

荒野里的沙丘
由坐而立的僧侣
他们齐声的念诵
转移这个世界
富余的金色

母亲手里
捏有一点
散碎的金子

可
那条路
不买梦

蜥蜴引导

那条路
寒星
也不照耀

五、诺尔图

酒碗中的冰糖
羊圈里的月亮
一只牧羊犬
头趴在两只前爪中间
把群星带进了睡眠

我
像个孤儿
绕过梦的海子
走向不可知的远方

那里或许有薰衣草
或许也没有
母亲的消息

六、歌

有一群骆驼的骨头埋在黄沙下面
就有一个牧人从早到晚走在天空

云一样孤单
云一样凉的头发

云一样要散开了的身子呀
六十六个海子泛起涟漪
六十六个海子里鱼儿静静
如鲠在喉

魂兮——归来
月亮
端着银子的烛台
一面照着，一面呼唤

七、副歌

狐狸的半个身子钻进一只瓜里的时候
豢猪在干什么呢
我在乌兰的毡房外面咳嗽了两声的时候
月亮打着手电
又跟我在沙窝子里瞎转什么呢

八、九棵树

阿拉善右旗名叫九棵树的地方
为什么只有八棵树

成吉思汗的苏鲁锭长枪
树在每个蒙古人心里

吹硬了蒙古人骨头的风知道
这个地方就叫九棵树

第九棵树下
有一匹看不见的战马前蹄刨地
然后，抖了抖鬃毛
扬起头来，怔忡地望着地平线尽头

它的眼神诉说着蒙古族男人的忧郁
它告诉你这个地方就叫九棵树
它望断的地方就叫九棵树

九、结语

来自没有空气的地方
蜥蜴那么敏捷，扬扬尾巴
仿佛举着亡母给我的书信

太阳的睫毛闪着火花
那蜥蜴
大沙漠里最小的越野吉普
突然蹿得无影无踪

我是它扬起的后尘
尘土回到尘土
我还是我母亲的儿子
我还在寂静的怀抱里

2006 年 9 月 16 日—19 日

（选自 2007 年《人民文学》1 月号）

树　才（1965—　）

原名陈树才，浙江奉化人。

三环路上

三环路上我们巨大的时代正隆隆作响
三环路旁，我们
人类的小矮人，忙着把自己
往城市的每一个角落，搬运

我们望见远处高耸、突兀的钢铁手臂
拔除了旧楼，又把一幢新楼
栽到同一个大土坑里
一小块草坪：可怜

熬过冬天的树木和它们乱纷纷的头发
把我轰到一个杂物堆积的
四合院，那些鸽子只飞了
一小会儿，就进了医院

三环路上我们伟大的时代心跳在加速
三环路旁，我们
在每一个路口，夺路而逃
想躲到庇护我们的家门后

我们受不了暮色的重压更受不了家庭
像一个个气泡手指头一戳
就破，曲折的供水管道
锈蚀着我们的日常生活

有时三月的风把阳光吹洗得白晃晃的
我们幸福得几乎要虚脱
几乎平息了一切愁绪
因为大地如此干净

像我们身后留下的寂静

2000 年 3 月

（选自 2007 年《诗刊》1 月号下半月刊）

李轻松（1964— ）

女，辽宁凌海人。

亲爱的，有话跟铁说吧

在与铁的对话中，我们显得过于生涩
摸着石头却过不了河
因为我们需要省略的过程太多

你看火焰这么高，而比火焰更高的
是今年夏天的温度。我们直奔主题
躲过那些枝枝蔓蔓的细节
躲过那一场雨。如果我们绕过去
经过背景的铺陈，那么铁就凉了
来吧，亲爱的，我有好熔炉
有什么话，就跟铁说吧

一些铁器原本都已经生锈
一些火，变得奄奄一息
有谁还能从这锈迹里抽出锋芒
从这灰烬里抽出刀？
让我们彼此致命地痛击吧
让灰尘散落，肉体露出它的本色
让心灵破碎，所有深刻的思想不再发声

当铁锤在我头顶呼啸，骨骼颤抖。
我以铁的身份与你相遇，与火相遇
类似一场彻底的狂欢，只是我们没戴面具
铁从来不需要面具
而你用手艺说话，用铁质说话
我终于触摸到了那坚硬的部分
我们为什么不抱着铁放声大哭？

（选自2007年《诗刊》5月号下半月刊）

子　川（1953—　）

原名张荣彩，江东高邮人。

背对时间

很想背对时间
站着，像小河边那棵老柳树，
静听身后流水。
在一块糙石上日夜打磨，
生命仿佛一件利器，
一天天变薄。
时间流过，留下泥泞的河床。
老屋的墙缝，
长出许多无名小草，
油菜开花，铺了一地寂寞。
这故园的梦。
梦中有诗，从诗里伸出手，
彼此牵着，
到永远，永不生厌。

（选自2007年《星星》5月号）

唐　力（1970—　）

重庆大足人。

缓慢的爱

我要缓慢地爱，我的爱人
当我坐在这个屋子里
我要缓慢地爱着这傍晚的夕光
从窗前移到窗台。我要缓慢地爱着
这些时间。
我要把 1 小时换成
60 分，把 1 分换成 60 秒
我要一秒一秒地爱你
就像我热爱你的头发，我也是
一根一根地爱，把它们
一根一根地从青丝爱成白发
而其他的人只会觉得，一瞬间
飞雪就落满了你的头颅
就像我在你的眼角，热爱你的鱼尾纹
我也用 60 年的光阴，一丝一丝地
热爱。
就像我们并排而坐
我们中间有 0.5 米的距离
我就会把它分成 500 毫米，一毫米
一毫米的热爱。仿佛永远没有尽头

就像在艰苦的日子里，我爱你的泪水
我也是一滴、一滴地热爱……

在我缓慢的爱中，我飞快地
度过了一生

（选自2007年《诗刊》6月号上半月刊）

徐　江（1967—　）

天津市人。

猪　泪

听过猪叫，见过猪跑
也吃肉，我没有见过
猪泪

一周前，在四号路市场
看见卖熟食的桌案上
有什么东西闪光
走近才知道，一个猪头
眼眶下有两道冰痕

它们透明着
一点不像冻住的泪水
也怪，熟得发白的猪脸
冰痕像泪水流淌
那时路灯
天哪，路灯是那么暗
甚至比不上
一瞥间我头顶的星星
夜晚，我看见猪泪流淌

而我不是
一个素食主义者
那一瞬，我走了过去
我想
也许有什么出了错

（选自2007年《诗潮》9月号）

倮伍拉且（1958— ）

原名伍耀辉，彝族，四川凉山人。

我的思想与树木庄稼一同生长

在我的故乡大凉山
在大凉山的怀抱里
我的身躯我的心灵和我的思想
舒展在阳光下
与美丽的鸟儿一起
快乐地飞翔
歌唱
与阳光照耀下的河流一起流淌

曾经我也像美丽的鸟儿一样
四处快乐歌唱
面对着南方的大海北方的雪原
我的声音
空空荡荡的声音里
却没有一点点快乐的音调
其实欢乐也一样哭泣也一样
只有在大凉山我才能够真实的表达和歌唱

从平坝到山梁
从冬天到春季

穿过密林走过峡谷
雨水和雪花
润泽我的身躯我的灵魂
我的思想
大凉山广袤的土地上
我与每一棵树木每一棵庄稼一同生长

（选自2007年《星星》12月号上半月刊）

邰　筐（1971—　）

山东临沂人。

在国贸大厦顶上眺望日落

要想到国贸大厦顶上眺望日落
必须先登上三十六层楼的高空
可以乘电梯，如坐上一块马尔克斯的魔毯
后工业的速度，让你发出对物质的喟叹
也可以沿着旋转楼梯，一级一级
将八百六十四个台阶走完。时间之上
一座城市的肩膀之上，你可以冒充上帝
对着地面上，熙熙攘攘的人群挥挥手
地面上都是些匆忙的人
他们匆忙得甚至来不及抬头
你可以朝着天空喊上两嗓子
你的声音就像在风中朝上抛出的一片树叶
在你的头顶盘旋了一下就不见了

夕阳，这只金色的大鸟
正要向远处的群山栖落，它朝着这座城市
抖了抖身子，落下了无数金色的羽毛
它把临沂变成了一座辉煌的城。在它的照耀之下
旧街区也散发出它古朴的光泽，你看见
在砚池街的一角，站着等公交车的王羲之

在药材批发市场的小摊上，忙活着
兜售金银花的孙思邈
对面长途汽车站，刚刚开进一辆大巴
那上面坐着一群，来临沂小商品市场打货的美国佬
坐着你的老哥哥桑德堡，他给你捎来了
治偏头痛的药，和一串芝加哥的辣椒
而在你苗庄小区的家里，妻子正包着招待客人的水饺

（选自2008年《诗刊》5月号下半月刊）

张执浩（1965— ）

湖北荆门人。

糖　纸

我见过糖纸后面的小女孩
有一双甜蜜的大眼睛
我注意到这两颗糖：真诚和纯洁？

我为那些坐在阳光里吃糖的
孩子而欣慰。她们的甜蜜
是全人类的甜蜜
是一切劳动的总结
肯定，和赞美

镶嵌在生命中，像
星星深陷于我们崇拜的浩空
像岁月流尽我们的汗水，只留下
生活的原汁

我注意到糖纸后面的小女孩
在梦中长大成人
在甜蜜波及到的梦中
认识喜悦
认清甘蔗林里的亲人

认定糖纸上蜜蜂憩落的花蕊，就是
欢乐的故居

我在糖纸上写下你的名字：小女孩
并幻想一首终极的诗歌
替我生养全人类最美丽的女婴

（选自2008年《诗潮》10月号）

黄　梵（1963—　）

湖北黄冈人。

二胡手

过去的日子是人民的，也是我的
是野花的，也是制服的
是码头的、处女的
也是河流的、毒妇的
下午醒来，我说不清
自己是盾牌还是利剑？

广场上，有人拉着忧伤的二胡
他有理由让弦曲中的毒蛇伤及路人？
他的脸儿整个隐没于旧时代的黑暗
如果来得及，我愿意
让女儿也把两只小耳朵准备

此刻，我感到过去就是他的表情
不再渴望新生活，像哭湿了的火柴头
与今天再也擦不出火花
过去变成泪珠，但没有地方往下滴啊
蒙尘的盆花也害怕它来洗刷

过去离现在到底有多远？

听曲的新人背着双手，就找到了热爱？
孜孜不倦的二胡手啊，用弦曲支起一道斜坡
我奋力攀爬着，并且朝下滑落

（选自2009年《诗探索》作品卷第1辑）

史铁生（1951—2010）

北京市人。

遗　物

如果清点我的遗物
请别忘记这个窗口
那是我常用的东西
我的目光
我的呼吸、我的好梦
我的神思从那儿流向世界
我的世界在那儿幻出奇景
我的快乐
从那儿出发又从那儿回来
黎明、夜色都是我的魂灵

如果清点我的遗物
请别忘记这棵老树
那是我常去的地方
我的家园
我的呼喊、我的沉默
我的森林从那儿轰然扩展
我的扩展从那儿通向空冥
我的希望
在那儿生长又在那儿凋零

萌芽、落叶都是我的痴情

如果清点我的遗物
请别忘记这片天空
那是我恒久的眺望
我的祈祷
我的痴迷、我的忧伤
我的精神在那儿羽翼丰满
我的鸽子在那儿折断翅膀
我的生命
从那儿来又回那儿去
天上、地下都是我的飞翔

如果清点我的遗物
请别忘记你的心情
那是我牵挂的事呵
我的留恋
我的灵感、我的语言
我的河流从你的影子里奔涌
我的波涛在你的目光中平静
我的爱人
没有离别却总是重逢
我是你的你也是我的——路程

（选自2009年《诗刊》2月号下半月刊）

刘立云（1954—　）

江西井冈山人。

烤　蓝

我要写到火　写到像岩浆般烧红的炭
写到铁钳　铁锤　铁砧
写到屠杀和毁灭前的
寂静。而我就是煨在炉火中的
那块铁　我红光烁烁
却软瘫如泥　正等待你的下一道工序

我要写到铁匠的饥饿　仇恨　愤怒
写到一条大腿从顶楼的窗口
伸出来　打翻昨夜的欲望
我要写到比这更剧烈的
冲床　铣床　刨床　它们的打击是致命的
　足以一箭封喉

我要写到血　它们在铁中隐身
粒粒饱满　有着河流般的
宽阔　蛮野和生猛
但却不允许像河流那样泛滥
我要写到地狱　写到它与天堂的距离
就像我与死亡的距离　近在咫尺

我要写到这块铁从高温的悬崖
跌落下来　迎接它的是
零度以下的寒冷　然后带着这一身寒冷
再次进入高温——如此循环往复
并在循环往复中　脱胎换骨
渐渐长出咬碎另一块铁的牙齿

我要写到烤在这块铁上的那种蓝
那种炫目的蓝　隐忍的蓝
深邃而幽静的蓝
我要写到这种蓝的沉默　悬疑
引而不发　如一条我们常说的不会叫的狗
如一颗在假想中睡眠的弹丸

（选自2009年《人民文学》3月号）

雷平阳（1966— ）

云南昭通人。

祭父帖

原本山川，极命草木。

——题记

像一出荒诞剧，一笔糊涂账，死之前
名字才正式确定下来，叫了一生的雷天阳
换成了雷天良。仿佛那一个叫雷天阳的人
并不是他，只是顶替他，当牛做马
他只是到死才来，一来，就有人
把六十六年的光阴硬塞给他
叫他离开。而他也觉得，仿佛自己真的
活了六十六年，早已活够了，不辩，不说谜底
不喊冤，吃一顿饱饭，把弯曲的腰杆绷直，
平平地躺下，便闭了眼

如果回顾他，让他在诗歌中重生
让他实实在在地拥有六十六年
是我的职责，我将止不住一个诗人对虚无的悲哀
并尽力放大一个儿子灵魂的孤单
迷雾只为某些人升起，金字塔一样的火焰
炙烤的是狮子、老虎、鹰隼和鬼怪

他上不了桌面，登不了台，一个老农夫的儿子
在有他之前，悲苦已经先期到来，第一声啼哭
便满嘴尘埃。老农夫的妻子
抱着他，逗他："笑一下，你笑一下。"
他就笑了，一张被动的、满是皱纹的笑脸，像老农夫
　的父亲
心有不甘，隔了一代，又跑回来索取被扣下的盘缠

围着他的棺木，我团团乱转，一圈又一圈
给长明灯加油时，请来的道士，喊我
一定要多给他烧些纸钱，寒露太重，路太远
我就想起，他用"文革体"，字斟句酌
讲述苦难。文盲，大舌头，万人大会上听来的文件
憋红了脸，讲出三句半，想停下，屋外一声咳嗽
吓得脸色大变。阶级说成级别，斗争说成打架
一副落水狗的样子，知道自己不够格，配不上
却找了一根结实的绳索，叫我们把他绑起来
爬上饭桌，接受历史的审判。他的妻儿觉得好笑
叫他下来，野菜熟了，土豆就要冰冷
他赖在上面，命令我们用污水泼他
朝他脸上吐痰。夜深了，欧家营一派寂静
他先是在家中游街，从火塘到灶台，从卧室
到猪厩。确信东方欲晓，人烟深眠
他喊我们跟着，一路呵欠，在村子里游了一圈

感谢时代，让他抓出了自己，让他知道

他的一生，就是自己和自己开战。他的家人
是他的审判员。多少年以后，母亲忆及此事
泪水涟涟：“一只田鼠，听见地面走动的风暴
从地下，主动跑了出来，谁都不把它当人，它却因此
受到伤害。”母亲言重，他其实没有向外跑
是厚土被深翻，他和他的洞穴，暴露于天眼
劈头又撞上了雷霆和闪电，他那细碎的肝脏和骨架
意外地受到了强力的震颤。保命高于一切
他便把干净的骨头，放入脏水，洗了一遍

我跪在他的灵前，烧纸，上香
灵堂中，只有他和我时，我便取出刚出的新书
《我的云南血统》，一页一页地烧给他
火焰的朗读，有时高音，烧着了我的眉毛
有时低语，压住了我的心跳。白蝴蝶抱着汉字
黑蝴蝶举着图片，一切都很生僻，为难他了
我想请那个扎纸火的道士，给他扎一个书生
他也该识文断字，打开慧眼。但忍住了，听天由命
他该如何如何，他该怎样怎样，一生
他都在接受，从没选择过，从没发言权。这一次
我们不要插手，不加码，不沾边，不上纲上线

再不能逼他了，1974 年的冬天，大雪封锁滇东北高原
粮柜空空，火塘没柴，一家人跟着他吃观音土
喝冷水，感觉死神已在雪地上徘徊
一小块腊肉，藏于墙缝，将用于除夕，五岁的弟弟

偷了出来，切了一片，舍不得吃，用舌头舔
他发现了，眼睛充血，把弟弟倒提起来
扔到了门外。雪很深，风很硬，天地像个大冰柜
光屁股的弟弟，不敢哭，手心攥着那片肉
缓慢地挪向旁边的牛厩。牛粪冒着热气
弟弟把肉藏进草中，才把冻僵的小手和小脚
轮流塞进粪里。母亲找到弟弟，像抱着一截冰块
疯了似的，和他拼命。他不还手
胸腔里的闷雷，从喉咙滚出来

像在天边。我们都看见了他的泪
像掺了太多的骨粉，黏糊糊的，不知有多重
停在脸颊上，坠歪了他的脸。他又一次
找了根绳索，把自己升起来，挂在屋檐
一个还没有嚼完黄莲的人，想逃往天堂
谁会同意呢？他被堵了回来。五岁的弟弟
从牛厩中找出那片肉，在邻居的火上，烧熟了
递到他的嘴边。他一把抱住弟弟
哭得毫无尊严可言。为生而生的生啊
你让一个连死都不畏惧的男人，像活在墓地上面

1982 年，水里的青蛙、鱼虾，地下的石头、耗子
埋得最深的白骨，成群结队，跳了出来。它们来到阳
　光下
寻找和确认它们的主人。土地下放了，每一颗尘埃
有了姓名，每一条沟渠，变成了血管。大地上，到处

都是
砰砰直跳的心脏，向日葵的笑脸。他和他的几个老哥们
提着几瓶酒，来到田野的心脏边，盘腿坐下，开怀畅饮
不知是谁，最先抓了一把泥土，投进嘴巴，边嚼边说
“多香啊多香！”其他人，纷纷效仿。用泥土下酒，他们
老脸猩红，双目放光，仿佛世界尽收囊中
醉了，一个个打开身体，平躺在地，风吹来灰尘和草屑
不躲，不让，不翻身。不知是谁，扯着嗓子
带头唱起了山歌：“埋到脖子的土啊，捏成人骨的土……”
泪水纷纷冲出了眼眶。就像比赛，他们边唱边哭
有人噎住了，有人把头插进了草丛，有人爬起来，扒光衣服
在田野上奔跑，有人发呆，有人又抓了一把土，投进口中
他睡着了，抱着一块土坲。醒来的时候，身边的人
全都走了，空旷、沉寂的田野，夜色如墨，一丝白，是霜

我的弟弟，四十不惑，跪到了我的旁边，又一条汉子
曾经在我面前，哭得用孝帕死死地捂住双眼
“如果他能活过来，别说纸钱，把我烧给他

我都没有怨言。”弟弟是个民工，也是睁眼瞎
和他同命，有力使不出来，有苦不敢对人言
活在生活的刀刃下。入殓时，他的眼睛留着一条缝
是弟弟帮他关了浮世的门，又顺手拉响天空的门铃
多年来，弟弟举家漂泊，到处卖苦力，但总是两个月
　时间
回家一次，给他理发，修剪指甲
还领着他去了一趟昆明，爬上了西山龙门
眺望了五百里滇池。照下的相片，他患上老年痴呆症
　之后
身无长物，却仍然放在贴身的衣袋，偶尔翻出
一看就是半天。弟弟总结：他的六十六年
一直在一根烟囱里，浑身黑透了，向上攀登
刚看到了天，一朵乌云，又遮住了天
他的两个姐姐，一个下落不明，一个风烛残年
两个哥哥，家族的坟山上，地心里喝酒
两堆白骨，一堆劝另一堆：“你腰疼，多喝一点。”
另一堆又推回土碗：“你的风湿病复发了
还是你多喝一点。”其他的穷亲戚
也是些泥土捏成的牛马，在山坳，在田间
弟弟去报丧，猛然跪下去，没有一个
表现出惊愕。仿佛他已活了几百年，仿佛
只要他还活在他们中间，他就会堵断
每一个溃逃者的路线。鼓队、狮舞、唢呐手、山歌王
猪羊祭、三牲祭、花圈、家祭、牌坊、纸幡
和挽联，鞭炮炸掉菜园，孝子像白鹤，匍匐在地

空气中的寺庙里，也许有人哭得死去活来
他的葬礼上，人们在狂欢。喝醉了的人
把赌桌掀翻，有人提议，这种人
应该跪在灵前，头上点一支蜡烛，天天给亡人点烟
我的哥哥，沉默寡言，关键时候，平息了争端
“都是亲戚，谁都不准丢脸！”

这一个他的大儿子，宅心仁慈，娶老婆
快嘴李翠莲，交的朋友，父死守灵扶尸睡
逢人从来不说鬼。生前，他和大儿子
炉盖上喝葡泉二曲，一人一斤，你不推我不劝
你不语我不言，两个哑巴，两张红脸
鸡叫了，站起身来，不知是谁，拉开门
菜地里摘了个苹果，嚼了一半，随手就丢给了
早起的土狼犬。多么忠诚的土狼犬，守门十多年
没咬过谁，也没让谁顺手牵羊。1993 年
乡政府的打狗队，开进村来，远远地，它嗅到了
杀气，躲进了母亲的寿木。越安全的地方
越危险，土狼犬，被揪了出来，当着母亲的面
胸脯张开一张嘴，吞下了一颗飞来的子弹

那晚，他和母亲坐在屋外，望着天，又不敢
骂天不开眼。天一亮，两个人，折腾了好久
才从狗心上取出了那颗子弹。葬它于篱笆兮
守我田园；葬它于树底兮，魂附树体
可以登高望远。半个月后，他进城取钱，二儿子的

稿费
200 元，四分之三，藏在鞋内，四分之一
大肚子收音机，买了两台
他跟小儿子吹嘘：“一台随身带，另一台
放在家里，出门时打开。小偷光临，听见声音
肯定不敢胡来。”用收音机守门，他唯一的秘密

哦，跪在我旁边的弟弟，时间仅仅
过去了十年啊，那个五十岁的农夫
他怎么就花光了土地到手的喜悦，抛弃了
衣食不愁的信仰和现状？你听，吊孝的人群中
一个驼背，正跟一个瘸子说：“他肯定是死于胃病
他的命多硬啊……”的确，在矮人国，他的后半生
就像个生活的巨人，集市上买肉，柜台前沽酒
花小钱，眼都不眨。生点小病，就住医院
身上装着的药丸，五彩斑斓。多么难以猜度
从黄莲中嚼出了甜，像在地狱的深处，刨出了桃花源
鬼迷心窍，可他仍然迷恋着野草越长越深的村落
打工回来的年轻人，看见他挖地，问他
“还没挖够，是不是土里埋着宝石和银元?”
他的儿女们，也在外面，话不顺耳，但他从不接茬
最终，艰辛的劳作还是又一次击溃了他
一把老骨头，秋风里冒大汗，风寒，继而毁掉了肺

为此，他住进了医院。同一间病房，都是等死的人，
他眼皮底下一张张床，空得很快。来填空的人，也是

农夫

不敢问价，像进旅馆，住一夜，抬回了家
他的嘴一度很硬，不相信死神就在床边，他有着
足够多的未来。崩溃始于手术前，他说他的眼前
全是刀光，手不听话，双脚发颤，小儿子抱着他
多像抱着一台点火后没有开动的履带式拖拉机
后来，是他自己稳住了，向我招手，示意我坐在床沿
深深叹一口气，他说起了他见过的死——
某某死于天花，某某死于饥寒，某某死于溺水
某某死于武斗，某某死于暴饮，某某死于屋塌
某某从高空坠落，某某在狂笑中突然翻白眼
某某喝了农药，某某在批斗时倒下
某某被人奸杀，某某走暗路头上挨了一砖
某某触电，某某被牛踩扁，某某至今还在刑场上
胸口上的桃花，开得很艳……像阎王的生死簿
他罗列了一串，有的还是我少年时的玩伴

与死去的人相比，他说他多活了这么多年
没用推车，他自己走进了手术间
母亲坐在空空的走廊，我和哥哥弟弟，在厕所门前
不停地抽烟。妹妹在家煮饭，电话里一直在问
有没有危险？苍天有眼，他果然只是跟死神
打了一个照面，问安，再见。他能转身回来
我们为此举办了一个家宴。他以水代酒
戒烟，发誓要丢开与他搏斗了几十年的农田
灵堂里这些亲戚，有几个正在回忆

他几年前从医院出来时的笑脸："一点也不像地狱中
回来的人，走路比别人还快。"亲戚们说着说着
女的哭了，男的点支烟，放到他的灵位前

我的膝盖，疼得钻心，弟弟也换了几次姿态
那时，夜已深沉，一颗颗飞起的尘埃正落向地面
香灯师把嘴贴着我的耳朵："这么多孙子
把他们换上来，你们不能跪久了，明天还要出殡。"
时间刚过去半个月，我已记不清，那天
是谁扶着我从灵堂走到了屋外。落了几天的雨
突然停了，星汉灿烂，河堤上的核桃，枝条上扬
奋力向空中，排放着悲哀。牌坊上的对联
"人间才少慈父，天堂又增神仙"，碘钨灯照着
斗大的字，松枝丛里，像群伺机跃出的狮子

从老祖分支，他的这一辈，除了姑妈，还剩下
他的一个堂哥，白发苍苍的老木匠，年轻时弹月琴
村子里第一个骑自行车，中山服，翻毛皮鞋
垂垂老矣，硕果仅存。一个人缩在灵堂的角落
几天来不舍昼夜，手上始终握着酒杯，就像那一辈人
的代表，一半是人，一半是鬼，奈何桥头，一脸的
　灰烬
偶尔，从年轻人手中，拿过话筒，苍茫的夜空
响起悲怆的孝歌。都送走了，留一个人在世
老木匠的眼眶里，似乎翻动着一缕地狱的凉风
无论何时，都应该是圣旨、律法、战争、政治

宗教和哲学，低下头来，向生命致敬！可他这一辈
以上的更多辈，乃至儿孙辈，“时代”一词，就将其
碾成齑粉
退而求其次的生，天怒、土冷；只为果腹的生
嘴边上又站满了更加饥饿的老虎和狮子；但求一死
的生
有话语权的人，又说你立场、信仰、动机
没跟什么什么保持一致。生命的常识，烟消云散
谁都没有把命运握在自己的手心。同样活于山野
不如蛇虫；同样生在树下，羡慕蚂蚁

去年秋天，几个朋友，想看一眼诗人的故乡
辽阔的昭通坝子，水稻和蜻蜓翅膀下的路
越野车一再熄灭，坑连着坑，我们仿佛是去造访山顶
洞人
从昭通城出发，五公里路，用时近两小时。门前的
小路
比几个月前我来的时候更荒，青草盖住了月季
水沟很久没人光顾了，青苔封住了水。几棵花椒树
满身是刺，被蛛网一层一层地包裹，像几个巨大的
棉球
如今用作灵堂的地方，堆着玉米的小山，刚一进门
我就看见他苍白的头，像小山上的积雪
喊一声“爹”，他没听见；又喊一声“爹”，他掉头
看了一眼，以为是乡干部，掉头不理，在小山背后
一个锑盆里洗手。念头一闪而过，那小山像他的坟

走近他，发现一盆的红，血红的红。他是在水中，洗
　他的伤口
我的泪流了下来，内心慌张，手足无措
也就是那一天，我们知道，他患上了老年痴呆症
灵魂走丢了。自此，他必须成为母亲的影子
而他，满世界的人，也只认得出我的母亲

我的母亲，在这守灵之夜，在这他人世的最后一夜
风湿病，走路像个瘸子，但一直在灵堂和厨房之间
忙个不停。不是忙着做什么，是想忙，不敢停下
相依为命的人，冤家，债主，体内的毒素
说没就没了，多小的世界呀，转身就是脸对脸
一张嘴巴里的上牙和下牙，一颗还悬着，另一颗
掉了，明天就要入土。灵柩已擦了无数遍，暗淡之光
　的镜子
照得出人影，可以梳头。我劝母亲，坐一下吧
那遗世的孤独，像隐形的敌人
把母亲等同于灵前的香灰，盖棺的泥土

我们就这样，像几个吝啬鬼，从肺俯中，一分一分地
　拿出
夜的金币。从来都怕黑暗，却想截留那断魂的一夜
道士找了一套他生前的衣服，让一条木凳穿上
山大哥背着，为他开辟升天的坦途。那木凳
真像他啊，一副空架子，头手耷拉，麻木不仁，放在
　哪儿

都能认出。他走之前的半个月，已经没说过一句话
一把生锈的铜锁，挂在喉咙。每天，当太阳爬上围墙
母亲就提一条小凳，坐在门边，绣花或者择菜
他也就跟着出来，墙角的破沙发上坐着，仿佛在发呆
有时是半天，有时是一个小时，有时只有十分钟
只要母亲起身回屋，他也就站起来，跟在后头
已经没有对话了，母亲偶尔说几句，也如落叶掉入
　空谷
有些晚上，难以成眠，他总要一再地确认
如果母亲就睡在隔壁，他才会在自己的房间，关了灯
陷入黑暗，安静地坐着，等母亲醒来

他走的那夜，两点半，母亲还听见他咳嗽
起身去看他，他正把马桶移到床边。五点半，母亲
　起床
摸他的脸，他已成仙。用尽一生，他都被活的念头
所牵引，终于将岁月消耗殆尽。并用死亡，一次性否
　定了
自己的意志。他真的不能再等？他真的
已经平静地接受了死亡？他真的只想静静地皈依
他耕种了一生的那方地块？也许，只有在那儿
世界才合身，才是他身体的尺寸。也许，在那儿
浮世才如他所愿，等于零或比零还小一点

那儿真的很小，尽管出殡的路，孝子再多
也跪不满。头顶的天，白云再多，也露出蓝；左边的

河流
水淌了几万年，也还空着一半；右边的田，年年丰收
人依然饥寒。总有些空空之所，总有些设在空处的
广场和宫殿。总有些地方，大得可以单独使用邮政
编码
却荒无人烟。伏跪于路，我已被弃；背土葬父
天地颠覆。招灵之时，我们像一条线
组合成血缘，他的躯体，由人抬着，在我们头顶上，
先走
他的魂魄要慢一些，踩着我们的脊梁，没有重量
他多轻啊，轻如鸿毛。跨过我的一瞬，他似乎停了
一秒
那一秒，我的鼻尖，我的心尖，抵在了地面
不知那秒是何年，天上人间；不知那秒逝去后
谁还会提着赶牛的皮鞭，把我打得皮开血绽。那一秒
他的最后一秒。那一秒，我的五脏庙，亮起了
他灵柩下那盏长明灯。之后，抬棺的人，一路西去
白茫茫的路上，只剩我的妹夫王绍平，端着酒
跪谢给他搬家的人：“这是最后的时辰，请各位父老
乡亲
走慢一点，他睡着了，走轻一点……”

我现在所处的世界，已经是另一个了。给他的墓上
添完最后一捧土，磕过三个头，转过身，我对朋友说
——诸位，以后见面，请别喊我编辑或诗人，我只是
孝子

一个只能去菩萨面前，继续哭泣的，他的二儿子
我试图给他写句墓志铭：“他的一生，因为疯狂地
向往着生，所以他有着肉身和精神的双重卑贱！”
这个念头终被放弃，我将它写在这里，如果可能
不妨作为我将来的墓志铭。他这个农夫
和我这个诗人，一样的命运，难以区分

（选自2009年《人民文学》5月号）

战　栗

那个躲在玻璃后面数钱的人
她是我乡下的穷亲戚。她在工地
苦干了一年，月经提前中断
返乡的日子一推再推
为了领取不多的薪水，她哭过多少次
哭着哭着，下垂的乳房
就变成了秋风中的玉米棒子
哭着哭着，就把城市泡在了泪水里
哭着哭着，就想死在包工头的怀中
哭着哭着啊，干起活计来
就更加卖力，忘了自己也有生命
你看，她现在的模样多么幸福
手有些战栗，心有些战栗
还以为这是恩赐，还以为别人
看不见她在数钱，她在战栗

嘘，好心人啊，请别惊动她
让她好好战栗，最好能让
安静的世界，只剩下她，在战栗

（选自2010年《脊梁》11月号）

李少君（1967— ）

湖南湘乡人。

神降临的小站

三五间小木屋
　　泼溅出一两点灯火
我小如一只蚂蚁
今夜滞留在呼伦贝尔大草原中央
　　的一个无名小站
独自承受凛冽孤独但内心安宁

背后，站着猛虎般严酷的初冬寒夜
再背后，横着一条清晰而空旷的马路
再背后，是缓缓流淌的额尔古纳河
　　在黑暗中它亮如一道白光
再背后，是一望无际的简洁的白桦林
　　和枯寂明净的苍茫荒野
再背后，是低空静静闪烁的星星
　　和蓝绒绒的温柔的夜幕

再背后，是神居住的广大的北方

（选自2010年《诗刊》9月号上半月刊）

东　篱（1966—　）

原名张玉成，河北丰南人。

地震罹难者纪念墙

比我们所居住的城市拥挤多了
三百九十六米长、九米高，这弹丸之地
居然安置了二十四万多人

没名字，姑且叫张三之子，李四之女
王五之外孙……也许早想不起来了
也许还没来得及起

但比我们有秩序
仿佛二十四万多根被砍了头颅的火柴
密麻、整齐、安静地排列在一起

他们依旧年轻、鲜活
而我日渐老去、衰亡

这冰冷、神秘的玄色世界多纯净
除了三十四年来挥之不去的尘埃

很多人来此寻找他们的亲人
但时空迢遥，人海茫茫

而我多年来一次次故地重历
仿佛是为了寻找我自己

（选自2010年《诗歌月刊》12月号）

沈　苇（1965—　）

浙江湖州人。

柔巴依：告别旧年

痛　苦

他人的痛苦使我羞愧　彻夜难眠
现在　世界的残缺施加在我身上
我必须继续吞咽夜的墨水
吞咽苦涩　直到尝出一点甘甜

墨　水

说："墨水比血液更加诚恳。"
倘若我的笔触只停在风和日丽中
而无法深入事物的阴影　那么它只是
一截枯枝，而墨水是漂浮败叶的血

倾　心

倾心者向一朵小花交出自己
他不总是倾心于那些庞然大物
在细小和温柔的道路上他走得更远
人们说他是投降派　其实是舍身忘我

语　言

向内的窗户，洞悉心灵的长夜
洞悉星光和破晓的曙色。一切关闭了
只有母语，留下重返的襁褓和子宫
搜集时光的碎片，重塑一个水晶婴儿

面　孔

有时叫脸谱，其实是一张地图
可见的地貌是时光的堆积、岁月的刀痕
四十岁前父母和先人描画了它
四十岁后独自照料
修修补补

蝼　蚁

蝼蚁的命也是一条命啊
命如草芥？得倒过来说：草芥是命
被不可知的力量控制着　命如琴弦、游丝
如一只龟，在命运的石板上敲出火花

超　越

超越不是上升，而是转折、转变
是放低自己，一直放到尘土的高度
将傲慢放到谦虚的大海中不见了
更彻底的：在无限坠落中超越了

遨　游

星辰——这些放之天空的灯盏
灯盏——我头脑中冉冉升起的星
星光的国度，布满流放的路
数不清的摆渡船，丢失在天边外
被抒情耕耘过的半空，降下雾霭

沙　漠

沙漠从我身躯的故土上铺展开去
置身一种极端的地理，我心柔和
柔和如沙漠的暮晚，如沙丘的长眠
丰盈与荒凉，来自这部瀚海之书

音乐会

一碗黄沙中有亡灵们的舞蹈
脚踏毁灭的一页，像胡杨洞穿了大荒
沙砾与沙砾的打击乐，你还听不清
但每一沙砾，都是细小音符的呻吟

大　荒

洪水的大荒怎能比得上瀚海的启示
我曾在天空放牧星星，现在坐下来
在沙上写下诗篇。就像淡水加了点蜜
诗的未来——为一杯死亡添加一勺生命

（选自 2011 年《诗刊》1 月号上半月刊）

张子选（1962— ）

祖籍辽宁抚顺，生于云南。

在世间

给云腾出一块天，由它聚散
为马让出一条路，任其走远

月朗星稀夜，单人独骑
行李虽重，然道路清晰

偶尔也会手扶一段水声，泅渡自身；或循着一条
转经小道，仰承日光移来白塔的影子，为我摩顶

这个世界啊，我因何在此
有些高度，人只能仰视

念天地之悠悠，青草曾无声地拂过狮子们的脸
一万年何其修远，常又像是刚刚逝去的昨天

我带来了自己，不只是为着确认，偶尔有风
似乎比传说中的永恒，更宜于慰藉平生

是的，我愿替天下苍生，于佛前捧心长跪；也可以
数念完日出复又望向日暮，为世间一人，立尽寒暑

晨昏

仿佛一个人只适合于自己的宁静中，练习击鼓
有些时光，在世上，我只想与内心，无悲无喜地共度

遥忆藏北，曾于长花短草、暖阳微风中如常小憩。事实上
那也是我，目送正在游历今生今世的某个自己，渐渐远去

何故心慌手乱，如是者三
谁与交换想念，神似祖先

倘若将来某日，你也会因某种际遇偶然至此
陌生人，请帮忙照顾好这个世界，和你自己

（选自 2011 年《诗刊》1 月号上半月刊）

潘　维（1964—　）

浙江湖州人。

今夜，我请你睡觉

永远以来，光每天擦去镜上的灰尘，
水无数遍洗刷城镇，
但生活依旧很黑，
我依旧要过夜。
茫茫黑夜，必须通过睡眠才能穿越。

西湖请了宋词睡觉；
广阔请了塔克拉玛干沙漠睡觉；
月亮，邀请了嫦娥奔月；
死亡，编排了历史安魂曲；
非人道的爱情睡得比猪更香甜。

睡觉，如苦艾酒化平淡为灵感；
如肥料施入日历，抚平紊乱；
使阴阳和谐，让孤独强大；
一种被幸福所代表。

可没有人请我睡觉。
为什么?！为什么
在这比愚昧无知还弱小多倍的地球上，

居然没有人请我睡觉。

我，潘维，汉语的丧家犬，

是否只能对着全人类孤独地吠叫：

今夜，我请你睡觉。

2009 年 9 月 6 日

（选自 2011 年《诗林》1 月号）

路　也（1969—　）

原名路冬梅，女，山东济南人。

江心洲

给出十年时间
我们到江心洲上去安家
一个像首饰盒那样小巧精致的家

江心洲是一条大江的合页
江水在它的北边离别又在南端重逢
我们初来乍到，手拉着手
绕岛一周

在这里我称油菜花为姐姐芦蒿为妹妹
向猫和狗学习自由和单纯
一只蚕伏在桑叶上，那是它的祖国
在江南潮润的天空下
我还来得及生育
来得及像种植一畦豌豆那样
把儿女养大

把床安放在窗前
做爱时可以越过屋外的芦苇塘和水杉树
看见长江

远方来的货轮用笛声使我们的身体
摆脱地心引力

我们志向宏伟，赶得上这里的造船厂
把豪华想法藏在锈迹斑斑的劳作中
每天面对着一条大江居住
光住也能住成李白

我要改编一首歌来唱
歌名叫《我的家在江心洲上》
下面一句应当是“这里有我亲爱的某某”

（选自2011年《诗潮》3月号）

哑　默（1942—　）

贵州普定人。

你不必再来看我

悠长的岁月
把你引到我的面前
梦中的白影
泻满白桦树丛的叶梢
我在遗忘了的欢悦中
飘然起身

很深很深的峡谷里
一株百合花
抹下青辉
只剩足印的诺言
孤独着沉默的夕照

昨日的路
已没有阳光覆盖
我不曾意识到
它如此深长、如此地渺远
草叶上的露珠
什么时候润湿了我的眼睑
月色滴落

带来一个荒芜的白夜
初秋把凉风埋入漂泊
那条熟悉的路
竟刺穿暮霭中的旷野
刺进霜降的苦涩
从一个近切而未知的冬天
有人轻轻对我说
你听，你听那雨声……

（选自 2011 年《诗歌月刊》6 月号）

轩辕轼轲（1971— ）

山东临沂人。

体操课

我的第一堂课就是最后一课
因为我不明白人为什么要做体操
为了说服我，体操教练一甩手
扔出个盘子，盘子碎了
扔出把椅子，椅子摔掉了腿
扔出个同学，他在空中一个后空翻
稳稳地落到垫子上
你看，只有人才是最适合做体操的
我仍然不懂，托着腮坐在角落里
看他们压腿、展臂，翻来滚去
教练向我走来，露出诡异的笑
一拍我肩膀说：坐着旁观也是一种体操
我一愣，站起来，当着全体人员的面
助跑后翻出一连串的筋斗云，上了西天

（选自2012年《汉诗》第1期）

汤养宗（1959—　）

福建霞浦人。

立字为据

我是诗人，我所做的工作就是立字，自己给自己
制订法典，一条棍棒先打自己，再打天下人
有别于他人，立契约，割让土地，典老婆，或者
抵押自己的皮肉，说这条虫从此是你的虫
我与鸟啊树啊水底中的鱼啊都已商量好，甚至是
一些傲慢的走兽，闪电与雷声，我写下的字
已看住我的脾气，这是楚河，那是汉界，村头
就是乌托邦，反对变脸术，釜底抽薪，毒药又变成
　清茶
我立字，相当于老虎在自己的背上立下斑纹
苦命的黄金，照耀了山林，也担当着被射杀的惊险
恨自己的人早备下对付自身的刑具，一个立法者
首先囚禁了自己，囚牢里住着苍茫，住着虚设的罪名
也住着亮晃晃的自己所要的月亮，我立字
立大地之心，悬利剑于头顶，严酷的时光
我不怕你，我会先于名词上的热血拿到我要的热血

（选自 2012 年《诗刊》4 月号上半月刊）

胡　弦（1966—　）

江苏铜山人。

寻墨记

一

光线腐烂后，另外的知觉从内部
将它撑满。
当胶质有所觉悟，又有许多人逝去了。
浩渺黑暗，涌向凸起的寂静喉结……
——傍晚，当我们返回，新墨既成，那么黑如同
深深的遗忘。

二

我熟知四个与墨为伴的人：
第一个是盲者，他认为，将万物
存放于他的理解力中是正确的，因为不会被染黑。
他对研墨的看法：无用，但那是所有的手
需要穿越的宁静。
第二个说："唯有在墨中才知道，
另一个人还活着。"说完，他的脸
就黑下来，出现在皇帝、美人、佞臣们身边。
在那里，墨成为色彩存在的依据。
第三个刚从殡仪馆回来，一言不发且带着

墨的气味、寒冷，和尊严。
第四个在书写，在倾听
一张白纸的空旷，和那纸对空旷感的处理。
他告知打探消息的人：事情
比外界所知的更加离奇，但所有
亲临现场者都要保守秘密，
因为这是结局。

三

"……如果已醒来，
它就不再完全像一个物体。"
确乎如此，比如陈年的墨香会带来困惑，而砚台的
干预觉，类似冰凉的雾气。
那年在徽州，对着一个硕大的太极图，你说，
那两条鱼其实是
同一条。一条，不过是另一条在内心
对自己的诘问。
——但不需要波浪。正是与水有关的念头
在导致感官的疯狂。

四

门楼。镂花长窗。我们曾无数次
路过那里，遇见柿子树向古老庭院的请安，
红木上的梅枝，是春暮时重逢的心境。
在窗前，我们谈论日子的变幻。
有时朝远方眺望，郊原空蒙，雨水

落向石头上笔划开始的地方，让人想起
那些忍受岁月的额头，在词条里是笨拙的。
案头，磨损的毛笔安睡，碰见
留着幻觉的手时才会醒来。
抽屉里的残卷有淡淡的药香，
若闭上眼，烟缕、偏头痛、音乐，都在其中升起。
一根细长的飘带天籁般飘过，
被爱过的人薄如蝉翼——

五

“太黑了！开了灯吧。”
多年前我们在南京求学，那时，对墨的使用
如同猜谜（一个夙愿：总想要
跨过另外的界线看看自己）。
艺术系、晕染术、红色的青春、插花……
——由表及里的黑暗中，当我们
偶尔猜到谜底，某种
至关重要的东西又会抽身离去。
在贴满大字报的墙下，和废弃的
礼堂里，我们碰到过另外的猜谜人：
一个满头白发，端坐，不为谜面上堆积的狂热所动；
另一个善于隐形，所有人都走了他才重新回来……
“没有幽灵做不到的事，只是你
要保持耐心。”

六

江水苍茫。两岸，河网密布。

有条河上，一直有人在泛舟。音乐，
像绢画里的游丝……
“韵脚和行程，都是缓慢更新的梦境。”
许多年代，官家、书生、妓儿，背影变得模糊……
墨痕和水，一点点吸收着它们。

七

那时我们就知道，死亡带有的自省性质，
譬如隐居、踏歌，或长啸，当一个人完全
陷入孤独，连失控的明月也不配做伴侣……
——每次拜访，或从表演中归来，都会有人说出附加
　　的在场感。
“某种存在不可再问及，它已
脱离命运的钳制，比如被命名为追忆的想象……”
——那是被虚构出来的空间，并且，
那空间已自作主张。

八

也许真的存在另一个世界，因为
有人正感到不适，他把自己添加进
画中时，突然发现：他变成了自己的陌生人。
他拿不准，人在画卷里会想些什么……
但他学会了珍惜：“作画时，要常常屏息因为
另一个世界的人也需要氧气。”
他沉溺的描绘使他
几乎无法在这世上生存。

有时，风声大作，幻体和真身要求
再次被拆开。“时辰是否到了?”陈年的卷轴里，
一个朽枯的美人在发问。
他沉默。檐上的小兽似乎在说话。但仔细听去，
却只有一只铜铃的声音。

九

“笔划从不轻佻，那变幻中
藏着有形的椎骨。”
再次来到小镇，我们陆续忆起
猎虎、采药、饮酒、婚育，自幼熟习的
风俗，以及祖父清癯、单薄的身材。
他悬腕书写时，站得很直，如一根悬针。
“所有的曲线，都要对直线有所了解……”
我们手上沾满了墨，鼻头上也是，但我们被教导
要有耐心，因为耐心关乎墨的本性。
当更多的面孔闪现，如同家谱在空气中打开，
——我们的名字已在其中。
仿佛在生前，我们就已完全接受了自己。

十

“没有完整的孤独，也不可能彻底
表达自己。”如果
有谁在黑暗中说过话，这话，是那话的回声。
有时，和墨一起坐在黑暗中，
我们察觉：墨已完全理解了黑暗。

——它护送一个句子从那里通过，
并已知道了什么是无限的。

十一

要不断归来，把一张大字临完，因为
正楷和篆字，都可以拒绝令人作呕的痛苦。
而一阵风在草书中移动，轧过荒诞年月……
“某种抽象的力量控制过局面，但用以描述的线条
须靠呼吸来维持。”
再次否定后，又已多年。有人在向宾客解释这一切：
假山，后园，镇尺般的流水，某个道理的
替代物……
——香气氤氲，烂漫锦盒里，一锭彩墨
由于长久封存发生的哗变……

（选自2012年《十月》第5期）

谷　禾（1967—　）

原名周连国，河南周口人。

父亲回到我们中间

春天来了，要请父亲回到
我们中间来

春天来了，要让父亲把头发染黑
把黑棉袄脱去
裸出胸前的肌肉，和腹中的力气
把门前的马车
在我们的惊呼声里，反复举起来

春天来了，我是说，
河水解冻了，树枝发芽了
机器在灌溉了
绿蚂蚱梦见迷迭香花丛
当羞郝升起在母亲目光里，一定要请父亲
回到我们中间来

要允许一个父亲犯错
允许他复生
要允许他恶作剧
允许他以一只麻雀的形式，以一只跛脚鸭的形式

以一只屎壳郎的形式
或者以浪子回头的勇气，回到我们中间来

春天来了，要允许父亲
从婴儿开始
回到我们中间来
要让父亲在我们的掌心传递
从我的掌心，到你的掌心，她或者他的掌心
到母亲颤巍巍的掌心

春天来了，要让他在掌心
传递的过程中
重新做回我们披头散发的老父亲

（选自2012年《中国诗歌》11月号）

车延高（1956—　）

山东莱阳人。

提心吊胆地爱你

现在可以告诉你了，小时候
为什么不给你穿漂亮的衣裳
为什么剪了你的小辫留个男孩发式
爸爸不是重男轻女
只是你从小就和你妈一样的漂亮
漂亮的女孩子是件瓷器
怕人不小心或存心碰了
一地碎片就是父母永远的心痛
所以给你朴素
把天生丽质藏起来
让周围的眼睛忽视你
爸爸妈妈忙，不能每时每刻照看你
就用最笨的办法，禾草盖珍珠
你听了一定笑，笑吧
我们当时就这么提心吊胆地爱你

（选自 2012 年 11 月 6 日《光明日报》）

阎　安（1965—　）

原名阎延安，陕西延安人。

安　顿

你看到的这个世界　一切都是安顿好的
比如一座小名叫做孤独的山
已经安顿好了两条河流　一条河
在山的这边　另一条河
在山的那边　还安顿好每条河中
河鱼河鳖的胖与瘦
以及不同于鱼鳖的另一种水生物种
它的令人不安的狰狞
天上飞什么鸟　山上跑什么狐狸　鼠辈
河湾里的村庄　老渡口上的古船
这都是安顿好的

你看到的这个世界　安顿好了似的世界
还有厚厚的大平原　有一天让你恍然大悟
住得太低　气候难免有些反常
而你也不是单独在这个世界上
下水道天天堵塞　许多河流　在它的源头
在更远处是另外一回事情　许多的泥泞
和肮脏　只有雷电和暴风雨才能带走

你看到的这个世界　被一再安顿好的世界
今天令你魂不守舍　你必须安顿好
愤怒的大河从上游带下来的死者
河床上过多的堆积物　隔天不过就发臭的
大鱼　老鳖　和比钢铁更坚固的顽石

你看到的这个世界　别人都在安顿自己
你也要安顿自己　但这并非易事
你必须在嫉妒和小心眼的深处　像杀活鱼一样
生吞活剥刮掉自己的鳞片
杀掉自己就像杀掉另外一个朝代的人
杀掉自己就像杀掉
一条鱼

接下来　时光飞逝
可能大祸临头甚至死到临头了
你依然是一个魂不守舍的行者
还在路上　为安顿好自己
还有世界内部那地道一样多疑的黑暗
匆匆赶往别处

（选自诗集《整理石头》，2013 年 3 月太白文艺出版社出版）

刘　年（1975—　）

湖南永顺人。

独坐菩萨岩

一

仿佛戴着重孝
菩萨岩的天空很白

坐在那棵杉树下
可以俯瞰人间

绿衣的小女孩是李露
她与弟弟的争吵，隐隐可闻

小河静静流淌
死亡，让人间如此美好

二

石拱桥这头
灰色的房子是我的家

母亲说，前些天

父亲还在平台上
拿着歌书唱《北国之春》

平台在二楼，可以看到路上
每一个回家的人

三

母亲说，临死时
父亲满床翻滚。不知是什么
让他那样疼痛

世上所有问题的答案
都在身后那堆新垒的黄土里

芭茅花很白
山茶花也很白

看到人间照常升起的炊烟
我突然泪流满面

（选自 2013 年《人民文学》4 月号）

狄力木拉提·泰来提（1963— ）

维吾尔族，新疆伊犁人。

一路向南

冰达坂是阿凡提的毛驴
传说中的故事里依旧亮着一盏油灯
巴依家的桑树影投在月亮的院里
远古的路通往何方

想起多年前黄灿灿的杂粮
我很健硕
能让群山在我的故事里酣然入睡

爷爷说，南疆的维吾尔人
用毛毡裹着驴蹄
翻越冰大板，熬过了民国后期

萨帕依的声音像狂风中的梭梭
把根牢牢扎在风里
我从草原的东部涌进吐鲁番的干涸
托克逊苍老的树木
在季风里出壳
男人的胡须长在乡下的地里
来年，他们的尊严大获丰收

苍老的焉耆，绿油油的早季
开都河曾经是女人的嫁妆
破碎的记忆还得在娘家缝补

大漠那边飘来烧烤和鱼香
烟熏火燎的巴扎
维吾尔花帽是收银的器具

你我可以同往旧有的世界

（选自 2013 年《西部》第 4 期）

商　震（1960—　）

辽宁营口人。

冷水澡

我从无中来
你也是，他们也是
无，是一切的祖先

不把水冻僵
冰就得不到承认
你疼了，才能感受我的力量

你啃食着我
他们啃食着你
我的獠牙也沾着血迹
我和你、和他们
是狮子和羊、羊和草、草和水、水和狮子

想明白这些时
已说不清该有还是该无
想明白这些
每夜都睡在冰上

（选自2013年《星星》5月号）

李元胜（1963— ）

四川武胜人。

我想和你虚度时光

我想和你虚度时光，比如低头看鱼
比如把茶杯留在桌子上，离开
浪费它们好看的阴影
我还想连落日一起浪费，比如散步
一直消磨到星光满天
我还要浪费风起的时候
坐在走廊发呆，直到你眼中乌云
全部被吹到窗外
我已经虚度了世界，它经过我
疲倦，又像从未被爱过
但是明天我还要这样，虚度
满目的花草，生活应该像它们一样美好
一样无意义，像被虚度的电影
那些绝望的爱和赴死
为我们带来短暂的沉默
我想和你互相浪费
一起虚度短的沉默，长的无意义
一起消磨精致而苍老的宇宙
比如靠在栏杆上，低头看水的镜子

直到所有被虚度的事物
在我们身后，长出薄薄的翅膀

（选自 2013 年《中国诗歌》6 月号）

荣　荣（1964—　）

原名褚佩荣，女，祖籍余姚，生于宁波。

声声慢

她一个人流落江南梧桐更兼细雨
一个人守着窗儿看天色慢慢转黑
一个人把盏暖更年的肠胃
一个人填词押孤苦之韵
破落朝代里的落日虚空
时间却仍在掠夺每天带走一些什么
她一个人收竹帘闭门户
黑灯瞎火懒得洗漱
一个人翻来覆去碾了骨头痛着肉
这也是荒凉晚年的开始
如此的落花流水一个人的声声慢

（选自2013年《人民文学》7月号）

峭　岩（1941—　）

河北唐山人。

回望大水井

藏在深山的一泓，闪闪烁烁
是地眼，光芒刺破苍穹

大水井，山泉从地心破壁而出
生命在这里强大而繁荣
我在井边停住脚步
一下子踩到了千年的疼痛

我站在井壁之上俯首亮过银子的泉水
宛若少女的明眸
照亮本已杂陈的心空

大水井，你庆幸
身居深山依然干净，依然淙淙
是历史掩藏了你
才有了处子般的仪容
大水井，你是山里人的血脉
大水井，你是我心中的隐痛
而历史走远了

你却做了历史的眼睛

（选自 2013 年 8 月 7 日《人民日报》）

潘洗尘（1964— ）

黑龙江肇源人。

一粒米的简单境界练成了吗

这些年夹杂在乡亲们中间
操同样的口音和口味
在粗话连篇的日子里喷云吐雾
这些人除了称谓不同
大多时候我分不清甲乙丙丁

瞧　这些乡下人
几十年前如果听人这么说我会心怀愤怒
那时的我还只是吃直接从地里收来的粮食
管去村边的小泥塘里扎猛子叫洗澡
几十年后当我对干净这个词有了重新的认识之后
才知道一个人内心的肮脏有时用再清的水
也是洗不掉的

现在我偶尔也会和乡亲们一起耕种
听他们笑骂着盘算用怎样的收成
供孩子们念书或讨老婆
他们当中的大多数都比我年轻多了
但在我狂热追随所谓的理想背井离乡时
他们还只知道守着这片黝黑的土地讨生活

到头来躬耕者背未驼我却成了一棵空壳的稻穗
夜深人静时我常常扪心自问
一粒米的简单境界　练成了吗

而父亲　却早已拥有了一片田的高贵
在时间的重压之下　永远只是笑着
不言不语

（选自 2013 年《诗歌月刊》9 月号）

沈浩波（1976—　）

江苏泰兴人。

玛丽的爱情

朋友公司的女总监，英文名字叫玛丽
有一张精致迷人的脸庞，淡淡的香水
散发得体的幽香。名校毕业，气质高雅
四英寸的高跟鞋，将她的职场人生
挺拔得卓尔不群。干活拼命，酒桌上
千杯不醉，或者醉了，到厕所抠出
面不改色，接着喝。直到对手
露出破绽。一笔笔生意，就此达成
我承认，我有些倾慕她
有一次酒后，借着醉意，我对她的老板
我的朋友说：你真有福气，这么好的员工
一个大美女，帮你赚钱
朋友哈哈大笑："岂止是我的员工
还背着她老公，当了我的秘密情人
任何时候，我想睡她，就可以睡
你想一想，一个大美女，驴一样给我干活
母狗一样让我睡，还不用多加工资
这事是不是牛逼大了？"
我听得目瞪口呆，问他怎么做到的

朋友莞尔一笑："很简单，我一遍遍告诉她
我爱她，然后她信了！"

（选自2013年《山花》10月号）

马新朝（1953—2016）

河南唐河人。

黄土一望

这黄黄的，略带灰暗的泥土
从脚下向远方奔跑，像海浪，没有骑手
从南阳，许昌，到洛阳，开封，安阳
它们一直在奔跑，没有骑手
这黄昏的大地，铁衣无光，蒸馍铺里的
二夹弦，无人承担，也无人流泪
黄土的门啊，关闭了多少人，关闭了多少血
时光因为遥远而长出疤痕
平原上，光秃秃的，一声吆喝
传出千里。我看不到五千年的古老
也看不到岁月的皱纹，没有老宅，没有古树
也没有疼痛，好像一切都在重新开始
有着无限生殖能力的黄土大地啊，为什么
长不出一个古老，这里没有记忆
只有现在，全新的现在。那么多的
古城遗迹，也只剩下一个名字
它们的身体和肉体，也随着魂魄和雨水
渗入深深的地层下。这黄黄的，略带灰暗的
泥土，有着铁锈的腥味，那是它
尚未消化完的卷楼铜剑，还有人的

苍老的咳嗽，这深远的空洞的泥土啊
还在关闭。回荡的风，弥合着所有记忆的裂缝
那个开手扶的人，一脸黄昏
他无人认领

（选自2014年《人民文学》1月号）

苏历铭（1963— ）

黑龙江佳木斯人。

在希尔顿大酒店大堂里喝茶

富丽堂皇地塌陷于沙发里，在温暖的灯光照耀下
等候约我的人坐在对面
谁约我的已不重要，商道上的规矩就是倾听
若无其事，不经意时出手，然后在既定的旅途上结伴
　而行
短暂的感动，分别时不要成为仇人
不认识的人就像落叶
纷飞于你的左右，却不会进入你的心底
记忆的抽屉里装满美好的名字
在现在，有谁是我肝胆相照的兄弟？
三流钢琴师的黑白键盘
演奏着怀旧老歌，让我蓦然想起激情年代里那些久远
　的面孔
邂逅少年时代暗恋的人
没有任何心动的感觉，甚至没有寒暄
这个时代，爱情变得简单
山盟海誓丧失亘古的魅力，床笫之后的分手
恐怕无人独自伤感
每次离开时，我总要去趟卫生间
一晚上的茶水在纯白的马桶里旋转下落

然后冲水，在水声里我穿越酒店的大堂
把与我无关的事情，重新关在金碧辉煌的盒子里

（选自2014年《诗探索》第1辑）

侯　马（1967—　）

原名衡晓帆，山西侯马人。

清明悼念一桩杀人案的受害者

男人从乡下赶来
要把在城里打工的妻子
劝回家
妻子已另有相好
俩人吵翻了
大打出手
男的用菜刀
使劲剁
女的终于服软了
跪着说：
“我跟你回去”。
男人，望了一眼
快砍断的脖子说：
“来……不及了”

（选自2014年《山花》4月号）

王夫刚（1969—　）

山东五莲人。

与放蜂人老张一席谈

放蜂人老张的帐篷里有一本北岛的诗集
（30 年前的印刷品了，已旧得不行）
老张说，年轻的时候
他也曾写过诗，也曾爱过一个
至今还念念不忘的姑娘。
但现在他似乎更愿意跟我谈论
眼前飞来飞去的蜜蜂——
老张说，自己的大半生
都耗在了路上（从南到北，从白到黑）
这些喜欢花朵的小家伙们
让他心中有底。老张说
他就是一只工蜂，玩不得雄蜂的
游戏：“专职交配，过把瘾就死。”
说到这里，老张笑了
笑得有点暧昧，他岔开话头
跟我说起了孤岛，孤岛的槐花
和酿蜜的常识。老张说
这些喜欢花朵的小家伙们虽然长着翅膀
却比人还辛苦，他做出一个飞翔的
姿势，仿佛要飞走飞远。

"采得百花成蜜后，为谁辛苦为谁甜？"
时值黄昏，放蜂人老张的帐篷里
有一本北岛的诗集已经很旧
但北岛没有写过这样的诗句
老张的吟哦，也并非朝九晚五的烦恼弥漫孤岛

（选自2014年《山东文学》4月号下半月刊）

宋晓杰（1968— ）

女，辽宁盘锦人。

骨灰戒指

这时候，肉身无用，就随云雨蒸发去吧
连同人间的浮尘、虚火与种种烦忧
我跟随你秘密潜行于山水之间
无非是你增生的骨节
长途跋涉中，额外多出的隐痛……

昨夜的梦中，无悲无喜地，我死了一回
轻如骨灰——即使浓缩，也无足轻重

人群四散，你下意识地低着头
小心转动着指间的戒指
亮出我的底牌……
——亲爱的，原谅我先睡了
漫漫长夜，你尽可以一寸一寸地疼

（选自 2014 年《十月》第 4 期）

李　南（1964—　）

女，生于青海。

下槐镇的一天

平山县下槐镇，西去石家庄
二百华里。
它回旋的土路
承载过多少年代、多少车马。
今天，朝远望去：
下槐镇干渴的麦地，黄了。
我看见一位农妇弯腰提水
她破旧的蓝布衣衫
加剧了下槐镇的重量和贫寒。
这一天，我还走近一位垂暮的老人
他平静的笑意和指向天边的手
使我深信
钢铁的时间，也无法撬开他的嘴
使他吐露出下槐镇
深远、巨大的秘密。
下午6点，拱桥下安静的湖洼
下槐镇黛色的山势
相继消失在天际。
呵，过客将永远是过客
这一天，我只能带回零星的记忆

平山下槐镇，坐落在湖泊与矮山之间
对于它
我们真的是一无所知。

（选自2014年《诗潮》5月号）

宗　鄂（1941—　）

原名寇宗鄂，祖籍四川梓潼，生于湖北老河口。

休眠的火山

你曾经威武过
曾经有过辉煌的节日
礼炮伴着烟花升腾
让世界既欢欣又恐惧

爱和恨
都被压抑得太久太久了
悄悄积蓄着愤懑
等待释放和宣泄的契机

在某一个时刻
淤积的语言如雷火
喷涌而出
掀翻头上的冻土
冲破封闭和压迫
烫伤冰雪，熔化顽石
你的扩张覆盖一切
燃烧一切
在报复与摧毁中
痛快淋漓

虽然
那不过是一次流产的政变
不过是一次血腥的冲动
一次猛烈的醒悟
但这已经足够了

如今你像只死去的老虎
一张大口
再也发不出吼声
无力地坍塌在星月之下
回忆那壮烈的一瞬

你的热情真的变冷了吗
谁能预言
　你的生和死
也许你的沉默
依然是等待和积蓄
图谋另一次
更大规模的爆发
更加猛烈的震撼
令人时时刻刻
感到揪心

（选自《宗鄂抒情诗选》，2014 年 7 月漓江出版社出版）

高　兴（1963—　）

江苏吴兴人。

虚空：哥哥

那虚空其实一直在扩张
在节日的门槛终于
扩张到压迫心脏的地步
那虚空其实就是天空
充满你纵身一跃的背影
如此的沉重，像座大山
悬于头顶，同时又单薄得
能被一缕风刺穿

哥哥，我的哥哥……

此刻，那虚空其实就是
不过也得过的年，就是酒杯
举起又放下，就是夜色一次次
被烟花和爆竹点亮，我却怎么
都看不清你，就是电话线的那一端
你总是爽约，用沉寂替代新年问候
天空太高，世界太冷。此刻
那虚空其实就是你，也是我
独自站在黑暗的中央

想拼命地喊你，却发不出任何的声音

哥哥，我的哥哥……

（选自 2015 年 1 月 7 日《文艺报》）

梁　平（1955—　）

重庆梁平人。

纱帽街

纱帽上的花蚊子，
在民国的舞台招揽川戏锣鼓，
文武粉墨登场，后台的一句帮腔，
落在这条街的石缝里。
老墙下的狗尾巴草探出身来，
模样有点像清朝的辫子，
每一针绒毛比日光坚硬，
它目睹了这些纱帽从青到红，
从衙门里的阶级到戏文里的角色，
真真假假的冷暖。

大慈寺的袈裟依然清净，
晨钟暮鼓里的过客，
也常有官轿落脚、皂靴着地，
老衲小僧从来都不正眼顶上的乌纱，
在他们那里就是一赤条条。
一墙之隔的店家，热火与萧条，
进出都是一把辛酸。
官帽铺的官帽是赝品，
朝廷即使有命官在，

七品，也有京城快马的蹄印。

偶尔有三五顶复制，
也是年久花翎不更旧了陈色，
私下来这条街依样画符。
尺寸、顶珠、颜色与品相的严谨，
不能像现在那些坊间传闻，
可以拿银子的多少随便创意。
那官回了，面对铜镜左右前后，
听夫人丫鬟一阵叫好，
第二天光鲜坐镇衙门，
一声威武，多了些久违的面子。

满清文武最后一顶纱帽摘除，
复活了这条街的帝王将相。
戏园子倒了嗓的角儿当上店铺老板，
穿一身行头一招一式，
可以三年不开张，开张管三年。
那些剧社、戏场、会馆茶楼，
那些舞台与堂会里的虚拟，
满腹经纶游戏的人生，
被收戏的锣鼓敲定。
纱帽街上的纱帽，被风吹远。

2013 年

（选自 2015 年《花城》第 3 期）

王明韵（1961— ）

安徽睢溪人。

收 藏

我喜欢收藏，一收一藏
两个动词，彼此交换目光
收，弯下腰，捡起，对着苍天打量白云
藏，藏于洞穴，或者避光保存
含在嘴里，在唇齿间
当然，收之前，需要擦亮眼睛
看一块石头，有没有伤口和花蕾
一枚月亮，它是否大病初愈，还很孱弱
一棵草，在早晨醒来，在夜晚
和羔羊一起安睡
而藏之前，要把所收之物
交给药液、火、唾沫星子
交给钟的秘密和迟疑
然后再把它们藏起来，藏在
连自己也找不到的地方
告诉儿孙，其实土地
就是体味、汗渍；其实古董
大多是泥巴、赝品、烧火棍
早年，我收藏笨重的邮票，现在
我只收藏它模糊的邮戳

我还收藏雨水，当它
从瓦檐上滚落的瞬间
收藏瓦片，当它在雨水进行时
长满青苔；收藏命运
多好的枯叶蝶
它时常收拢起翅膀，一语不发
我收藏影子于身体之后
我收藏失眠于睡眠之外
更多的时候，我收藏眼泪，在眼睛里
收藏爱，在爱人的怀里

（选自 2015 年《十月》第 1 期）

宋　琳（1959—　）

祖籍福建宁德，生于福建厦门。

博登湖

众鸟的钥匙突破黑森林的锁
水光压迫视网膜。渡船驶向城堡
并没有谁从太阳的高度坠落下来
人们面无愧色，斜倚栏杆

这片水域由色彩构成，陌生而浩瀚
细细描画出小山和葡萄园村庄
袖子高高捋起的健壮的洗衣妇
站在正午波动的阴影中

一次即兴游历始于多年前的
一次出走。坎离之家的浪子，自许的
帕西法尔，被奇迹的血放逐到
心跳像马达轰鸣的原始天空下面

晕眩的光景！鹿飞奔湖畔
浪花，瞬息的花，浸入我们的感官
远方仿佛一个召魂仪式
半个神的荷尔德林踏浪归来

眺望的人中哪一个是我?
谈谈桑社，雩祭，或贤者的击壤歌
房星南曜的农事诗时代
如今我们遁迹域外，形如野鹤

以山水为药，亦可刮骨洗心
彼何人哉！披发佯狂，奥渺不测
深藏起孤绝的辞乡剑和一双红木屐
伫立船头，俯身于滟潋碧波

满空皆火，湖心燃烧着七月
船在移动中击碎了过于明确的东西
诸如必然的遭遇，不死的陈词滥调
将一次横渡引向一生的慈航

（选自《中国诗人访谈录》，2015 年 5 月重庆出版社出版）

阿　信（1964—　）

原名牟吉信，甘肃临洮人。

玉米地

雪粒在地上滚动。
这是今年的玉米地，剩下空秸秆。
枯干的玉米叶片在风中使劲摔打。
运苞米的马车昨夜轧过薄霜，
留下深深辙痕。

无遮蔽的北方，雪粒
从马背上溅落。
砍倒的玉米秸秆横卧一地。
我的棉袄
就扔在秸秆上。我的马，
站在那里，打着响鼻。

我要把砍下的秸秆运回去，
堆放在谷仓旁的场院里。那里
金黄的玉米堆放在架子上，
鸡啄食雪粒，一头大畜生，
用蹄子刨着僵硬的土。

而我正忙着低头装车，没留意身后
搬空的玉米地，早已风雪迷茫。

（选自 2015 年《诗潮》7 月号）

潇　潇（1964—　）

原名肖幼军，四川犍为人。

移　交

深秋，露出满嘴假牙
像一个黄昏的老人
在镜中假眠

他暗地里
把一连串的错误与后悔
移交给冬天

把迟钝的耳朵和过敏的鼻子
移交给医学
把缺心少肺的时代
移交给诗歌

把过去的阴影和磨难
移交给伤痕
把破碎的生活
移交给我

记忆，一些思想的皮屑
落了下来

这钻石中深藏的影子
像光阴漏尽的小虫

密密麻麻的，死亡
是一堂必修课
早晚会来敲门

深秋，这铁了心的老人
从镜中醒来，握着
死的把柄
将收割谁的皮肤和头颅

（选自《献给陆地、天空和海洋——第五届青海湖国际诗歌节与会诗人作品集》，青海人民出版社 2015 年 7 月出版）